grafit

Chemnitzer Str. 31, 44139 Dortmund
Internet: http://www.grafit.de
E-Mail: info@grafit.de

Dieses Werk wurde vermittelt durch
die Leselupe-Literaturagentur, Maracuja GmbH, 47669 Wachtendonk
Umschlagfoto: © Nele Schütz Design unter Verwendung von
shutterstock/rtguest (Dampfer), Chaplia Yaros (Palmen)
Druck und Bindearbeiten: GGP Media GmbH, Pößneck
ISBN 978-3-89425-583-1
1. 2. 3. / 2020 19 18

Elisabeth Frank & Christian Homma

Nie zu alt für Casablanca

V.I.E.R. auf Kreuzfahrt

Kriminalroman

grafit

Die Autoren

Elisabeth Frank, Jahrgang 1978, ist promovierte Neurobiologin und Bioinformatikerin. Sie hat fünf Jahre in Australien gelebt und gearbeitet. Neben ihrer Tätigkeit in der Softwarebranche reist sie leidenschaftlich gern und verschlingt Abenteuer- und Fantasyliteratur.

Christian Homma, geboren 1971, schreibt aus Leidenschaft seit seiner Kindheit Kurzgeschichten, die auch bereits veröffentlicht wurden. Er ist promovierter Physiker und Coach und arbeitet derzeit bei einem großen internationalen Konzern. Homma liebt es, Musik zu machen und zu hören, er fotografiert und reist gerne.

www.hommaundfrank.de

Ja, die Zeit vergeht und man fängt an, alt zu werden.
Im Herbst werde ich zehn Jahre alt und dann hat man wohl
seine besten Tage hinter sich.

Astrid Lindgren, ›Pippi Langstrumpf‹

Prolog

»Ina, das Auto ist hin und wir haben den Lieferwagen verloren! Gero diskutiert mit den marokkanischen Polizisten. Ich hab doch gleich gesagt, er soll sich nicht so albern verkleiden.«

Elli stand verzweifelt mitten auf einem Kreisverkehr in der brütenden Sonne von Casablanca. *Schau mir in die Augen, Kleines!* Pah. Der Einzige, der hier glotzte, war der Taxifahrer. Und zwar auf die hundert Euro in ihrer Hand. Das Taxi qualmte noch immer. Es stank nach Abgasen und ein gellendes Hupkonzert erfüllte die Luft.

»Sorry, ich kann auch nicht einspringen. Bin noch mit den Japanern unterwegs.«

Sie konnte Ina durch das Telefon kaum verstehen. In diesem Moment kam auch noch eine WhatsApp-Nachricht von Rüdiger. *Peilsender ist hin, die Verfolgung können wir knicken. Ich geh wieder kotzen.*

Dann war es also an ihr. Was hatte der Kapitän gesagt? ›Respektieren Sie die hiesigen Bräuche: Pfefferminztee und feilschen!‹ Gut, sollten sie es so haben. Sie nahm all ihren Mut zusammen und ging mit den hundert Euro, die ihr Gero gegeben hatte, auf die Polizisten zu.

Teil 1

Das Wiedersehen

1

Ina trat seufzend in die kühle Abendluft. Erst nachdem Rüdigers Haustür hinter ihr ins Schloss gefallen war, hatte sie das Gefühl, wieder in der Realität anzukommen. Sie fröstelte und zog ihre Jacke fester um die Schultern. Der Regen hatte endlich nachgelassen, aber die Luft war noch feucht und kalt. Erde und nasses Gras. Eigentlich mochte sie diesen Geruch, aber heute erinnerte er sie nur an die Beerdigung und den Regen auf Sonjas Grab. Ina vermisste ihre Freundin. Wie schlimm musste es da erst für Rüdiger sein?

Sie hatte ihn im Kaminsessel allein zurückgelassen. Seit über einer Stunde hatte er mit einem Glas Whisky in der Hand in das herunterbrennende Feuer gestarrt und kein Wort mehr gesagt. Alle Versuche, ein Gespräch in Gang zu bringen, hatte er einsilbig abgeblockt und sie irgendwann gebeten zu gehen.

Sie war seinem Wunsch nachgekommen, auch wenn es ihr schwergefallen war. Jetzt, wo auch Rüdigers Töchter wieder abgereist waren, herrschte im Haus eine gespenstische Stille. Aber vielleicht gab ihm das die nötige Ruhe zum Trauern. Er hatte Sonja viele Jahre liebevoll gepflegt und sie würdevoll bis in den Tod begleitet.

Mit keinem anderen war Ina nach dem Abitur in so engem Kontakt geblieben. Rüdiger und später auch Sonja waren ihre besten und irgendwie auch einzigen richtigen Freunde. Als Journalistin war sie ständig auf Reisen um die ganze Welt gewesen und daher niemals lange genug an einem Ort geblieben, um je wieder solche Menschen zu finden.

Ina seufzte. Sie hatten zu Schulzeiten so viel zusammen erlebt. Was für eine verrückte Bande sie gewesen waren!

Unwillkürlich hatte sie den Geruch von frisch Gelötetem in der Nase: Rüdiger, der in der Elektrowerkstatt im Keller seiner Eltern wieder etwas Irres konstruierte – den Würfel mit elektronischer Augenanzeige, den Toaster, der gleichzeitig ein Radio war. Gero, der diffizile Einsätze ausknobelte und dann mit vollem Tatendrang umsetzte. Und Elli, die ihre nächsten Verkleidungen schneiderte und mit ihrer lebensfrohen Art jeden um den Finger wickelte.

Ina konnte sie alle vor sich sehen.

Ein wehmütiges Lächeln huschte über ihr Gesicht. Warum nur hatten sie erwachsen werden müssen? Verdrossen trat Ina einen nassen Stein weg. Im Schein der Straßenlaterne spiegelte sich ihr missmutiges Gesicht in der Seitenscheibe ihres Mietautos.

Wo war nur die Zeit geblieben?

Inas wilde Locken standen in alle Richtungen vom Kopf ab. Früher hatte sie noch Rastazöpfe getragen und diese aus Protest gegen irgendetwas alle paar Wochen in einem anderen Ton gefärbt. Jetzt überdeckte sie mit der Kolorierung die ersten grauen Strähnen.

Pah! Das waren doch nur Äußerlichkeiten, begehrte das rebellische Kind in ihrem Inneren auf. Dieses widerspenstige Mädchen wollte wieder frei und ungezügelt sein, dem Alltag entfliehen und Abenteuer erleben.

Wenn das nur möglich wäre! Wieder jung und naiv sein und die Welt erobern. Ein Schauer lief Ina über den Rücken, als ihr urplötzlich ein wunderbarer Gedanke kam.

Sie schüttelte reflexartig den Kopf. Nein, das war vollkommen absurd. Viel zu verrückt. Wie sollte so etwas funktionieren? Nach all den Jahren!

Doch jetzt, wo die Idee geboren war, würde das trotzige kleine Mädchen nicht mehr nachgeben, sondern alles daransetzen, sie Wirklichkeit werden zu lassen.

Warum auch nicht? Was konnte schon schiefgehen? Und wer, wenn nicht sie selbst, würde so etwas versuchen?

Es war an der Zeit, da weiterzumachen, wo sie vor Ewigkeiten aufgehört hatten.

2

27. März, 8:28 Uhr, bedeckter Himmel, 9,6 °C, körperliche Verfassung ausgezeichnet

Gero Valerius Fichtinger schloss zufrieden sein kleines Notizbuch. Zeit, loszugehen. Auch nach seiner Frühpensionierung bei der Bundeswehr lebte er diszipliniert:

7:30 Uhr	Aufstehen und Morgentoilette
7:45 Uhr	Frühstück (Müsli, sonntags auch mal Rührei)
8:30 Uhr	Morgenkontrollgang durchs Dorf
9:30 Uhr	Übungen im Fitnessstudio seines Hauses
10:30 Uhr	Duschen, danach Zeitung durcharbeiten
12:00 Uhr	Mittagessen (meist von einem ortsansässigen Lieferservice) und ARD-Mittagsmagazin

Den Nachmittag verbrachte er nach Wochentag wechselnd. Um 22:00 Uhr war Bettruhe.

Gero warf noch einen Blick in den Spiegel. Alles bestens: groß gewachsen, immer noch gut trainiert und sein weißer Bürstenhaarschnitt war akkurat. Er zog sich die schwarze Bundeswehrjacke an. Seine Ausrüstung steckte in den praktischen Innentaschen: Portemonnaie, Handy, Schlüsselbund und das alte Diktiergerät – falls er etwas Ungewöhnliches entdecken sollte. Auch wenn das schon länger nicht mehr geschehen war, sicher war sicher.

Das Haus seiner Großmutter lag etwas höher am Rande

Partenkirchens. Gero sog die klare kühle Alpenluft ein, prüfte die beiden Thermometer vor seiner Haustür auf Übereinstimmung und ging los.

Am Kirchhof brach die Sonne durch die Wolken. Der Wetterbericht hatte ein Aufklaren erst für elf Uhr angekündigt. Gero schnaubte. Warum war es so schwierig, eine exakte Vorhersage zu machen?

In der Ludwigstraße angekommen, betrachtete er die Auslagen der Bäckerei Kratzer. Wenigstens hier stimmte alles: Wie jeden Dienstag waren die Croissants im Angebot.

Er marschierte weiter bis zum Friedhof. An den Gräbern seiner Kameraden hielt er einen Moment inne. Der Rückweg führte über den Philosophenweg. Der gewundene Pfad durch den Hangwald mit dem einzigartigen Ausblick auf das Wettersteingebirge hob seine Stimmung stets wieder. Beim König-Ludwig-Denkmal nickte er dem Monarchen kurz zu. Dann las er wie immer seinen Lieblingsspruch von René Descartes auf einem kleinen Schild an der vorletzten Spazierbank: »*... aber im Zweifel werde ich meiner selbst als eines denkenden Wesens gewiss: Ich denke, also bin ich.*« Verstand über Gefühl. Gut so.

Er beendete seine Runde noch im Toleranzbereich um vier Minuten vor halb zehn. Als Nächstes war das Fitnessprogramm an der Reihe.

Um 11:46 Uhr fuhr der Briefträger mit dem Rad vor und klingelte. Ungewöhnlich. Gero markierte den soeben gelesenen Absatz in der Zeitung und marschierte zur Tür. Der Postbote hielt ihm drei Briefe entgegen, darunter ein Einschreiben. Gero setzte seine akkurate Unterschrift auf das Display des MDE-Geräts und bedankte sich.

Er betrachtete die steil geschriebenen Buchstaben auf dem Kuvert und spürte, wie seine Kopfhaut zu kribbeln begann. Er kannte diese Schrift. Für einen Moment schloss er irritiert die Augen, als er ganz unvermittelt von einer fast vergessenen Erinnerung übermannt wurde.

Ina alias V.I.E.R. 2 ... Das konnte doch nicht sein! Aber sein Gedächtnis trog ihn nicht. Diese Strichführung würde er jederzeit wiedererkennen. Zudem war der Brief an ›Valerius‹ und nicht an ›Gero‹ adressiert. Seinen Zweitnamen kannten nur sehr wenige.

Er ging wieder in die Küche und legte den Brief gerade vor sich hin. Was konnte Ina nach all den Jahren von ihm wollen? Ein Einschreiben. War jemand gestorben? Sollte er den Brief überhaupt öffnen? Er erinnerte sich noch gut an ihren Streit, nach dem sie ohne Abschied auseinandergegangen waren. Das war nun fast vierzig Jahre her! Unglaublich. Davor waren er, Ina, Elli und Rüdiger eine verschworene Einheit gewesen: V.I.E.R. – ihr Buchstabenkürzel. ›V.I.E.R. für alle Fälle‹ – ihr Slogan. Sie hatten sich sogar Visitenkarten gebastelt. Eine Gruppe Kinder, die sich mit der Aufklärung seltsamer Begebenheiten beschäftigte.

Gero musste unwillkürlich lächeln. Was für eine einmalige Zeit! Und doch war schlagartig alles zu Ende gewesen. Inas enttäuschten Gesichtsausdruck, als er ihr seine Entscheidung mitgeteilt hatte, hatte er bis heute nicht vergessen. Sie war ohne ein weiteres Wort abgezogen. Seitdem hatte er sie nie wiedergesehen. Und auch keinen der anderen.

Gero schlitzte den Brief säuberlich auf. Er würde ihn zumindest lesen.

3

Eleonora Baumgärtner-Däubler lachte, dass ihr die Tränen kamen. Sie saß mit zwei Freundinnen beim Frühstück, das eher schon zu einem Brunch geworden war. Aber das störte niemanden. Sie war Kindergärtnerin in Teilzeit, ihr Sohn war aus dem Haus und ihr Mann wieder einmal irgendwo in der Welt unterwegs.

Elli liebte diese Tage, an denen sie in ihrem rustikalen kleinen Häuschen ihren Lieblingsbeschäftigungen nachgehen konnte: den Garten pflegen, für einen guten Zweck backen oder sich mit Freundinnen treffen. Und wenn sie auf ihren kleinen Enkel aufpassen konnte, war sie besonders glücklich.

Heidi berichtete gerade detailliert den neuesten Kirchheimer Klatsch, als es an der Tür klingelte.

»Erwartest du noch mehr Besuch?«, fragte Doro überrascht. »Dann nehme ich mir lieber noch das letzte Stück Torte, bevor es sich jemand anderes schnappt.«

Elli ging nach draußen und kam mit einem Einschreiben zurück. Kein Absender, seltsam. Sie öffnete den Brief und hielt die Luft an, als sie die wenigen Zeilen gelesen hatte. Das konnte doch nicht wahr sein! Nach all der Zeit! Ihre Augen wurden feucht.

»Was ist los?«, fragte Heidi besorgt.

Erst jetzt bemerkte Elli die Stille um sie herum. Mit einem breiten Lächeln wandte sie sich den beiden anderen zu. »Ihr werdet es nicht glauben! Ich habe nach Jahrzehnten einen Brief von einer meiner besten Schulfreundinnen bekommen!«

»Das ist ja eine Überraschung!«, platzte Doro heraus. »Was schreibt sie denn?«

»Wartet, ich lese es euch vor:

Liebe V.I.E.R. 3,
wenn ich rufe, trällern reizende Elstern frei fliegend einen Nachtgesang. Und neulich saßen ab Mitternacht 7 Abiturienten pausenlos redend im leeren Biergarten. Es ist ver-

mutlich 1 Unding: Meine 10 neuen Angestellten chartern heute 13 Urlaubsflieger.
Herrlicher Ringelpiez!
V.I.E.R. 2«

Elli amüsierte sich köstlich über die verdutzten Gesichter der anderen. Sie konnte es nicht fassen, dass sie sich nach so vielen Jahren wiedersehen würden!

Heidi nahm ihr den Brief aus der Hand, konnte aber mit dem Kauderwelsch offensichtlich nichts anfangen und gab das Schreiben achselzuckend an Doro weiter. »Elli, willst du uns bitte mal erzählen, was es damit auf sich hat?«

»Entschuldigt bitte, ich bin noch ganz überwältigt! Ihr müsst nur die ersten Buchstaben jedes Wortes lesen: ›Wir treffen uns am siebten April bei V1 – also Versteck 1 – um zehn nach dreizehn Uhr!‹. Wir hatten als Jugendliche eine Clique. Ich habe euch doch schon mal davon erzählt: ›V.I.E.R. für alle Fälle!‹. Und jetzt lädt uns Ina zu einem Treffen ein!«

»Na ja, zumindest dich«, entgegnete Doro.

»Nein, da kennst du Ina nicht.« Elli schüttelte energisch den Kopf. »Sie wird diesen Brief nicht geschrieben haben, bevor sie uns alle ausfindig gemacht hat!«

4

Rüdiger saß schon seit dem Morgengrauen am Küchentisch. Mehr nicht. Er saß einfach nur da.

Wie jeden Abend hatte er auch gestern der erlöschenden Glut im Kamin zugesehen. Er war Sonjas Idee gewesen, sie hatten das offene Feuer beide geliebt. Sogar an warmen Tagen hatten sie es manchmal angezündet, nur um auf der Couch aneinandergekuschelt sitzen und weltvergessen in die

Flammen schauen zu können. Das waren die Momente, für die es sich besonders zu leben gelohnt hatte.

Doch nun musste er allein nach oben gehen, wenn die Glut schwarz geworden war. Dort lag er in dem großen kalten Bett und fand stundenlang keinen Schlaf. Sein Leben war glücklich gewesen. Und nun war alles vorbei. Ina hatte ihm nach Sonjas Tod noch Gesellschaft geleistet. Aber jetzt, wo sie wieder in Berlin war, war er so einsam wie noch nie in seinem Leben.

Die Küchenuhr tickte leise monoton vor sich hin, doch in seinem Kopf schien sie schallend laut jede Sekunde gehässig auszukosten. Auf der Anrichte stand eine Tasse mit Pulverkaffee. Das Wasser, das er dafür gekocht hatte, war allerdings längst wieder kalt.

Das Läuten an der Tür riss Rüdiger aus seiner tiefen und dunklen Versenkung. Er wollte niemanden sehen. Einige Sekunden später klingelte es wieder, diesmal etwas energischer. Mit einem tiefen Seufzen stemmte er sich widerwillig aus seinem Stuhl. Es fühlte sich an, als wäre er in den letzten Tagen um Jahrzehnte gealtert. Mühsam schlurfte er zur Haustür. Sein Blick fiel in den Wandspiegel. Er erschrak. Ein Gespenst blickte ihm entgegen. Sein Gesicht war schneeweiß, seine Wangen eingefallen, die Augen hatten tiefe schwarze Ränder. Die Kleidung hing ungewohnt an ihm herab und sein schütteres Haar stand wirr in alle Richtungen. Wer war dieser traurige gebrochene Mann?

Als es erneut klingelte, riss er sich von seinem Anblick los und öffnete die Tür.

Ein junger Postbote sah ihn ungeduldig an. »Herr Kwalkowski? Ein Einschreiben für Sie.«

Rüdiger spürte, wie sich ihm die Brust zuschnürte. Derartige Briefe hatten in den letzten Jahren nur schlechte Nachrichten enthalten: Arztbriefe, Versicherungsschreiben, notarielle Dokumente – Sonjas Sterbeurkunde. Was konnte jetzt noch kommen?

Nachdem der Postbote durch das quietschende Gartentor verschwunden war, betrachtete Rüdiger überrascht die Adresse. Postkarten mit dieser Handschrift waren aus der ganzen Welt bei ihnen angekommen. Aber wieso schickte ihm Ina plötzlich ein Einschreiben?

Seine Hände zitterten ein wenig. Er schlich in die Küche zurück, wo er sich wieder schwer auf seinen Stuhl fallen ließ und den Brief las.

V.I.E.R. 4, … Langsam wanderten seine Augen über die wenigen Zeilen.

Wie lange war das her?

Seine Gedanken schweiften in die Vergangenheit ab. Das waren noch Zeiten gewesen, als er mit den anderen durch das Viertel gezogen war und sie Kriminalfälle gelöst hatten! Zumindest waren es in ihren Augen welche gewesen. Wobei man rückblickend die Sache mit dem entführten Rassehund und die mit der verschwundenen Kirchenfigur schon so nennen konnte. Und die V.I.E.R.-Bande hatte sie auf ihre ureigene Art gelöst.

Ganz tief in seinem Innern glomm ein vager Rest der Gefühle auf, die ihn damals erfüllt hatten: Ausgelassenheit und Freundschaft. Ach, waren sie jung gewesen!

Rüdiger fühlte ein wenig Wehmut in sich aufsteigen. Was hatte sich Ina nur jetzt wieder ausgedacht? Er schüttelte den Kopf. Zwischen ihren Reisen war sie immer wieder wie ein warmer Wirbelwind mit neuen fantastischen Geschichten aufgetaucht. Sie war ein Teil seiner Familie, der verrückteste. Bei diesem Gedanken fing sein müdes Gesicht unwillkürlich ein Lächeln auf sein müdes Gesicht.

Ohne die Mühe, die er vorhin noch empfunden hatte, stand er auf und ging zur Anrichte, um das Datum für ihr

Treffen in seinen Wandkalender einzutragen. Dabei blieb Rüdigers Blick an seinem Spiegelbild im Glasschrank hängen. Bestürzt hielt er inne, als ihn erneut die vom Leid gezeichnete bleiche Gestalt anstarrte. Seine Schultern sackten nach vorn und er schüttelte den Kopf. Keiner konnte die Vergangenheit wiederbeleben, nicht einmal Ina. Traurig schlurfte er zum Tisch zurück, zerknüllte den Brief und warf ihn resigniert in den Mülleimer.

5

Ina stellte das Mietauto vor ihrem ehemaligen Gymnasium ab. In ihr hielten sich Vorfreude, Übermut und Sorge die Waage. Sie hatte sich große Mühe gegeben, einen Fall zu recherchieren, der V.I.E.R. würdig war. Aber konnte sie damit Rüdiger aus seinem tristen Dasein herausholen? Würde es funktionieren, wenn sie nach all der Zeit wieder zusammen waren, oder hing sie nur einer romantischen Kindheitsfantasie nach? Ja, kamen die anderen überhaupt?

Egal, jetzt gab es kein Zurück mehr.

Sie stieg aus und schüttelte ihre wilde Mähne im lauen Föhnwind. Unerwartet starke Gefühle stürzten auf sie ein, als sie vor ihrer alten Schule stand. Der Anstrich war erneuert worden und ein Anbau am linken Flügel hinzugekommen. Eigenwillige Graffiti der Abschlussklassen schmückten den Schulhof und die Mauer. In der Stille des Samstagnachmittags wirkte alles wie das Standbild eines Videofilms. Jeden Moment konnten die großen Türen aufspringen und die Schüler in einem Pulk herausgerannt kommen.

Wie oft waren sie damals mit dem letzten Schulgong zu ihren Rädern gestürzt und für eine kurze Lagebesprechung zu ihrem Versteck gefahren?

An diesem unerwartet milden Frühlingstag ging Ina an der Isar entlang. So viele Erinnerungen! Das kleine Waldstück an den Isarauen, das früher Versteck 1 beherbergt hatte, gab es immer noch. Das hatte sie auf Google Maps vor dem Schreiben der Briefe an ihre alten Freunde schon sichergestellt. Aber von der damaligen Abgeschiedenheit war nicht mehr viel zu spüren. Ein Spazierweg führte jetzt in der Nähe vorbei und ein Kinderspielplatz war nur einen Steinwurf entfernt.

Ohne auf die Blicke einiger Fußgänger zu achten, kämpfte sie sich durch das Gebüsch und entdeckte tatsächlich die alte Lichtung. Versteck 1 war etwas zugewachsen, aber eindeutig noch zu erkennen. Ina blickte sich glücklich um. Waren das etwa die großen Sitzsteine, die sie damals von der Isar hochgeschleppt hatten? Sie trat ein paar Brennnesseln flach, setzte sich und schloss die Augen. Allmählich wurde sie ruhiger. So hatte sie hier früher oft gesessen und das Rauschen des Flusses genossen, während Gero den neuesten Schlachtplan vor ihnen ausgebreitet hatte. Sie lächelte. Wie hatte sie diese Zeiten geliebt!

Die Turmuhr schlug ein Uhr. Sie hatten sich immer um zehn nach eins getroffen. Genug Zeit, seine Sachen zu packen, zu den Rädern zu rennen und hierher zu fahren. In wenigen Minuten wusste sie, ob ihr Plan funktionierte.

Ina sprang bei einem Geräusch im Gebüsch hinter ihr auf. Gero! Er erschien auf die Minute pünktlich. Selbstverständlich. Bis auf den knackenden Ast war er geräuschlos durchs Gebüsch gekrochen.

»Peinlich! Das wäre mir früher nicht passiert«, echauffierte er sich. »Ich werde gleich einen Übungsplan zusammenstellen. Wird uns allen guttun.«

War Gero etwa nur äußerlich älter geworden?, schoss es Ina durch den Kopf, während sie amüsiert lächelte. Sein Gesicht war deutlich kantiger, die schneeweißen Haare standen ihm gut. Aber noch immer hatte er diese lebhaften blauen Augen und die fast vornehme Ausstrahlung. Und offensichtlich seine Pedanterie.

»Hallo Gero«, hauchte sie, von Gefühlen überwältigt. Doch bevor sie sich entscheiden musste, ob sie ihm um den Hals fallen oder lieber artig die Hand hinstrecken sollte, brach Elli wie ein Tornado durchs Gebüsch.

Sie schnaufte heftig. »Ihr seid wirklich da! Unglaublich! Alles hier ist fast so wie damals. Nur ein bisschen enger. Wobei, das kann auch an mir liegen. Toll schaust du aus, Ina. Aber wo sind deine Rastalocken? Und wie hast du meine Adresse rausgekriegt? Gero, wie geht's dir denn? Die weißen Haare stehen dir!«

Sie hatte kein einziges Mal Luft geholt, geschweige denn Zeit für eine Antwort gelassen. Währenddessen nestelte sie einen Zweig aus ihrer Dauerwelle. Dann fiel sie erst Ina und anschließend Gero um den Hals.

»So schön, euch endlich wiederzusehen!«

»Toll, dass du gekommen bist, Elli!«, freute sich Ina. »Ist eine Ewigkeit her.«

Die beiden waren innerhalb kürzester Zeit in ein intensives Gespräch über die Geschehnisse der vergangenen Jahrzehnte vertieft.

»Wo bleibt eigentlich Rüdiger?«, fragte Gero nach einer Weile mit missbilligendem Blick auf seine Uhr. »Er hätte doch schon vor fünfzehn Minuten hier sein sollen.«

»Ja, was ist mit Kwalle?«

Elli verwendete ganz selbstverständlich den alten Spitznamen ihres Teamkameraden, bemerkte Ina. Sie selbst hatte ihn schon lange nicht mehr so genannt.

»Eleonora, wir sind doch keine Kinder mehr!« Gero hatte Namensverunglimpfungen schon immer verabscheut.

»Du warst mal Kind, Gero?«, konterte Elli neckisch.

Ina seufzte. »Ich hoffe, er kommt.« Dann erzählte sie von Sonjas Krankheit und Sterben.

Elli schlug die Hand vor den Mund und auch Gero versteifte sich etwas.

»Ich hatte gehofft, Rüdiger mit unserer alten Bande wieder etwas Lebensmut geben zu können. Aber vielleicht hat er es nicht geschafft. Er war in letzter Zeit …«

»Papperlapapp!«, kam es da aus dem Gebüsch. »Musste nur erst einen Parkplatz finden. Mit den Rädern war es deutlich einfacher.«

Dann stand Rüdiger in voller Größe auf der Lichtung und strahlte sie an. Ina sah allerdings, dass sein Mundwinkel etwas zuckte und er rasch eine kleine Träne wegzwinkerte.

Elli stieß einen Freudenschrei aus und schloss ihn in eine innige Umarmung. Als sie ihn nur wenige Minuten später wieder losgelassen hatte, streckte ihm Gero etwas unbeholfen die Hand entgegen.

Ina schmunzelte. Nein, Gero hatte sich definitiv nicht verändert.

Rüdiger ignorierte die Hand jedoch, zog ihn zu sich heran und klopfte ihm kräftig auf den Rücken. Dann wandte er sich zu Ina. »Du wunderbare Freundin!«, raunte er mit erstickter Stimme und nahm sie in die Arme.

»Perfekt!«, konstatierte Gero. »Dann sind wir ja alle wieder komplett. Und um was geht's in unserem neuen Fall?«

»Hast du noch alle Tassen im Schrank?«, rief Elli entrüstet. »Wir haben uns über dreißig Jahre nicht gesehen und du redest von einem neuen Fall? Ich möchte doch erst einmal wissen, wie es euch so geht. Habt ihr geheiratet? Kinder?«

»Ja und nein«, erwiderte Gero stoisch. »Noch etwas?«

»Hey, ihr beiden. Nun mal langsam«, ging Ina lachend dazwischen. »Was haltet ihr davon, wenn wir uns in Ruhe woanders weiterunterhalten?« Sie freute sich wie ein Kind. V.I.E.R. waren wieder vereint!

»Gute Idee«, stimmte Gero zu, dann rezitierte er: »Leise arbeiten sieben Schwestern tagelang. Und niemand sieht in nördlichen Ebenen irgendeinen nahenden Clown. Am fertigen Engel geigen Elfen himmlisch eure Namen!«

Die drei schauten ihn verdutzt an. Gero hob erwartungsfroh die Brauen. Als ihm keiner antwortete, schüttelte er missbilligend den Kopf. »Unsere Geheimsprache kommt auch auf den Übungsplan.« Dann übersetzte er, wobei er jede Silbe extra deutlich betonte: »Lasst-uns-in-ein-Ca-fé-ge-hen!«

Ohne eine Antwort abzuwarten, schlug er sich ins Gebüsch. Als Ina sah, wie sich Elli bei Rüdiger unterhakte und ihn leise aufforderte: »Soll er doch rennen! Erzähl mir lieber von Sonja«, schloss sie kurzerhand zu Gero auf.

Es war surreal, als sie wieder auf den Weg hinaustraten. Für einen Moment hatte sie sich in der Zeit zurückversetzt gefühlt, aber nun war sie wieder in der Gegenwart angekommen. Sie schlenderte neben Gero her die Isar entlang. Es war klar, dass er ihr altes Stammcáfe ansteuerte.

Das tiefblau schimmernde Gewässer floss gemächlich dahin und die Nachmittagssonne warf ein wechselndes Schattenspiel durch die Bäume auf den knirschenden Kies. Es herrschte reges Treiben auf dem Spazierweg.

Nach ein paar Minuten beschloss sie, den ersten Schritt zu machen. »Du hast eine beeindruckende Karriere beim Bund gemacht«, wandte sie sich zögernd an Gero.

»So?«

»Ich habe ein bisschen recherchiert, was aus euch geworden ist.«

Keine Antwort.

»Und deine Jacke steht dir wirklich gut.«

Gero ging stoisch weiter.

»Valerius!«, rief sie scharf. »Ich weiß, wir haben uns gestritten. Und ich habe keine Ahnung, wie ich jetzt eine Konversation mit dir beginnen soll. Also sei bitte so nett und hilf mir!«

Er drehte sich um. Ein kleines Lächeln umspielte seinen Mund. »Ich werde dich doch wohl ein bisschen zappeln lassen dürfen, nachdem du mich damals einfach hast stehen lassen.«

Sie war ärgerlich und erleichtert zugleich und boxte ihn in die Seite. »Musst du immer so verdammt überlegen sein?«

»Vorbei der Winter, nur Sehnsucht nach der Wärme. Frühling zeigt sich an.«

»Und deine Zitate habe ich schon früher nicht verstanden.«

Er ging weiter. »Du hast einige ausgezeichnete Artikel geschrieben.«

»Wie bitte?« Der plötzliche Themenwechsel verwirrte sie.

»Ich habe sie alle gelesen: deine Abhandlungen für den *National Geographic*, die Kolumne in der *Berliner Zeitung*, sogar deinen Naturschutzblog vor ein paar Jahren.«

»Aber … du hast dich nie gemeldet.«

»Du auch nicht.«

Darauf wusste sie nichts zu entgegnen.

»Danke für das Kompliment«, antwortete sie dann leise. Vielleicht würden sie später noch einmal über die Vorfälle von damals reden müssen. Für den Moment war das Kriegsbeil begraben.

Ina blickte sich nach den beiden anderen um, die in einiger Entfernung hinter ihnen hergingen. Es war unglaublich: Schon an der Art, wie Rüdiger sich plötzlich bewegte, konnte sie erkennen, wie gut ihm das Treffen mit den Freunden von damals tat. Und als sie ihn herzhaft lachen hörte, wusste sie, dass sie richtig gehandelt hatte.

In dem deutlich modernisierten *Café Greitinger* steuerten sie wie selbstverständlich die Ecke an, in der sie auch früher immer gesessen hatten. Ein stetiges Gemurmel der Gäste erfüllte den Raum.

Ina bestellte sich ein Pistazientartufo und einen Latte macchiato. Gero nahm nur einen doppelten Espresso, da Banana Splits sehr zu seinem Leidwesen aus der Mode gekommen waren. Rüdiger orderte wie eh und je eine heiße Schokolade zu seinem Croissant. Nur Elli konnte sich nicht recht entscheiden und wählte schließlich aus der Auslage eine Mohnschnitte *und* eine Trüffeltorte zu ihrem Milchkaffee.

Nun würde Teil zwei ihres Plans folgen. Ina war glücklich und aufgeregt zugleich.

»Liebe V.I.E.R.-Freunde«, begann sie feierlich und strich sich eine widerspenstige Strähne aus dem Gesicht. »Ich habe euch einbestellt, weil es einen neuen Fall für uns zu lösen gibt.«

»Wusst' ich's doch!«, entfuhr es Gero.

»Das ist nicht dein Ernst!« Elli hatte gerade ein Stück Kuchen in den Mund geschoben und verschluckte sich fast daran.

»Ich muss ein bisschen ausholen«, erklärte Ina. »Vor ein paar Jahren habe ich einen Artikel über Elfenbeinschmuggel geschrieben …«

»*National Geographic*, Ausgabe 3/2012, Seite fünfundsechzig. Ein sehr gut recherchierter Bericht.«

Rüdiger schaute Gero verdattert an. »Hast du die Zeitschrift auswendig gelernt, oder was?«

»Lieber Rüdiger, wie du dich vielleicht erinnerst, habe ich ein eidetisches Gedächtnis.«

Rüdiger rollte die Augen. Gero hatte ihnen schon zu Schulzeiten endlose Vorträge darüber gehalten, warum er sich Dinge sehr detailliert und dauerhaft einprägen konnte. Er hatte erst damit aufgehört, als Rüdiger ihn konsequent auf sein ›Eidechsengedächtnis‹ angesprochen hatte.

»Wie ich sagte, Elfenbeinschmuggel«, fuhr Ina fort. »Für einen Bericht über Miethaie wiederum habe ich kürzlich den Immobilienmakler Dr. Mathias Schlüter interviewt. Ekelhafter Typ, aber sein Zuhause hat ein interessantes Interieur. Ich hatte das Privileg, ihn dort zu treffen. Auf einer Kommode in seinem Arbeitszimmer stand eine Skulptur in gelblichem Weiß, die sofort mein Interesse geweckt hat. Ich habe Schlüter also gebeten, mir doch ein Glas Wasser aus der Küche zu holen. Das gab mir Zeit, die Statuette genauer unter die Lupe zu nehmen: Oberflächenbeschaffenheit, Maserung und so. Anhand der Winkel der Maserung kann man nämlich erkennen, ob es sich um Elefanten-, Mammut- oder Mastodonelfenbein handelt.«

Elli fragte mit vollem Mund: »Masto-was?«

»Mastodon.« Rüdiger hatte schon in ihrer Jugend ein fabelhaftes Wissen über prähistorische Lebewesen gehabt. »Mastodonten gehören zu den Mammuten und sind vor etwa zehntausend Jahren ausgestorben. Aber warum ist das wichtig?«

»Weil Gegenstände aus Mammut- oder Mastodonzähnen völlig legal sind! Im nördlichen Russland findet man heute viele eiszeitliche Mammutskelette. Aber das Elfenbein, das man aus ihnen gewinnt, lässt sich nicht so leicht verarbeiten. Deshalb ist es bei den ›Kennern‹«, sie malte mit den Fingern Gänsefüßchen in die Luft, »nicht so beliebt.«

»Und die Skulptur war aus echtem Elfenbein?« Rüdigers

Frage klang wie eine Tatsache. Er machte große Augen. Offenbar begann er sich für die Sache zu interessieren.

Ina freute sich. »Exakt! Was hätte ich nun tun sollen?«

»Ihn anzeigen!« Elli, pragmatisch wie eh und je.

Die Journalistin schüttelte den Kopf. »Mehr als eine Geldstrafe wäre da nicht drin gewesen. Nein, ich will an die Hintermänner. Ich habe mich also einfach zwischendurch bei ihm erkundigt: ›Wo haben Sie eigentlich diese schöne Elfenbeinstatue her?‹ Und Schlüter antwortete ganz automatisch: ›Von der Galerie‹, bevor ihm überhaupt bewusst geworden ist, was ich ihn gefragt hatte. Mann, ihr hättet sein Gesicht sehen sollen, als ihm auffiel, was geschehen war. Er hat mich hochkantig hinausgeworfen.« Sie lachte. »Aber das war egal. Ich hatte, was ich wissen wollte.«

»Von der Galerie«, sinnierte Gero. »Du glaubst doch nicht ernsthaft, dass es hier eine Galerie gibt, die illegales Elfenbein verkauft!«

»Angebot und Nachfrage.« Ina zuckte die Achseln.

Gero schien nur halb überzeugt. »Schön und gut, aber wie soll es deiner Meinung nach jetzt weitergehen? Möchtest du einfach irgendwelche zufällig ausgewählten Galerien abklappern?«

»Natürlich nicht! Ich habe schon recherchiert. Schlüter sammelt einiges an Kunst und rühmt sich, nur in Münchner Galerien einzukaufen. Ich konnte den Kreis schlussendlich auf drei einschränken, die unter anderem auf afrikanische Kunst spezialisiert sind. Dort würde ich es als Erstes versuchen.«

»Mit *ich* meinst du vermutlich *wir*?«

»Richtig, Gero. Ich bin zwar keine Berühmtheit, aber wenn es der Zufall will, fliege ich als Reporterin auf und kann mir meine schöne Geschichte abschminken! Also müsst ihr ran und ein bisschen tricksen.« Sie hielt inne und warf Elli einen fragenden Blick zu.

Die hatte mittlerweile ihre beiden Kuchenstücke vertilgt und sich zufrieden in ihrem Stuhl zurückgelehnt. Nun hob sie abwehrend die Hände. »Was, ich? Nein, Ina, seit Schulzeiten habe ich nicht mehr geschauspielert.«

»Elli, du bist perfekt für die Rolle!«, insistierte Ina. »Du musst nur herausfinden, ob die Leute in einer der Galerien irgendetwas auf dem Kerbholz haben. Wer so lange Kindergärtnerin war wie du, kann doch bestimmt jedem an der Nasenspitze ablesen, ob er schwindelt.«

Gero fuhr dazwischen: »Sollte das nicht jemand übernehmen, der Ahnung von Kunst hat?«

Das saß.

Elli richtete sich zu voller Größe auf und erklärte im Brustton der Überzeugung: »Alles klar, Ina. Kein Problem. Ich mach das.«

»Perfekt!«, strahlte Ina. Gero hatte ihr ungewollt in die Karten gespielt. Jetzt musste sie nur noch Rüdiger einbinden, der schon wieder verdächtig leise geworden war und einen abwesenden Gesichtsausdruck bekommen hatte. »Elli, du brauchst auf jeden Fall einen Partner, um glaubhaft rüberzukommen. Und deswegen wird Kwalle den braven, wohlbetuchten Ehemann mimen!«

Rüdiger erwachte aus seiner Trance. »Ich?«, fragte er erschrocken. »Wozu soll das denn gut sein?«

»Ihr beide tretet als neureiches Ehepaar auf, das eine größere Summe Geld in eine Elfenbeinstatue investieren will«, erklärte Ina euphorisch.

»Mensch, ich kann doch gar nicht schauspielern. Ich hab früher nur die Bühnentechnik gemacht!«

»Stimmt, je mehr es geknallt und gestunken hat, umso besser, nicht wahr?«, erinnerte sich Elli begeistert. »Aber stell bloß dein Licht nicht so unter den Scheffel! Ich werde nie deinen Auftritt als Romeo vergessen!«

»Ach, ich bin doch bloß für ein paar Proben eingesprungen, weil Theo krank war.«

Dieses Argument ließ Elli nicht gelten. »Ich fand dich auf jeden Fall gut und ich gehe mit niemand anderem hin außer dir. Ende der Diskussion!«

Innerlich jubelte Ina. Es hätte nicht besser laufen können, wenn sie sich im Vorfeld mit Elli abgesprochen hätte.

»Dann bin ich ja wohl überstimmt«, gab Rüdiger schließlich auf, lächelte aber dabei.

»Klasse! So mag ich euch.« Ina klatschte in die Hände.

»Sagt mal, seid ihr von allen guten Geistern verlassen?« Gero wirkte zornig.

Ina zuckte zusammen und fixierte ihn. Bitte mach nicht alles kaputt, wo es gerade so gut lief, flehte sie innerlich.

»Ihr wollt euch einfach lustig verkleiden und in Galerien marschieren, um nach Elfenbein zu fragen? Ich bitte euch! Wir sind doch keine elf mehr! Wir sind erwachsen und können nicht einfach so tun, als wäre immer noch alles wie früher.«

»Wir haben früher so getan, als wären wir erwachsen, warum dann heute nicht umgekehrt?«, parierte Elli mit ihrer seit jeher ureigenen Logik.

Rüdiger kam ihr zu Hilfe: »Und denk an meinen alten Spruch: *Versuch macht kluch*. Jetzt hat uns Ina schon alle zusammengetrommelt, dann lass uns auch rausfinden, wie gut wir noch sind!«

»Gut?«, zweifelte Gero. »Ohne Trainingseinheiten wird das bestimmt ein Fiasko: schleichen, Geheimsprache, Maskierung, Knoten, Taschenspielertricks … das habt ihr doch bestimmt alles verlernt.«

»Gero, entspann dich! Du hast uns damals bis zum Umfallen üben lassen. Ich wette, das können wir alles noch im Schlaf. Außerdem werden wir in der Galerie kaum Entfesselungstricks brauchen. Und Ina wird sicher auch für dich noch eine spannende Aufgabe haben.« Alle kannten Geros wunden Punkt: Er hasste es, übergangen zu werden.

»In der Tat. Ich brauche nämlich einen Bodyguard«, erklärte Ina ohne Umschweife.

»Wie bitte?«, fragte Gero perplex.

»Ich möchte ein paar Geschäfte in der Schwanthalerstraße abklappern. Da hängen teils fiese Gesellen rum. Aber du glaubst nicht, was man denen für ein paar Scheine in der richtigen Farbe alles entlocken kann.«

»Und wo nimmst du diese bunten Scheinchen her?« Gero hatte angebissen.

»Seitdem ich eine Ressortleitung übernommen habe, bin ich leider viel weniger unterwegs als früher. Ab und zu recherchiere ich aber noch selbst und dann bekomme ich vom Verlag, was ich brauche.«

Gero ließ den Gedanken sacken. Schließlich nickte er. »Wunderbar, dann sind jetzt ja alle Aufgaben verteilt und es kann losgehen!«

»Was, jetzt gleich?«, fragten Elli und Rüdiger fast aus einem Mund.

»Ja, das war ehrlich gesagt mein Plan.« Ina reichte Elli einen Notizzettel. »Hier sind die Adressen von den drei Galerien. Die sind momentan alle geöffnet.«

»Aber sollten wir uns nicht verkleiden? Ich könnte uns was Passendes nähen«, warf Elli ein.

»Elli, du schaust absolut toll aus. Und für dich, Kwalle, habe ich extra ein feines Sakko mitgebracht, das im Kofferraum liegt. Ich richte uns auch gleich noch einen WhatsApp-Gruppenchat ein. Gebt mir mal eure Handynummern.«

»Und wann unterhalten wir uns endlich mal richtig miteinander?«, fragte Elli enttäuscht.

»Heute Abend. Bei einem guten Glas Wein in unserem alten Stammitaliener. Ich habe schon einen Tisch reserviert.«

»Erst die Arbeit, dann das Vergnügen. Das gefällt dir doch bestimmt, Gero?«, stichelte Rüdiger.

»›Vergnügen ist das Einzige, wofür man leben sollte‹, sagte schon Oscar Wilde. Und was kann vergnüglicher sein als ein harter Fall?«

6

Das Taxi brachte Elli und Rüdiger zur Anna-Amalia-Galerie im Herzen Schwabings. Rüdiger war etwas mulmig zumute. Die beiden Frauen hatten ihn total überrumpelt. Doch seine Jugendfreundin war offensichtlich auch etwas nervös, denn sie hatte auf der ganzen Fahrt ohne Punkt und Komma munter vor sich hin geplappert.

Als das Taxi gehalten und sie den Fahrer bezahlt hatten, sprang Elli wie auf Knopfdruck in ihre Rolle. »Komm doch, Liebling, hier sind wir richtig. Diese Galerie scheint ein Schmuckstück zu sein!«

Jetzt gab es kein Zurück mehr. Rüdiger schob alle Bedenken beiseite, holte tief Luft und setzte sich in Bewegung. Bauch rein, Brust raus – das war ihm früher deutlich leichter gefallen! Ansonsten musste er auch gar nicht viel tun. Elli begutachtete fachmännisch jedes Ausstellungsstück und er dackelte brav wie ein demütiger Ehemann hinterher. Die meisten der ausgestellten Werke waren moderne Kunst – von Elfenbein war weit und breit nichts zu sehen.

Er wandte sich leise an Elli: »Hier werden wir kaum fündig werden, befürchte ich.«

Elli schien ihm an der Nase anzusehen, dass er drauf und dran war, einen Rückzieher zu machen. »Du hast es mir versprochen!«, rief sie deswegen laut.

Rüdiger zuckte zusammen.

»Immer dasselbe! In den Kasinos schmeißt du mit den großen Scheinchen nur so um dich, und ich bin dir nicht mal ein paar Tausender wert.« Sie schniefte laut.

Ihre Worte waren kaum verklungen, da eilte auch schon eine weiß gekleidete Dame auf sie zu. »Meine Herrschaften, wie kann ich Ihnen helfen? Sind Sie an etwas Besonderem interessiert? Wir führen hier Werke der berühmtesten Nachwuchskünstler Europas. Ich garantiere Ihnen: Sie werden in keiner Galerie in ganz Bayern exklusivere Werke finden.«

»Oh, meine Liebe«, säuselte Elli zurück, »diese Stücke sind allesamt ent-zü-ckend. Aber wir sind diesmal auf der Suche nach etwas noch viel Einzigartigerem. Etwas, was die Gewalt der Natur in sich trägt, die Erdverbundenheit, die uns inzwischen so verloren gegangen ist. Kunst aus der Wiege der Menschheit. Ein Einzelstück, das keinen Wert hat, weil man es eigentlich gar nicht kaufen kann. Wir hingegen würden es uns schon eine Kleinigkeit kosten lassen. Nicht wahr, Schatz?« Sie blickte erwartungsfroh zu Rüdiger.

Der nickte nur gequält und zuckte hilflos mit den Schultern. Er brauchte dafür nicht einmal zu schauspielern, so überfordert war er.

Die Galeristin schaute sie verwirrt an. Dann schien ihr ein Licht aufzugehen. »Ach! Sie meinen wahrscheinlich unseren afrikanischen Künstler Jen-Ha. Wunderbar! Bitte folgen Sie mir doch!«

Mittels eines Durchgangs gelangten sie in einen kleinen Nebenraum, in dem fünf afrikanisch anmutende Kunstwerke ausgestellt waren. Alle bestanden aus viel Stroh, großen Samen, geknickten Aststücken und anderen Dingen aus dem afrikanischen Gartenzuschnitt.

»Ach, wie wunderbar«, flötete Elli verzückt. »Allerdings hatte ich zugegebenermaßen an etwas anderes gedacht …

etwas Dentaleres … von den grauen Riesen.« Sie machte eine verschwörerische Geste.

Ein Schatten lief über das Gesicht der Galeristin und Rüdiger wusste, jetzt waren sie in Schwierigkeiten.

Ina und Gero fuhren mit der Trambahn zum Karlsplatz. V.I.E.R. 1 blickte sich um: der Justizpalast, die alte Börse, die vielen blauen Münchner Trams und die durch das Stadttor strömenden Menschenmassen – trotz unüberschaubarem Chaos eine von Geros Lieblingslokalitäten. »Weißt du, warum der Platz Stachus heißt?«, fragte er Ina und holte schon Luft, um die etymologischen Fakten ausführlich zu erläutern.

»Achtzehntes Jahrhundert, Gastwirtschaft am Platz geführt von Mathias Eustachius Föderl, genannt ›Stachus‹, daher letztlich der Name«, leierte sie gleichmütig herunter. »Und so hoaßt er heit' no …« Ina lachte über Geros verdutztes Gesicht. »Das hast du uns früher oft genug eingebläut.«

Gero stellte ernüchtert fest, dass er dringend neue Informationen brauchte. Missmutig lief er neben Ina her und schaute sich um. In der Schwanthalerstraße kannte er bisher nur das Deutsche Theater. Die umliegenden Geschäfte waren ihm nicht geheuer. Man konnte dort allen möglichen Krempel kaufen und er wollte nicht darüber nachdenken, was davon wo vom Lastwagen gefallen war. Er hatte sich schon oft gewundert, wer sich für die verstaubten Handys, den unechten Schmuck und die vergilbten Kunststoffschüsseln interessierte, die dort in den Auslagen verstaubten.

Ina blieb vor einem Laden stehen, dessen Front nur aus einem verdreckten Fenster und einer schmalen Tür bestand. »Weißt du noch, damals das Antiquitätengeschäft? Elli hatte solche Angst vor dem ausgestopften Raben, dass sie fast die teure Chinavase hinuntergestoßen hätte.«

»Es war eine Krähe«, korrigierte Gero automatisch.

Eine halbe Stunde später hatten sie ihr Glück in sieben Geschäften versucht und so manchen kleinen und größeren Schein investiert, ohne auch nur den leisesten Anhaltspunkt für unter der Hand verschachertes Elfenbein zu finden. Geros anfängliche Euphorie schrumpfte, als er die immer kürzer werdende Ladenzeile entlangblickte.

»Ja, bei Recherchen muss man frustrationstolerant sein.« Ina öffnete die Tür von Laden Nummer acht.

In der muffigen Luft schnappten sie beide unwillkürlich nach Atem. Der Raum maß in der Länge nicht viel mehr als in der Breite. Gero bewegte sich sehr vorsichtig, um keinen der Gegenstände vom Regal zu stoßen oder – was noch schlimmer gewesen wäre – seine Lederjacke zu beschmutzen. Hinter dem ramponierten Tresen war niemand zu sehen.

»Hallo?«, rief Ina.

Ein untersetzter Mann um die fünfzig mit fettigem pechschwarzem Haar, einem ungepflegten Bart und einem unpassenden diamantenen Stecker im Ohrläppchen erschien und schwänzelte um den Ladentisch herum. Gero bemerkte, wie Ina erstarrte.

»Hallo Mustafa, das ist ja eine Überraschung.«

»Was denken Sie, wo Sie hier sind?« Die Galeristin war atemlos vor Entsetzen. »Wir sind eine Naturkunstgalerie! Alle diese Kunstwerke sind auf ihre Nachhaltigkeit bedacht. Es ist eine Unverschämtheit, mich nach so etwas zu fragen!« Sie deutete mit einer heftigen Bewegung zum Ausgang. »Hinaus! Verlassen Sie sofort meine Galerie, bevor ich die Polizei rufe!«

»Tiger, wir gehen!« Elli drehte sich schwungvoll um, packte Rüdiger am Arm und zog ihn hastig Richtung Ausgang.

Im Laufschritt schafften sie es noch um die nächste Ecke, bevor sie vor Prusten fast zusammenbrachen. Ein vorbeischlenderndes Paar warf ihnen verwunderte Blicke zu.

»Puh, ich habe uns schon in Handschellen gesehen. Elli, du warst fantastisch!«, stieß Rüdiger hervor. »Hast du mich gerade tatsächlich ›Tiger‹ genannt?« Rüdiger konnte sich nicht erinnern, wann er das letzte Mal so gelacht hatte. Das fühlte sich verdammt gut an! »Werden wir so eine Szene in den anderen Galerien auch abziehen?«

»Darauf kannst du wetten!«

Bevor er nach einem Taxi Ausschau hielt, schrieb er an die anderen: *Erste Galerie Fehlanzeige … Aber lustig war es! Details folgen später ;-)*

Der Mann öffnete einen Mund voller gelblicher Zähne, zog die Augenbrauen nach oben und rief mit tiefer gutturaler Stimme in anzüglichem Tonfall: »Oh, Inna, schönn, disch su sähen! Isch abe disch scho vermisst, meine Suße.« Er tänzelte auf sie zu und machte Anstalten, sie zu umarmen, doch Ina wich geschickt aus und schob schnell Gero zwischen sich und den Ladenbesitzer.

»Wer hätte gedacht, dass ich dich hier wiederfinde«, entgegnete sie abwehrend. »Laufen die Geschäfte in Berlin nicht mehr?«

»Oh, Inna, naddürlisch, aber Münschen is einfach so schön Stadt und die Luft hier is vill besser für meine Gesundheit.«

Gero hustete.

»Mustafa, das ist mein Freund Valerius. Wir haben da ein

paar Fragen, bei denen du uns sicherlich gerne weiterhelfen wirst.«

Gero brachte ein höfliches Lächeln zustande, doch der Mann warf ihm nur einen kurzen Blick zu.

»Was kann isch fur disch tun, Inna?« Er beugte seinen Körper nach vorn, um Ina besser ins Visier nehmen zu können.

»Wir suchen ein paar ganz bestimmte Sachen.«

Mustafa wackelte unsicher mit dem Kopf. »Was fur Sachen meinst du? Isch abe nix außer die hier.« Dabei machte er eine ausladende Geste auf die Kostbarkeiten um sie herum.

»Schade!«

»Vielleicht konnen wir anders in Geschaft kommen?« Er rieb sich die Hände.

Ina schüttelte energisch den Kopf. »Lass uns gehen, Valerius, hier finden wir nicht das, was wir suchen.«

Gero wusste, dass Ina nur bluffte. Sie hatte eindeutig eine Fährte gewittert. Also spielte er mit und schickte sich an, den Laden zu verlassen.

»Aber Inna, nisch so schnell«, erwiderte Mustafa prompt, »vielleicht saggst du mir einfach, was du brauchst, und dann schau isch mal, was der alte Mustafa so zaubern kann.«

Ina zögerte, nickte dann aber. »Na gut, Mustafa, ich bin auf der Suche nach ein paar wertvollen Stücken, die es in einer Galerie geben soll.«

»Kunscht? Bildär?«, vermutete Mustafa.

»Nein, eher etwas Bildhauerisches.«

»Bildhaua…?« Er verstand offenbar nicht.

»Figuren oder besser gesagt Schnitzereien«, warf Gero deshalb ein.

»Ah, Holzfigurr?«, versuchte Mustafa sein Glück erneut.

»Etwas Wertvolleres, afrikanisch«, korrigierte Ina.

»Isch weiß nisch.« Mustafa machte ein trauriges Gesicht. »Vielleicht isch hab mal gehörrt was, aber alles weg in Kopf …«

Gero hätte dem Typen eher Daumenschrauben angelegt, als ihm Geld für Informationen zu geben. Als Ina ihm jedoch kurz zunickte, zog er widerwillig sein Portemonnaie aus der Manteltasche. Sie hatte ihn mit einer ansehnlichen Menge Geld ausgestattet, von der er nun einen Fünfzig-Euro-Schein abzweigte.

Mustafa schnappte ihn sich sofort und steckte ihn in die Hosentasche. »Isch weiß nischt. Rischtig wertvoll saggsch du? *Rischtig* wertvoll?« Er blickte skeptisch hoch zu Gero.

Der entnahm seinem Portemonnaie einen weiteren Fünfzig-Euro-Schein, steckte es danach aber mit einer großspurigen Geste weg, während er spürte, wie die Wut in ihm hochkochte. Dieser schleimige Kerl widerte ihn an.

»Also mehr so Alabasta?« Erneut blickte Mustafa den Geldgeber an.

Doch Ina ging scharf dazwischen: »Das reicht jetzt. Du hast hundert Euro, dafür möchte ich eine Information. Welche Galerie könnte deiner Meinung nach Elfenbein anbieten?«

Mustafa schaute beleidigt. Offensichtlich hatte ihm das Spiel gerade großen Spaß gemacht. »Verrsuch mal dein Gluck in Galerie Norrd dreiunsekzisch, konnte sein, dass isch mal gehort habe, dass dort so was ist. Aberr du weißt nischt von mirr! So, un jetz raus, isch muss noch was tunn!« Er fasste Ina unsanft am Arm und schob sie zur Tür.

Das war zu viel! Gero konnte nicht mehr an sich halten, packte Mustafa am Kragen und riss ihn hoch.

Hilflos strampelnd begann der Ladenbesitzer zu wimmern. »He! Was soll das? Isch hab eusch gesagt, was isch weiß!«

Geros Stimme war leise, fast nur ein Flüstern. »Bürschchen, du hast unser Geld genommen und jetzt wirst du uns alles verraten, was wir wissen wollen. Wo bekommen wir Elfenbein?«

Mustafa wand sich erfolglos unter Geros festem Griff,

während Ina vor Überraschung über den plötzlichen Wutausbruch ihres Freundes die Hand vor den Mund geschlagen hatte.

Doch die Aktion verfehlte ihre Wirkung nicht. »Oh, Inna, pass auf, is nisch gut, sich ansuleggen mit diese Leut«, stammelte Mustafa kleinlaut und wackelte eindringlich mit dem Kopf. »Hast du vielleischt falsch gehört. Gibt Aktionnshaus *Galieri* in die Internet. Die aben Elefantbein. Isch wurde Finger lassen weg!« Er hörte mit dem Kopfschütteln gar nicht mehr auf.

Gero ließ ihn los und Mustafa sackte kraftlos zu Boden.

»Geht doch!«, stieß Ina anerkennend hervor. Dann wandte sie sich an Gero. »Lass uns gehen. Einen schönen Tag noch, Mustafa, und bis nicht ganz so bald.«

Gero beugte sich zu dem Ladenbesitzer und senkte seine Stimme. »Wenn du sie noch mal anfasst, werde ich nicht so zimperlich sein.«

Sie verließen das Geschäft und entfernten sich ein paar Meter. »Jetzt weißt du, warum ich mich hier nicht gerne alleine umschaue«, fuhr sie fort, als sie außer Hörweite waren.

»Kann ich verstehen«, erwiderte Gero mürrisch und ballte erneut seine Hand zur Faust, sodass seine Knöchel knackten.

Ina schüttelte den Kopf. »Vergiss ihn einfach. Er gehört zu der Sorte Typen, die großspurig aufschneiden und beim kleinsten Anzeichen von Überlegenheit kapitulieren.« Dann lachte sie. »Wow, du warst echt gut. Früher warst du immer so brav. Das Ruppige steht dir.«

»Ich habe die Kontrolle verloren.«

»Dafür haben wir einen entscheidenden Hinweis bekommen.«

Sie zog ihr Handy aus der Tasche und begann zu tippen. *Haben Spur: Internetgalerie! Bei euch was Neues?*

Rüdigers Antwort kam kurz darauf. *Keine Sekunde zu früh. Letzter Türsteher hat mein Sakko zerrissen ;-). Treffen in 30 min bei* da Claudio!

7

Während sie nach dem ereignisreichen Tag hungrig ihre Pizzas aßen, lachten sie Tränen, als Elli und Rüdiger von ihren Erlebnissen in den Galerien erzählten.

»Wir haben zwar viel Spaß gehabt, aber leider nichts Brauchbares herausgefunden«, schloss Rüdiger schließlich und schob sich ein weiteres Stück Pizza *Speciale* in den Mund.

»Das habt ihr sehr wohl«, entgegnete Gero. Er schien zufrieden. »Eure Recherchen haben ergeben, dass diese drei Galerien nichts mit dem Elfenbeinverkauf zu tun haben und wir sie guten Gewissens von der Liste streichen können.«

Elli strahlte angesichts des unverhofften Lobes, während Gero gewohnt knapp von ihrem Besuch bei Mustafa berichtete.

»Es schaut also so aus«, schloss Ina, »als würden wir gar nicht einer echten Galerie hinterherjagen, sondern einem Online-Auktionshaus namens *Galieri*. Zu dumm, dass ich Schlüter nicht richtig verstanden hatte.«

»Mach dir nichts draus«, sagte Elli aufmunternd. »Der Tag war so oder so ein voller Erfolg. Rüdiger und ich hatten eine richtig lustige Zeit, und dass ich euch nach all den Jahren wieder um mich habe, ist an sich ja schon unglaublich.«

Rüdiger nickte bestätigend.

»Und wie machen wir nun weiter?«, warf Gero ohne einen Hauch von Feingefühl ein.

Rüdiger bedachte ihn mit einem bösen Blick. Dann wandte er sich an Ina: »Machen wir denn überhaupt weiter?«

Ina grinste breit. »Natürlich machen wir das! Die Elfenbeinschmuggler sind immer noch auf freiem Fuß und wir haben bewiesen, dass wir immer noch ausgezeichnet zusammenarbeiten! Ich schlage vor, wir fahren ab sofort zweigleisig. Als Erstes sollte sich mal einer von uns hinter den Computer klemmen und die Online-Auktion suchen.« Sie heftete ihren Blick auf Gero.

Dieser hatte gerade akkurat ein weiteres trapezförmiges Stück seiner Pizza *Vegetale* abgeschnitten und war dabei, es genüsslich in seinen Mund einzupassen. »Klingt vernünftig. Die Recherche kann ja unser Computerfreak machen!«

»Nein, ich finde, das ist durchaus eine Herausforderung für dich, Herr Oberstleutnant!«

Gero schaute sie verdutzt an.

Ja, sie wusste, dass er als Stratege bei der Bundeswehr nicht unbedingt ein IT-Genie war. Aber für Rüdiger hatte sie eine Aufgabe, bei der er nicht allein vor sich hinbrüten würde. »Kwalle, wir werden morgen meine Aufzeichnungen über Schlüter durcharbeiten und am Montag ein zweites Mal zu ihm fahren. Er ist derzeit unsere einzige konkrete Spur. Ich möchte mir gerne diese Skulptur noch mal genauer ansehen. Und du wirst mein Pressefotograf sein für die Beweisbilder.«

»Knippst du immer noch so gerne?«, fragte Elli begeistert.

»Na klar, und ich habe eine tolle Spiegelreflexkamera«, erklärte er stolz, bevor er sich stirnrunzelnd an Ina wandte. »Wie willst du Schlüter dazu bringen, uns in sein Haus zu lassen? So wie ich dich verstanden habe, seid ihr nicht gerade als Freunde auseinandergegangen.«

»Das ist wahr. Aber ich denke, ich kenne seinen wunden Punkt: seine Eitelkeit. Vielleicht können wir ihn mit einem fingierten Fotobericht über seine Kunstgegenstände ködern.«

»Wird er den Braten nicht riechen?« Elli blickte von der Dessertkarte auf.

»Du vergisst meinen durchaus veritablen Ruf. Mit meinem Redakteur habe ich bereits meine Tarngeschichte besprochen: Falls jemand fragt, interviewe ich in München Leute aus den oberen Zehntausend. Von denen hat so mancher seine eigene kleine Kunstsammlung angelegt. Ich werde Schlüter einen Artikel über die hiesige Kunstszene als Türöffner präsentieren.«

Elli nickte. »Und für mich gibt es dann wohl gerade nichts zu tun?«

Ina zuckte etwas hilflos die Achseln. »Ich glaube, nicht.«

»Ist mir ganz recht«, erwiderte Elli, während sie sich nach einem Kellner umsah, um eine Nachspeise zu bestellen. »Bei mir ist in ein paar Tagen nämlich die Hölle los. Meine Nichte kommt mit ihren drei Kindern zu Besuch und da muss ich noch ein paar Sachen vorbereiten.« Für einen Moment schien sie in Gedanken woanders zu sein. Dann schüttelte sie abrupt den Kopf und warf ihren Freunden einen strengen Blick zu. »So! Und jetzt will ich nicht mehr über Elfenbein reden, sondern endlich wissen, was bei euch in den letzten Jahrzehnten los war! Gero, du hast also Karriere bei der Bundeswehr gemacht?«

Damit war der Fall für die nächsten Stunden vergessen. Sogar der sonst so wortkarge Gero wurde immer gesprächiger. In ausgelassener Stimmung bei Dessert, Kaffee und Wein sprangen sie in ihren Erzählungen von Thema zu Thema: von ihrer gemeinsamen Schulzeit über ihre beruflichen Stationen und ihre Wohnorte bis hin zu ihren Partnern, Kindern und Enkeln. Sie versuchten herauszufinden, wer noch wen von früher kannte. Zumindest Rüdiger und Ina waren über die Jahre hinweg immer wieder auf Klassentreffen gewesen und noch mit einigen alten Weggefährten in Kontakt. Gero und Elli bedauerten, aus unterschiedlichen Gründen nie hingegangen zu sein. Als der Abend schon recht weit fortgeschritten war, lernten sie schließlich ein Dutzend Ausreden von Kindergartenkindern kennen, die sich vor dem Händewaschen drücken wollten, und mussten sich von Gero einen Vortrag über das Für und Wider der Ehe anhören.

Als die Kellner nach Mitternacht begannen, die Stühle hochzustellen, verabschiedeten sie sich und gingen schließlich gelöst auseinander.

8

Gero machte sich nach seinem Sonntagsrundgang an die Arbeit. Im Internet nach der Online-Auktion suchen! Das hatte Ina so dahingesagt. Er hatte am Abend zuvor keine langwierige Diskussion anstoßen wollen, aber mit einer einfachen Google-Suche war es in diesem Fall sicher nicht getan.

Eine halbe Stunde lang machte er sich Notizen, dann hatte er einen Plan:

1. Synonyme für Elfenbein finden inkl. Übersetzungen ins Englische, Spanische und Afrikaans
2. Suchmaschinen speziell für Einkäufe recherchieren
3. Systematische Abfrage und Protokollierung aller Suchbegriffe und Ergebnisse

Er setzte sich an den Computer und begann, still vor sich hin zu arbeiten.

Drei Stunden später griff er frustriert zum Telefon und rief seinen Neffen Bernd an.

Ina und Rüdiger waren am Montag früh aufgestanden. Während Rüdiger das Frühstück wegräumte, wählte Ina um kurz vor neun die Nummer von Schlüters Büro.

»Schlüter Immobilien, Weißenstein am Apparat«, ertönte prompt eine kühle Frauenstimme.

»Guten Morgen, Ina-Marie von Treuenfeld. Könnten Sie mich bitte zu Herrn Dr. Schlüter durchstellen? Ich hätte noch zwei kurze Fragen zu unserem Interview vor einem Monat.«

Schweigen. Hatte die Dame etwa aufgelegt?

»Es tut mir leid, Frau von Treuenfeld. Herr Dr. Schlüter ist heute ...«

»Schlüter ist tot!«, rief Rüdiger plötzlich ganz außer Atem.

»Er ist *was*?«

»Nicht im Büro«, krächzte es durch den Hörer.

»Tot«, wiederholte Rüdiger.

Ina drückte nach einer gestotterten Entschuldigung den Anruf weg. »Was redest du da, Kwalle?«

»Gero hat es von seinem Neffen erfahren und gerade eine Nachricht geschickt. Hier.«

Habe Bernd gestern eingeschaltet. Hat gerade angerufen. Schlüter wurde heute Morgen tot aufgefunden. Versuche, mehr Infos zu bekommen.

»Was machen wir jetzt?«, fragte Rüdiger ratlos.

»Ich rufe Gero an.« Ina wandte sich erneut dem Telefon zu.

»Habe ich schon versucht, da ist belegt.« Rüdiger zögerte. »Meinst du, Schlüter ist wegen des Elfenbeins ermordet worden?«

Ina überlegte. »Gute Frage. Wir müssen unbedingt noch einmal in Schlüters Haus und die Statue genau untersuchen.«

»Wir sollen da einfach hinfahren? Mensch, Ina, das geht nicht! Der Mann ist gerade gestorben!«

»Jetzt oder nie, ich glaube, das ist unsere einzige Chance!«

Normalerweise respektierte Ina die Privatsphäre ihrer Interviewpartner. Aber es ging hier nicht um ein paar kleine Betrügereien am Bau. Geschützte Tiere wurden getötet oder verstümmelt und dieser Mann hatte das durch den Erwerb entsprechender Kunstwerke – zumindest mittelbar – unterstützt. Korrupte Nationalparkangestellte, zu wenig Personal, lasche Zollkontrollen und auf der Prioritätenliste der Polizei war das Thema auch nicht ganz oben. Nein, wenn V.I.E.R. nicht handelten, würde das Elefantenmorden munter weitergehen.

Ina ging in die Küche und holte aus dem Schrank unter der Spüle zwei Paar Einmalhandschuhe hervor. Dann sah sie Rüdiger eindringlich an. »Du brauchst nur deine Kamera und die hier.«

Rüdiger pfiff durch die Zähne. Grünwald war ihm zwar bekannt als Vorort der Reichen und Berühmten, doch er hatte noch nie zuvor eines der Grundstücke betreten. Ehrfürchtig betrachtete er die zweistöckige viktorianische Villa. Weiße Säulen trugen ein breites Vordach, die Fassade war in einem unauffälligen Roséton gehalten und der englische Rasen war größer als ein Fußballfeld.

Ina klingelte.

Nichts rührte sich.

Sie versuchte es nochmals.

Kurz darauf wurde die Tür einen Spalt geöffnet.

»Ja bitte?«, fragte eine zierliche ältere Dame. Ihr Make-up war tränenverschmiert und aus ihrem Dutt hingen etliche silberne Haarsträhnen heraus.

»Guten Tag, ich bin Ina-Marie von Treuenfeld. Ich bin

hier, um den zweiten Teil meines Interviews mit Herrn Dr. Schlüter zu führen.«

»Sie sind von der Presse?«

»Ich bin Journalistin. Er hat mich gebeten, heute noch einmal vorbeizukommen für einen weiteren Artikel. Ich mache gerade eine Serie über große Kunstsammler. Dürfen wir reinkommen?«

»Ich weiß nicht. Wissen Sie ... ich ...«

»Ist Herr Dr. Schlüter nicht da?« Ina schaute demonstrativ auf die Uhr.

Die Frau schniefte. »Sie werden es ja sowieso erfahren. Sein Assistent hat ihn heute früh gefunden. Da war er schon tot.«

»Oh nein!« Ina machte einen Schritt nach vorn und legte der Frau die Hand auf den Arm.

»Der Notarzt war da und die Polizei. Sie haben ihn weggefahren. Und jetzt sind alle wieder fort und ich mache trotzdem sauber für ... weil ... ach, es ist furchtbar!«

Ina übermannte Mitgefühl für die alte Frau. Die Journalistin in ihr schob es aber konsequent beiseite und fokussierte sich auf ihr Ziel, die Elfenbeinstatue noch einmal genauer anzusehen. Und wer weiß, vielleicht konnte ihnen die Haushälterin auch etwas zu Schlüters Todesursache erzählen. Womöglich steckte mehr dahinter?

»Das tut mir aufrichtig leid«, wandte sie sich an die schluchzende Dame. »Ich möchte nicht respektlos sein angesichts dieses tragischen Vorfalls. Aber es ist so unfassbar schade! Wir wollten einen Bildband über seine wundervolle Sammlung machen. Die liegt ... Entschuldigung! ... die lag ihm doch so am Herzen.«

»Ja, er hatte seine Stücke geliebt, sie waren wie seine Kinderchen.«

»Sagen Sie, Frau ...«

»Hofstätter.«

»Frau Hofstätter, wäre es nicht wunderschön, wenn wir einen Nachruf auf Doktor Schlüter machen würden? Damit er nicht nur als Baulöwe, sondern auch als ein anerkennenswerter Kunstliebhaber geehrt würde?«

»Oh, ich weiß nicht, ob das geht. Ich wollte hier nur noch kurz saubermachen, bevor …«

»Ja, ich verstehe«, schoss Ina schnell nach. »Ein Jammer, all die wunderbaren Dinge werden in irgendeiner Erbmasse verschwinden.« Sie schwieg, als wäre sie von diesem Gedanken sehr betroffen.

Einen Augenblick herrschte Stille. Schließlich sagte die Haushälterin: »Na gut, kommen Sie herein.«

Rüdiger schüttelte Frau Hofstätter die Hand und murmelte ein paar Worte des Beileids.

»Sie halten alles so vortrefflich sauber. Museen sind nicht schöner«, lobte Ina, als sie das Arbeitszimmer des Verstorbenen betraten. »Rüdiger, warum machst du nicht deine Aufnahmen und Frau Hofstätter und ich genehmigen uns in der Zeit einen Kaffee? Ich kann dir hier sowieso nicht helfen.« Dabei reckte sie die Tüte vom Bäcker um die Ecke in die Höhe, aus der es nach frischen Croissants duftete. »Die hatte ich eigentlich für den Herrn Doktor mitgebracht.« Während Ina die alte Dame wie selbstverständlich vor sich her aus dem Zimmer schob, flüsterte sie Rüdiger zu: »Ich kann die Statue nirgends sehen. Vielleicht ist sie gestohlen worden. Oder er hat sie versteckt. Vergiss die Handschuhe nicht!« Und schon war sie weg.

Da stand er also. Rüdiger hatte nicht wirklich darüber nachgedacht, was ihn hier erwartete. Fotos machen? Klar, damit kannte er sich aus. Aber Schränke durchsuchen? Irgendetwas sträubte sich ganz mächtig in ihm. Er konnte doch nicht einfach so im Eigentum eines Verstorbenen wühlen! Was hätte Sonja dazu gesagt?

Andererseits hatte Ina recht: Das Verschwinden der Statue war tatsächlich verdächtig. Konnte man es deshalb rechtfertigen, ein paar Türen zu öffnen und hineinzusehen?

Rüdiger lauschte: alles still. Dann fasste er sich ein Herz und streifte sich kurz entschlossen die Handschuhe über. Kaum fünf Minuten später hatte er die Statue tatsächlich hinter einem steinernen Bierkrug gefunden.

Er nahm das geschnitzte Stück aus dem Schrank und stellte es behutsam auf den Boden, um es von allen Seiten zu fotografieren. Sein Herz raste. Die Schnitzerei hatte die Form des Stoßzahnes, war unten glatt poliert und oben durchaus kunstvoll zu Figuren ausgestaltet. Er konnte mehrere Giraffen und Antilopen ausmachen und – welch Ironie – auch einen Elefanten.

Schnell schoss er von allen Seiten mehrere Fotos und vergaß dabei auch die Unterseite mit dem Querschnittmuster des Zahnes nicht. Leider gab es keine Gravuren oder Ähnliches, was auf den Hersteller hingedeutet hätte.

Dann stellte Rüdiger das Stück wieder dorthin zurück, wo er es gefunden hatte. Seine Hände waren schweißnass, aber er hatte seine Aufgabe erledigt. Jetzt nichts wie raus hier!

Schnell ging er zum Schreibtisch zurück, um seinen Fotoapparat wieder einzupacken. Dabei stieß er mit der Kameratasche an die Computermaus. Der Bildschirm wurde plötzlich hell und zeigte das Eingabefeld für die Passwortabfrage.

Rüdiger starrte auf den Monitor. Schlüter hatte den PC nicht heruntergefahren. Hatte er die Statue von diesem Computer aus ersteigert?

Er atmete hektisch und überlegte fieberhaft. Mit einer Liste der zuletzt besuchten Internetseiten konnte er herausfinden, was Schlüter im Internet gemacht hatte. Zuvor musste er allerdings erst das richtige Passwort eingeben.

Schweiß brach ihm aus. Nein, das konnte er auf gar keinen Fall machen! Schränke zu öffnen war das eine, aber in fremde Computer einzudringen …

Rüdiger lauschte erneut. Noch immer war es vollkommen ruhig.

Er dachte an Geros Motto: *Der Zweck heiligt die Mittel.* Damit war V.I.E.R. 1 schon früher immer vorausgeprescht – durch das offene Kirchenfenster, über die Schulmauer oder die Baustellenabsperrung. Und jedes Mal hatte er triumphierend gelächelt, wenn er etwas gefunden hatte.

Rüdiger hatte sich entschieden. Er würde dem Ganzen drei Versuche geben. Aber wo sollte er beginnen?

Er erinnerte sich an eine alte Tatort-Folge und hob die Tastatur hoch. Kein Zettel mit Passwort. Er schaute hinter den Monitor und unter jeden einzelnen Gegenstand auf dem Schreibtisch. Nichts. Doch das wäre vermutlich auch zu leicht gewesen.

Nachdenklich starrte er vor sich hin. Ina hatte ihm gestern alles, was sie über Schlüter recherchiert hatte, zum Lesen gegeben. War darin irgendein Hinweis gewesen, was ihm bei der Passwortsuche helfen konnte?

Schlüter hatte einen Hund gehabt. Rüdiger tippte aufs Geratewohl ›Daisy‹. Falsches Passwort. Natürlich.

Aber dafür war jetzt ein Kennworthinweis aufgepoppt: *Klaus rückwärts*.

Was sollte ihm das sagen? Er tippte ›sualK‹. Wieder falsch.

Sein Blick schweifte über den Schreibtisch und blieb an einem Adressbuch hängen. Rasch schlug Rüdiger unter K nach. Ein Eintrag ›Klaus‹ ohne Nachnamen machte ihn stutzig. Kurzerhand hämmerte er dessen Telefonnummer von hinten nach vorn in die Tasten.

Der Bildschirm war freigegeben!

Für ein paar Sekunden war Rüdiger starr vor Erstaunen. Ein Glücksgefühl durchströmte ihn.

Einen Moment später hatte er die Browser-Chronik auf dem Bildschirm. Sie war bedeutend zu lang, um sie auf die Schnelle durchzulesen. Dazu hätte er schon Geros fotografisches Gedächtnis gebraucht.

Aber seine Kamera war mindestens genauso gut. Er machte ein paar Fotos und wollte den Browser schon schließen, als ihm einfiel, dass die Seiten selbst – besonders, wenn es illegale waren – sicherlich auch mit Passwörtern gesichert waren. War Schlüter eventuell so leichtsinnig gewesen und hatte sie im Browser gespeichert?

Nach wenigen Klicks hatte er Gewissheit: alle Benutzernamen mit zugehörigen Passwörtern in Reinform.

Rüdiger schaffte es kaum, die Kamera ruhig zu halten, weil er jetzt mit den Nerven vollkommen am Ende war. Sekunden später war der Browser geschlossen, der Bildschirm wieder gesperrt und die Kamera in seiner Tasche.

Dann riss er sich die Handschuhe von den Händen. Er musste schrecklich aussehen. Mit einem Taschentuch wischte er sich den Schweiß von der Stirn – keine Sekunde zu früh. Denn im selben Moment kamen Ina und die Haushälterin aus der Küche zurück.

Ina redete ungewöhnlich laut. Damit hätte sie ihm auf jeden Fall rechtzeitig ihr Kommen signalisiert. Danke, V.I.E.R. 2.

Ina sah Rüdiger mit großen Augen an. Sie bemerkte sicher sofort, dass er fix und fertig war. Die Haushälterin hingegen war selbst immer noch so aufgelöst, dass sie Rüdiger glücklicherweise nicht beachtete.

»Alles im Kasten«, presste er mit heiserer Stimme hervor und hustete.

Ina übernahm zu seiner Erleichterung den Rest, bedankte sich überschwänglich bei Frau Hofstätter, verabschiedete sich mit großer Geste, und ehe Rüdiger sich versah, waren sie wieder beim Auto angelangt. Er drückte Ina die Schlüssel in die Hand, woraufhin sie die Stirn runzelte, dann jedoch auf der Fahrerseite einstieg, den Motor anließ und um die nächste Ecke fuhr.

»Kwalle, was ist passiert, um Himmels willen?«

»Ich habe die Statue gefunden. Und ich habe Schlüters Browser-Chronik und seine Passwörter«, resümierte er erschöpft.

»Du hast *was*?!«

Rüdiger lächelte schief. »Lange Geschichte. Können wir heimfahren? Ich brauche dringend einen Whiskey.«

»Sofort. Ich schreibe nur noch kurz den anderen. Wir brauchen eine Lagebesprechung.«

Rüdiger fühlte sich zwiespältig. Auf der einen Seite war er glücklich darüber, weit mehr Informationen bekommen zu haben als erwartet. Andererseits hatte er etwas sehr Falsches getan. Heiligte der Zweck wirklich die Mittel? Eigentlich sollte er zur Polizei gehen und sich selbst anzeigen. Rüdiger sank in seinem Sitz zusammen und schwor sich, die Fotos unwiederbringlich zu löschen, sollte nichts Verwertbares dabei sein.

Zu Hause angekommen, wurde er von Ina zum Duschen geschickt. Rüdiger kam das sehr gelegen, weil auch sein Arbeitszimmer im Obergeschoss war und er somit die Möglichkeit hatte, sich Schlüters Browser-Chronik zunächst allein anzusehen. Falls keine brauchbaren Informationen dabei waren, musste er den anderen dann nicht erzählen, was er im Haus des Baulöwen verbrochen hatte.

Er schulterte seine Kameratasche und trabte in den ersten Stock. An seinem Schreibtisch angekommen, schob er die Speicherkarte in den Laptop.

Mit geübtem Blick durchsuchte er die Daten. Neben den Adressen der aufgerufenen Webseiten stand, wann sie geöffnet worden waren. Schlüter hatte regelmäßig bei seiner Bank vorbeigeschaut, einige Google-Anfragen zu aktuellen Bauvorhaben gestellt und auf mehreren Seiten von Handwerkern gesurft. Nichts Ungewöhnliches. Daneben fand Rüdiger etliche YouTube-Links. Zunächst klickte er ein paar davon an, stellte dann aber schnell fest, dass es sich nur um spanische Musik oder Dokumentationen über Großbauwerke handelte, und ließ die übrigen aus.

Plötzlich stutzte er. Vor zwei Monaten war mehrmals eine nicht näher benannte, auffallend kryptische Seite aufgerufen worden: http://67616c69766f7279.com.

Verdächtig!

Rüdiger schaltete den erhöhten Sicherheitsmodus des Browsers ein und klickte auf den Link.

Ina zwang sich zur Geduld. Elli und Gero waren unterwegs und Rüdiger wollte erst etwas sagen, wenn alle da waren.

Sie schnitt Zucchini und Tomaten, die sie noch rasch auf dem Weg eingekauft hatte. Die Zwiebeln dünsteten bereits in der Pfanne und die Sonnenblumenkerne, die sie hinzugegeben hatte, rösteten vor sich hin. Ein leichtes Sommeressen: Zucchini-Tomaten-Gemüse mit Kräuterbaguette. Es war schon länger her, dass sie das letzte Mal gekocht hatte.

Sie kochte ungern für sich allein, aber umso lieber, wenn sie Gäste im Haus hatte. Und hier in Rüdigers Küche fehlte es an nichts: scharfes Besteck, unterschiedlich große Pfannen und ein ganzes Regal voller Gewürze – liebevoll ausgesucht von Sonja.

Sie hielt in ihrer Bewegung inne. Sie vermisste Sonja.

Um sich auf andere Gedanken zu bringen, ließ sie nochmals das aufschlussreiche Gespräch mit Schlüters Haushälterin Revue passieren. Sie hatten sich in der Küche auf eine behagliche Eckbank gesetzt und nachdem Frau Hofstätter beiden Kaffee gemacht hatte, begann Ina ihre Befragung.

»Ich kann es immer noch nicht begreifen«, fing Ina behutsam an. »Herr Schlüter sah doch bei unserem letzten Treffen so gesund aus … Er ist doch nicht womöglich einem Verbrechen zum Opfer gefallen?«

»O Gott, nein! Der Arzt meinte, dass er vielleicht einen Herzinfarkt gehabt hatte. Seit der Kreuzfahrt war er nicht mehr so gut beieinander.«

»Er hat eine Kreuzfahrt gemacht? Was für eine wunderbare Idee!«

»Ja, fand ich auch. Seine Schwester hat ihm die Reise zum Geburtstag geschenkt, weil der Arme doch immer nur gearbeitet hat.«

Der Arme hatte dafür auch einen ordentlichen Batzen Geld mit nach Hause gebracht und davon illegal Elfenbein gekauft, wollte Ina bereits spöttisch anmerken, schluckte ihren Kommentar aber gerade noch rechtzeitig hinunter. »Wie herrlich, wo ist er denn gewesen?«, erkundigte sie sich stattdessen.

»Warten Sie. Er ist von den Kanaren über Marokko bis

Spanien gefahren. Vielleicht bekomme ich die Häfen noch zusammen: La Palma, Casablanca und ein paar andere Städte. Er hat auf jeden Fall die Alhambra gesehen und der letzte Stopp war Mallorca.«

»Das hört sich nach einer fantastischen Strecke an. So etwas sollte ich auch mal machen. Sie wissen nicht zufällig noch die Reederei?« Ina zückte einen Block.

»Das war mit *MittelmeerTours*. Und das Schiff hieß ... warten Sie ... *Pandora*. Ein wunderbares Schiff. Der Herr Doktor hat mir Fotos gezeigt. Ganz weiß und mit so vielen Kabinen, man konnte sie gar nicht mehr zählen.« Frau Hofstätters Wangen hatten sich vor Aufregung gerötet. Vermutlich war sie in ihrem Leben noch nicht einmal über die Alpen gekommen.

Ina war schon früher geschickt darin gewesen, Verdächtige und Zeugen unauffällig auszuhorchen. »Aber ist das nicht noch recht früh im Jahr für eine Kreuzfahrt im Atlantik? Er muss ja fast noch im Winter losgefahren sein.«

»Aber nein«, beschwichtigte die Haushälterin. »Dr. Schlüter meinte, dass es Anfang Februar in Spanien schon recht mild gewesen sei.« Sie kicherte leise.

Ina bohrte noch in verschiedene Richtungen nach und schaffte es sogar, unauffällig zu fragen, ob Schlüter Feinde gehabt hatte. Doch es blieb bei den wenigen Fakten.

Also trank Ina den Kaffee aus und bedankte sich. Rüdiger musste mittlerweile auch mit den Fotos fertig sein. Auf dem Weg ins Arbeitszimmer ließ sie sich laut und wortreich über die alte Fernsehserie *Traumschiff* aus.

9

Rüdiger betrat mit Elli im Schlepptau die Küche. »Und hier sind wir schon am Ende angelangt. Ich hoffe, Ihnen hat die kleine Hausführung gefallen. Zum krönenden Abschluss wird Ihnen meine Köchin jetzt ein köstliches Mahl kredenzen.«

Ina warf lachend ein Tuch nach ihm. Wie schön, dass er offensichtlich wieder Oberwasser hatte.

»Danke für das Essen, Ina, das riecht köstlich«, schwärmte Elli. »Und du, Kwalle, hast wirklich ein wunderbares Haus!«

Er grinste verlegen. »Die meisten Sachen hat Sonja ausgesucht«, sagte er halblaut.

Gero steckte den Kopf in die Tür. »Der Tisch ist gedeckt. Und wenn ihr fertig getratscht habt, könnten wir uns vielleicht wieder unserem Fall widmen!«

Lachend folgten sie ihm ins Esszimmer und nahmen an der säuberlich eingedeckten Tafel mit den akkurat gefalteten Servietten Platz. Während Ina das Essen austeilte, berichtete sie ihren Teil der Geschichte.

»Ein paar Wochen nach der Kreuzfahrt ist er also gestorben? Dann könnte er sich dort einen Infekt eingefangen haben. Bei unseren Auslandseinsätzen sind wir auch immer noch Monate später durchgecheckt worden«, meinte Gero.

»Jetzt im Nachhinein glaube ich, sein Teint beim ersten Interview war leicht gelblich.«

»Könnte was mit der Leber zu tun haben. Hepatitis vielleicht«, vermutete Elli.

Gero nickte. »Das könnte passen. Für Reisen in südliche Länder ist eine Hepatitis-A-Impfung mittlerweile empfohlen.«

»Oder jemand hat ihn umgebracht.«

»Wie kommst du denn darauf, Elli?«, entgegnete Gero entrüstet. »Hast du zu viel Agatha Christie gelesen? Nicht hinter jedem Tod steckt ein Mord. Und überhaupt, was sollte denn das Motiv sein?«

Ina zuckte die Schultern. »Zumindest müssen wir es in Erwägung ziehen. Vielleicht ist das Elfenbein ein Motiv oder irgendein Kuhhandel auf dem Bau, eine verschmähte Geliebte, such dir was aus! Aber laut Haushälterin hatte Schlüter keine offensichtlichen Feinde.«

»Immerhin wissen wir jetzt, wie er an die Statue gekommen ist. Vielleicht können wir da ansetzen?«, sagte Rüdiger, der die ganze Zeit still gegessen hatte.

»Wie bitte? Wie meinst du das?« Die Hand mit der Gabel verharrte auf halbem Weg zu Inas Mund.

Rüdiger lächelte und sein Gesicht glühte. »Ich weiß, woher er die Statue hatte.«

»Na, dann raus damit, oder soll ich dir das Essen ins Gesicht werfen?«

»Bloß nicht! Ich fand das damals schon eklig, als ihr euch immer mit Pommes beworfen habt«, stöhnte Elli mit gerümpfter Nase.

»Also, passt auf!« Rüdiger berichtete ausführlich, wie er Schlüters Rechner geknackt und die Liste mit den besuchten Websites abfotografiert und mitgenommen hatte. Ganz zum Schluss erzählte er von der kryptischen Adresse.

»Wie lautet die genau?«

Rüdiger warf Gero einen Zettel über den Tisch zu. »Da, versuch dein Glück! Ich dachte zuerst an das Darknet, also den Bereich im Internet, der von Suchmaschinen nicht indiziert wird. Aber es ist eine normale Seite. Sie ist einfach nur schwer zu finden, wenn man den Link nicht hat. Und ratet mal, was sich dahinter verbirgt? Eine Online-Auktion für Elfenbein!«

»Volltreffer!«, schrie Ina und ballte triumphierend eine Faust. »Erzähl weiter.«

»Die Auktion ist vor zwei Monaten zu Ende gegangen: zwanzig Schnitzereien mit Preisen im vier- bis fünfstelligen Bereich. Zwölf davon wurden verkauft, Schlüters war auch darunter.«

»Rüdiger, du bist genial!« Ina war ganz aus dem Häuschen. »Jetzt musst du mir nur noch sagen, wem die Website gehört, dann haben wir eine deutliche Spur.«

Rüdiger gab die Frage weiter. »Na, Gero, hast du es herausgefunden? Und was haben eigentlich deine gestrigen Recherchen ergeben?«

Der grunzte bloß.

»Dann werde ich es euch sagen: Die Adresse besteht aus hexadezimalen ASCII-Codes. Übersetzt heißt das *Galivory.com*. Also eine Mischung aus ›Galieri‹ und ›Ivory‹, Elfenbein.« Er lachte triumphierend.

»Kwalle, du bist brillant«, konstatierte Elli. »Du bist der raffinierteste Computerknacker, der mir je unter die Augen gekommen ist.«

»Respekt!« Dieses Lob kam von Gero. Und das war aus seinem Mund schon fast wie die Verleihung eines Nobelpreises.

Rüdiger strahlte und sein Gesicht hatte jetzt einen tiefen Purpurton angenommen.

»Ich wusste, dass auf euch Verlass ist! Wie in alten Zeiten«, schwärmte Ina. »Ohne euch – ohne dich, Kwalle – hätte ich das nicht herausgefunden.«

Rüdiger hustete. »Nun hört schon wieder auf!«

»Du hast gesagt, du hättest dir die letzte Auktion angesehen? Gibt es etwa noch mehr?«

Er nickte. »Die finden in regelmäßigen Abständen statt.«

»Seine E-Mails hast du nicht zufällig kopiert?«, bohrte

Gero nach. »Vielleicht steht da noch etwas drin, was uns hilft, die Schmuggelkette aufzudecken.«

»Er benutzt einen Account bei Gmail. Das Passwort war auch dabei, also habe ich mich eingeloggt und ein bisschen umgesehen. Aber kein Hinweis auf *Galieri* oder Elfenbein. Sackgasse!«

»Vielleicht haben sie statt ›Elfenbein‹ ein Codewort benutzt?«, vermutete Elli.

Rüdiger runzelte die Stirn. »Das könnte sein. Aber wie sollen wir es erraten? Alle Mails einzeln lesen?«

»Es gäbe vielleicht noch eine andere Möglichkeit«, sagte Gero gedehnt. »Hast du geschaut, ob man sich auf der *Galieri*-Seite anmelden kann? Vielleicht gibt es dort die Möglichkeit, private Nachrichten zu verschicken.«

Rüdiger riss die Augen auf. »Nein, aber das werde ich gleich nachholen!« Und schon war er nach oben gerannt.

Ina blickte ihm nach. »Kwalle freut sich ja gerade wie ein Kind an Weihnachten. Hab ihn lange nicht so fröhlich gesehen.«

Gero war in Gedanken ganz woanders. »Wenn der Arzt, der den Tod festgestellt hat, auch nur die leisesten Zweifel an einer natürlichen Todesursache gehabt hätte, hätte er eine Obduktion angeordnet. Hast du Kontakte in die hiesige Rechtsmedizin?«

Ina schüttelte den Kopf. »Kannst du nicht noch mal Bernd kontaktieren? Ist doch praktisch, so ein Kriminalkommissar in der Familie.«

»Na ja, sagen wir, er war nicht gerade begeistert, dass ich ihn gestern nach jemandem gefragt habe, dessen Tod heute in der Zeitung stand. Und leider ist er mit seiner Familie gerade auch noch für drei Wochen nach Bali geflogen. Er wollte wegen Schlüter den Urlaub partout nicht absagen.«

Rüdiger kam die Treppe heruntergelaufen. »Gero hatte recht! Es gibt tatsächlich einen passwortgeschützten Bereich, wo man Nachrichten austauschen kann.« Er holte Atem. »Nachdem er die Statue für einen irrwitzigen Preis ersteigert hatte, hat er nachgefragt, wann er sie denn bekommen könnte. Die Antwort war, dass die nächste Lieferung am ersten März ankommt und dann per Kurier weitertransportiert wird. Das lässt vermuten, dass die Lieferzeit ungewöhnlich lang war!«

»Von meinen Recherchen weiß ich, dass in Hongkong ein großer Umschlagplatz für illegale Kunstobjekte ist. Oder die Ware kommt direkt per Flugzeug aus Afrika. Es gibt Berichte von korrupten Besatzungen, die das Schmuggelgut einfach mit in ihr Bordgepäck genommen haben. Aber das könnte man problemlos innerhalb eines Tages erledigen, sodass Schlüters Lieferung nicht so lange unterwegs gewesen wäre.«

»Vielleicht kam sie per Schiff?«, brachte sich Elli überraschend in die Diskussion ein.

Ina schlug sich mit der Hand auf die Stirn. »Elli, ja klar! Die Kreuzfahrt! Schlüter war doch auf einer Kreuzfahrt gewesen!«

»Meinst du, er hat sich das Ding persönlich abgeholt?«, witzelte Gero. »Das haut zeitlich nicht ganz hin, die Auktion war erst nach der Kreuzfahrt. Aber der Gedanke an sich ist trotzdem interessant!« Gero rieb sich das Kinn. »Es wäre doch keine schlechte Idee, ein Kreuzfahrtschiff mit einer transkontinentalen Route als Transporter zu nehmen. In Afrika kommt die Ware irgendwie an Bord. In irgendeinem europäischen Hafen wird sie unbemerkt wieder ausgeladen und von dort aus weiterbefördert. So könnten größere Mengen geschmuggelt werden. Das würde auch die lange Lieferzeit erklären: Nach der Auktion werden nur die Teile verschifft, die ersteigert worden sind. So setzen sich die Zwischenhändler keinen unnötigen Risiken aus und müssen die heiße Ware nicht bunkern.«

»Und wie genau kommt das Elfenbein an Bord?«, fragte Rüdiger kritisch nach.

»Jemand von der Crew könnte bestechlich sein und es annehmen«, mutmaßte Ina.

Elli lachte. »Oder ein Passagier näht es in seine Kleidung ein.«

»Eine Pseudoschwangere vielleicht?«, witzelte Rüdiger.

»Oder das Elfenbein ist in einer gewöhnlichen Warenlieferung versteckt«, ergänzte Gero. »Rüdiger, wir sollten auf jeden Fall die Auktionsdaten mit den Terminen der Kreuzfahrten vergleichen.«

Rüdiger sprintete davon und kam kurz darauf mit einem Ausdruck in der Hand zurück. »So oft bin ich diese Treppen schon lange nicht mehr gelaufen.« Er atmete schnell und geräuschvoll. Ina freute sich, dass er dennoch wesentlich besser aussah als in den Wochen zuvor.

Gero studierte die Listen. »Da haben wir es: Es gibt nur eine Kreuzfahrt, die auf den Kanaren startet und während ihrer Reise nach Europa einen afrikanischen Hafen anläuft. Das ist die Tour von Gran Canaria nach Mallorca mit Zwischenstopp in Casablanca. Dort kommt das Elfenbein an Bord. In Spanien wird es wieder ausgeladen. Frau Hofstätter hat sich bestimmt verhört. Die Fahrt startete in Las Palmas, der Hauptstadt von Gran Canaria, nicht auf der Insel La Palma. Und das Schiff heißt *Aurora*, nicht *Pandora*.«

»Clever kombiniert, Nick Knatterton!« Elli klatschte begeistert in die Hände. Sie hatten Gero schon früher öfter mit dem berühmten Meisterdetektiv verglichen. »Dann können wir ja jetzt meinen Käsekuchen essen!«

Rüdiger strahlte. »Wahnsinn, was wir innerhalb eines Tages herausgefunden haben! Wir sind noch besser als früher!«

Nur Ina war entgegen ihrer sonstigen Art nicht ganz so euphorisch. »Klingt zwar alles ganz plausibel, aber noch ist es nur eine Hypothese.«

Sie schüttelte unzufrieden den Kopf und folgte Elli in die Küche.

Als sich zum Kaffee jeder gedankenverloren Ellis Käsekuchen auf der Zunge zergehen ließ, murmelte Rüdiger plötzlich leise: »Wir müssten halt mitfahren und nachschauen ...«

»Was sagst du da?«, entfuhr es Ina mit vollem Mund.

Elli riss entgeistert die Augen auf. »Du meinst, wir sollen gemeinsam eine Kreuzfahrt machen?« Sie hielt für einen Moment mit offenem Mund inne, wurde dann aber nachdenklich. »Eigentlich wollte ich nie wieder auf weite Reisen gehen ...« Sie zögerte, während ihre Gabel auf und ab wippte. Elli schien mit sich zu kämpfen. »Aber mit euch?«, überlegte sie schließlich laut. »Das wäre total verrückt!«

»War nur so eine fixe Idee von mir«, nuschelte Rüdiger in entschuldigendem Tonfall.

»Nein!«, rief Elli strahlend. »Das ist eine geniale Idee. Wir vier auf Kreuzfahrt. Einfach so. Ich bin dabei!«

Ina gluckste. »Das wäre ja noch besser als damals beim Wanderzirkus, dem wir hinterhergefahren sind.«

Gero schüttelte energisch den Kopf. »Nein, so geht das nicht!«

»Was hast du denn?«, fragte Elli erschrocken.

»Ihr wollt aus heiterem Himmel eine Kreuzfahrt machen? Einfach so? Unsinn! So arbeitet V.I.E.R. nicht. Wir brauchen erst noch mehr Beweise. Waghalsig, wenn wir vier irgendeiner erstbesten Route folgen, aber feststellen, ohne richtige Grundlage!«

»Vielleicht können wir an Bord die ...«, meinte Elli kleinlaut.

»Nein, wirklich nicht!«, beharrte Gero stur.

Rüdiger sprang auf. »Ich bin gleich wieder da!«

Als er kurz darauf schnaufend zurückkam, lächelte er siegessicher. »Wir brauchen also noch mehr Beweise, lieber Gero?« Er zog die Augenbrauen nach oben. »Würde es dir genügen, wenn wir folgenden Satz in Schlüters Nachrichten finden würden?« Er blätterte in ein paar Papieren herum. »Blabla, ... *möchte ich mich nochmals für den freundlichen Kontakt an Bord bedanken. Mit herzlichen* ... und so weiter und so fort.«

»Akzeptiert«, nickte Gero. Dann nahm er noch einmal die Listen zur Hand und studierte die Termine der bevorstehenden Kreuzfahrten. »Die nächste Tour ist in genau drei Wochen«, verkündete er schließlich nach einem prüfenden Blick auf die Datumsanzeige seines Chronometers.

»Ach, hast du gerade beschlossen, dass wir doch fahren? Und die Kabinenbelegung hast du dir wohl auch schon überlegt?«, fragte Elli schnippisch und verschränkte die Arme.

»Selbstverständlich!«, entgegnete Gero ohne eine Spur von Humor. »Die eine Doppelkabine bekommen Ina und du ... und Rüdiger und ich ...«

Ina warf einen Seitenblick auf Rüdiger, der sein Entsetzen kaum verbergen konnte, und schnitt Gero das Wort ab. »Nein, das machen wir anders! Kwalle geht mit Elli in eine Kabine, weil die beiden nämlich wieder das brave Ehepaar spielen werden.«

Rüdiger war seine Erleichterung deutlich anzusehen und er lächelte dankbar.

»Und du«, erklärte sie weiter und tippte dabei dem verdutzten Gero auf die Brust, »wirst eine Einzelkabine bekommen. Dort kannst du dir von mir aus selbst auf die Nerven gehen.«

»Und was machst du?«, fragte Elli stirnrunzelnd und sah Ina irritiert an.

»Ich, meine Lieben, werde als Teil der Besatzung hinter den Kulissen das Bordleben und die Gauner aufmischen!«

»Fabelhaft!«, konstatierte Gero anerkennend und klopfte sich begeistert auf die Schenkel. »Darauf wäre nicht einmal ich gekommen.«

»Und wie willst du das anstellen?«

»Ach, lasst mich mal machen«, antwortete Ina schelmisch. »Ich habe da schon einen Plan.« Sie grinste abenteuerlustig.

Teil 2

Die Kreuzfahrt

Tag 1: Boarden

1

Elli hatte vor Nervosität kaum geschlafen. Eine Stunde, bevor Rüdiger sie abholen wollte, saß sie bereits vor fertig gepackten Koffern mit der dritten Tasse Tee in der Küche.

Ihr Mann Andreas war zunächst überrascht gewesen, als sie ihm von ihren Plänen erzählt hatte. Das wunderte sie auch nicht. Schließlich hatte sie in den letzten Jahren ihre Häuslichkeit schon fast zelebriert. Am Anfang ihrer Ehe waren sie viel gemeinsam unterwegs gewesen, aber nach der Sache mit den Grabräubern in Äthiopien war es Elli zu viel geworden. Ab dann war sie zu Hause geblieben und hatte sich lieber um die Familie gekümmert, während Andreas für seine archäologischen Forschungen oft monatelang durch die Welt gereist war.

Doch jetzt ging sie plötzlich auf Kreuzfahrt. Zuerst hatte sie Nein sagen wollen, aber irgendwie hatte die V.I.E.R.-Wiedervereinigung den alten Funken Abenteuerlust erneut in ihr entflammt. Außerdem würde sie so doch noch die Gelegenheit haben, Casablanca und die Alhambra zu sehen. Diese beiden Orte standen nämlich schon lange auf ihrer Sternenliste – die Liste all jener Dinge, die sie in ihrem Leben noch sehen oder tun wollte.

Als Elli und Rüdiger am Flughafen auf Gero trafen, erklärte ihnen dieser umgehend, dass sie, um bestmöglich ermitteln zu können, keinesfalls miteinander gesehen werden sollten. Von da an tat er so, als würde er sie nicht kennen. Elli fand das einfach nur amüsant. Und auch Rüdiger, der sich zunächst maßlos echauffiert hatte, beruhigte sich nach einer Weile wieder. Immerhin war das noch ein kurzer

Moment der Ruhe, bevor sie eine ganze Woche mit dem spleenigen Gero auf einem Schiff eingesperrt sein würden. Elli erinnerte sich gut daran, wie ihn Geros Marotten schon früher zur Weißglut gebracht hatten. Das konnte in den nächsten Tagen also noch heiter werden.

Der Flug war angenehm und mit Rüdiger als Sitznachbarn sehr kurzweilig. Sie redeten die ganze Zeit und irgendwann fühlte es sich fast so an, als hätten sie sich in den letzten Jahrzehnten jeden Tag gesehen.

Gero saß am Fenster, der Platz unmittelbar neben ihm war frei. So weit, so gut. Doch den Sitz am Gang blockierte eine sehr beleibte Frau Mitte vierzig mit rot gefärbten Haaren. Er war nicht verwundert, als sie eine Ausgabe von *Echo der Frau* auspackte. Dann kramte sie umständlich eine Flasche Cola aus ihrer Tasche und schaffte es nicht, sie zu öffnen. Dummerweise machte Gero den Fehler, ihr seine Hilfe anzubieten.

»Oh, das ist aber nett! Wo geht's denn hin?«

»Auf Kreuzfahrt.« Sein zweiter Fehler.

»Etwa auch mit der *Aurora*? Das wäre ja wundervoll!« Ihre Augen weiteten sich vor Begeisterung. »Dann sollten wir uns gleich duzen. Ich bin die Jacqueline. Und wie heißt du?«

»Gero.« Fehler Nummer drei.

Von da an versuchte ›Schackeline‹ immer wieder, ihn in ein Gespräch zu verwickeln. Egal wie einsilbig er auch antwortete, immer wieder nahm sie den Faden auf oder wechselte unvermittelt das Thema. Gero versuchte sich abzulenken, da ihre Lebensgeschichte sein Gehirn zu blockieren begann. Als sie sah, dass er die Knebelverschlüsse der Klapptische sorgsam genau nach unten ausrichtete, nahm sie das freudig zum Anlass, von Reinlichkeit im Haushalt und seinem wunderbaren Ordnungsfimmel zu schwärmen.

Als schließlich die Frage bezüglich seines Ehestands kam, bereute er längst, nicht doch einen Platz neben Elli und Rüdiger gebucht zu haben.

2

Es war sonnig und warm, aber es wehte ein überraschend starker Wind, als sie das Flughafengebäude auf Gran Canaria verließen. Elli gefielen auf Anhieb die Palmen und bunten Blumen, die die gepflegten grünen Rasenflächen umgaben.

Eine freundliche Reiseleiterin brachte sie zu einem Transferbus von *MittelmeerTours*, der sie an der Küste entlang zum Hafen bringen sollte. Die Klimaanlage rauschte leise und aus den Lautsprechern tönte scheppernd spanische Folklore. Rüdiger nickte schon bald ein.

Elli dagegen schaute wie gebannt aus dem Fenster und erzählte ihrem schlafenden Sitznachbarn von allem, was sie entdeckte – allerdings mit sinkender Begeisterung. So hatte sie sich Gran Canaria nicht vorgestellt! Prägten anfangs noch künstlich angelegte Grünanlagen das Bild, herrschte nun eine ausschließlich karge und felsige Vulkanlandschaft vor. Hin und wieder klebte ein zusammengewürfelter Haufen Häuser an den Hängen. Auf dem Meer waren eine Bohrinsel und Frachtschiffe zu sehen. Im Werbeprospekt war das ganz anders abgebildet gewesen, befand Elli enttäuscht. Als sie aber nach halbstündiger Fahrt endlich den Hafen und ihr Schiff erblickte, kehrte ein breites Lächeln auf ihr Gesicht zurück.

Die *Aurora* war eine Pracht und genau das, was sie sich nach Dutzenden Folgen *Traumschiff* vorgestellt hatte! Majestätisch lag sie am Kai. Das grelle Weiß blendete fast. Sie hatte einen schnittigen spitzen Bug, unzählige Decks und auf halber Höhe eine lange Reihe von orangefarbenen Rettungsbooten. Am auffälligsten war aber der aufgemalte grüne Papagei, der den Bug zierte und dessen Flügel sich steuer- und backbord über die halbe Schiffslänge erstreckten. Am Pier standen schon zahlreiche Crewmitgliedern, die die Gäste fröhlich lächelnd willkommen hießen.

Elli war entzückt. »Ist es nicht wunderschön?«, rief sie begeistert und rüttelte Rüdiger wach.

Rüdiger blinzelte kurz und ließ sich dann schnell von ihrer Freude anstecken. »Klasse! Ich habe vor zehn Jahren mit Sonja eine Mittelmeerkreuzfahrt auf der AIDAcara gemacht. Es war großartig. Ich freue mich schon riesig darauf, wieder auf einem Schiff zu sein!«

Elli strahlte ihn an. Wie schön, dass er so positiv zurückblicken konnte.

Auch Gero war begeistert, allerdings hauptsächlich deshalb, weil er sich nach dem stundenlangen Sitzen endlich wieder die Beine vertreten konnte. Sie wurden von einer Reisebegleiterin willkommen geheißen und in einem Terminal zu Schaltern gewiesen, die nach Decks geordnet waren. Erleichtert stellte er fest, dass Schackeline eine andere Reihe ansteuerte. Nachdem er ihr vorsichtig gefolgt war und ihre Kabinennummer gehört hatte, war er zufrieden. Jetzt konnte er einen Wegeplan erarbeiten, der die Wahrscheinlichkeit eines weiteren Zusammentreffens minimierte.

Kurz darauf erhielt er seinen Boardingpass – eine scheckkartengroße Plastikkarte, die bei jedem Ein- und Aussteigen gescannt wurde. Dann musste er durch eine Sicherheitsschleuse wie am Flughafen. Sein übriges Gepäck würde im Laufe der nächsten Stunde in seine Kabine gebracht werden.

Vor dem Schiff waren weiße Zelte aufgebaut, in denen sich Broschüren mit Informationen über die einzelnen Stationen ihrer Reise sowie Kaffee, Tee und Kuchen zur Selbstbedienung befanden. Elli und Rüdiger plauderten am Büfett bereits mit einigen anderen Passagieren.

Gero nahm sich eine Tasse Kaffee, schlenderte ein wenig umher und machte dabei unauffällig Fotos von den herumstehenden Crewmitgliedern und deren Namensschildern. Wenig später, nachdem er die Papptasse ordnungsgemäß entsorgt hatte, machte er noch ein paar Aufnahmen vom Schiff. Als er aus dem Augenwinkel heraus bemerkte, dass Schackeline auf ihn zukam, duckte er sich rasch an der Bordfotografin vorbei und marschierte zielstrebig Richtung Passagiergangway, auf der er auch Elli und Rüdiger erblickte.

Ellis Bauch kribbelte, als sie über den schaukelnden Eisensteg der *Aurora* ging. Sie bestieg wirklich gerade ein Kreuzfahrtschiff! Was Andreas wohl sagen würde, wenn er sie jetzt sehen könnte? Sie musste ihm gleich ein paar Fotos schicken. Und ihrer Schwiegertochter. Und ihren Freundinnen natürlich auch.

Auf dem Schiff wurde ihr Boardingpass von einem asiatisch aussehenden Mann der Security gescannt, der sie mit einem freundlichen »Welcome on Board« durchwinkte. Alles war mit Teppichen ausgelegt und in einem schönen Rot-Orange-Ton gehalten.

Rüdiger steuerte gerade zielstrebig den Lift an, doch Elli hielt ihn auf: »Nicht doch, wir müssen erst das Schiff erkunden! Und das geht am besten zu Fuß.«

Sie hatte sich fest vorgenommen, so oft wie möglich Treppen zu steigen. Dann schmeckte das Büfett schließlich doppelt gut.

Rüdiger ergab sich in sein Schicksal und folgte Elli sieben Stockwerke nach oben auf das Pooldeck. Auf der sechsten Etage war er schon ziemlich außer Atem. Auch Elli nahm die Stufen zunehmend langsamer, aber ohne in ihrem Redefluss über »die schönen Farben«, »das tolle Design« und »die wunderbaren Pflanzen« innezuhalten.

Rüdiger seufzte. Er musste sich dringend wieder etwas mehr bewegen und für Elli irgendwo Baldrian besorgen.

Als sie schließlich oben angelangt waren und durch die gläserne Schiebetür ins Freie traten, wehte ihnen eine warme Meeresbrise um die Nase. Er fühlte sich unwillkürlich in die Zeit seiner Kreuzfahrt mit Sonja zurückversetzt. Sie hatten das Leben damals sehr genossen. Das Pooldeck schaute ähnlich aus, wie er es in Erinnerung hatte: in der Mitte ein kleiner rechteckiger Pool, der aufgrund seiner Größe nur zum Planschen geeignet war; darum herum orangefarbene Sonnenliegen, auf denen es sich die ersten Gäste bereits gemütlich gemacht hatten. Hinter dem Becken befand sich noch ein winziger Whirlpool. Entlang des Decks waren schon Tische aufgestellt worden und Kellner richteten Gläser für den Sektempfang her.

Rüdigers Augen wurden feucht, als er an Sonja dachte, und ein Schauer lief ihm über den Rücken. Doch in die Traurigkeit mischte sich dieses Mal auch ganz viel Dankbarkeit für die schönen Erinnerungen. Er spürte, wie Elli ihren Arm unter seinen schob und sich leicht an ihn lehnte. Er wusste nicht, ob sie seine Stimmung bemerkt hatte, aber das

Gefühl, jemanden an seiner Seite zu haben, tat gut. Er nahm einen tiefen Atemzug und blickte seine Jugendfreundin dankbar an.

»Kein schlechter Ort, um Gangster zu jagen, oder?«

Er musste laut lachen. Verrückt! In dieser Idylle sollten Verbrecher am Werk sein? Schwer vorstellbar. Aber egal – nun waren sie hier! Sollte sich das Ganze am Ende als Flop herausstellen, hätten sie wenigstens eine schöne Reise gehabt. Eine Woche Auszeit mit seinen alten Freunden würde ihm sicherlich guttun. Und – vielleicht war das Schicksal – in der Firma hatten sie gerade keine dringlichen Aufträge zu erledigen.

Elli zog ihn zu einer Außentreppe, die auf das oberste Deck führte, und er schnaufte hinter ihr her. Vor seinem geistigen Auge sah er schon viele Treppenauf- und -abstiege vor sich, bis diese Kreuzfahrt zu Ende war.

Das Aussichtsdeck war eine Art Galerie. Von der weiß lackierten Reling konnte man sowohl rundherum auf das Meer blicken als auch auf das darunterliegende Pooldeck. Der Boden war mit grünem Kunstrasen ausgelegt. Rüdiger beschloss, von hier aus das Ablegen zu verfolgen.

Er knipste ein paar Fotos vom Hafen. Mehrere Frachter und Schlepper pflügten gemächlich durch das azurblaue Meer. Im Hintergrund erhoben sich die kahlen Berge der Halbinsel La Isleta. Hin und wieder hörte er den Schrei einer Möwe. Als er Elli auf ihrem Rundgang eingeholt hatte, standen sie noch eine Weile an der Reling und atmeten die klare kanarische Luft ein.

»Schau mal, da ist Gero!«, rief Elli plötzlich. Sie deutete auf das Pooldeck unter ihnen und winkte. »Gero, ist es nicht wunderschön hier?«

Als dieser sie bemerkte, drehte er um und ging in die andere Richtung davon.

Rüdiger schüttelte den Kopf. »Meinst du, wir halten es eine Woche mit ihm aus?«

»Haben wir im Schullandheim doch auch!«

»Wir kannten ihn damals ja noch gar nicht richtig.«

»Davor nicht, aber definitiv danach!«

Rüdiger lachte. »Was hältst du von einem Begrüßungscocktail?« Er hatte die fruchtigen Getränke von der letzten Kreuzfahrt noch in sehr guter Erinnerung.

»Hervorragende Idee!«, willigte Elli sofort ein.

Also zogen sie gemeinsam los in Richtung Poolbar.

Gero verstand Elli nicht. Wollte sie denn alles verraten, noch bevor das Schiff überhaupt abgelegt hatte? Er war gerade eben schon knapp seiner Enttarnung durch die Bordsicherheit entgangen. Die anderen hatten einfach keinen Sinn für den Ernst der Lage!

Bei dem Gedanken an die letzten Minuten und den Verlust seines Überwachungsequipments konnte er nur mit den Zähnen knirschen. Er hatte sich so viel Mühe gegeben, die Miniaturkameras und Mikrofone zu tarnen und in seinem Gepäck zu verstecken, aber die Security hatte sie trotzdem entdeckt.

Sein Handgepäck war unverdächtig gewesen, doch nachdem sein Boardingpass beim Betreten des Schiffs gescannt worden war, war ein Sicherheitsmann an seine Seite getreten und hatte ihn diskret in einen Raum neben der Gangway gebeten. Dort hatte sein geöffneter Koffer gelegen und daneben Teile seiner Ausrüstung. Auf die misstrauische Frage, warum er Überwachungsgeräte dabeihabe, hatte Gero seine sorgsam vorbereitete Geschichte für den Notfall aufgesagt: Er war ein vorsichtiger Mensch und wollte daher seine Kabine im Auge behalten, damit niemand unbemerkt etwas stehlen konnte. Der Mann von der Sicherheit war skeptisch gewesen, hatte ihm aber schließlich erklärt, dass bisher noch nie etwas aus einer Kabine abhandengekommen wäre und es für Wertsachen einen Safe im Schrank gebe. Gero hatte schon gehofft, die Sache wäre damit erledigt, doch die Ausrüstung wurde ihm trotzdem abgenommen. Er würde sie am Ende der Kreuzfahrt wieder bekommen. Bei Lichte betrachtet, konnte er wahrscheinlich froh sein, nicht gleich wieder von Bord geflogen zu sein.

Hoffentlich war wenigstens Rüdigers Teil des Equipments noch vorhanden, überlegte er. Auch wenn er dann zugeben musste, dass dessen Verstecke besser waren als seine eigenen.

Egal. Jetzt hatte er erst mal anderes zu tun. Ein kurzer Blick in alle Richtungen, dann zog Gero die Blaupause des Schiffs aus der Innentasche seiner Jacke, in der auch ein kleines Notizbuch und sein Aufnahmegerät steckten. Wenigstens das hatten sie ihm nicht abgenommen. Außerdem hatte er seinen Minifotoapparat dabei. Natürlich hätte er auch mit dem Handy Bilder machen können, aber das kleine Gerät war deutlich unauffälliger und der Akku hielt neunzehnmal so lang. Bisher hatte er allerdings noch nichts Verdächtiges entdeckt, was er hätte festhalten müssen.

Er würde systematisch vorgehen und zunächst die Decks zehn und elf untersuchen und sich die wichtigsten Orte, mögliche Fluchtwege und die dort arbeitenden Crewmitglieder einprägen.

Nachdem Elli und Rüdiger in Gesellschaft eines netten älteren Pärchens aus Stuttgart ihre Cocktails genossen hatten, gingen sie zu ihrer Balkonkabine auf Deck sechs. Rüdiger öffnete die Tür mit seinem Boardingpass und ließ Elli galant den Vortritt.

Ihr blieb der Mund offen stehen. Die Kabine war lichtdurchflutet und sehr gemütlich und farblich geschmackvoll eingerichtet. Neben den beiden Twinbetten an den Seitenwänden standen ihnen eine kleine Sitzecke und ein Schrank zur Verfügung, der all ihre Kleider leicht aufnehmen würde. Das Bad war klein, aber hell und bot viel Platz für ihre Toilettenutensilien.

»Rüdiger, schau mal, endlich ein Bad mit genügend Handtuchhaltern!«

Rüdiger warf einen Blick in den Raum und lachte. »Das sind Haltegriffe, damit du beim Duschen oder Schminken nicht umfällst, wenn mal etwas mehr Seegang ist.«

Auch das gefiel ihr.

Dann gingen sie gemeinsam auf den Balkon und erfreuten sich an der schönen Aussicht.

»Ja, wir hätten es deutlich schlechter erwischen können«, meinte Rüdiger und Elli hatte irgendwie das Gefühl, dass er gerade an Gero und dessen Innenkabine dachte.

»Sag mal, hat dein Mann eigentlich nichts dagegen, wenn wir uns eine Kabine teilen?«

Rüdiger schien diese Frage schon länger auf dem Herzen gehabt zu haben und das rührte Elli. Sie hatte Andreas alles von V.I.E.R. und Sonjas Tod erzählt. Die gemeinsame Kabine mit Rüdiger hingegen wollte sie zunächst verschweigen, doch schließlich hatte sie auch das gebeichtet. Zu ihrem Erstaunen hatte ihr Mann ihr nur tief in die Augen geschaut und lächelnd ein chinesisches Sprichwort zitiert: »Wenn Treue Spaß macht, dann ist es Liebe.« Und damit war aus seiner Sicht alles gesagt.

»Nein, mach dir keine Sorgen«, antwortete sie deshalb lächelnd. »Alles in Ordnung.«

Er seufzte erleichtert. »Da bin ich aber froh! Dann können wir uns jetzt ja den wichtigen Dingen im Leben widmen! Es ist allmählich Zeit, die Koffer auszupacken und das Büfett zu stürmen, bevor das Schiff ausläuft.«

Während Elli ihre Sachen einräumte, setzte Rüdiger seine Lesebrille auf und machte sich über den Stapel von Willkommenspapieren her. »Die Führung durch die Küchen und Lagerräume ist gleich morgen am ersten Seetag. Da kann Gero direkt einen Punkt von seiner Liste abhaken.«

»Sei nicht immer so zynisch, wenn es um Gero geht«, tadelte Elli ihn. »Ja, er hat seine Macken, aber er nimmt die Sache hier immerhin ernst. Vielleicht sollten wir uns ein Beispiel an ihm nehmen und das auch etwas mehr tun. Wenn ich bedenke, was Ina alles in die Wege geleitet hat!«

»Aber er fordert es doch geradezu heraus, dass man ihn permanent aufzieht«, versuchte Rüdiger, sich zu verteidigen.

Elli schaute ihn nur mit hochgezogenen Augenbrauen an.

»Ja, ja, schon gut«, sagte er beschwichtigend. »Ich werde versuchen, ihn lieb zu haben.« Dann widmete er sich wieder den Dokumenten. »Wir laufen heute gegen zweiundzwanzig Uhr aus. Davor gibt es noch ein Feuerwerk anlässlich des zehnjährigen Bestehens von *MittelmeerTours*.«

»Eine Geburtstagskreuzfahrt! Toll, ein Feuerwerk vor dieser malerischen Kulisse ist sicherlich traumhaft.«

»Mhm, traumschiffhaft«, murmelte Rüdiger abwesend und las weiter. »Wir sollten aber bald essen gehen, weil dann noch die Seenotrettungsübung ist.«

»Die was?«

»Ach, das kenne ich vom letzten Mal. Wir müssen nur kurz mit den Schwimmwesten an Bord. Man sagt uns dann noch genauer, was zu tun ist. Null Problemo.« Er betrachtete das nächste Papier und runzelte die Stirn. »Noch ein Gesundheitsbogen? Den haben wir doch schon beim Einchecken ausgefüllt.«

»Lass mal sehen.« Elli nahm ihm das Dokument aus der Hand und überflog den Text. »Wir bekommen eine kostenlose Ernährungsberatung, wenn wir das ausfüllen. Da machen wir auf jeden Fall mit.« Sie drückte dem genervt schauenden Rüdiger den Bogen samt einem *MittelmeerTours*-Werbekugelschreiber in die Hand und bedeutete ihm, die Unterlagen auszufüllen.

Er seufzte theatralisch und fügte sich. »Hatten Sie in den letzten vier Wochen Infekte? – Nein. – Haben Sie chronische Krankheiten? – Ha, Elli, was meinst du, was Gero hier reinschreibt? *Sturitis* oder *Morbus Perfektionismus*? – Nein. – Leiden Sie unter Allergien? – Nein.« Als er fertig war, reichte er Elli das Papier. »Und lies mal hier unten, wir bekommen morgens und abends einen Aloe-vera-Vitaldrink. Ganz umsonst!«

Elli erspähte auf dem Tisch neben der Wasserkaraffe zwei Flaschen mit einer Aloe-Pflanze auf dem Etikett. Sie öffnete eine davon, nahm einen Schluck und schmatzte. »Da fühlt man sich gleich viel besser.« Daraufhin reichte sie Rüdiger grinsend seine Portion.

Er warf einen angeekelten Blick auf die unansehnliche Flüssigkeit und trank sie dann trotzig in einem Zug leer. »Oh, mein Gott! Ich fühle mich plötzlich zwanzig, nein dreißig Jahre jünger! Sascha Hehn ist nichts gegen mich.« Lachend drückte er der etwas pikierten Elli die Bordzeitung mit den Aktivitäten des nächsten Tages in die Hand.

»Wann um Himmels willen sollen wir das denn alles machen?«, fragte sie bestürzt, als sie das umfangreiche Angebot studiert hatte.

»Keine Panik. Viele Sachen wiederholen sich im Laufe der Fahrt. Außerdem«, ergänzte er und imitierte Geros Stimme,

»sind wir nicht zum Vergnügen hier. Und Spaß ist nur erlaubt, wenn er der Tarnung dient!«

Elli seufzte. »Dann lass uns möglichst schnell die Verbrecher schnappen – aber erst, nachdem wir mit den anderen zu Abend gegessen haben.«

Rüdiger richtete ihr den Internetzugang ein und Elli schrieb in den WhatsApp-Gruppenchat: *Wir sind gut angekommen. Wie geht es euch? Wir gehen jetzt zum Essen ins …* Sie stockte. »Welches Restaurant nehmen wir denn, Rüdiger? Hier gibt's ja mehrere.«

»Laut Bordzeitung gibt es ein Gourmet-Restaurant, für das man sich aber anmelden muss. Die beiden anderen Lokalitäten haben meist unterschiedliche Themenabende. Lass uns ins *Calypso* gehen.«

Sie vollendete die Nachricht: … *Calypso. Over and out.*

Gero untersuchte als Nächstes das Fitnessstudio auf Deck neun. Der Sport- und Wellnessbereich nahm gut ein Drittel der Schiffslänge ein. Durch eine große Panoramaverglasung konnte man beim Trainieren von den Laufbändern und Steppern aus aufs Meer schauen.

Er zählte im Vorbeigehen automatisch die Fitnessgeräte, verzichtete aber darauf, die Stretchbänder farblich zu sortieren. Das konnte er auch noch morgen machen.

Er fragte sich stirnrunzelnd, wieso es in diesem Areal so unnötige Dinge wie einen Friseur und ein Kosmetikstudio gab. Ein größeres Freihantelangebot oder ein paar Turngeräte mehr wären sinnvoller gewesen.

Da der Fahrradcounter gerade besetzt war, verwickelte er kurzerhand den diensthabenden Angestellten in ein Gespräch.

»Hallo, mein Name ist Gero Fichtinger. Ich hätte gerne ein paar Dinge über die Radtouren gewusst.«

»Aber klar, Gero, dafür bin ich doch da. Ich bin übrigens der Hannes.«

›Der Hannes‹, der ihn gerade geduzt hatte, war ein stämmiger kleiner Mann mit rauschendem rotem Vollbart. Seine Augen funkelten freundlich.

»Ich möchte mir vielleicht mal ein Fahrrad ausleihen. Welche Typen haben Sie? Sechsundzwanzig oder Achtundzwanzig Zoll? Shimano-Deore-Shadow- oder Rapidfire-Gangschaltung?«

»Also selbst ausleihen und allein auf den Weg machen geht leider nicht«, antwortete Hannes unbeeindruckt. Dann erklärte er in aller Ausführlichkeit, dass es wegen der Versicherung nur geführte Touren gab, man dafür aber eine Einweisung ins Fahrradfahren, einen sterilisierten Helm und einen frisch gewaschenen Rucksack geliehen bekam.

Gero nickte anerkennend.

»Und wir Tourguides kennen die Strecken und fahren sie meistens sogar noch in der Früh ab, um zu checken, dass da alles in Ordnung ist. Meld dich doch für eine der Touren an. Du scheinst ja recht sportlich zu sein.«

Gero lächelte schief und überlegte, ob er Hannes zu ein paar Runden Cyclocross überreden sollte, um dem jungen Mann mal zu zeigen, wie sportlich er tatsächlich war. Doch er verzichtete darauf, ließ sich stattdessen einen Prospekt über mögliche Touren aushändigen und verabschiedete sich.

Dann sah er sich ein wenig ratlos um. Wo sollte er ansetzen? Wer würde am ehesten in den Schmuggel verwickelt sein? Zu Hause hatte er sich bereits eine Liste angefertigt, wer dafür alles infrage kommen könnte. Doch das Überprüfen der aussichtsreichsten Kandidaten – allen voran der Lagerarbeiter – musste wohl Ina übernehmen.

In diesem Moment kam Ellis Nachricht.

Gero überlegte kurz, ob er die unkorrekte Kombination der Worte ›Over‹ und ›Out‹ kommentieren sollte, ließ es dann aber sein. Es würde ja doch nichts bringen. Abendessen passte ihm hingegen ganz gut in den Plan. Da er sowieso noch die lange Hose vom Flug trug, brauchte er sich nicht einmal umzuziehen. Also schlenderte er zum Restaurant *Calypso*, das auf demselben Deck lag.

»Weißt du, wie die Brücke heißt, über die du gerade gehst?«, rief Hannes ihm hinterher.

Gero betrachtete das hölzerne Bauwerk, das das Fitnessstudio mit dem Restaurantbereich durch ein Flutungstor verband.

Doch Hannes wartete gar nicht erst auf eine Antwort. »Brücke des schlechten Gewissens«, grinste er. »Und jetzt guten Appetit!«

Gero fragte sich, wie man die Brücke wohl nennen würde, wenn man sie vom Kosmetikbereich aus betrat.

Kurz darauf desinfizierte er sich genüsslich die Hände unter dem kleinen Gerät, das am Eingang zum Gastrobereich an der Wand hing. Äußerst lobenswert.

Auch innerhalb des Restaurants fand Gero säuberliche Ordnung vor: akkurate Reihen mit den verschiedensten Gerichten in stählernen Gefäßen, einen Grill, auf dem frischer Fisch und Calamares zubereitet wurden, ein paar in Tierform zugeschnittene Früchte und künstliche Palmen. Gero gefielen auch die vorbildlich von Hand geschriebenen Schilder über jedem Gericht. Nur die vielen Leute störten sein Auge.

Nachdem er alle Terrinen abgegangen war und sich in Gedanken sein Mahl zusammengestellt hatte, nahm er sich einen Teller und kehrte zielstrebig zu den entsprechenden Ständen zurück.

Am Grill musste er hinter einem Hünen anstehen. Gero war selbst nicht klein, doch der andere überragte ihn sicherlich um einen halben Kopf und brachte locker das doppelte Kampfgewicht auf die Waage. Gero konnte auch einen Blick auf den Spruch erhaschen, der über die ganze Breite der Brust abgedruckt war: *Mamas Kleinster.*

Nachdem er mit steigendem Missmut zugesehen hatte, wie sich Mamas Kleinster den Teller mit Calamares überhäufte, wurde es ihm schließlich zu bunt. »Entschuldigung. Vielleicht könnten Sie für Ihre Mitreisenden auch noch ein bisschen was übrig lassen?«

Der andere drehte sich um und Gero dachte schon, einen folgenschweren Fehler gemacht zu haben. Aber dann entblößte der Hüne lediglich eine Reihe perfekter weißer Zähne und entgegnete mit sonorer Stimme: »Danke, Kumpel, kein Problem, ich habe keine Mitreisenden. Ich bin allein unterwegs.«

Gero zog es vor, jeden weiteren Kommentar hinunterzuschlucken, und ging schweigend weiter, um sich den Rest des Abendessens zu holen. Das Arrangement auf seinem Teller war sowohl nährstoffhaltig als auch farblich perfekt ausgewogen. Jetzt brauchte er nur noch einen Platz. Sollte er sich zu Elli und Rüdiger setzten? Aber wenn sie weiterhin getrennt blieben, bedeutete das vielleicht den kleinen taktischen Vorteil, der sich am Ende auszahlte …

»Gero! Geeeeerooooo!«, säuselte es ihm da unvermittelt von einem der Tische an der Fensterfront entgegen.

Gero drehte reflexartig den Kopf und erkannte im selben Moment, um wessen Stimme es sich handelte. Doch da konnte er schon nicht mehr so tun, als hätte er sie nicht gehört.

»Oh, hallo Jacqueline«, antwortete er und versuchte nicht einmal, besonders freundlich zu wirken.

»Magst du dich nicht zu mir setzen? Hier ist noch ein Plätzchen frei.« Sie zeigte auf den leeren Stuhl gegenüber.

Gero schaltete blitzschnell. »Ah, das tut mir leid, ich habe mich schon mit Freunden verabredet. Aber weißt du was, der große Mann dort hinten mit dem roten T-Shirt, der ist auch alleine hier. Ihr würdet euch bestimmt prächtig verstehen!«

Damit ließ er die Rothaarige sitzen und machte sich schnell davon, um Elli und Rüdiger zu finden. So viel konnte der taktische Vorteil auch nicht wert sein.

»Tolle Auswahl!«, entfuhr es Rüdiger spontan, als er die vielen Schüsseln mit Essen sah. Er griff nach einem Teller und fing an, sich von allem, was lecker aussah, etwas zu nehmen.

»Das ist ja wie im Schlaraffenland! Schau mal die netten Obstfiguren.« Elli betrachtete hingebungsvoll den Kopf einer Melonenmaus mit Radieschennase und einer Fliege aus Orangenschale.

Rüdiger zog sie weiter. Er hatte Hunger.

Wenig später hatte er sich den Teller mit Kürbisrisotto, Kartoffelgratin mit Pfifferlingen, Orechetti in einer interessanten rosafarbenen Soße, ein paar Pommes frites, etwas Käse und kleinen Stücken Schweine- und Fischfilet vollgeladen. Elli trug gleich zwei nicht weniger gut gefüllte Teller und Rüdiger fragte sich, wie sie es wohl fertiggebracht hatte, das Essen ohne dritte Hand aus den Terrinen zu bekommen.

»Meinst du, wir können dort am Fenster sitzen?«, fragte Elli und steuerte auch gleich einen freien Tisch an der großen Glasfront an. Der Blick auf den Hafen von Las Palmas war fantastisch. Kaum hatten sie sich gesetzt, erschien plötzlich Gero.

»Hallo ihr beiden«, begrüßte er sie und setzte sich.

»Oha, hast du beschlossen, dass wir doch nicht nur Luft für dich sind?«

»Rüdiger«, warnte Elli mit tadelndem Blick.

Doch Gero war offensichtlich gut gelaunt. »Sagen wir mal so: Die Alternative wäre deutlich unangenehmer gewesen.« Er setzte sich. »Und, was ist euch bisher aufgefallen?«

Elli fing Rüdigers Blick auf und legte die Hand auf Geros Arm. »Dein Enthusiasmus in Ehren. Aber wir machen diese Kreuzfahrt nicht nur, um auf Verbrecherjagd zu gehen.«

Gero ließ sich nicht beirren. »Was meint ihr, wie es Ina wohl geht?«

»Ganz gut geht es mir«, ertönte es in diesem Moment und Ina ließ sich auf den freien Stuhl an ihrem Tisch fallen.

Rüdiger strahlte. »Damit wären wir jetzt also wieder komplett. Toll, dass du dich loseisen konntest. Wie sind denn deine Japaner?«

Ina verdrehte die Augen. »Ich würde sagen ... speziell. Aber ich erzähle es euch besser der Reihe nach.«

3

Ina war schon einen Tag früher aus Berlin angereist, da sie sich am Einschiffungstag bereits um zehn Uhr an Bord zum Dienst melden sollte. Ihr war eine Doppelkabine mit einer anderen jungen Reiseleiterin zugewiesen worden. Sie hatten recht schnell erkannt, dass sie sich gut vertragen würden. Pech war allerdings, dass Anita auch neu war und damit keine Informationsquelle für Ina sein würde.

Auf dem Schreibtisch hatte Ina einen sauber bedruckten Zettel gefunden mit den Namen der Teilnehmer ihrer Reisegruppe und den gebuchten Ausflügen. Alle wichtigen und fotogenen Sehenswürdigkeiten waren dabei: die Hassan-II.-Moschee in Casablanca, eine Stadtrundfahrt in Cádiz, ein Tagesausflug zur Alhambra sowie eine Besichtigung des Ozeaneums in Valencia. Außerdem hatten ihre Gäste noch ein paar weitere Extras gebucht, unter anderem eine morgendliche Teezeremonie. Das würde bestimmt lustig werden.

Etwas später erschienen sie pünktlich zum ersten Treffen mit ihrem vorgesetzten Offizier, einem schlanken Mann Mitte dreißig mit schwindelerregend hellblauen Augen.

Er strahlte sie mit einem gewinnenden Lächeln an. »Für alle Neuankömmlinge, herzlich willkommen an Bord der *Aurora*. Ich bin Peter Klasen, der Ausflugsmanager. Hier an Bord verstehen wir uns als große Familie, weshalb wir uns auch alle duzen. Magst du die Vorstellungsrunde eröffnen, Ina-Marie?«

Offensichtlich kannte er ihr Gesicht aus ihrer Personalakte, denn noch trugen sie keine Namensschilder.

»Gern. Ich bin Ina und von Beruf eigentlich Journalistin. Aber ich brauche mal wieder Inspiration und einen Tapetenwechsel. Mein Chef hat mir eine dreimonatige Auszeit genehmigt, und da ich schon immer gerne unterwegs war, habe ich mich auf der *Aurora* für eine Stelle als Hostess beworben. Ich bin der japanischen Reisegruppe hier an Bord zugeordnet.«

Auch die anderen sechs Teammitglieder stellten sich vor, wobei drei davon neu an Bord waren.

»Sehr schön«, fuhr Peter dann fort. »Ihr habt ja schon die Kabinen zugeteilt bekommen. Dort findet ihr auch eure Dienstpläne. Wenn ihr keine Aufgaben habt, müsst ihr nicht unter Deck bleiben. Wir legen Wert auf eine ungezwungene Atmosphäre und möchten euch nicht von den Passagieren abschotten. Ihr könnt auch in den Bordrestaurants statt in der Messe essen.«

Ina war froh, das zu hören. Das machte es deutlich leichter, sich mit den anderen drei von V.I.E.R. zu treffen!

»Ich mache jetzt gleich einen Schiffsrundgang mit den Neuen. Nächster gemeinsamer Termin ist heute Abend um 21:00 Uhr die Sicherheitsübung. Ina, du wirst dabei deine japanische Gruppe führen.«

Der anschließende Rundgang war interessant, auch wenn sie nur in die Bereiche geführt wurden, die für ihre Jobs relevant waren.

Um halb drei begab sich Ina ein wenig aufgeregt und neugierig auf ihre Schäfchen zum Einstieg auf Deck drei. Dort wartete sie dann allerdings eine geschlagene Stunde in dem relativ engen Sicherheitsbereich, wo die ankommenden Passagiere einen Metalldetektor passieren und ihr Handgepäck durchleuchten lassen mussten. Nach einer gefühlten Ewigkeit erschien schließlich die japanische Gruppe, angeführt von einem kleinen drahtigen Mann. Ina begrüßte sie auf Japanisch mit einer höflichen Verbeugung.

»Vielen Dank, Treuenpferdsan«, antwortete ihr der Familienvorstand.

Die scheinbare Verunglimpfung ihres Namens war Ina vertraut, da das Japanische kein ›L‹ kannte.

»Mein Name ist Kazuya Hayato und das ist meine Familie.«

Er wechselte unvermittelt in einen bestimmenden Tonfall. Offenbar war er es gewohnt, zu kommandieren, auch wenn er fortwährend lächelte.

»Treuenpferdsan, ich erwarte, dass Sie uns hier an Bord sehr gewissenhaft zur Seite stehen und wir vortrefflich versorgt werden.«

4

»Der Kerl sieht mich als Mischung aus persönlicher Geisha und Bedienung, fürchte ich«, schloss Ina ihre Erzählung.

»Den knöpfe ich mir mal vor!«

»Ganz ruhig, Gero, das schaffe ich schon selbst. Erzählt mir lieber, wie es euch so geht!«

Elli und Rüdiger ließen sich nicht zweimal bitten und berichteten überschwenglich von ihren ersten Eindrücken.

Als schließlich Gero an die Reihe kam, überraschte er Ina. »Mir gefällt es ausgezeichnet hier. Das Pooldeck ist sehr schön, das Essen sensationell.« Als er allerdings noch ein »… und auf den Wellnessbereich freue ich mich besonders!« anhängte, hatte er zu dick aufgetragen.

Ina prustete los und besprengte seinen Ärmel mit einem hauchfeinen Regen aus grüner Erbsensuppe mit Minze.

»Na toll, das hat man davon, wenn man versucht, auf eurer Ebene zu kommunizieren.« Er befeuchtete seine Stoffserviette mit Wasser aus der Karaffe und wischte den Ärmel ab.

»Tut mir echt leid, Gero«, entschuldigte sich Ina noch immer kichernd. »Aber vielleicht bleibst du doch lieber du selbst.«

»Das ist eine ganz hervorragende Idee. Und in ebendieser Funktion habe ich bereits einiges für euch vorbereitet.« Er entnahm seinem Rucksack vier Kladden in verschiedenen Farben, die die Namen der V.I.E.R.-Mitglieder trugen, und händigte sie ihnen aus.

Rüdiger stöhnte, was ihm sofort einen missbilligenden Blick von Gero einhandelte.

Der schob daraufhin seinen Teller beiseite und klopfte auf die Mappe, die vor ihm lag. »Hier drin findet ihr alles, was ihr braucht.« Seine Augen leuchteten. Es war wie in alten Zeiten, wenn er, der Meisterstratege, den anderen seinen Schlachtplan vorlegte. Fast ehrfurchtsvoll öffnete er die Kladde. Ganz oben lag ein Din-A5-großes Foto von Schlüter. »Unser Bindeglied zwischen dem Elfenbein und der Kreuzfahrt. Es kann nicht schaden, ein Foto von ihm dabei zu haben. Vielleicht erkennt ihn hier an Bord jemand wieder und wir finden so heraus, wie er auf das Elfenbein aufmerksam geworden ist. Ich habe schon eine vorläufige Liste mit Verdächtigen angefertigt. An ein paar davon wird wahrscheinlich nur Ina herankommen.«

»Gilt bei dir die Unschuldsvermutung oder sind zunächst alle verdächtig?«, stichelte Rüdiger.

Gero lächelte lediglich gequält und fuhr fort, während er die einzelnen Dokumente durchblätterte. »Dann habt ihr hier Deckpläne der *Aurora*, die Liste der höchsten Offiziere samt Foto und Kurzbiografie sowie Details unserer Route.«

Die anderen blätterten brav ihren Stapel an Unterlagen durch.

»Und schließlich«, freute sich Gero – das Beste hatte er sich offensichtlich bis zum Schluss aufgehoben – »findet jeder seinen personalisierten Aktionsplan für morgen. Für dich, Ina, habe ich natürlich nicht so viele Dinge aufgeschrieben, da du vermutlich ziemlich beschäftigt sein wirst.«

Alle überflogen ihre Listen.

Ina antwortete als Erste. »Wow, Gero, erst mal danke für deine Mühe. Ich denke auch, dass wir, wie du notiert hast, einen Weg in den Vorratsraum finden müssen. Schließlich ist eine unserer Hypothesen, dass das Elfenbein in Warenlieferungen versteckt geschmuggelt wird.« Sie blickte auf das Papier in ihrer Hand. »Aber ich werde wohl kaum die Kabinen der Küchencrew auf Hinweise durchsuchen können. Wie stellst du dir das vor?«

In diesem Moment prustete Elli los. »Ich soll mich an den Fitnesstrainer ranmachen? Ist das dein Ernst? Mir nimmt doch niemand ab, dass ich mich für Sport interessiere! Aber den Wellnessbereich und die Boutiquen übernehme ich gerne.«

»Was soll ich denn sagen?«, beschwerte sich Rüdiger. »Überwachungskameras installieren und damit rund um die Uhr beobachten, wer sich in ›noch näher zu spezifizierenden Räumlichkeiten‹ aufhält? Wie soll das denn bitte gehen? Wir haben nur vier Kameras dabei und ich werde hier garantiert nicht den ganzen Tag auf einen Monitor starren.«

»Äh, genau genommen haben wir nur noch zwei«, kommentierte Gero zerknirscht. »Sie haben meine Ausrüstung beim Kofferscan gefunden und mir abgenommen.«

»Oje, ich habe gleich gesagt, dass das eine dumme Idee ist. Ihr mit eurem Technikkram!«, rief Elli entsetzt.

Rüdiger wirkte verärgert. »Ja, das mit dem Verstecken von Ausrüstung ist so eine Sache …«, schoss er mit einem süffisanten Unterton in Richtung Gero.

Ina schloss laut ihre Mappe, um den schwelenden Streit noch im Keim zu ersticken. Denn wenn Gero bockig wurde, konnte man wirklich gar nichts mehr mit ihm anfangen. Deshalb wählte sie ihre weiteren Worte mit Bedacht. »Gero, danke nochmals fürs Zusammenstellen der Mappen. Vieles daraus können wir sicherlich sehr gut gebrauchen. Und ich finde es auch tatsächlich sinnvoll, einen groben Plan zu haben, wer morgen was macht. Allerdings müssen wir daraus kein generalstabsmäßig durchorganisiertes Manöver machen.«

Sie sah, dass Gero etwas erwidern wollte, legte ihm aber beschwichtigend die Hand auf den Arm.

»Lass uns das bitte gemeinsam ausarbeiten. Jetzt essen wir in Ruhe fertig und später setzen wir uns noch einmal zusammen und beratschlagen unser weiteres Vorgehen.«

Rüdiger nickte zufrieden und Elli, die gerade ihren zweiten Teller geleert hatte, steuerte ein »Finde ich auch« bei.

Ina schaute Gero erwartungsvoll an. Als der nach kurzem Zögern ein »Na gut« murmelte, entspannte sie sich ein wenig.

»Unter einer Bedingung!«

War ja klar, dass er das nicht so einfach auf sich sitzen lassen würde, seufzte Ina innerlich auf.

»Ihr nennt mich ab sofort ›Commander‹!« Gero hatte sich aufgerichtet und schaute mit ernstem Blick in die Runde.

Niemand sagte etwas.

Nach ein paar Sekunden sank Gero wieder in sich zusammen. »Warum versteht hier niemand einen guten Scherz?«

Rüdiger, der das ganz offensichtlich nicht als Witz aufgefasst hatte, klopfte ihm erleichtert auf die Schulter. »Na, an deinem Humor müssen wir wieder ein bisschen arbeiten.«

»Apropos arbeiten«, warf Elli ein. »Ich brauche jetzt dringend einen Nachtisch, bevor wir weitermachen.« Damit lief sie mit wippenden Hüften zum Büfett zurück.

Rüdiger schloss sich ihr schnell an und Ina blickte den beiden nach. Das Restaurant war fast voll besetzt. Vielstimmiges Gemurmel, das sie bisher gar nicht wahrgenommen hatte, erfüllte den Raum. Sie sah wieder zu Gero, der seinerseits den Kopf zur Fensterfront gedreht hatte. Vor den raumhohen Scheiben tauchte die Abendsonne die wenigen Wolken in ein wunderschönes rosa-goldenes Licht.

Gero wirkte angespannt.

Ina schätzte seine Tatkraft sehr und sein Organisationstalent suchte seinesgleichen. Aber er konnte auch so schrecklich ungeschickt im zwischenmenschlichen Umgang sein.

»Weißt du, Gero«, begann sie vorsichtig, »diese Fahrt mache ich nicht nur wegen des Elfenbeins. Mir geht es dabei auch um Rüdiger. Ich möchte, dass er sich nach Sonjas Tod nicht noch tiefer in das Loch fallen lässt, in dem er sich befindet. Ich glaube, er braucht eine Aufgabe, die ihm Spaß macht, die ihn ins Leben zurückholt. Die letzten Jahre hat er sich hauptsächlich um seine kranke Frau gekümmert. Jetzt, wo sie nicht mehr ist, hat er seinen ganzen Lebensinhalt verloren.« Und ich mein zweites Zuhause, fügte sie in Gedanken hinzu.

Gero schaute sie an. Mit einem Mal wirkte er wesentlich älter auf sie. Seine Mundwinkel hingen herab und seine Augen waren tiefer in die Höhlen gesunken.

»Glaub ja nicht, dass ich das nicht weiß«, antwortete er mit ungewöhnlich leiser Stimme. »Ich habe gute Kameraden sterben sehen, Soldaten, die uneigennützig für eine gemeinsame Sache gekämpft haben und dabei ums Leben gekommen sind. Freunde. Ich war auch einmal kurz davor aufzugeben. Das ist eine Erfahrung, die man nicht vergisst. Was glaubst du denn, warum ich die Pläne gemacht habe? Wenn ich Rüdiger etwas an die Hand geben kann, das ihm Struktur gibt, eine Aufgabe, die ihn fordert und die zu ihm passt, dann kann ich vielleicht auch wieder das Feuer in ihm wecken und die Lebensfreude.«

Ina war sprachlos. So eine tiefgründige Antwort hatte sie von Gero nicht erwartet. Erneut legte sie die Hand auf seinen Arm und drückte ihn sanft.

»Was ist denn bei euch los?«, fragte Rüdiger, der in diesem Moment mit einem großen Teller Nachspeise an ihren Tisch zurückkam.

»Ich habe Ina gerade erzählt, dass ich mir als Kind mal den Daumennagel umgebogen habe. Schreckliche Sache!«, antwortete Gero und war von einer Sekunde auf die andere wieder ganz der Alte.

Ina zog irritiert ihre Hand zurück und echote: »Schreckliche Sache.«

Gero warf einen Blick auf Rüdigers Teller. »Schaut gut

aus«, verkündete er dann. »Ich denke, ich werde mir auch was holen gehen.« Und schon war er aufgesprungen.

Wer hätte gedacht, dass dieser drahtige, unternehmungslustige und schrecklich verkopfte Mensch eine so ganz andere Seite an sich hatte?

»Ist alles in Ordnung?«, argwöhnte Rüdiger.

Ina blickte Gero gedankenversunken nach: »Ja, das ist es.«

Wenig später saßen sie alle wieder zusammen. Auch wenn Elli und Rüdiger nicht wussten, was zwischenzeitlich vorgefallen war, so schienen sie die veränderte Atmosphäre auch zu spüren. Hätte Ina es mit Worten beschreiben müssen, hätte sie gesagt, dass sie auf magische Weise näher zusammengerückt waren.

Für ein paar Minuten genossen sie schweigend die Torten, die Crêpes mit hausgemachter Stachelbeermarmelade, das Eis und die verschiedenen Pralinen.

»Das war ein richtig gutes Abendessen«, verkündete Ina schließlich und meinte damit nicht nur die leckeren Gerichte.

5

»Meine lieben Passagiere, hier spricht Ihr Kapitän von Deck zehn. Mein Name ist Manfred Burgers und im Namen der gesamten Besatzung heiße ich Sie an Bord unseres wunderbaren Schiffes *Aurora* ganz herzlich willkommen. Ich hoffe, Sie hatten alle eine angenehme Anreise und ein erstes schönes Abendessen in einem unserer Restaurants.«

Die Durchsage unterbrach ihre neuerliche Planungsdiskussion.

»Diese Fahrt ist auch eine ganz besondere für uns: *MittelmeerTours* feiert sein zehnjähriges Bestehen und auch die *Aurora* wird als dienstältestes Schiff der Flotte dieses Jahr zehn Jahre alt.« Dann erklärte der Kapitän den Ablauf des Abends mit Feuerwerk und Auslaufen aus dem Hafen, bevor er schließlich auf die obligatorische Evakuierungsübung zu sprechen kam. »Zunächst erfolgt ein allgemeiner Bordalarm für die Crew, bestehend aus drei langen Tönen. Das betrifft Sie nicht weiter. Ein paar Minuten später hören Sie dann allerdings den allgemeinen Passagieralarm in folgendem Rhythmus: einmal lang, siebenmal kurz. Gehen Sie daraufhin bitte umgehend zu Ihren Kabinen und legen die Rettungswesten an. Auf diesen steht auch die Nummer Ihrer jeweiligen Sammelstation, wo Ihnen alles Weitere mitgeteilt wird.«

Ina erhob sich. »Leute, ich muss los und mich auf die Übung vorbereiten. Wir sehen uns nachher beim Feuerwerk.« Zügig verschwand sie in Richtung Ausgang.

Auch um sie herum machte sich plötzlich Aufbruchstimmung breit. Rüdiger wollte gerne noch ein wenig sitzen bleiben. Aber obwohl er und Gero mehrfach betonten, dass keine Eile nötig sei, schleifte Elli ihren Kabinengenossen kurz darauf auf ihr Zimmer.

Um 20:02 Uhr ertönte der angekündigte Bordalarm für die Crew, gefolgt von einer mündlichen Durchsage: »Dear crew, emergency team, special needs team, kids team, command and control team …« – es folgte eine Liste von einem halben Dutzend anderer Teams – »… please go to your meeting point.« Dann wurde das Ganze noch einmal wiederholt.

Rüdiger, dem bisher noch nirgendwo ein Lautsprecher aufgefallen war, folgte dem Geräusch interessiert. Er kroch unter die Ablage vor dem Spiegel und entdeckte dort einen kleinen Würfel.

»Rüdiger!«, rief Elli aufgeregt. »Was machst du denn? Wir müssen doch zu unserer Sammelstation gehen.«

»Keine Panik, Elli, wir haben alle Zeit der Welt.«

Doch das ließ sie nicht gelten und reichte ihm eine der Schwimmwesten, die sie schon vor einer Viertelstunde aus dem Schrank genommen hatte. »Hier, deine Schwimmweste … Ich zeige dir, wie du sie anlegen musst.«

Dann saßen sie weitere fünfzehn Minuten auf dem Bett und warteten, bis der Alarm für die Passagiere ertönte.

Rüdiger schmunzelte. »Da haben wir uns ja gerade noch rechtzeitig fertig gemacht.«

Auf Deck sechs hatte sich schon eine größere Menschengruppe versammelt. Mehrere Offiziere und Crewmitglieder teilten die Leute routiniert ein und wiesen ihnen den Weg. Kurze Zeit später standen die Passagiere in mehreren Reihen vor einem der orangefarbenen Rettungsboote.

»Warum gibt es verschiedene Boote?«, fragte Elli einen der Offiziere, der gerade etwas gelangweilt auf eine Liste schaute.

Er deutete auf einige Modelle, die einen Einstieg auf beiden Seiten hatten. »Das da sind sogenannte Ferries. Die benutzen wir gelegentlich auch zum Transport von Passagieren, wenn wir außerhalb eines Hafens vor Anker gehen. Die da drüben«, verwies er auf einen rundum geschlossenen Typus, »dienen ausschließlich als Rettungsboote.«

Elli fand, dass sowohl die einen als auch die anderen aus der Nähe viel größer und vertrauenerweckender wirkten als von Land aus. Zudem war es beruhigend zu sehen, wie diszipliniert sämtliche Beteiligte agierten. Kein Geschubse, obwohl es recht eng war, kein lautes Reden. Jeder schien konzentriert zu sein. Elli wäre froh gewesen, wenn nur *ein* Kindergartenausflug je so abgelaufen wäre!

Ein großer braun gebrannter Mann in Uniform und mit Megafon bahnte sich einen Weg durch die Menge. Auf seinem Rangabzeichen prangten mehrere goldene Streifen und Elli vermutete, dass er ein leitender Offizier war. *Nino Schmitt* stand auf seinem Namensschild, das ihn als Entertainmentmanager auswies.

»Liebe Gäste«, begann er in zackigem Tonfall, »schön, dass Sie sich zu unserer Übung eingefunden haben. Aber springen Sie bitte nicht über Bord, bevor ich das Zeichen dazu gebe!«

Die Stimmung war ausgesprochen ungezwungen und entspannt für eine so ernste Übung, stellte Elli überrascht fest.

»Hervorragend! Das läuft ja heute wie geschmiert!«, rief Nino nach ein paar Minuten, als er alle Kabinennummern aufgerufen und kontrolliert hatte, ob die Namen auf seiner Liste mit den anwesenden Passagieren übereinstimmten. »Es fehlen nur noch die zwei Gäste aus Kabine 5105 … Aber da kommen sie ja schon angelaufen, wie ich sehe – wunderbar! Damit«, er blickte auf seine Armbanduhr, »haben wir nur zwölfeinhalb Minuten gebraucht, das war somit die schnellste Übung, die wir jemals durchgeführt haben.«

Die Gäste johlten und applaudierten.

»Und wenn Sie nun glauben, dass ich das jedes Mal sage – das stimmt!«

Damit hatte er die Lacher auf seiner Seite und erntete donnernden Applaus.

»Für alle, die es noch nicht mitbekommen haben: Das war kein Ernstfall, sondern nur eine Übung. Wir werden die Boote nicht zu Wasser lassen und unser Schiff wird auch nicht untergehen.«

Mit diesen Worten verabschiedete er sich und löste die Versammlung auf, woraufhin die Leute unter lautem Getöse auseinanderstoben.

»Na, das ging ja schnell«, rief Rüdiger fröhlich.

Elli war ein wenig blass. »Rüdiger, es ist nicht besonders wahrscheinlich, dass das Schiff untergeht, oder?«

»Natürlich nicht«, sagte er sanft, »das Schiff ist absolut sicher. Es gibt hier keine Eisberge und höchstens im Atlantik mal ein paar Wellen. Im schlimmsten Fall werden wir seekrank!«

Wenig später saßen Gero, Rüdiger und Elli an einem der verstreut aufgestellten gemütlichen Tische in der *Salsa*-Bar. Das Licht war gedämpft und leise Hintergrundmusik mischte sich mit dem stetigen Gemurmel der Passagiere. Die Sessel, in denen sie Platz genommen hatten, waren tief und bequem. Vor jedem der drei Freunde stand ein Cocktail. Gero hatte sich für einen alkoholfreien *Pink Colada* entschieden, war aber mit der Farbe nicht so ganz glücklich.

»Ich hatte mir ja schon gedacht, dass der Kirschsaft eine leicht rötliche Färbung macht, aber dass der Barkeeper so was zustande bringt ...« Dabei wies er resigniert mit der offenen Hand auf sein Glas, in dem sich eine Flüssigkeit befand, deren knallige rosa Farbe jedem Barbieschloss zur Ehre gereicht hätte.

Rüdiger zog an seinem Strohhalm. »Das kommt halt davon, wenn du einen Mädchencocktail bestellst«, neckte er. »Mein *Ladykiller* ist einwandfrei.«

Elli verdrehte die Augen und trank einen Schluck von ihrem *Sex on the Beach*, der sowohl in der Farbe als auch im Geschmack ausgezeichnet war.

Wenig später gesellte sich Ina zu ihnen und ließ sich schwer in den vierten Sessel fallen. »Gebt mir irgendwas Starkes. Die Japaner machen mich noch ganz fertig! Zuerst wollten sie ein Rettungsboot für sich allein haben. So ein Unsinn! Dann haben sie sich geweigert, die Schwimmwesten anzulegen, und sie nur in der Hand gehalten, weil ihnen die Dinger zu unhygienisch waren. Und zum Schluss ... ach, ist auch egal. Wir haben die Übung irgendwie hinter uns gebracht, es sind noch alle an Bord und niemand ist zu Schaden gekommen.« Mit diesen Worten sprang sie auch schon wieder auf, um sich einen Cocktail an der Bar zu holen, weil sie nicht auf die Bedienung warten wollte.

»Die tut sich echt was an.« Rüdiger schüttelte den Kopf.

»Taktisch ist es aber durchaus klug, einen Mann unter Deck zu haben«, konstatierte Gero.

»Selbst wenn es eine Frau ist?«, fragte Elli und Rüdiger lachte laut auf. »Tut mir leid«, sagte sie entschuldigend an Gero gewandt und konnte ein Kichern nicht unterdrücken, »aber ihr zwei färbt ab mit euren Sticheleien.«

Gero gab nur einen unbestimmten Laut von sich und widmete sich wieder seinem babyrosa Cocktail.

Ina kam mit einem *Caipirinha* zurück. »Wir haben noch eine gute Stunde bis zum Feuerwerk. Also lasst uns doch kurz den morgigen Seetag besprechen.« Sie wandte sich an Gero und schlug einen Befehlston an. »Commander! Welche Fragen haben wir zu klären?«

Während Rüdiger den Schluck, den er gerade genommen hatte, wieder durch die Nase ausprustete, lächelte Gero schief.

»Fähnrich Treuenpferd«, erwiderte er hochnäsig, »bitte nicht in diesem Ton.« Dann zählte er auf: »Wer ist in den Elfenbeinschmuggel verwickelt? Wann und wo kommt die Ware an Bord? Wie ist Schlüter auf die Online-Auktion aufmerksam geworden?«

»Wenn er wirklich erst hier auf dem Schiff von dem Elfenbein erfahren hat, muss zumindest einer der Hintermänner jemand von der Crew sein«, mutmaßte Rüdiger.

»Er kann doch auch durch einen Passagier davon erfahren haben«, wandte Elli ein.

»Ich gebe Rüdiger recht«, sagte Gero. »Der Schmuggel scheint ja regelmäßig stattzufinden. Ein Passagier ist also sehr unwahrscheinlich. Das Elfenbein kommt in Casablanca an Bord – dem einzigen afrikanischen Hafen – und wird in Cádiz oder Málaga, spätestens aber Valencia wieder abgeladen. Es muss also jemanden geben, der die Logistik auf dem Schiff übernimmt.«

Ina nickte. »Ich habe mir die Sicherheitskontrollen für die Crew angeschaut. Die sind fast noch strenger als für die Passagiere. Dass jemand in seinem Gepäck oder am Körper so viel Elfenbein an Bord bringt, wie bei der *Galieri*-Auktion versteigert wurde, ist meiner Meinung nach unmöglich.«

»Jeder Mensch hat seinen Preis«, erklärte Gero. »Sagte schon Robert Walpole.«

»Wenn du meinst, die Sicherheitsleute könnten bestochen werden, muss ich dich enttäuschen. Unter anderem wegen dieser Gefahr haben sie immer zu zweit in wechselnden Teams Dienst.«

»Dann bleibe ich bei meiner früheren Hypothese, dass die Ware mit einer Lieferung in Afrika an Bord kommen muss«, nahm Gero den Faden wieder auf. »Ich kann mir vorstellen, dass man in Casablanca mit Schmiergeld eine wohlwollende Zollfreigabe erreichen kann. Ich fasse also zusammen, was wir morgen zu recherchieren haben.« Auch wenn die anderen noch überlegten, war für Gero der Fall längst klar. »Erstens, wie und wann kommt eine Lieferung in Casablanca an? Zweitens, was wird geliefert, worin das Elfenbein versteckt sein könnte? Drittens, wer liefert und bringt uns zu den Hintermännern? Und viertens, wie können wir in den Frachtraum gelangen, um dort Beweise zu finden, die unseren Verdacht bestätigen?«

»Wir kommen bei der Küchenführung doch sehr wahrscheinlich in die Nähe der Lagerräume. Bestimmt erhalten wir da auch ein paar Antworten«, mutmaßte Rüdiger. »Die Führung ist um dreizehn Uhr. Treffpunkt ist beim Gourmetrestaurant *Vivaldi*.«

»Ausgezeichnet!«, antwortete Ina. »Nur schade, dass ich nicht dabei sein kann. Die Japaner haben ein volles Programm gebucht. Aber ich werde trotzdem herausfinden, wie wir Zugang zu den Lagerräumen bekommen. Vielleicht ist es ganz einfach, sonst müssen wir wohl heimlich einbrechen.«

Gero grinste. Das war offenbar Teil seiner Erwartung.

»Schlüter hatte sich doch für den Tipp an Bord bedankt«, brachte sich Elli in die Diskussion ein. »Demnach muss die Kontaktperson also jemand sein, der an die Passagiere herankommt, ohne aufzufallen. Somit dürfte es sich um niemanden aus der Küche, dem Maschinenraum oder dem Lager handeln. Vielleicht ist es jemand vom Reinigungsteam?«

»Die haben wir bisher noch gar nicht gesehen«, sinnierte Rüdiger, »das war auf meiner Kreuzfahrt mit Sonja auch so. Anscheinend sind die nur dann unterwegs, wenn kein Passagier in der Nähe ist.«

»Was ist mit den Tourguides und Hostessen?«

Ina schüttelte den Kopf. »Nach dem, was ich bisher gehört habe, wechseln die Hostessen öfter die Schiffe. Das wäre für den Schmuggel wenig günstig. Auch der Chef unseres Scouting-Teams, Peter Klasen, war auf den letzten beiden Fahrten nicht dabei. Vaterschaftsurlaub. Es könnte allerdings jemand vom Animationsteam sein.«

»Korrekt. Ich tippe dennoch auf jemanden aus einem der Läden oder auf den Kunsthändler hier an Bord. Die bekommen auch Warenlieferungen, in denen etwas versteckt sein könnte«, schloss Gero.

»Dann lasst uns doch da mal beginnen. Wer übernimmt die Läden?«

Alle Gesichter drehten sich zu Elli.

»Schon gut, das kann ich machen. Muss mir nur noch überlegen, wie. Ich kann ja schlecht einfach nach etwas ›Dentalem‹ fragen. Dann bekomme ich nur einen Gebisskleber.«

Rüdiger winkte lachend ab. »Dir wird schon was einfallen. Ich übernehme gerne die Kunstauktion. Die ist direkt nach der Küchenführung. Magst du mitkommen, Elli? In Galerien nach Elfenbein zu fragen wird noch unsere Paradedisziplin.«

»Gerne.« Elli freute sich aufrichtig, dass Rüdiger zunehmend unternehmungslustiger wurde. Dann wandte sie sich an V.I.E.R. 1. »Was ist eigentlich deine Aufgabe morgen?«

»Ich werde die Animateure genauer unter die Lupe nehmen. Und natürlich die ganze Operation koordinieren«, antwortete dieser wie selbstverständlich. »Schließlich müssen bei einem die Fäden zusammenlaufen.«

»Natürlich«, lächelte Elli süffisant. »Dann wäre unser Rechercheprogramm aber so weit wohl erledigt, oder? Ich würde mich morgen nämlich gern noch ein bisschen in die Sonne legen und zum Bingo gehen.«

»Eigentlich haben wir keine Zeit für so etwas Albern…«

»Auch nicht, wenn das Spiel vom Animationsteam ausgerichtet wird?«, unterbrach Elli Geros Einwurf.

Der Oberstratege hielt einen Moment die Luft an und gab dann nach. »Also gut, genehmigt. Tatsächlich habe ich auch kürzlich einen Artikel über die Mathematik des Glücksspiels gelesen, in dem …«

Elli ließ ihn palavern und wandte sich an Ina. »Kannst du mit deinen Japanern nicht auch mitspielen?« Der Freizeitteil ihrer Planungen gefiel ihr deutlich besser.

»Mal sehen.« Ina versuchte, zuversichtlich zu klingen.

»Mensch, Leute«, entfuhr es Rüdiger in diesem Moment, »es ist schon fast Viertel vor zehn. Wenn wir einen guten Platz für das Feuerwerk bekommen wollen, sollten wir allmählich los!«

Während sich die anderen für ein Glas Sekt anstellten, ging Gero kurzerhand an der Schlange vorbei und nahm sich eines der alkoholfreien Getränke, die ziemlich unbeachtet auf einem Nebentisch standen.

»Gerolein«, ertönte in diesem Moment eine vertraute Stimme. Er hätte beinahe vor Schreck das Glas fallen lassen, als er sich umdrehte: Schackeline trug ein gewagtes rosafarbenes Kleid mit gelben Punkten und kam zielstrebig auf ihn zu.

»Gero, ich muss dir leider was sagen ... Es wird dir nicht gefallen, denn ich habe schon gemerkt, dass du mich sehr anziehend findest. Aber ehrlich gesagt, bist du mir doch ein bisschen zu ...«, sie suchte nach den richtigen Worten, »... na ja, du könntest ein paar Pfund mehr auf den Hüften vertragen.« Sie kniff ihn in die Seite und lächelte ihn an. »Und Jörg – du weißt schon, der große starke Mann«, sie bekam einen verklärten Gesichtsausdruck und wurde rot, »wo du meintest, dass er mit mir essen soll ...«

Geros Gehirnareal für gutes Deutsch krümmte sich.

»... nun, der ist wirklich nett und ich möchte mehr Zeit mit ihm verbringen. Und deshalb kann ich mich leider nicht mehr um dich kümmern.«

Das finde ich ganz große klasse, Schackeline, du treibst mich nämlich in den Wahnsinn, dachte Gero, besaß aber doch genug Anstand, es nicht laut auszusprechen. Stattdessen beschränkte er sich auf ein schlichtes »Oh!«.

»Ich weiß, das ist schlimm für dich. Aber du wirst bestimmt noch eine andere nette Frau finden. So schlecht siehst du ja eigentlich nicht aus. Tschüsschen!«

Mit diesen Worten ließ sie ihn stehen und verschwand im Getümmel. Gero starrte ihr mit offenem Mund nach. Etwas pikiert gesellte er sich rasch wieder zu den anderen.

Gero, Ina, Rüdiger und Elli standen zusammen an der Steuerbordreling und genossen wie viele andere Passagiere die schöne Aussicht auf die Küste Gran Canarias. Auf dem ganzen Schiff herrschte eine erwartungsfrohe und ausgelassene Stimmung, die auch von den vieren Besitz ergriffen hatte. Der Himmel war tiefblau und Hunderte Lichter erstrahlten am Hafen. Aus den Lautsprechern erklang Helene Fischers *Atemlos* und rund um den Pool tanzten bereits einige Gäste. Ein leichter Wind wehte und trug einen würzigen Duft von Meer und Sommer mit sich.

Inmitten dieser emotionalen Atmosphäre stellte sich zwischen ihnen ein Gefühl der Zusammengehörigkeit ein, wie sie es seit ihrem Wiedersehen nach all den Jahren noch nicht gespürt hatten. Als eine der Bordfotografinnen vorbeikam, stellten sie sich gut gelaunt für ein Gruppenbild auf.

Wenig später zauberten die ersten Raketen des Feuerwerks bunte Bilder an den Himmel.

»Auf uns, die V.I.E.R. sind wieder vereint«, sagte Ina feierlich und erhob ihr Glas.

»Auf V.I.E.R.«, wiederholten die anderen, prosteten sich zu und ließen ihre Gläser erklingen.

Elli bekam feuchte Augen, als Rüdiger leise hinzufügte: »Danke, Ina!«

Er hatte allen aus dem Herzen gesprochen. Ohne ihre Freundin hätten sie sich vielleicht nie wieder gesehen.

Glücklich standen sie Arm in Arm an der Reling, genossen das farbenprächtige Spektakel und vibrierten voller Vorfreude auf ihr neues Abenteuer.

TAG 2: SEETAG

1

Rüdiger lag im Sterben. Das also nannte der Kapitän eine »ruhige See für die Überfahrt«.

Er hatte sich schon unwohl gefühlt, als er ins Bett gegangen war. Auch die frische Meeresluft, die durch die geöffnete Balkontür hereingeströmt war, hatte nichts geholfen. Zu allem Überfluss hatte er dann noch die glorreiche Idee gehabt, ein paar Seiten zu lesen. Ab da konnte er sein Essen endgültig nicht mehr bei sich behalten.

Gequält dachte er an die Worte des Entertainmentmanagers, als er über der Toilettenschüssel kauerte: »Wenn man sich das Essen noch mal durch den Kopf gehen lassen muss, dann immer mit und nicht gegen den Wind und am besten zuerst Schokolade mit Pfefferminztee zu sich nehmen. Dadurch schmeckt es hinterher wenigstens nach *After Eight.*«

Na, prost Mahlzeit!

Elli reichte ihm noch eine Portion Globuli *Tabacum D6.* Laut Erklärung wurden sie bei Schwindel mit ›tödlich elender‹ Übelkeit und Erbrechen eingesetzt. Rüdiger fand, dass das seinen Zustand recht treffend beschrieb.

»So schlecht ist es mir das letzte Mal gegangen, nachdem mich Gero in diesen dreckigen Weiher gejagt hat, um die Statue herauszuholen, die dann gar nicht drin war!«, lamentierte er.

»Auch Gero darf sich mal irren.«

»Aber ich bin reingefallen und habe mir wegen ihm dieses Magen-Darm-Dings geholt. Und jetzt habe ich ihm das hier zu verdanken.«

»Was kann denn Gero für dein Unwohlsein? Übertreibst du es nicht ein bisschen?«

»Nein, ich sterbe!«

Als sich sein Befinden nicht besserte, schleppte ihn Elli gegen zwei Uhr morgens zur Krankenstation. Dort warteten schon mehrere bleichgesichtige Passagiere, die wohl gerade ein ähnliches Martyrium erlebten wie er.

Der Arzt befragte ihn kurz, um eine Lebensmittelallergie oder ein Magengeschwür auszuschließen. Dann gab er Rüdiger eine Spritze mit einem Antibrechmittel und schickte ihn wieder ins Bett. Er solle die nächsten beiden Tage noch einmal zu einer Nachuntersuchung vorbeikommen. Das gehöre für Passagiere, die den Gesundheitsfragebogen ausgefüllt hatten, zum Rundumservice.

Als sein Wecker um 6:30 Uhr klingelte, wachte Gero erfrischt auf. Das leichte Schaukeln der *Aurora* war ein Genuss, er fühlte sich wie in einer Hängematte. Natürlich hätte er auch gern einen Balkon, Tageslicht und frische Morgenluft gehabt wie Elli und Rüdiger, aber das Preis-Leistungs-Verhältnis für eine Standard-Innenkabine in Einzelbelegung war deutlich besser gewesen. Immerhin war sein privates Reich am Bug von Deck sieben erstaunlich geräumig. Neben dem großen Bett gab es einen kleinen Tisch mit Stuhl. Ein Wandschrank mit Rettungswesten und Safe fasste leicht seine Kleidung. Das Bad war winzig, aber praktisch eingerichtet und er war mit der Sauberkeit überraschend zufrieden. Auch das Bett war gut gemacht gewesen, er hatte das Betttuch nur an einer Ecke ein wenig nachspannen müssen.

Zufrieden lag er mit offenen Augen auf dem Rücken und beobachtete das rhythmische Blinken der Leuchtdiode des

Brandmelders. Er freute sich auf die Recherchen, und wenn er die Zeit nutzte, bevor alle aufwachten, konnte er sogar noch eine Runde laufen gehen.

Als er wenig später auf Deck sechs ins Freie trat, atmete er mit Genuss die kühle Meeresluft ein. Der Ozean war fast spiegelglatt, geräuschlos schnitt der Rumpf der *Aurora* durchs Wasser. Vierhundert Meter Joggingstrecke, die einmal um das Schiff herumführten, lagen vor ihm. Zwölf Runden sollten ihm guttun.

Als Gero kurz vor neun erneut seine Kabine verließ, erreichte ihn Inas Absage: *Sorry, kann doch nicht mit euch essen, die Teezeremonie dauert ewig.*

Etwas enttäuscht machte er sich auf den Weg und hatte Glück: Im Restaurant wurde gerade ein schöner Tisch am Fenster frei.

Wenig später erschien Elli, allerdings ohne Rüdiger.

»Na, schläft dein Kabinengenosse mal wieder etwas länger?«, stichelte Gero, noch ehe sie sich gesetzt hatte.

»Sag mal, was habt ihr zwei eigentlich? Immer hackt ihr aufeinander rum. Schalte doch mal deinen Verstand ein. Vielleicht gibt es ja einen Grund, warum er nicht da ist!«

So böse hatte Gero sie bisher noch nicht erlebt. Vielleicht fühlte Rüdiger sich nicht wohl? »Äh«, fragte er etwas vorsichtiger. »Geht es ihm nicht gut?«

»Es geht ihm beschissen, wenn du es genau wissen willst!« Ellis Stimme war noch immer ziemlich laut.

Gero bemerkte, dass sich schon einige Köpfe nach ihnen umdrehten.

»Er hat sich die halbe Nacht die Seele aus dem Leib gekotzt. Jetzt schläft er zum Glück, nachdem ihm der Schiffsarzt eine Spritze mit Antibrechmittel gegeben hat.« Ihre Wangen waren rot und sie schnaufte heftig.

»Tut mir leid, das ... das konnte ich ja nicht wissen.«

»Nein, konntest du nicht. Aber blöd daherreden kannst du schon! Versuch doch mal, ein bisschen weniger überheblich zu sein und dich in andere hineinzuversetzen! Diese Kreuzfahrt mag für dich kein Urlaub sein, aber, verdammt noch mal, wir sind Freunde und nicht deine Fußsoldaten.« Sie atmete einmal tief durch und Gero befürchtete schon, da würde noch mehr kommen. Doch dann schüttelte sie den Kopf und sagte nur: »Ich hole mir jetzt was zu essen.«

Gero schaute ihr hinterher, wie sie wehenden Kleides davonbrauste. Sollte eine Kindergärtnerin wirklich solche Ausdrücke verwenden? Dann aber blickte er auf seine Serviette und zog die Stirn kraus. Gestern Ina und heute Elli, grübelte er. War er wirklich so schlimm? Aber Rüdiger war nicht erschienen, obwohl um neun Uhr Dienstantritt war! Denn das waren ihre Recherchen doch: ein Dienst für die Menschheit, die Umwelt, die Elefanten, die aus keinem nichtigeren Grund getötet wurden, als dass sie große weiße Zähne besaßen.

Er grübelte noch immer, als Elli mit einem vollbeladenen Teller und einer überschwappenden Müslischüssel zurückkam. Sie setzte sich und begann schweigend zu essen.

»Ich habe doch überhaupt nichts gegen Rüdiger«, sagte Gero schließlich, weil ihm nichts Besseres einfiel.

»Das weiß ich ja.« Ihre Stimme war überraschend sanft. »Und er hat auch nichts gegen dich. Genau deshalb verstehe ich es nicht, dass ihr so aufeinander herumhackt. Weißt du was: Ich denke, ihr beide flüchtet euch in diesen beißenden Humor, wenn ihr nicht sagen möchtet, was euch wirklich bewegt.«

Geros erster Impuls war es, sich zu verteidigen. Aber Ellis

ruhiger Tonfall irritierte ihn. Er musste darüber nachdenken, also nickte er nur bedächtig und bedankte sich bei ihr.

Rüdiger war erstaunt, als er auf die Uhr blickte: kurz nach zehn. Die Spritze hatte tatsächlich gewirkt und er fühlte sich um einiges besser. Er schrieb seinen Töchtern, dass es ihm gut ginge, und schickte ein paar Bilder der Kreuzfahrt.

Er schlüpfte in T-Shirt und Shorts und da er kein Verlangen nach Frühstück hatte, schlenderte er einfach übers Schiff. Er verweilte ein bisschen in der Galerie und begutachtete die Kunstwerke. Ein paar Meter weiter entdeckte er eine Reihe von Automaten, an denen man sich die Bilder bestellen konnte, die die Bordfotografen bisher geschossen hatten. Schließlich ging er aufs Pooldeck, um frische Luft zu schnappen.

Um kurz nach elf – Gero würde sich einen Kommentar nicht verkneifen können – betrat er die *Day&Night*-Bar, in der das Activity-Bingo stattfinden sollte. Elli und Gero hatten ihm einen Platz an einem der Bistrotischchen freigehalten.

»Hallo, Rüdiger, schön, dich zu sehen«, begrüßte ihn Gero mit einer merkwürdig belegten Stimme. »Geht es dir wieder besser?« Dazu machte er ein eigenartiges Gesicht.

Rüdiger runzelte die Stirn. »Alles okay mit dir, Gero?«

»Eigentlich wollte ich ja sagen: ›Hat dich die Putzfrau endlich aus der Kabine geworfen?‹. Aber Elli hat mir erzählt, wie übel deine Nacht war. Deshalb wollte ich mal freundlich sein.«

»Lass mal lieber«, lachte Rüdiger. »Ich hab mich schon wieder an den Gero mit den bissigen Kommentaren gewöhnt. Aber danke der Nachfrage. Die Spritze hat Wunder gewirkt und mein Magen fühlt sich nicht mehr so an, als würde er allein auf Wanderschaft gehen.«

»Vielleicht haben ja auch die Globuli ihren Beitrag geleistet. Manchmal dauert es ein bisschen, bis die Wirkung einsetzt«, wandte Elli ein.

Gero öffnete den Mund.

Um den unvermeidlich folgenden Vortrag über Homöopathie gleich im Keim zu ersticken, deutete Rüdiger schnell in die gegenüberliegende Ecke des Raumes. »Schaut mal, da drüben sitzt ja Ina mit ihren Japanern.«

In diesem Moment betraten zwei Animateure den Raum. Malte, ein großer junger Bursche mit strubbeligem blondem Haar und strahlend weißen Zähnen, war höchstens Anfang zwanzig und trug ein eng anliegendes malvenfarbenes Hemd sowie eine moderne Brille mit rotem Gestell. Julia, eine kaum kleinere langhaarige Blondine, trug ein blau glitzerndes Kleid und wirkte etwas gestresst in ihrer Rolle als Activity-Bingo-Fee.

Die Regeln waren schnell erklärt: Die Spielleiter zogen Kugeln mit Zahlen aus einer Trommel und die Zuschauer strichen diese von ihren Spielscheinen. Wer zuerst alle Felder angekreuzt hatte, konnte den Betrag kassieren, der zuvor beim Verkauf der Tickets eingenommen worden war.

Sekunden bevor Malte die Karten dem Publikum anbot, war Gero aufgesprungen und nach vorn gelaufen. »Ich darf doch?«

Er nahm den Stapel, blätterte ihn durch und wählte in Seelenruhe nach einem nicht näher erkennbaren Muster erst zwei, dann drei und schließlich vier Zettel aus.

Jemand tippte ihm auf die Schulter. »Entschuldigung! Wir möchten auch noch Karten kaufen.«

»Muße ist der schönste Besitz von allen. Das ist von Sokrates.«

»Wenn Sie nicht gleich fertig sind, hau ich Ihnen eine rein. Das ist von mir.«

Gero nahm demonstrativ noch einen Spielschein und bezahlte.

Dann wurden die Zusatzregeln für Activity-Bingo erläutert: »Bei einer geraden ›Sektzahl‹ – also bei zweiundzwanzig, vierundvierzig, sechsundsechzig – gibt es ein Glas Sekt für alle, die diese Zahl auf ihrem Zettel stehen haben.«

Gero verdrehte die Augen, als Malte enthusiastisch weitere ›Spezialregeln‹ im Laufe des Spiels androhte, und meldete sich. »Entschuldigung. Ich dachte, wir spielen hier ein Erwachsenenspiel?«

Rüdiger drehte sich um und tat so, als würde er ihn nicht kennen.

Doch Malte ließ sich nicht aus der Ruhe bringen. »Aber natürlich! Bei Kindern heißen die Zahlen ›Orangenzahlen‹ und Sie dürfen dreimal raten, was wir da ausschenken.«

Rüdiger mochte Malte.

Ina hatte sich einen Cocktail geholt und kam auf dem Rückweg wie zufällig am Tisch ihrer Freunde vorbei. »Julia habe ich gestern schon getroffen«, raunte sie ihnen zu. »Sie hat ein paar sehr merkwürdige Ansichten über Tierschutz. Und einen Jagdschein.« Ina fing Geros skeptischen Blick auf und ergänzte: »Und sie hat einen Freund in Rabat, also nicht weit von Casablanca.«

Seine Augenbraue schnellte hoch und Ina nickte grinsend, bevor sie weiterschlenderte.

Die Bingorunde verlief erstaunlich amüsant. Malte gab nach und nach noch einige weitere Regeln bekannt: So musste bei jeder Zahlenkombination, die als hintere Ziffer eine Acht hatte, laut »Ascha, ascha, olé« gerufen werden. Leider begriffen die Japaner diese Besonderheit nicht sogleich und begannen, bei jeder neu gezogenen Kugel laut im Chor diesen Spruch zu skandieren. Ina versuchte vergebens, ihnen zu erklären, wie es eigentlich gemeint war. Malte lachte nur und führte kurzerhand die ›Japanerregel‹ ein, die jede Zahl automatisch zur Ascha-Zahl beförderte.

Rüdiger spickte gelegentlich auf Geros Zettel und stellte mit Genugtuung fest, dass sein Freund auch nicht mehr Zahlen angekreuzt hatte als er. Zehn Minuten später hatte ein Mann in mittleren Jahren den Wetteinsatz von gut zweihundert Euro gewonnen und die Runde war beendet.

Rüdiger konnte seine Enttäuschung nur bedingt verbergen.

Elli legte ihm die Hand auf die Schulter. »Sei nicht traurig, wir können heute Abend noch mal spielen.«

Gero schüttelte energisch den Kopf. »Ich habe mir die ganze Zeit versucht vorzustellen, wie Julia in den Elfenbeinschmuggel verwickelt sein könnte. Ich bin nicht überzeugt.«

»Was hast du erwartet?«, erwiderte Elli. »Dass sie als Hauptpreis eine Elfenbeinstatue vergibt?«

Gero lächelte schief und murmelte etwas Undeutliches, was wie »Julia überwachen« klang. Dann trottete er davon.

»Wunderbar«, konstatierte Rüdiger und ließ offen, ob er damit seinen Allgemeinzustand oder Geros Verschwinden meinte. »Lass uns vor dem Mittagessen noch frische Luft schnappen. Vielleicht bekomme ich dann doch wieder ein kleines bisschen Appetit.«

Nach einer Runde um das Aussichtsdeck gingen sie Richtung Restaurant. Auch Elli wollte ›eine Kleinigkeit‹ zu sich nehmen. Auf dem Weg ins *Atlantico* kamen die beiden an den Fotoautomaten vorbei.

»Was kann man denn damit machen?« Elli zeigte auf die Reihe von Monitoren, unter denen sich jeweils ein Kartenschlitz befand.

»Da bekommen wir die Bilder, die die Fotografen pausenlos von uns knipsen. Gib mir mal deine Bordkarte.«

Elli kramte in ihrer Handtasche und reichte Rüdiger das Stück Plastik. Als er es in einen der Apparate geschoben hatte, wurde der Bildschirm plötzlich hell.

Herzlich willkommen, Frau Baumgärtner-Däubler. Bitte tippen Sie auf den Bildschirm, um ein neues Foto von sich aufzunehmen.

»Los, versuch es!«, ermunterte sie Rüdiger. »Es ist ganz einfach: Der Automat macht ein Bild von dir und vergleicht anschließend alle Fotografenfotos mit deinem Porträt. Dann zeigt er dir automatisch nur diejenigen, auf denen du drauf bist. Kannst du dir vorstellen, dass so etwas vor ein paar Jahren noch Science Fiction war? Und heute macht das so ein Kasten in Sekundenschnelle. Ich liebe die moderne Technik! Einfach faszinierend!«

Elli freute sich über Rüdigers wiedererwachten Enthusiasmus. Dann stellte sie sich in Pose, ließ den Automaten ein Foto von sich machen und bekam als Lohn ein Bild von V.I.E.R. mit Sektgläsern in der Hand und noch zwei weitere Aufnahmen, die sie mit Rüdiger zeigten.

»Toll! Das Gruppenbild sollten wir auf jeden Fall Ina als Dankeschön schenken«, meinte sie begeistert.

In diesem Moment fiel ihr Blick auf eine Notiz am oberen Bildschirmrand.

Zum feierlichen Jubiläum können Sie hier alle Ihre Fotos der vergangenen Kreuzfahrten ansehen und nachbestellen.

»Schau mal, Rüdiger, das finde ich eine schöne Idee.«

Es entstand eine kurze Pause, bevor sie schließlich beide gleichzeitig riefen: »Schlüter!«

»Das wäre ja unglaublich«, meinte Rüdiger.

»Glaubst du, du kriegst das hin? Ich meine, kannst du das Gerät so manipulieren, dass es uns Schlüters Bilder zeigt?

Denn dann könnten wir ihn vielleicht mit jemandem an Bord in Verbindung bringen.«

»Hm, so ein Teil zu hacken, ist nicht ganz einfach. Ich müsste den Strichcode auf unseren Bordkarten entschlüsseln und dann ...«, er murmelte gedankenversunken vor sich hin, »... ein Duplikat herstellen, das Schlüters Karte entspricht.«

Elli verstand nur die Hälfte von dem, was er sagte. Stattdessen schob sie ihn beiseite, positionierte sich wieder vor dem Monitor und tippte auf *Neues Foto aufnehmen*. Daraufhin sah sie sich verstohlen um, zog Schlüters Bild aus der Handtasche und hielt es vor die Kamera.

»Elli, das funktioniert so doch nicht!«

Aber Elli ließ sich nicht irritieren. Sie hielt das Bild noch ein wenig näher an die Linse, dann wurde das Foto akzeptiert und der Computer fragte: *Frau Baumgärtner-Däubler, sind Sie mit Ihrem Foto zufrieden?*

Sie bestätigte und kurze Zeit später erschienen etliche Bilder, auf denen nicht sie, sondern Schlüter abgebildet war!

Rüdiger klappte der Mund auf.

2

Ina hatte mäßig viel Spaß. Nachdem sich die Japaner im Anschluss an das Bingo in einer Runde *Shuffle Board* versucht hatten und dabei mehrere Disks im Meer gelandet waren, hatte man sie höflich aufgefordert, etwas anderes zu spielen. Daraufhin hatte der Familienvorstand beschlossen, Karaoke singen zu wollen. Ina hatte innerlich mit den Augen gerollt und musste nun versuchen, das Unmögliche möglich zu machen.

Während ihre Gäste sich zum Mittagessen begaben, ging sie noch einmal in die *Day&Night*-Bar und hatte Glück:

Malte war gerade dabei, eine Discokugel für die Abendveranstaltung aufzuhängen. »Hi, Malte, kann ich dir helfen?«

»Ach nein, geht schon.« Er befestigte die Kugel an einem Haken und stieg von seiner Leiter. »Sorry, ich hab deinen Namen vergessen.«

Ina stellte sich vor und erklärte ihr Problem.

»Ich denke, das könnten wir hier schon arrangieren. Wir haben hier oben eine Handvoll Karaoke-CDs. Wann wollt ihr denn loslegen?«

»Am liebsten gleich heute Nachmittag. Vielleicht so um zwei?« Ina schnitt eine verlegene Grimasse.

Malte lachte. »Na, solange ihr mich nicht um mein Mittagessen bringt – ich hab um eins noch einen Tanzkurs, aber bis vierzehn Uhr bin ich damit durch. Geht also klar.«

»Klasse, da bin ich froh. Das Bingo war übrigens echt lustig. Meine Japaner werden wahrscheinlich noch die restliche Fahrt über bei jeder Gelegenheit ›Ascha, ascha‹ rufen!«

»Ja, das waren schon irre Vögel. Bist du ihre Hostess?«

Ina nickte.

»Wie ist der Job so? Anstrengend?«

»Und ob«, lachte Ina. »Aber alles halb so wild. Ist ja erst der zweite Tag. Wir werden uns schon arrangieren.« Ina überlegte gerade, wie sie Malte noch weitere Informationen entlocken konnte, als ihr Handy eine Melodie spielte. Genervt wischte sie über das Display.

»Willst du nicht drangehen?«

»Ach was, die Kinder von den Japanern haben mich mehr oder minder gezwungen, eine Spiele-App zu installieren, damit ich ihnen im Kampf gegen irgendeinen Superkrieger helfen kann. Es dürfen nur Freunde, die in der Nähe sind, teilnehmen und an Bord bekommen sie sonst nicht genug Leute zusammen. Deswegen werde ich jetzt dauernd gefragt, ob ich in den Kampf einsteigen will.«

Malte lachte amüsiert.

»Arbeitest du öfter mit Julia? Ihr wart ja ein gutes Gespann.«

»Ja, wir leiten auch einige der Tanzkurse zusammen. Und manchmal machen wir gemeinsam Jagd auf ›Freiwillige‹.« Er betonte das Wort so, als meinte er das Gegenteil. »Der Entertainmentmanager braucht immer wieder Leute für das Abendprogramm, die bei Spielen auf der Bühne mit dabei sind.«

Ina griff sein Stichwort dankbar auf: »Da du gerade von Jagd sprichst … Julia hat mir erzählt, dass sie auch einen Jagdschein hat. Die hat ja richtig was drauf.«

»Das kannste wohl sagen. Die würde ich echt nicht unterschätzen!«

»Und einen Freund in Marokko hatte sie auch.«

»Ach, der Hamid. Ja, von dem schwärmt sie immer noch. Für den wollte sie schon fast ihren Job hinschmeißen.«

Das hörte sich nach einer heißen Spur an. Ina musste mehr über diesen Hamid herausfinden.

»Sorry«, durchkreuzte Malte ihre Pläne, »ich muss jetzt los. Es ist gleich halb eins, wir haben Teambesprechung.«

Mist! Jetzt war sie so nah dran gewesen. Hoffentlich würde sie später noch mal eine Chance bekommen.

Sie verabredeten sich für vierzehn Uhr zum Karaoke und verabschiedeten sich.

»Unglaublich!«, rief Rüdiger verdattert. »Das hätte ich nicht gedacht. Es hat funktioniert … ich meine, wer würde …«

»Lass mir einfach meinen Triumph!« Elli knuffte ihn in die Seite.

Die meisten Bilder zeigten Schlüter allein, aber auf dreien war er mit Crewmitgliedern abgebildet. Eines davon zeigte ihn zusammen mit Malte und Julia, ein anderes mit dem Kapitän. Konnte der in den Schmuggel involviert sein? Rüdiger fotografierte die Bilder mit seinem Handy und studierte dann die letzte Aufnahme, auf der Schlüter zusammen mit einem schlanken, gut gekleideten Mann zu sehen war.

»Wer mag das sein?«

»Die beiden halten ein Bild hoch«, bemerkte Elli. »Könnte das der Galerist sein?«

»Das werden wir spätestens bei der Auktion herausfinden.«

Sie betrachteten das Kunstwerk, das Schlüter offenbar gerade ersteigert hatte. Ein Pop-Art-Strichmännchen, das die Erdkugel wie einen Ball hielt.

»Nicht mein Geschmack«, meinte Rüdiger desinteressiert. »Aber wenn du mich fragst, ist der Galerist schon von Amts wegen mein Hauptverdächtiger. Jetzt müssen wir nur noch einen Beweis finden, dass Schlüter von ihm den Tipp mit dem Elfenbein bekommen hat.«

»Das überlass mal mir!«, antwortete Elli voller Elan. »Galeristen sind ja jetzt mein Fachgebiet.«

»Bravo!« Gero war ehrlich angetan, als ihm Elli beim Mittagessen von ihrem Erfolg erzählte.

Sie strahlte. »Danke. Und nachher klappere ich wie versprochen noch die Bordläden ab. Aber hinterher gehe ich erst mal in die Sonne! Wir haben heute Vormittag schon genug herausgefunden, jetzt können wir uns eine Runde am Pool leisten.«

Sie sagte das so bestimmt, dass nicht einmal Gero widersprach.

»Und du kommst auch mit«, tippte sie ihm mit dem Zeigefinger auf die Brust. »Kannst ein bisschen Sonne vertragen.«

»Ich und sonnen? Das glaube ich kaum.«

»Ein bisschen Entspannung hat noch keinem geschadet. Und um vierzehn Uhr ist sowieso schon wieder Küchenführung.«

»Nein, meine Liebe. Galerist hin oder her, ich werde mich noch einmal mit Julia befassen, schließlich war sie auch mit Schlüter auf einem Foto. Aber dazu werde ich nur dann Zeit haben, wenn ich nicht stundenlang am Pool faulenze!«

Eine halbe Stunde später lag Elli gemütlich an Deck und genoss die Wärme. Sie hatte gerade Fotos vom Schiff nach Hause geschickt und ein wenig mit Andreas und ihrer Schwiegertochter per WhatsApp gechattet. Diese Art der Kommunikation gefiel ihr immer besser.

Die Fragerei in den Läden hatte absolut keine Hinweise auf Elfenbein ergeben. Aber immerhin war sie nicht hochkantig hinausgeworfen worden wie aus der Galerie in München.

Die Liege neben sich hatte sie mit einem Handtuch reserviert, falls Rüdiger doch noch auftauchen sollte. Er hatte sich wieder hingelegt, da ihm erneut flau im Magen war. Während sie einer schlanken Frau hinterherblickte, die einen Bikini mit Flammenmuster und einen großen Strohhut trug, vernahm sie eine vertraute Männerstimme neben sich.

»Entschuldigung, ist die Liege noch frei?«

Elli wandte überrascht den Kopf zu Gero, der es sich gerade in langer Hose und Poloshirt neben ihr bequem machte.

»Spar dir deinen Kommentar!« Er hob die Hand. »Ich bin nur hier, weil Julia ein paar Meter hinter uns sitzt. Du hast die Liegen übrigens gut ausgewählt. Ich hatte mich schon gefragt, wie ich mich unauffällig in ihrer Nähe halten kann. Ich habe es nämlich nicht geschafft, ihr eine Wanze unterzuschieben. Und jetzt«, er legte den Finger an die Lippen, »muss ich meine Lauscher aufsperren.« Dann lehnte er sich zurück und schloss die Augen.

Julia unterhielt sich mit einem anderen Crewmitglied, einer schwarzhaarigen Südländerin, über Belangloses: Mode, Filme und all das, über was Frauen Geros Ansicht nach eben so redeten. Das Gespräch begann ihn zu langweilen. Sein geschultes Gehör vernahm das Wummern der Motoren, das Schlappen von Badeschuhen, Helene Fischer, die schon wieder keine Luft bekam, und Unterhaltungsfetzen. Jemand beschwerte sich, dass es keine kostenlosen Cocktails gab, wo doch *MittelmeerTours* zehnjähriges Bestehen feierte. Eine Frau zeigte stolz die Fotos ihrer Tochter aus dem Kindergarten. Und irgendjemand hatte sein Handy verloren.

Gero öffnete die Augen. Er registrierte mit Wohlwollen die hohen Lichtschutzfaktoren der Sonnencremes um ihn herum und bemerkte dann zwei Liegen weiter eine ältere Frau, die gerade Socken strickte. Das gefiel ihm: Der nächste Winter kam bestimmt.

3

Pünktlich um vierzehn Uhr trafen sich Gero, Elli und Rüdiger zur Küchenführung. Rüdiger sah nicht besonders gut aus, aber er hatte darauf bestanden mitzukommen, da sie bei dem Rundgang hoffentlich auch die Lagerräume besichtigen würden. Und das wollte er sich auf keinen Fall entgehen lassen. Auch Schackeline war mit ihrem ›Kleinen‹ dabei. Sie winkte Gero zu seiner Erleichterung jedoch nur kurz zu und beachtete ihn dann nicht weiter.

Jeder bekam eine in Plastik eingeschweißte Ausrüstung ausgehändigt, bestehend aus einem weißen Ganzkörperoverall und Überziehern für die Schuhe. Die Haare verschwanden unter einer Haube. Gero äußerte ausführlich sein Wohlgefallen über diese Hygienevorschriften. Rüdiger stöhnte.

Anschließend wurde ihnen erklärt, dass das Fotografieren verboten war, was ihre Pläne schmerzlich durchkreuzte.

»Kannst du trotzdem unauffällig ein paar Bilder mit dem Handy machen?«, fragte Gero. »Und hast du an die andere Kamera gedacht?«

»Natürlich, was glaubst denn du?«, antwortete Rüdiger etwas beleidigt. »Und mach bloß den Mund wieder zu! Das war eine rhetorische Frage!«

Elli wandte sich von den Streithähnen ab und half einer älteren Dame in die Schutzmontur. Sie waren gerade dabei, ihre Kuchenrezepte zu vergleichen, als Gero ihr zuraunte: »Und du schreibst die wichtigsten Sachen mit?«

»Aye, aye, Käpten!« Sie salutierte. »Und was machst du?«

»Aufpassen und zuhören natürlich. Was denn sonst?«

Elli verzog den Mund, angelte aus ihrer Handtasche Zettel und Stift und schrieb als Erstes das gerade gelernte Rezept für Heidelbeermuffins auf.

Markus Langgasser, der Chefkoch des Gourmetrestaurants, ein großer blonder Mann in eleganter weißer Kochjacke, führte sie durch eine Schwingtür mit der Aufschrift *Crew only* in den Küchenbereich.

Die Teilnehmer der Führung schauten sich neugierig um.

»Vorbildlich«, bemerkte Gero wohlwollend.

Elli konnte dem nicht zustimmen. Alles hier war aus Stahl: die Tische, die Regale, die Wände, sogar der Boden war eine einzige metallisch-silberne Fläche. Grelle Leuchtstoffröhren tauchten die Küche in fast schon klinikartige Helligkeit. Alles war peinlich sauber und aufgeräumt. Die

Konserven und Gewürze auf den Regalen waren durch gespannte Gummiseile vor dem Herunterfallen gesichert. Die großen Messer waren in verschlossenen Fächern untergebracht. Natürlich war gerade kein Service, aber diese sterile Stille hatte sie nicht erwartet.

»Lassen Sie sich nicht täuschen«, erklärte der Koch, als hätte er Ellis Gedanken gelesen. »Beim Kochen ist es hier sehr lebendig und bunt. Wir scherzen und singen auch manchmal. Aber da es hier so eng ist, machen wir die Führung nur, wenn alle Pause haben.«

Dann wurde es endlich spannender: Mit einem kleinen Lift in einem Seitengang fuhren sie in Gruppen auf Deck drei.

»Schau mal«, flüsterte Elli, »schon wieder so viele Haltegriffe. Und in verschiedenen Höhen, damit auch die Kleineren danach greifen können.«

Rüdiger setzte zu einer Belehrung an. Doch bevor er ihr erklären konnte, dass das die Trittleiterstufen für den Liftnotausstieg waren, grinste Elli schelmisch. Also konterte er stattdessen amüsiert: »Und zur Not kann man daran die Geschirrtücher zum Trocknen aufhängen.«

Auf Deck drei erfuhren sie alles über die Gemüsevorbereitung. Der Koch deutete auf einen Berg Zwiebeln. »Das meiste Gemüse wird komplett von Hand vorbereitet. Das hier sind über fünfundsiebzig Kilogramm Zwiebeln.«

Elli malte sich mit Grauen aus, wie es wäre, den ganzen Tag heulend vor diesem Haufen stehen zu müssen, der nicht kleiner zu werden schien.

Während sie weitere Räume durchquerten, erfuhren sie, dass das Essen sich in einem regelmäßigen Rhythmus von vierzig Tagen wiederholte und die Waren schon im Starthafen an Bord kamen: »… zwei Lkws mit versiegelten Containern, die von unseren Mitarbeitern vor Ort zusammengestellt werden. Die Waren werden dann auf Vollständigkeit und Qualität überprüft und in die Lagerräume hier an Bord gebracht. Die werde ich Ihnen gleich noch zeigen. Verantwortlich dafür ist unser Proviantmeister Thomas Baumann.«

Elli schrieb eifrig mit, obwohl sie sicher war, dass Geros Elefantengedächtnis sowieso jedes Detail wie ein Stimmenrekorder aufzeichnete.

»Wird denn gar nichts unterwegs nachgebunkert?«, fragte Gero scheinheilig. »Zum Beispiel soll Casablanca doch für seine Meeresfrüchte berühmt sein.«

»Nein, Fische und Meeresfrüchte bekommen wir komplett über unseren Großhändler. Es würde logistisch keinen Sinn machen, hier noch mal etwas an Bord zu nehmen.«

Gero ließ nicht locker. »Morgen wird also nichts nachgeladen?«

Elli fand Geros Fragerei eindeutig zu auffällig.

Aber der Koch antwortete bereitwillig. »Doch, stimmt, in Casablanca bekommen wir vormittags eine Lieferung. Dort in der Nähe gibt es einen besonderen Rotwein. Weil der marokkanische Händler aber eigensinnig ist und partout nicht nach Deutschland exportieren will, macht Thomas eine Ausnahme und lässt die entsprechenden Kisten direkt in Casablanca anliefern.«

»Interessant. Können Sie mir den Namen des Weins nennen? Ich bin selbst passionierter Weintrinker«, erklärte Gero enthusiastisch.

Elli prustete los und machte schnell einen Hustenanfall daraus.

Der Koch nannte ihm das Weingut und empfahl Gero eine Verkostung bei einem Abendessen in seinem Restaurant.

»Sehr gut!«, wandte sich Gero wenig später an die anderen. »Eine Warenlieferung in Casablanca passt genau zu unserer Theorie. Und ein ›eigenwilliger‹ Weinhändler könnte auch etwas mit Elfenbeinskulpturen zu tun haben.« Er nahm sein Handy heraus.

»Hast du hier Internet?«, fragte Elli erstaunt.

»Ja, das WLAN funktioniert tatsächlich. Glück für uns. Sonst hätten wir ein Problem mit unserer Überwachungskamera. Ich schreibe Ina. Sie soll sich den Proviantmeister mal genauer ansehen. Und wir müssen jetzt nur noch einen Weg in die Lagerräume finden, um die Ware zu untersuchen.«

Die standen als Nächstes auf dem Programm der Küchenführung. Auf dem Weg dorthin kamen sie unverhofft an den Büros des Chefkochs und des Proviantmeisters vorbei. Als Letzterer kurz den Kopf hob, sah Elli, wie Rüdiger unauffällig aus der Hüfte ein Foto des Zimmers schoss.

Malte hatte ganze Arbeit geleistet: Die Discokugel drehte sich und aus den erstklassigen Lautsprechern erklang die Musik zu *My way*. Leider wurde sie nicht durch die weiche Stimme Frank Sinatras ergänzt, sondern durch ein ziemlich lautes Schreien, das nur entfernt an das Original erinnerte. Entweder war das hier ein Death-Metal-Cover oder der Japaner konnte nicht singen. Oder beides.

Der Clanchef rief nach mehr Sake. Nachdem Ina Geros Nachricht gelesen hatte, kam ihr der Auftrag des Japaners gerade recht. Sie hatte zuvor an der Bar nur sehr unwillig die letzte Flasche Sake ausgehändigt bekommen. Damit hatte sie nun eine gute Ausrede, um für weiteren Nachschub ins Lager zu gehen.

Sie verließ die *Day&Night*-Bar und fuhr mit dem Lift auf Deck sechs, von dem aus sie den Crewbereich betrat. Und wieder erstaunte sie der Kontrast: einerseits schöne farbenfrohe Dekorationen und Teppiche im Passagierbereich;

andererseits karge grau-gelbliche Ausstattung und ein trister Linoleumboden für die Crew. Daran würde sie sich nie gewöhnen können.

Ein schriller Warnton erklang, als der Koch einen Knopf betätigte und sich die Tür zum Lagerraum im Zeitlupentempo aufschob.

»Da gewöhnt man sich dran«, erklärte er den Passagieren. »Auf neueren Schiffen ist das anders gelöst. Aber hier dient die Tür gleichzeitig auch als Schott. Sollte aus irgendeinem Grund Wasser ins Schiff eindringen, kann man diese Sektion komplett von den restlichen Bereichen abtrennen. Damit man dabei jedoch nicht versehentlich jemanden einschließt, hat sich der Konstrukteur diesen netten Signalton einfallen lassen.«

Rüdiger fand, dass das ein ganz besonders bescheuerter Einfall war. Denn dadurch war es praktisch unmöglich, hier heimlich einzudringen. In einem unbeobachteten Moment begutachtete er die Tür aus der Nähe und winkte Gero und Elli heran.

»Schaut mal, was ich gefunden habe!« Seine Augen leuchteten, als er auf einen Hebel deutete. *Notbedienungshebel* stand daneben. »Ich wette, damit kann man die Tür manuell ohne Alarm aufschieben, sonst will ich nicht mehr Rüdiger heißen.«

»Die Wette gilt! Einfach so ausprobieren möchte ich das aber nicht«, erwiderte Gero. »Da würde ich vorher schon sichergehen wollen.«

»Entschuldigung«, rief Elli sofort, »wir haben uns gerade gefragt, warum Sie den Raum nicht einfach mit diesem Hebel hier öffnen. Das geht doch von Hand bestimmt schneller und ohne Alarm.«

Der Koch schaute sie durchdringend an.

Rüdiger stockte der Atem. War der Mann durch diese absonderliche Frage argwöhnisch geworden?

Doch Ellis offene Art entlockte dem Koch eine ehrliche Antwort. »Haben wir einmal gemacht«, lächelte er. »Wenig später stand der Käpten hier und wir hatten jede Menge Scherereien. Offenbar wurde auf der Brücke ein Signal ausgelöst, dass die Tür manuell geöffnet wurde. Und da das – wie das Warnschild schon sagt – nur im Notfall passieren sollte, ist hier gleich die halbe Security angetreten. Kurzum: Der Alarm ist das kleinere Übel!«

»Schade, Heinz-Erhardt, die Wette hast du verloren«, feixte Gero mit einem Schulterzucken. »Aber die Idee wäre gut gewesen.«

Rüdiger warf ihm einen eisigen Blick zu.

Der Bereich, den sie nun betraten, war erstaunlich geräumig. An den Wänden standen hier und da unausgepackte Kartons. Zu beiden Seiten waren ein halbes Dutzend Stahltüren, die in weitere Räume führten. Die Luft war einige Grad kühler als draußen, die Klimaanlage rauschte. Unter dem Heulen des Alarms schloss der Koch das Tor und führte sie dann in eine der Vorratskammern.

Elli und einige andere Damen aus ihrer Gruppe äußerten ihre Begeisterung. Es sah aus wie in einem Tante-Emma-Laden: Überall lagen Waren auf Paletten oder standen säuberlich eingeräumt und sortiert in den Regalen. Es gab bestimmt zwanzig verschiedene Sorten an Ketchup, Öl und Sojasaucen, Säcke mit Gewürzen, Plastikbehälter mit Dutzenden Muskatnüssen und Nudeln in Fünf-Kilo-Säcken.

»Ganz schön verwinkelt«, stellte Rüdiger besorgt fest. »Wo sollen wir denn da unsere Kamera festmachen? Außerdem schaut das hier nach einer Vierundzwanzig-Stunden-Überwachung aus.« Er deutete auf ein halbkugelförmiges

Gebilde, das im Vorraum an der Decke angebracht war. »Es wird verdammt hart werden, hier ohne Führung reinzukommen.«

Gero grunzte nur. »Ist mir schon klar. Aber zumindest die Lagerräume scheinen nicht unter Beobachtung zu sein. Lass uns das nachher mit Ina besprechen ... Doch ich gebe dir recht: Das Ganze wird in der Tat deutlich schwieriger als bisher angenommen. Hauptsache, wir schaffen es, unsere Kamera irgendwo anzubringen, um verfolgen zu können, wann die Ware an Bord kommt und wer sich darum kümmert. Der Vorraum wäre ideal dafür, alles zu filmen. Reicht dafür der Weitwinkel?«

Rüdiger nickte.

Der Koch fragte, was ihrer Meinung nach das wichtigste Nahrungsmittel an Bord sei. Die Passagiere tippten auf Gemüse, Nudeln und Öl, bis schließlich jemand Reis erwähnte.

»Richtig!«, rief der Koch. »Die tausendzweihundert Gäste hier an Bord essen täglich etwa fünfzehn bis fünfundzwanzig Kilogramm Reis, die dreihundertachtzig Crewmitglieder brauchen pro Tag hundert Kilo davon! Viele Asiaten essen das dreimal täglich. Wir sagen immer: ›Wenn der Reis ausgeht, bleibt das Schiff stehen.‹«

Alle lachten. Dann führte sie der Koch wieder in den Vorraum und wandte sich dem Tor zu.

»Elli, wir müssen irgendwie dahinten an das Regal«, raunte Rüdiger.

Elli nickte. Ohne zu zögern, ging sie die wenigen Meter zu der von Rüdiger angezeigten Stelle und deutete auf eine große Wanne. »Was ist denn das?«, fragte sie scheinbar interessiert. »Werden hier die Hummer gehalten, bevor es sie am letzten Abend gibt?«

Der Koch kam mit einem unterdrückten, aber doch deutlich hörbaren Seufzen zu ihr. »Das ist eine Wanne mit Zitronensäure. Alles Obst und Gemüse wird kurz darin gewaschen, bevor es in die Küche geht.«

Die komplette Gruppe an Passagieren war ihm hinterhergedackelt, wodurch in den beengten Räumlichkeiten ein ziemliches Gedränge herrschte. Rüdiger nutzte die Gelegenheit und trat unauffällig an das Regal. Gero stellte sich so vor ihn, dass Rüdiger von der Überwachungskamera verdeckt wurde. Der heftete die Kamera blitzschnell an einen der Träger und richtete sie aus.

Sie brauchten nicht mehr als fünf Sekunden für die Aktion. Anschließend gesellten sie sich wieder zu den anderen. Rüdiger registrierte zufrieden, dass sie noch immer ein eingespieltes Team waren. Dann bemerkte er seinen schnellen Puls. Früher hätte ihn eine solche Aktion nicht so angestrengt. Unauffällig wischte er sich einen Schweißtropfen von der Stirn.

Beim Verlassen des Lagerraums folgten alle dem Chefkoch. Nur Gero raunte »Code einhundertachtzig« und wandte sich in die entgegengesetzte Richtung.

Vom allgemeinen Crew-Bereich aus betrat Ina die Küche. Zum Glück war nicht viel los, sodass sich niemand um ihre Anwesenheit kümmerte. Sie hatte sich mit Geros Plänen vertraut gemacht und fand problemlos den Lift auf Deck drei und das Büro des Proviantmeisters.

In dem kleinen Zimmer saß nur ein Mann und schaute auf seinen Computermonitor. Sein massiger Bauch lag auf den Oberschenkeln und die Arme waren gerade lang genug, um bis zur Tastatur zu reichen. Auf seinem Namensschild konnte Ina deutlich *Thomas Baumann* lesen. Treffer!

»Heute geht's bei mir zu wie im Taubenschlag. Erst diese

wild gewordene Horde von Passagieren und jetzt noch jemand, der hier nichts zu suchen hat!«, rief er ihr unfreundlich entgegen. »Was wollen Sie?«

»Verzeihung«, sagte Ina höflich. »Ich bin die Hostess der japanischen Reisegruppe an Bord und bräuchte noch ein oder zwei Flaschen Sake.«

»Eine? Oder zwei? Was denn nun?«, erwiderte er barsch.

Der war ja so spitzfindig wie Gero, konstatierte Ina im Stillen. »Dann lieber zwei, wenn Sie schon so fragen.«

»Und warum holen Sie sich die nicht an der Bar?«

»Da gibt es keinen mehr. Ich habe sehr trinkfreudige Gäste.«

Baumann schnaufte schwer und wuchtete seinen massigen Körper aus dem Stuhl. »Na gut«, grunzte er, »wenn Sie schon mal da sind, kommen Sie mit. Ich gehe mit Ihnen ins Lager. Das ist allerdings eine absolute Ausnahme. Ich möchte Sie hier nicht noch einmal sehen! Verstanden?«

Ina nickte eifrig mit gekreuzten Fingern hinter ihrem Rücken.

Gero hatte kurz vor dem Verlassen des Lagers gesehen, wie Ina und Baumann einen der Räume betraten. Gut gemacht, V.I.E.R. 2! Er ergriff die Chance und lief, so leise er konnte, den Gang entlang, den sie gekommen waren. Das Büro des Proviantmeisters war, wie erwartet, unbesetzt.

Vorsichtig rüttelte er an der Tür – verschlossen. Sehnsüchtig blickte Gero durch die große Glasfront, die den Raum vom Flur abtrennte, und entdeckte hinter der Scheibe ein Schlüsselbrett. Er überlegte kurz, ob er versuchen sollte, sich mit einem Dietrich Eintritt zu verschaffen, verwarf die Idee aber gleich wieder. Wenn Baumann ihn dabei erwischte, war es vorbei mit ihrer gesamten Aktion.

Stattdessen widmete er sich dem Zimmer des Kochs. *Langgasser* stand auf einem Schild an der Tür.

In diesem Moment ertönte der Lagerraumalarm und Gero fror in seiner Bewegung ein. Doch niemand kam.

Also weiter.

Er klopfte und drückte leise die Klinke hinunter, als ihm jemand die Hand auf die Schulter legte.

Sehr zu Ellis Freude besichtigten sie noch die Bordbäckerei. Der Geruch dort war wunderbar. Am liebsten hätte sie eines der kleinen Brötchen von den Blechen genommen. Aber sie waren alle gebeten worden, bis zum Abendessen zu warten.

Die Passagiere erfuhren, dass das gesamte Brot – bis auf die glutenfreien Waren – auf dem Schiff hergestellt wurde und die Bäckerei auch für ihre Torten bekannt war. Für besondere Anlässe wurden hier sogar ganze Star-Wars-Raumschiffe oder ein Disney-Schloss gebacken. »Zur Geburtstagsfeier der *Aurora* wird gerade eine ganz besondere Torte kreiert. Mehr verrate ich aber noch nicht«, sagte der Koch zum Abschluss mit einem Lächeln.

Elli wollte sich gerade an V.I.E.R. 1 wenden, dem ein Star-Wars-Raumschiff sicherlich gefallen würde, bemerkte jedoch, dass der nicht da war. »Wo ist Gero?«, fragte sie irritiert.

»Der ist vorhin in die andere Richtung abgebogen. Code einhundertachtzig«, klärte Rüdiger sie auf.

»Einhundertachtzig? Was war das noch gleich?«

»Was weiß ich? Es ist fast vierzig Jahre her, dass wir den Blödsinn auswendig lernen mussten! Ist doch auch egal, Gero taucht schon wieder auf. Schlimmstenfalls in Handschellen.«

Im Restaurantbereich, der nach der Sterilität in der Küche

überwältigend bunt und wohnlich wirkte, waren schon Kanapees aufgebaut worden und kleine Gläschen mit einer hellen Suppe. Dazu gab es frisch gepressten Orangensaft.

Elli schloss die Augen, als sie von den köstlichen Kleinigkeiten probierte. Sie hoffte, dass sie noch Zeit finden würden, hier im Gourmet-Restaurant essen zu gehen.

Während Baumann mit Ina den Sake holte, betonte er noch mehrmals, sie hätte hier unten nichts zu suchen und würde eine Menge Ärger bekommen, wenn er sie noch einmal erwischte. Als sie es dann noch wagte, nach dem Weingut aus Casablanca zu fragen, lief der Proviantmeister rot an und drohte, sie von Bord zu werfen, gern sofort und über die Reling auf Deck elf. Ina war überrascht von der Heftigkeit seiner Reaktion und beschloss, die Fragerei lieber einzustellen. Auf ihrer Verdächtigenliste war er aber definitiv ein paar Plätze nach oben gerutscht.

Nachdem sie zwei Flaschen aus dem Lager geholt hatten, schickte Baumann Ina fort und schloss unter großem Lärm das Tor von innen. Sie stand unentschlossen im Gang und dachte nach.

Baumanns Büro war jetzt unbesetzt. Sollte sie versuchen, an die Schlüssel heranzukommen? Es war einen Versuch wert.

Schnell eilte sie um die Ecke und traute ihren Augen nicht. Da stand Gero und schlich gerade in das Büro des Kochs! Ihr Freund fuhr vor Schreck zusammen, als sie ihm die Hand auf die Schulter legte.

»Du meine Güte, Ina! Ich dachte … Was machst du hier?«

»Habe mir Baumann angeschaut, wie befohlen.«

»Wo ist er?«

»Im Lagerraum.«

»Sehr gut, dann sind wir ungestört und hören, wenn er kommt.«

»Was hast du vor?«

»Das ist die perfekte Gelegenheit. Wir brauchen Beweise.« Gero öffnete die Bürotür des Chefkochs und beide traten ein.

»Wenn uns die Security erwischt, sind wir geliefert«, mahnte Ina.

»Schau du dich auf dem Schreibtisch um, ich übernehme den Schrank.« Gero ignorierte ihren Einwand, zog sich stattdessen die Ärmel über die Hände und öffnete einige Schubladen.

Ina tat es ihm gleich und inspizierte den Schreibtisch. »Schau mal hier«, meinte sie wenig später mit Blick auf Langgassers Terminkalender. »Er verlässt das Schiff nach dieser Tour.«

Gero kam zu ihr. »Dann ist er wohl raus. Auf der *Galieri*-Webseite waren zwei weitere Auktionen angekündigt, also diese Überfahrt und die nächste. Schade, er war einer meiner Hauptverdächtigen.«

Ina war froh, dass sie etwas gefunden hatten. Sie wollte hier so schnell wie möglich wieder weg. Außerdem hatte sie den Koch bereits in der Messe kennengelernt und fand ihn sehr sympathisch.

»Du gehst voraus«, meinte Gero. »Ein Crewmitglied, das hier unten herumläuft, ist nicht so auffällig.«

Na danke! Die Drecksarbeit durften immer andere machen. Vorsichtig öffnete Ina die Tür. Niemand da. »Schnell, hier entlang.«

4

Gleich im Anschluss an die Führung fand die Auktion statt. Die Galerie lag gegenüber dem Gourmet-Restaurant und die Versteigerung fand im Bereich dazwischen statt.

Dort stand Gero und wartete auf sie.

»Wie kommst du denn jetzt hierher?«, fragte Elli irritiert.

»Langgasser scheidet aus. Den Rest erzähle ich euch später. Es geht gleich los.«

Elli nickte und steuerte auf einen noch freien Platz zu.

Rüdiger hielt sie zurück. »Mir geht's nicht gut. Ich gehe lieber auf die Kabine und lege mich noch mal hin. Gero, kannst du für mich übernehmen?«

»Na klar, Franz-Josef.«

Rüdiger zog seufzend ab.

Im gemütlichen Lounge-Bereich hatten sich rund zwanzig interessierte Passagiere eingefunden. Ein paar davon sahen so aus, als hätten sie tatsächlich Geld. Der Auktionator wartete bereits. Er war nicht sonderlich groß, eher hager, und trug einen blauen Anzug und ein schwarzes Hemd. Elli erkannte ihn sofort als den Mann auf dem Foto mit Schlüter.

Sie fröstelte. Der Verstorbene hatte an einer ähnlichen Auktion teilgenommen. Damals wusste er noch nicht, dass er wenige Wochen später tot sein würde.

Auf Staffeleien waren schon acht Bilder ausgestellt, drei davon mit einem glänzenden roten Tuch verhüllt.

»Liebe Gäste, herzlich willkommen zur heutigen Auktion. Mein Name ist Gunter Grieswald. Wenn Sie sich schon in meiner Galerie umgesehen haben, konnten Sie sich bereits an den dreißig Werken erquicken, die ich Ihnen für diese Reise ausgesucht habe.«

Er palaverte eine Weile selbstgefällig und gestenreich. Als er das erste Bild anpries, wunderte sich Elli über den mangelnden Enthusiasmus des Publikums. Die ganze Veranstaltung kam ihr wie das Sportanimationsprogramm in einem Klub vor, bei dem der Trainer herumhüpfte wie ein Irrer und die Leute sich trotzdem nur schwerfällig bewegten.

Doch beim zweiten Bild wurde es spannender.

»... nur hier und jetzt für zweihundertfünfzehn Euro. Geboten wird in Fünf-Euro-Schritten.«

Eine Hand hob sich.

»Dort sehe ich zweihundertfünfzehn Euro. Jetzt also zweihundertzwanzig. Wer von Ihnen bietet zweihundertzwanzig Euro?«

Niemand regte sich.

»Kommen Sie schon, zweihundertzwanzig Euro für diesen wunderbaren Druck. Nein? Zweihundertfünfzehn zum Ersten ...« Der Galerist sah prüfend in die Runde, vergewisserte sich, dass niemand mehr mitbieten wollte, und schlug mit einem kleinen Hammer auf ein Holztischchen. »... zum Zweiten ...« Er klopfte erneut. »... und zum Dritten!« Der Hammer fuhr ein letztes Mal schwungvoll auf die Platte nieder. »Verkauft für zweihundertfünfzehn Euro!«

Ersteigert hatte es ein recht desinteressiert wirkender junger Mann in Jeans und ausgewaschenem Shirt.

»Sag mal«, flüsterte Elli Gero zu, »ist das ein Strohmann, der nur die Preise in die Höhe treiben soll?«

Gero schüttelte den Kopf. »Das ist doch sehr unwahrscheinlich hier an Bord.«

Dann kam eines der verhüllten Bilder an die Reihe, das erste ›Blind Date‹. Als hätte jemand einen Schalter umgelegt, erwachte das Publikum zum Leben. Der Nervenkitzel, nicht zu wissen, auf was man da bot, schien eine erstaunliche Wirkung zu haben. Außerdem wurde ohne Mindestgebot gestartet. Eine zierliche Amerikanerin erstand es schließlich für hundertfünfunddreißig Euro. Grieswald zog mit einem Schwung das Tuch von der Staffelei und enthüllte ein winziges Bild, auf dem zwei Janoschfiguren zu sehen waren. Wie bekannt der Künstler wohl in den USA war? Die Amerikanerin schien sich jedenfalls zu freuen, insbesondere, als sie erfuhr, dass der reguläre Galeriepreis des Werkes bei zweihundertsechzig Euro lag.

Danach wurden die Mindestgebote mit jedem Bild höher. Das letzte war nicht unter sechstausenddreihundert Euro zu haben. Wie absurd! Elli wunderte sich nicht, als alle Hände unten blieben.

»Ich werde ihn jetzt nach dem Elfenbein fragen«, flüsterte sie am Ende der Auktion Gero zu, während die übrigen Gäste aufbrachen.

»Das halte ich für keine gute Idee. Außerdem ist er beschäftigt.« Er nickte in die Ecke des Raums, wo der Galerist mit der Amerikanerin gerade die Formalitäten erledigte. Plötzlich sprang Gero auf. »Wo ist eigentlich der junge Mann, der das andere Bild ersteigert hat? Der müsste doch seinen Kauf auch abwickeln. Sehr verdächtig. Vielleicht hat er doch nur pro forma mitgeboten, um den Preis in die Höhe zu treiben. Ich versuche, ihn zu finden, behalte du in der Zwischenzeit Grieswald im Auge. Ach ja, und fertige bitte währenddessen eine Phantomzeichnung dieses vermeintlichen Strohmanns an!«

Elli schaute ihrem Freund verdattert nach. Eine Phantomzeichnung anfertigen? Gero war schon ein Knallkopf. Dafür war sie nun umso entschlossener, dem Galeristen auf eigene Faust einen Besuch abzustatten. Sollte Gero sich nachher doch sein eigenes Bild malen.

Sie wartete, bis die Amerikanerin abgezogen war, und lief dann festen Schrittes auf den Kunsthändler zu.

»Entschuldigen Sie bitte, Herr Grieswald.« Ihr Herz klopfte.

»Wie kann ich Ihnen helfen?«, fragte der andere reserviert.

»Ich habe ein ungewöhnliches Anliegen. Ich interessiere mich sehr für Kunst. Allerdings eher für Bildhauerei und weniger für Malerei.«

»Ich weiß nicht, ob ich Ihnen da weiterhelfen kann.«

»Nun, wissen Sie …«, Elli rieb sich die feuchten Hände und ärgerte sich über sich selbst. Der Galerist brachte sie mit seiner kühlen und unverbindlichen Art in Verlegenheit.

So funktionierte das nicht! Sie musste sich zusammenreißen, sonst hatte sie schon verloren, bevor sie es überhaupt versucht hatte. Sie schloss die Augen und machte eine Übung, die ihr ihr ehemaliger Theaterlehrer beigebracht hatte. Einatmen, die Luft zwei bis drei Sekunden anhalten und dann wieder ausatmen.

»… ich interessiere mich für Elfenbeinskulpturen und habe gehört, dass Sie hier an Bord der richtige Ansprechpartner dafür sind«, sagte sie dann rundheraus.

Gero brauchte nicht lange, bis er den mutmaßlichen Strohmann auf einer Sonnenliege gefunden hatte.

»Junger Mann, ich möchte Sie etwas fragen.«

Der Angesprochene reagierte nicht. Schlief er?

Gero sah sich um, griff in den Sektkühler eines vorbeieilenden Kellners und legte dem immer noch unbeweglich daliegenden Mann einen Eiswürfel auf den Bauch.

Der fuhr sofort mit einem Schrei auf.

»Guten Tag, ich möchte Sie etwas fragen«, wiederholte Gero.

»Wer sind Sie? Haben Sie mir das Eis auf den Bauch gelegt?« Der Mann wischte wütend das kalte Nass von seiner Haut.

»Oh, nicht doch. In der prallen Sonne bekommt man ohne Abkühlung leicht einen Hitzschlag. Hören Sie, was mich interessieren würde: Wie viel zahlt Ihnen Grieswald dafür, dass Sie den Preis bei den Auktionen in die Höhe treiben?«

»Wovon reden Sie, Mann? Sind Sie irgendein Psycho oder so?«

Gero zuckte nicht einmal mit der Wimper.

»Ich habe für meinen Vater mitgeboten. Hatte er vorher mit diesem Bildheini abgesprochen. Und wenn Sie jetzt nicht sofort verschwinden, rufe ich nach der Security!«

Grieswald ließ sie auflaufen. »Da bin ich bestimmt der Falsche, gnädige Frau. Wie Sie sicherlich wissen, ist der Handel mit Elfenbein größtenteils verboten.«

Elli musste alles auf eine Karte setzen. »Ach, kommen Sie schon. Meinem Schulfreund Matthias Schlüter haben Sie die Daten für eine Auktion doch auch gegeben. Er war bei der Kreuzfahrt Anfang Februar dabei und hat mir auch das großartige Bild gezeigt, das er bei Ihnen erworben hat. Vielleicht erinnern Sie sich: ein Strichmännchen, das die Erdkugel wie einen Ball hält.«

Die Miene des Auktionators hellte sich auf. »Ach, Sie meinen den *Weltenspieler*, diesen wunderbaren Giclée-Druck?«

»Genau! Na, sehen Sie, ich wusste doch, dass Sie ein solches Werk nicht vergessen.«

»Er hat es ja auch zu einem außergewöhnlichen Schnäppchenpreis ersteigert.«

»Manchmal muss man eben Glück haben«, sagte Elli vieldeutig. »Nun, Matthias – Matthias Schlüter – hat offenbar auf seiner Kreuzfahrt Geschmack am Reisen gefunden und ist nun gerade für mehrere Wochen in Südamerika unterwegs. Ich hatte ihn extra gebeten, mir vorher noch die Daten für die *Galieri*-Auktion zu geben, aber er hat in der Hektik vor seinem Abflug schlichtweg nicht mehr daran gedacht.« Sie sprach in einem solchen Plauderton, als wäre es eine Selbstverständlichkeit, dass sie den Namen *Galieri* kannte. »Dabei wollte ich eigentlich ein exklusives Geburtstagsgeschenk für meinen Mann kaufen. Und weil wir ja auch diese Kreuzfahrt auf Empfehlung von Matthias machen und jetzt schon mal hier sind …«

»Verstehe«, antwortete Grieswald gedehnt. Dann lächelte er und legte die Hand an den Mund, als spräche er über ein Geheimnis. »Nun … Ich denke, ich kann Ihnen helfen.« Er nahm einen Notizzettel von seinem Schreibtisch und schrieb ein paar Zeichen darauf. »Aber behalten Sie die Information bitte für sich! Sie wissen, dass diese Art von Kunst nicht überall gut angesehen ist.«

Elli beugte sich verschwörerisch zu ihm. »Ich kann doch keine Konkurrenz beim Bieten gebrauchen.«

Der Auktionator lachte. »Ja, viele Köche verderben den Brei und viele Bieter den Preis!«

»Wahre Worte, wahre Worte! Aber jetzt entschuldigen Sie mich, ich will meinen Mann nicht länger warten lassen.« Elli nickte Grieswald ein letztes Mal verbindlich lächelnd zu, bevor sie sich von ihm abwandte. Sie jubelte innerlich und hatte alle Mühe, ruhig und gelassen zu Gero hinüberzuschlendern, den sie etwas abseits an der Bar sitzend entdeckte.

Der zog sie an der Hand ein Stück mit sich zur nächsten Sitzecke, damit sie außer Sichtweite des Galeristen waren. »Was hast du dir dabei gedacht?«, herrschte er sie an. »Ich sagte, du sollst ein Auge auf ihn haben und kein Pläuschchen mit ihm halten.«

Elli schob ihm wortlos den Zettel hin, den ihr Grieswald gegeben hatte.

Gero zerriss das Papier, ohne es betrachtet zu haben. »Die Phantomzeichnung kannst du vergessen. Der Strohmann ist gar keiner. Du hast dich getäuscht.«

»Valerius!« Elli hatte die Hände in die Hüften gestemmt und war rot angelaufen. »Erstens haben wir beide den jungen Mann verdächtigt, und zweitens hast du gerade unseren einzigen Beweis zerstört!« Sie atmete wie eine Dampfmaschine.

Gero drehte die Fetzen um und sortierte das Puzzle.

»Das, Herr Superschlau, ist …«

»… die URL der *Galieri*-Webseite, die wir auch schon auf Schlüters Computer gefunden haben!«, vollendete Gero den Satz.

Sein ungläubiger Gesichtsausdruck war ihre größte Belohnung dafür, dass ihr Herz bei der Aktion ein paarmal fast stehen geblieben war.

»Der erste Teil unserer Theorie stimmt. Fantastisch!« Gero war ganz aus dem Häuschen. »Macht Grieswald das hier im Alleingang? Hat er noch Helfer?« Er stand auf und blickte sich suchend um. Der Galerist saß an seinem Schreibtisch und tippte etwas in den Computer. »Und wo steckt eigentlich Jens-Kasper? Wir müssen aktiv werden und dem Galeristen eine Wanze unterjubeln.«

Elli wusste nicht, auf welche Frage sie zuerst antworten sollte. »Letzterer ist wahrscheinlich noch in der Kabine, falls du Kwalle meinst«, sagte sie etwas hilflos. »Und nenn ihn endlich wieder bei seinem richtigen Namen!«

Gero war in jeder Hinsicht konsequent. »Wette ist Wette! Kannst du hierbleiben und Grieswald weiter beobachten? Ich hole in der Zwischenzeit ein paar von Karl-Friedrichs technischen Spielereien. Und schreib Ina! Wir brauchen sie vielleicht für eine Überwachung im Crewbereich. Gut gemacht, Eleonora.« Gero klopfte ihr aufmunternd auf die Schulter und verschwand zu den Kabinen.

Elli schloss die Augen und sammelte sich erst einmal. Hatte er sie tatsächlich gerade gelobt? Es geschahen noch Zeichen und Wunder. Dennoch war die ganze Sache hier in der Tat schlagartig ernst geworden. Auf diesem Schiff, das so friedlich durchs Wasser glitt, waren tatsächlich Verbrecher unterwegs. Elli holte ihr Handy aus der Tasche.

Volltreffer! Wir haben Adresse für Dentales vom Galeristen bekommen. Gero ist auf Weg zu Rüdiger. Ina, wo bist du? Brauchen dich vielleicht im Crewbereich.

Dann galt es, einen guten Beobachtungsposten zu finden. Sie warf einen prüfenden Blick in die nähere Umgebung, nahm als Alibi zwei Magazine von einem Zeitungständer und machte es sich in einem der Sessel in der Nähe der Panoramafenster gemütlich. Ihr würde keine Bewegung Grieswalds entgehen!

Gero war schnellen Schrittes zu den Kabinen geeilt. Er musste mehrmals klopfen, bis ihm ein verschlafener und bleicher Rüdiger aufmachte.

»Bist du okay, Sven-Harald?«

»Ja, geht schon. Aber seekrank zu sein, macht definitiv keinen Spaß. Und kannst du bitte endlich die blöde Wette vergessen? Mir geht's auch so schon schlecht genug.«

Gero nickte. Da Rüdiger offensichtlich nicht in unmittelbarer Lebensgefahr war, konnte er Geros Ansicht nach auch an ihrem bevorstehenden Einsatz teilnehmen. Er erklärte ihm also in kurzen Sätzen, was sie zwischenzeitlich herausgefunden hatten, und Rüdiger war gleich wieder sehr viel enthusiastischer.

Innerhalb kürzester Zeit hatte der Technikfreak eine Wanze aus ihrem Versteck ausgebaut – einem alten Nintendo, den Rüdiger als Lager für Kameras und sonstige technische Kleinteile missbraucht hatte. Jetzt war Gero klar, wieso man beim Einchecken in Rüdigers Gepäck nichts Auffälliges gefunden hatte. Die tragbare Spielkonsole war eine wirklich perfekte Tarnung. Für diese Idee hätte Rüdiger eine glatte Acht verdient!

Gero dachte an die Zeit zurück, in der er seinen V.I.E.R.-Kameraden Punkte für besonders gelungene Aktionen gegeben und zum Schluss den Champion des Falles gekürt hatte. Bedauerlicherweise war er der Einzige gewesen, der das unterhaltsam gefunden hatte. Vielleicht sollte er es noch mal anregen?

»Ich stelle gleich alles richtig ein, damit wir jedes Wort hören können, das dieser Grieswald wechselt«, erklärte Rüdiger.

»Gut. In fünfzehn Minuten treffen wir uns in der *Aurora-Bar*!« Damit verließ Gero die Kabine. Er brauchte noch etwas aus seinem Zimmer, bevor sie mit der Überwachungsaktion starteten.

Elli hatte die erste Frauenzeitschrift fast zu Ende gelesen, ohne dass um sie herum auch nur irgendetwas geschehen wäre. Der Galerist arbeitete lediglich Papiere durch und machte gelegentlich Notizen darauf. Sie stellte fest, dass Überwachen immer noch so langweilig war wie früher. Wo blieben nur die anderen? Sie schickte ihnen eine WhatsApp-Nachricht, bekam aber keine Antwort.

»Madam, noch einen Cocktail?« Die südostasiatisch aussehende Kellnerin riss sie aus ihren Überlegungen.

»Haben Sie auch Kaffee?«, versuchte es Elli in eingerostetem Englisch, woraufhin ihr die Bedienung gleich eine ganze Kaffeemenükarte reichte.

Der Galerist war jetzt offensichtlich mit seinem Papierkram fertig, da er anfing, seinen Schreibtisch aufzuräumen. Elli wollte gerade ihr Handy zücken und Gero anrufen, als einer von der Crew auf die Galerie zusteuerte.

Malte, der Animateur von heute Morgen!

Elli war unglaublich stolz auf sich, als es ihr gelang, heimlich ein scharfes Foto von den beiden zu machen. In diesem Moment schauten sich Grieswald und Malte um, als hätten sie etwas zu verbergen. Elli hielt rasch das Handy vor ihr Gesicht, strich sich durchs Haar und tat so, als würde sie sich in dem spiegelnden Display betrachten. Sie beobachtete aus den Augenwinkeln, wie der Animateur dem Galeristen einen Briefumschlag gab. Die beiden tauschten ein paar Worte aus und verabschiedeten sich wenig später wieder voneinander.

Was hätte sie darum gegeben, jetzt schon eine Wanze in der Nähe der beiden platziert zu haben! Was wohl in dem Umschlag war? Bekam Grieswald womöglich Provision dafür, wie häufig er den Zugang zu der *Galieri*-Auktion weitergereicht hatte?

Der Galerist öffnete den Umschlag und schaute kurz hinein. Er wirkte sichtlich zufrieden, als er ihn anschließend in eine Schublade seines Schreibtisches legte, die er daraufhin abschloss. Offenbar gab es für Grieswald hier nun nichts mehr zu tun, denn er warf sich sein Sakko über, drehte sich in Richtung Tür und schickte sich an zu gehen.

In Elli arbeitete es. Sie musste den Mann irgendwie aufhalten, bis die anderen hier waren. Dazu würde sie ihn noch einmal in ein Gespräch verwickeln müssen. Aber was sollte sie als Aufhänger nehmen, ohne sich verdächtig zu machen?

Rüdiger war nicht begeistert. Gero hatte ihm erklärt, dass er »mangels Alternativen« Grieswald weiter beschatten sollte, wenn dieser die Galerie verließ. Von den anderen dreien kam keiner für diese Aufgabe infrage. Elli war außen vor, weil Grieswald sie inzwischen kannte und sofort bemerkt hätte, wenn sie sich plötzlich permanent in seiner Nähe aufhielt. Gero wiederum konnte den Galeristen nicht weiter verfolgen, wenn er ihm erst einmal die Wanze an die Kleidung geheftet hatte. Das Risiko, dabei aufzufallen, wäre einfach zu groß gewesen.

Rüdiger fühlte sich nach wie vor recht kläglich, aber immerhin war Grieswald eine erste heiße Spur bezüglich des Elfenbeinschmuggels. Also fügte Rüdiger sich in sein Schicksal, richtete alles für die Überwachung ein und streifte sich seine Shorts über. Als er fertig war, blickte er genervt auf die Uhr. Wofür brauchte Gero weitere zehn Minuten? Wollte er noch zur Maniküre gehen?

Elli wusste noch immer nicht, was sie tun sollte, als ein vollkommen deplatzierter, dunkel gekleideter Mann mit einem Vollbart und ins Gesicht gezogenem Hut auftauchte. Schnellen Schrittes ging er auf die Bar zu und touchierte dabei den Galeristen. Er entschuldigte sich umgehend für die Unaufmerksamkeit und entschwand in Richtung des Treppenhauses.

Elli hatte ihren Augen nicht getraut und den Atem angehalten: Gero! Mit so einer dilettantischen Maskerade würden sie sicherlich auffliegen!

Aber Grieswald schüttelte nur verärgert den Kopf und verließ den Raum. Ein sommerlich gekleideter, leicht blasser Rüdiger heftete sich umgehend an seine Fersen.

Elli war beeindruckt. Gero und Rüdiger waren immer noch so perfekt aufeinander eingespielt wie in alten Zeiten.

@Elli: Treffen in eurer Kabine, schrieb Gero in diesem Moment.

Als Elli dort ankam, war Gero bereits da. Er war gerade dabei, seinen falschen Bart vorsichtig von seinem Gesicht zu trennen. Den Hut hatte er auf einem der Betten abgelegt.

»Rüdiger hat mir freundlicherweise euren Schlüssel gegeben«, erklärte er, während er einen der Kopfhörer, die mit seinem Handy verbunden waren, kurz aus dem Ohr nahm.

Immerhin nannte er Rüdiger wieder bei seinem richtigen Namen, bemerkte Elli erfreut, aber das würde ihn nicht vor einer Schimpftirade schützen. Sie war die Expertin für Verkleidungen und sein Outfit war mehr als unpassend gewesen!

Er ist im Crewbereich verschwunden. Kann ihn nicht mehr verfolgen.

Ina las Rüdigers Nachricht und war froh, gerade ein wenig Luft zu haben. Die Japaner hatten sich am Sake sehr gütlich getan und sich kurz zuvor für eine Nachmittagspause zurückgezogen.

Sie telefonierte mit Gero und einigte sich mit ihm darauf, in Grieswalds Kabine eine weitere Kamera anzubringen.

Bei dem Gedanken daran musste sie grinsen. Vollüberwachung auf einem voll überwachten Schiff – darauf musste man erst mal kommen. Sie waren schon ein verrücktes Quartett!

Zunächst hieß es jedoch, Grieswalds Kabinennummer herauszufinden. Die einfachste Möglichkeit hierfür schien ihr der offizielle Weg zu sein. Also machte sie sich auf zur Rezeption, an der glücklicherweise gerade kein Betrieb herrschte.

»Hallo, ich bin Ina und betreue die japanische Reisegruppe. Die wollen eine Führung durch die Galerie und ich würde gern mit Herrn Grieswald einen Termin ausmachen. Könnten Sie mir seine Kabinennummer sagen?«

»Hast du es schon in der Galerie versucht?«, fragte die Rezeptionistin und duzte sie wie selbstverständlich.

»Ja, habe ihn wohl gerade verpasst.«

»Vielleicht ist er in seiner Kabine.« Die Rezeptionistin wählte eine Nummer, die sie im Computer nachgeschlagen hatte. »Gunter, hier ist Angela. Ina, unsere Japanerscoutine, würde dich gern kurz sprechen. – Alles klar, danke dir.«

Sie wandte sich an Ina: »Du sollst zu ihm in die Kabine kommen. Dreihundertsieben.«

Ina bedankte sich und lächelte breit. Lief ja alles nach Plan.

Als sie im Treppenhaus angelangt war, schrieb sie den anderen kurz eine WhatsApp-Nachricht. *Statte GG einen Besuch ab. Kabine 307. Wünscht mir Glück!*

Die Kabine lag auf halbem Weg zwischen Treppenhaus und Bug. Ina griff in die Tasche ihrer Leinenhose. Dort befand sich die Minikamera, die ihr Rüdiger gegeben hatte: ganz schwarz und nicht größer als ein Stück Würfelzucker. ›Du musst nur den Klebestreifen abziehen und das Ding irgendwo hinpappen‹, hatte Rüdiger ihr erklärt. Na, mal sehen, ob das so einfach war.

Sie klopfte. Dann öffnete sich die Tür und Gunter Grieswald stand vor ihr.

Sie setzte ihr strahlendstes Lächeln auf. »Hallo, ich bin Ina. Danke, dass Sie für mich Zeit haben.«

»Ich bin Gunter, wir sind hier alle per Du. Ich muss noch was vorbereiten für morgen, sonst hätten wir auch oben einen Kaffee trinken können. Komm bitte rein.«

Ina schob sich an Grieswald vorbei.

»Ist nicht sehr groß, aber gemütlich genug.«

Die Kabine hatte, ähnlich wie ihre, zwei getrennte Betten, einen dreitürigen Schrank und einen kleinen Schreibtisch. Das rechte Bett gehörte offenbar dem Galeristen. Es war ordentlich gemacht und zwei Paar glänzend polierte Schuhe standen darunter.

»Du wohnst hier also auch nicht allein.« Ina zeigte auf ein Paar grün-rosa gestreifte Sportschuhe unter dem anderen Bett.

»Richtig geraten«, lachte Grieswald. »Die Treter sind absolut nicht mein Stil!«

Er wies auf einen der beiden Stühle im Raum und zog sich den anderen heran. Während der Galerist ihr den Rücken zuwandte, suchte Ina mit einem schnellen Blick nach einem guten Platz, an dem sie die Kamera unauffällig anbringen konnte. Doch das Zimmer war ausgesprochen karg, noch spartanischer als ihr eigenes. Sie hatte erwartet, hier Kunst zu finden, Bilder an den Wänden, eine Skulptur in der Ecke. Aber sogar auf dem Schreibtisch fand sich nur das Nötigste. Gero hätte das sicherlich gefallen. Aber die Kamera würde hier überall sofort entdeckt werden.

»Wie kann ich dir helfen?« Grieswald sah sie auffordernd an.

Ina erläuterte ihm glaubhaft und ohne jedes schlechte Gewissen, dass ihre japanische Gruppe gerne eine Führung durch die Galerie machen würde. Ihre Schützlinge wussten bislang zwar noch nichts von ihrem Glück, aber das würde sie schon irgendwie hinbiegen können.

»Kein Problem. Wann passt es euch?« Grieswald nahm sich Kalender und Stift vom Schreibtisch.

»Vielleicht morgen nach dem Ausflug nach Casablanca?«

Er schüttelte den Kopf. »Ich werde morgen den ganzen Tag in Casablanca und Rabat unterwegs sein und mich mit ein paar Kunsthändlern treffen. Wir wollen demnächst eine Fahrt mit marokkanischer Kunst organisieren.«

»Oh, heißt das, dass morgen neue Kunstwerke an Bord kommen?«

Der Galerist stutzte und Ina zuckte innerlich zusammen. Hatte sie sich gerade verraten?

»Nein, natürlich nicht. So schnell geht das nicht. Ich suche die Kunst nur aus. Der Rest wird dann anschließend über die Reederei abgewickelt. Wegen Zoll und so.«

Auch gut, der Galerist würde das Elfenbein also nicht direkt an Bord bringen. So blieb ihnen noch die morgige Weinlieferung. Ina besann sich wieder auf ihre Tarngeschichte. »Passt es dir an einem anderen Tag?«

»Übermorgen um siebzehn Uhr?«

»Perfekt, danke.«

Grieswald notierte sich den Termin in seinem Kalender.

Das war ihre Chance, die Kamera anzubringen! Nur wo? Ina sah sich fieberhaft um. Vielleicht am Bettrahmen Richtung Tür?

Sie wollte den kleinen schwarzen Würfel gerade aus ihrer Tasche herausziehen, als Grieswald aufstand und demonstrativ die Tür öffnete. »Also gut, dann bis übermorgen.«

Ina blieb nichts anderes übrig, als die Kabine unverrichteter Dinge wieder zu verlassen. Verdammt! Das war gründlich in die Hose gegangen. Hätte sie nur eine Sekunde schneller reagiert! Aber jetzt war es zu spät, da half ihr auch kein Jammern mehr.

Sie starrte nachdenklich den Gang entlang. Vielleicht konnte sie die Kamera ja hier draußen anbringen? Dann wüssten sie wenigstens, wer hier ein- und ausging. Und das wäre immerhin besser als nichts. Auf der anderen Seite des Gangs entdeckte Ina einen Feuerlöscher.

Warum nicht?

Sie holte den kleinen Würfel aus der Tasche, zog das Klebeband ab und platzierte das Gerät so, dass das Objektiv unter dem Feuerlöscher hervorlugte und in Richtung der Tür von Grieswalds Zimmer zeigte.

Dann ging sie raschen Schrittes davon.

Gero und Elli teilten sich den Kopfhörer. Jeder hatte einen Knopf im Ohr, damit sie gemeinsam verfolgen konnten, was der Galerist als Nächstes tun würde. Parallel zeichnete das Tablet die Daten auf.

Ganz nach Plan hatte Gero die Wanze in der Brusttasche von Grieswalds Sakko deponiert. Der Mann hatte offensichtlich einen flotten Schritt und grüßte unterwegs freundlich den ein oder anderen, aber es kam mit niemandem zu einem Gespräch. Wenig später hörten sie, wie ein Kabinenschloss piepste und kurz darauf eine Tür zugeschlagen wurde. Es folgte ein leicht gedämpftes »Hey«. Offenbar befand sich schon jemand in dem Raum. Anschließend war ein starkes Rascheln und Rauschen zu vernehmen. »You won't believe it«, war das Letzte, was sie einen gut gelaunten Grieswald sagen hörten. Denn nach einem dumpfen Klacken klangen die Stimmen plötzlich so weit entfernt, als stünden die redenden Personen in einem anderen Zimmer.

Mist! Der Galerist musste seine Jacke ausgezogen und in den Schrank gehängt haben.

So viel also zu diesem Plan. Gero nahm den Stöpsel aus dem Ohr und schaltete auf Lautsprecher um, um mitzubekommen, wenn wieder Stimmen zu hören waren. Die Aufnahme ließ er weiterlaufen. Dann schloss er die Augen und Elli wusste nicht, ob er müde war oder enttäuscht – oder beides.

Kurz darauf war erneut zu vernehmen, wie eine Tür zuschlug. Anschließend herrschte absolute Stille. Das konnte nur bedeuten, dass Grieswald, sein Besucher oder alle beide die Kabine verlassen hatten.

In diesem Moment klopfte es an ihre eigene Tür.

Elli öffnete und Rüdiger trat ein.

»Und, funktioniert es?«, fragte er neugierig. »Habt ihr schon was Spannendes mitbekommen? Ich hab nur gesehen, dass Grieswald ein paar Leute gegrüßt hat.«

Mit geschlossenen Augen gab Gero eine kurze Zusammenfassung.

»Hach, ärgerlich!«, schimpfte Rüdiger. »Aber der Plan war gut.«

»Hoffentlich hat Ina mehr Glück«, meinte Elli und ließ sich zurück aufs Bett fallen.

Im selben Augenblick meldete sich der Lautsprecher wieder. Zunächst war erneutes Türenschlagen zu hören, dann ertönten zwei Stimmen – eine tiefe und eine hohe. Ina musste im Raum sein. Aber das Gespräch war noch immer so gedämpft, dass man nicht verstehen konnte, was gesprochen wurde.

»Hast du schon ein Bild?«, wandte sich Gero an Rüdiger.

»Nein, noch ist alles schwarz.«

Es vergingen ein paar Minuten.

»Da! Jetzt ist was zu sehen!«, meldete sich Rüdiger wieder zu Wort. »Aber das wird dir nicht gefallen.«

Gero schaute ihm über die Schulter und schlug kopfschüttelnd mit der Hand gegen die Stirn. »Da sieht man ja nur die halbe Kabinentür!«, schnaufte er verärgert.

»Ich weiß nicht, wo Ina die Kamera angebracht hat, aber auf jeden Fall nicht im Innern von Grieswalds Kabine«, konstatierte Rüdiger lapidar. »Wir werden uns zur Bestimmung der Personen, die dort ein- und ausgehen, wohl an der Knieform unserer Verdächtigen orientieren müssen.«

»Kannst du bitte einen Screenshot von der Aufnahme machen und ihn an Ina senden?«, ordnete Gero an. Zeitgleich zückte er sein Handy und öffnete ihren WhatsApp-Gruppenchat. *Ina, Rüdiger schickt dir ein Bild. Geh bitte noch mal zu GG und richte die Kamera besser aus!*

Inas Antwort ließ nicht lange auf sich warten. *Bin gerade von Japanern angefordert worden, kann schlecht wieder weg. Mache mich aber asap nochmals auf den Weg und erledige den Auftrag!* Es folgte ein trauriger Smiley.

Gero dachte kurz nach. Dann fiel ihm wieder ein, dass ›asap‹ die Abkürzung für ›as soon as possible‹ war. Eine faszinierende Reduktion der Sprache, wie er fand. Er musste sich unbedingt einmal eingehender damit beschäftigen.

»Dann also erst mal die Physiognomie der Knie«, resümierte Gero trocken, nachdem er Inas Nachricht gelesen hatte, und schrieb zurück: *Treffen um 19 Uhr im Calypso.*

Die Antwort war ein erhobener Daumen.

5

Ina war froh, auch im Passagierbereich speisen zu dürfen. Das machte die Treffen mit ihren Freunden wesentlich einfacher. Sie luden sich gebratene Hähnchenkeule, Chili con Carne, Nudeln mit Lachssauce, Fenchelauflauf und etliche andere Leckereien auf und suchten sich dann gemeinsam einen Tisch.

»Ich könnte heute einen Schluck Rotwein vertragen«, seufzte Elli, als sie sich auf ihren Stuhl fallen ließ.

»Lass mich das machen«, bot sich Gero an, was Elli unmittelbar in Habachtstellung brachte.

Doch es war schon zu spät.

Gero winkte einen Kellner mit philippinischem Aussehen

herbei und bat ihn in bestem Spanisch um einen guten Rotwein. Doch der Angesprochene schüttelte nur freundlich lächelnd den Kopf.

»Gero, vermutlich sprechen die wenigsten Kellner hier Spanisch.«

Doch Gero ignorierte sie. Als würde man eine fremde Sprache besser verstehen, wenn sie nur ausreichend langsam gesprochen wurde, wiederholte er seine Worte noch einmal sehr betont und gedehnt.

Elli schlug peinlich berührt die Hand vor die Augen.

Doch der Kellner lächelte weiterhin zuvorkommend und deutete auf die Karaffe Hauswein, die neben dem Wasser stand. »Wein? Hier auf Tisch!« Dann machte er sich schnell davon.

»Gero, manchmal bist du unmöglich!«, schimpfte Elli, während ihr Rüdiger einschenkte.

»Wieso? Wir sind in Spanien an Bord gegangen, da erwarte ich auch eine Spanisch sprechende Bedienung.«

»Schluss jetzt, Gero. Wo stehen wir?«, fegte Ina die drohende Diskussion in einem Ton, der keine Widerrede duldete, vom Tisch.

»Bisher passt alles zu unserer Theorie des Elfenbeinschmuggels«, fasste Gero gewohnt sachlich zusammen. »Morgen Vormittag kommt eine Lieferung mit Wein – und hoffentlich unserem Elfenbein – in Casablanca an. Das ist die gute Nachricht. Die schlechte ist, dass wir das kaum überprüfen können.« Er hob einzeln die Finger. »Erstens: Der Lagerraum ist mit einem Alarmton gesichert. Zweitens: Der Notbedienungshebel ist mit der Brücke verbunden, löst also auch einen Alarm aus. Drittens: Das gesamte Areal ist videoüberwacht, wir müssten uns also irgendwie unsichtbar machen, falls wir dort vor Ort sein wollten. Viertens: Es gibt genau sieben abgeschlossene Abteile im Lager. Selbst, wenn wir wüssten, in welches das Schmuggelgut kommt, hätten wir immer noch keinen Schlüssel dafür, die sind nämlich ...«

»In Baumanns Büro und sobald die Ware in einem Raum verstaut ist, weiß ich genau, welchen wir brauchen. Wir müssen nur einen Moment abpassen, in dem Baumann nicht da ist«, ergänzte Ina stolz.

»Gute Recherche, V.I.E.R. 2«, meinte Gero gedehnt. »Vielleicht morgen Abend beim Offiziersshaken?«

Die anderen sahen ihn verständnislos an.

»Sag mal, liest denn keiner von euch die Bordzeitung? Morgen um zwanzig Uhr mixen ausnahmsweise die Offiziere der *Aurora* die Cocktails. Die Erlöse gehen an eine gemeinnützige Einrichtung. Und da wird sicherlich auch unser Proviantmeister dabei sein. Schließlich ist er ein leitender Offizier.«

Inas Miene hellte sich auf. »Das könnte klappen. Aber was ist, wenn schon vorher jemand das Elfenbein aus einer der Kammern geholt hat? Grieswald zum Beispiel, der ist kein Offizier. Oder Malte? Oder Julia?«

»Das glaube ich kaum. Die würden damit auch warten, bis es unten im Lagerraum ruhig wird und sie nicht mehr Gefahr laufen, entdeckt zu werden.«

»Und wenn wir das Elfenbein holen, bevor es überhaupt eingeladen wird?«, warf Elli ein.

Gero senkte den Kopf und zog eine Augenbraue hoch.

Noch bevor er antworten konnte, winkte Elli ab. »Schon gut, ich hab's verstanden. Wir können ja nicht einfach am Pier die Warenlieferung zerlegen.«

»Ich stimme Gero zu«, nahm Rüdiger den Faden wieder auf, während er appetitlos in seinem Essen herumstocherte. »Außerdem haben wir die Überwachungskamera doch eh schon im Lagerraum. Wenn jemand das Elfenbein holt, ganz egal, wann, dann wird uns das auf keinen Fall entgehen.«

Plötzlich rief er begeistert: »Wie wäre es, wenn wir einen Mitarbeiter aus der Küche schmieren, damit er die Palette im Auge behält?«

»Daran hab ich natürlich auch schon gedacht.«

Rüdiger funkelte ihn böse an. »Wieso ›natürlich‹, Gero? So naheliegend ist der Gedanke nun auch wieder nicht.«

»Wie auch immer, ich habe es verworfen. Erstens wissen wir nicht, wer noch involviert ist«, belehrte ihn Gero. »Wäre blöd, wenn wir mit unserem Bestechungsgeld ausgerechnet an denjenigen geraten würden. Zweitens ist mir noch nicht klar, wie eingeschworen die Crew tatsächlich ist. Nino hat von einer großen Familie geredet. Der Schuss, jemanden schmieren zu wollen, könnte also ganz schnell nach hinten losgehen. Drittens ...«

»Ist ja gut«, rief Rüdiger genervt. »Ich hab es kapiert! Hast du für alles durchnummerierte Argumente?«

Gero grinste selbstgefällig.

Ina seufzte. »Fertig, ihr beiden? Ich schätze mal, mit unserer Kamera, die im Lagerbereich angebracht ist, werden wir herausfinden, für welchen der Räume wir den Schlüssel brauchen. Wo wir ihn bekommen, wissen wir ja bereits. Damit hätten wir also schon mal zwei Probleme weniger. Für das Unsichtbarmachen dort unten habe ich auch eine Idee. Sogar der Alarm kann uns dann egal sein. Lasst euch überraschen. Und wenn wir erst einmal das Elfenbein gefunden haben, werden wir bestimmt auch die Drahtzieher überführen können.« Sie prostete den anderen zu. »Grieswald ist auch kein Problem mehr. Eigentlich wollte er morgen in Casablanca marokkanische Kunstwerke kaufen. Dabei hätte er auch das Elfenbein abholen können. Ist aber auch egal, weil er mir vorhin hat ausrichten lassen, dass sein Termin abgesagt worden sei und ich somit doch schon morgen mit den Japanern zu ihm in die Galerie kommen könne.

Schade. Es hätte mich wirklich sehr interessiert, mit wem er sich treffen wollte.«

»Zu dumm, dass Grieswald sein Sakko in den Schrank gehängt hat. Manchmal ist Gemurmel im Hintergrund zu hören. Ich glaube, er spricht mit seinem Kabinennachbarn Englisch, aber ich habe noch keinen ganzen Satz mitbekommen.« Rüdiger wies auf den Stöpsel in seinem linken Ohr, der mit seinem Handy verbunden war.

»Oh, ich habe euch noch gar nicht erzählt, dass er von Malte einen Umschlag bekommen und in seinem Schreibtisch eingeschlossen hat. Die beiden haben sehr geheimnisvoll getan.« Elli hielt den anderen das Foto auf ihrem Smartphone hin und war sichtlich stolz auf ihre Entdeckung.

Gero zog eine Augenbraue hoch. »Interessant. Wir müssen ihn und Julia also intensiver beschatten. Vor allem, wenn wir morgen in Casablanca sind, in der Nähe von Julias Freund. Verdammt, das wäre eine Aktion für mindestens acht Leute!«

Rüdiger zuckte die Achseln. »Wir haben noch eine Wanze, die wir einem von beiden unterschieben könnten. Und unter Umständen könnte ich ja den Umschlag im Schreibtisch finden.« Er nahm einen kleinen Bissen.

Ina lächelte. War das der gleiche Mensch, der sich noch üble Vorwürfe gemacht hatte, als sie Schlüters Wohnung nach der Elfenbeinstatue durchsucht hatten? Dieser Rüdiger gefiel ihr auf jeden Fall bedeutend besser.

»Wir können den beiden ja Abführmittel in den Tee kippen. Wie damals Herrn Seiler, unserem Mathelehrer. Dann sitzen Malte und Julia im wahrsten Sinne des Wortes erst einmal hier auf dem Schiff fest.« Elli lachte.

Rüdiger schaffte es gerade noch hinunterzuschlucken, bevor er sich vor Lachen nicht mehr halten konnte. Auch Ina kicherte.

Nur Gero blieb wie immer stoisch. »Sind die Herrschaften dann mit Blödsinnmachen fertig? Unsere beiden Verdächtigen haben morgen volles Programm, um alle, die keine Ausflüge machen möchten, hier an Bord bei Laune zu halten. Sie sollten das Schiff also nicht verlassen können, um das Elfenbein zu holen. Und falls Malte oder Julia es zeitlich schaffen, in den Lagerraum zu gehen, werden unsere Kameras sie überführen.«

»Verstehe«, gluckste Ina. »Wen haben wir noch, auf den wir ein Auge haben müssen?«

»Den Proviantmeister Baumann, die einundvierzig Küchenangestellten und die sieben Lagerarbeiter. Auch alle sechzehn Mann von der Security sind verdächtig. Langgasser, der Koch, und ›der Hannes‹ scheiden für mich aus.« Gero schob sich einen Bissen Chili in den Mund.

»Welcher Hannes?«, fragten sie im Chor.

»Der Fahrradguide. Vergesst ihn, der passt überhaupt nicht auf unser Profil.« Damit war das Thema für Gero erledigt.

»Baumann ist echt unangenehm. Und auf meine Frage nach dem Wein hat er sehr allergisch reagiert«, sagte Ina nachdenklich.

Rüdiger nickte und fügte hinzu: »Er hat auch freien Zugang zum Lagerraum, was ihn als Verdächtigen prädestiniert.«

»Wie auch alle anderen Lager-, Küchen- und Securitymitarbeiter«, merkte Gero in einem Tonfall an, der nicht erkennen ließ, ob es sich hierbei um eine Feststellung oder eine zynische Anmerkung handelte.

»Wie schaut es denn mit Grieswalds Kabinenkollegen aus?«, fragte Elli. »Wenn Grieswald schon suspekt ist, dann hat der andere vielleicht auch seine Finger im Spiel. Wir haben doch gehört, wie Grieswald ihm ganz aufgeregt etwas Tolles erzählen wollte.«

»Vielleicht können wir ihn ja anhand seiner hübschen

Knie identifizieren«, witzelte Rüdiger. Er hatte sein Handy neben sich liegen und warf gelegentlich einen Blick darauf.

Ina sah, dass nur die untere Hälfte der Kabinentür zu erkennen war, und hob entschuldigend die Hand. »Ich gehe heute Abend noch einmal hin, wenn weniger los ist«, meinte sie zerknirscht. »Vielleicht kann ich die Kamera besser ausrichten. Um das kontrollieren zu können, brauche ich dann aber auch diese App auf dem Handy.«

Sie diskutierten noch eine Weile und fassten für den kommenden Tag folgenden Beschluss: Die ältere Dame, mit der Elli Backrezepte ausgetauscht hatte, wollte am morgigen Unterhaltungsprogramm teilnehmen. Elli würde sie unter einem Vorwand bitten, sich zu merken, falls Malte oder Julia zwischendurch längere Zeit weggingen. Ina würde die Kamera vor Grieswalds Büro neu ausrichten. Gero bot an, die Übertragungsbilder von der Tür des Galeristen und die Wanze in dessen Sakko im Auge beziehungsweise Ohr zu behalten. Rüdiger sollte dem Schreibtisch des Mannes einen Besuch abstatten und sich ansonsten so viel wie möglich ausruhen. Er schien nämlich immer noch nicht fit zu sein. Gero bestand allerdings darauf, sich mit den anderen am nächsten Morgen um 6:15 Uhr an Deck zu treffen, um die Hafeneinfahrt in Casablanca mitzubekommen und auf keinen Fall die Weinlieferung zu verpassen. Anschließend wollten sie zu dritt den Lieferanten verfolgen, in der Hoffnung, an die Hintermänner des Elfenbeinschmuggels zu gelangen. Ina würde auf diese Aktion verzichten müssen: Sie war sehr zu ihrem Leidwesen für eine lange Stadttour durch Casablanca mit ihrer Reisegruppe eingeplant. Ihre Tarnung forderte Tribut.

6

Es war schon kurz vor Mitternacht, als Ina den Versuch unternahm, die Kamera besser auszurichten. Auf den Gängen war es langsam ruhiger geworden.

Ein Blick zurück. Niemand zu sehen.

Sie ging vor dem Feuerlöscher in die Knie und wollte gerade die Kamera abnehmen, als sie vom Ende des Gangs ein »Kann ich Ihnen helfen?« auf Englisch hörte.

Erschrocken schaute sie auf.

Ausgerechnet jemand aus dem Sicherheitsteam!

»Danke, ich hatte gestern eine Einführung über die fachgerechte Bedienung von Feuerlöschern und wollte nur mal sehen, wie ich so ein Ding von der Wand bekomme«, antwortete Ina in fließendem Englisch.

Etwas Besseres fiel ihr auf die Schnelle nicht ein. Bescheuert! Aber zumindest war es ihr, ohne zu stottern, über die Lippen gekommen.

Der Sicherheitsmann schaute sie skeptisch an und griff an die Kette, die den Löscher an der Wand hielt. »Einfach nur hier aushängen. Dann kann man ihn abnehmen.« Er demonstrierte es ihr und donnerte die rote Flasche unsanft vor ihr auf den Boden.

Ina zuckte zusammen, als sie ein Knirschen hörte.

Die Kamera! Mist, Ende der Sendung.

»Willst du es probieren?«, fragte der Wachmann, als er den Feuerlöscher wieder an der Wand montiert hatte.

Sie schüttelte bloß mit einem verzerrten Lächeln den Kopf, während sie sich maßlos über sich selbst ärgerte. Was würden wohl die anderen zu dieser Panne sagen?

»Gut, findest du den Weg zu deiner Kabine?«

Das war eindeutig. Ina hatte in diesem Gang nichts mehr verloren.

Vielleicht war es Rüdigers Sturheit, vielleicht seine Neugierde, herausfinden zu wollen, was sich in Grieswalds Schreibtisch befand. Jedenfalls war er mitten in der Nacht aufgewacht und konnte nicht mehr einschlafen – und das nicht nur, weil sein Magen immer noch grummelte. Nachdem er sich eine Weile hin- und hergewälzt hatte, gab er auf. Elli schnarchte leise vor sich hin, als er sich gegen halb drei aufraffte, anzog und lautlos aus der Tür schlüpfte.

Es war eine eigenartige Stimmung an Bord. Nichts rührte sich, nur ein leichtes Schwanken zeugte davon, dass sie auf dem Meer fuhren. Die Gänge waren so hell erleuchtet wie tagsüber auch, aber er begegnete keiner Menschenseele. Sogar die Partynachteulen waren inzwischen in ihren Kabinen verschwunden. Durch die großen Außenfenster blickte er nur in die stockfinstere Nacht. Der Schreibtisch stand in einer Ecke am hintersten Ende der Galerie, welche lediglich von einer Notbeleuchtung erhellt war. So schnell und leise Rüdiger konnte, durchquerte er die offenen Areale und kauerte sich hinter Grieswalds Schreibtisch. Er warf einen prüfenden Blick auf die drei Schubladen, die alle mit einem zentralen Schloss gesichert waren. Er streifte sich Einmalhandschuhe über, zog sein Set Reisedietriche aus der Hosentasche und begann vorsichtig, in dem Schloss herumzustochern.

Plötzlich vernahm er Schritte und erblickte einen Wachmann auf seiner Runde durchs Deck, der auf geradem Weg in die Galerie kam.

Rüdiger machte sich so klein er konnte und hoffte inständig, dass der Mann nicht in jede Ecke glotzte. Die Geräusche kamen näher und stoppten abrupt. Rüdiger hielt den Atem an, als ein Taschenlampenstrahl an ihm vorbeifuhr. Dann entfernte sich der andere wieder und Rüdiger begann wieder zu atmen.

Nachdem sich sein Puls etwas beruhigt hatte, machte er sich erneut ans Werk und bald hatte er das Schloss geöffnet. Die erste Schublade enthielt nur einen Stapel Papiere und ein paar Stifte. So schnell er konnte, blätterte er den Stoß durch, erkannte im trüben Licht aber rasch, dass es sich dabei nur um Rechnungen von den Verkäufen der Galerie handelte.

Der Umschlag, von dem Elli erzählt hatte, lag in der zweiten Schublade. Triumphierend nahm Rüdiger ihn heraus und öffnete ihn. Es befanden sich ein Stapel kleiner Scheine, ein paar Zwanzigeuronoten und einige Ein- und Zweieuromünzen darin.

Enttäuscht ließ er die Schultern sinken. Das war viel zu wenig für eine Provision! Und warum die kleinen Scheine? Bestimmt konnte Gero eine Theorie dazu liefern.

Sorgfältig schloss Rüdiger den Umschlag wieder und legte ihn dann genauso zurück an seinen Platz, wie er ihn vorgefunden hatte.

In der letzten Schublade fanden sich Kunstkataloge von verschiedenen Museen und Galerien, aber keinerlei weitere Anhaltspunkte, die Grieswald mit einem möglichen Elfenbeinschmuggel in Verbindung gebracht hätten.

Wieder in der Kabine angekommen, rebellierte Rüdigers Magen. Offenbar waren Seegang und Stress eine ungünstige Kombination. Rüdiger verzog das Gesicht und drückte die Hand auf den Bauch. Dann schlich er ins Bad und holte sich noch ein paar von Ellis Globuli.

Sein letzter Gedanke vor dem Einschlafen war, dass der Wecker viel zu früh klingeln würde angesichts seiner momentanen körperlichen Verfassung.

Tag 3: Casablanca

1

Über Casablanca lag ein frühmorgendlicher graugelber Nebel. Gero konnte den Hafen kaum ausmachen. Er war bereits um 5:45 Uhr aufgestanden, um bei der Einfahrt dabei zu sein. Sicher war sicher, auch wenn der Küchenchef gesagt hatte, dass die Wein- und potenzielle Elfenbeinlieferung erst am Vormittag an Bord gebracht werden würde.

Als er von Deck aus die Umgebung inspizierte, sah er eine Etage tiefer den Kapitän, den Sicherheitschef und zwei weitere Crewmitglieder auf einem Ausleger in der kühlen Morgenluft stehen. Gero konnte gut erkennen, was die großen Monitore auf dem Steuerpult vor den vieren anzeigten. Auf einem war eine schematische Karte des Hafens zu sehen. Das Schiff war als Umriss eingezeichnet. Der Kapitän hatte entspannt die Arme verschränkt und strahlte absolute Ruhe und Souveränität aus. Oft praktizierte Routine. Das gefiel Gero und er verfolgte das Geschehen aufmerksam.

Um 6:17 Uhr ließ er erneut den Blick über das Oberdeck schweifen, aber außer ihm befanden sich lediglich ein paar andere Passagiere mit Fotoapparaten an der Reling. Elli und Rüdiger waren noch nicht zu sehen.

Langsam tauchte aus dem Nebel der Hafen von Casablanca auf. Zunächst erschienen bizarr anmutende Kreaturen mit langen schlanken Hälsen, die sich beim Näherkommen als Dutzende Kräne entpuppten. Gero konnte nun deutlich Container und Frachtschiffe ausmachen, aber auch Fischer- sowie Marineboote. Unmittelbar hinter der Hafeneinfahrt lag ein elegant geschwungenes, grau lackiertes Schiff, an dessen Bug in auffälligen Ziffern eine große weiße *613* prangte.

Gero zückte sein Handy und googelte aus Interesse nach der königlich marokkanischen Flotte. Dabei fand er heraus, dass es sich in diesem Fall um die *Tarik Ben Yibad* handelte, eine neunzig Meter lange Fregatte der Sigma-Klasse, konzipiert von der niederländischen *Damen Shipyard Group.* Dahinter waren noch eine kleinere Korvette und mehrere Patrouillenboote vertäut.

Er war so in das Studium der Schiffe vertieft, dass er überrascht zusammenfuhr, als ihm Rüdiger mit einem »Einen wunderschönen guten Morgen!« auf die Schulter klopfte.

Gero hielt ihm mit einem leicht vorwurfsvollen Blick seine Armbanduhr entgegen und antwortete nur trocken: »Sabah al-Kheir.«

Elli, die hinter Rüdiger stand, ignorierte Geros vorwurfsvollen Blick und starrte in den Nebel. Ein trister Hafen mit Hunderten Containern und Frachtschiffen – das sollte Casablanca sein?

Doch dann tauchte aus dem Dunst langsam die Silhouette der Hassan-II.-Moschee auf. Elli begann zu strahlen: Das kam ihrer Vorstellung einer arabischen Stadt aus Tausendundeiner Nacht schon deutlich näher!

Und als hätte sie jemand erhört, passierten sie just in diesem Moment einen Frachter, der tonnenweise Sand geladen hatte. Im Dunst des frühen Morgens kam es Elli so vor, als ob es Goldstaub wäre.

Gero hatte nur Augen für ihre Anlegestelle. Sie befand sich an der Spitze eines Containerlagerplatzes, um den eine breite

Straße herumführte. Die Container, die dort abgestellt waren, konnten von mehreren Portalkränen bewegt werden. Ein hoher Zaun umgab das Gelände. Die Straße war durch eine Zugangskontrolle gesichert, an der Hafenpolizisten patrouillierten.

Wunderbar. Damit gab es nur einen einzigen Weg, der zu ihrem Schiff führte, und nichts und niemand konnte Gero entgehen.

Außerhalb des Zauns standen bereits die Tourbusse und Privattaxis sowie einige Touristenführer in arabischen Gewändern, die sich gemütlich unterhielten, rauchten und der *Aurora* scheinbar keine weitere Aufmerksamkeit schenkten.

In diesem Moment drehte sich Rüdiger zu Elli und hauchte ihr ein rauchiges »Schau mir in die Augen, Kleines!« entgegen.

Elli schlug ergriffen die Hand vor den Mund, doch Gero schüttelte unwillig den Kopf.

»Schnitt, aus!«, rief er laut, als wäre er der Regisseur der Szene. »Falscher Text! In der neuen Synchronfassung heißt es: ›Ich seh dir in die Augen, Kleines‹. Aber auch das ist bloß eine schlechte Übersetzung des ...«

Weiter kam er nicht, denn Elli hatte ihm kräftig gegen das Schienbein getreten. Gero zuckte vor Schmerz zusammen. »Aber ich wollte doch nur ...«, erwiderte er kleinlaut.

Als Elli ihn nur böse anfunkelte, wechselte er rasch das Thema. »Sobald der Landungssteg angebracht ist, gehen wir von Bord und nehmen uns eins von den Taxis dort unten, damit wir jeden verfolgen können, der etwas anliefert.«

»Was?«, rief Elli entsetzt. »Wir sind in Casablanca und ich soll den ganzen Tag in einem drückend heißen Taxi in diesem hässlichen Containerhafen verbringen? Ich habe ja noch nicht mal gefrühstückt!«

»Wie hast du dir das Ganze denn sonst vorgestellt, liebste

Elli? Wir machen eine gemütliche Sightseeingtour und erwischen nebenbei die Bösen? Ihr nehmt die Sache hier gar nicht richtig ernst, oder? Ja, Ina hat es als Aufheiterungstour für Rüdiger aufgezogen. Nichtsdestotrotz ist das Abschlachten von Elefanten eine ernste Sache und ich will diese Mörder erwischen!«

Schweigen folgte Geros Ausbruch.

Elli schaute ihn entsetzt an und Rüdiger presste deutlich sichtbar die Kiefer zusammen.

Aus dem Augenwinkel nahm Gero wahr, wie sich jemand in die andere Richtung drehte – offensichtlich peinlich berührt. Er hatte gar nicht gemerkt, dass Julia und Malte zu ihnen an die Reling getreten waren. Waren sie nun gewarnt? Es ärgerte ihn maßlos, dass er sich dazu hatte hinreißen lassen, so laut zu sprechen.

In diesem Moment erfolgte eine Durchsage des Kapitäns. Es würde noch mindestens eine Stunde dauern, bis jemand das Schiff verlassen durfte.

»Dann gehe ich jetzt mal einen Kaffee trinken«, erklärte Rüdiger steif.

»Ja, sucht einen Tisch und schickt mir dann eine WhatsApp. Ich beobachte inzwischen weiter.«

»Rüdiger …«, begann Elli leise, als sie außer Hörweite waren, doch der unterbrach sie sofort.

»Es ist mir doch klar, was Ina hier macht, und vielleicht war es einfach an der Zeit, dass das auch mal jemand ausgesprochen hat.« Er zögerte kurz. »Im Übrigen hat Gero recht. Wir haben möglicherweise eine konkrete Spur, also können wir auch mal einen Tag in einem heißen Taxi vor unserem Schiff in einem Containerhafen warten.«

Elli war überrascht von Rüdigers Klarheit und Entschlossenheit. Allerdings bedeutete das sehr zu ihrem Missfallen, dass sie einen langen Tag im Taxi verbringen würde, anstatt eine der Städte auf ihrer Sternenliste zu sehen. An die tollen Einkaufsmöglichkeiten, die die Ausflugsbroschüren angekündigt hatten, wollte sie gar nicht denken.

Sie nickte seufzend. »Aber ich werde Gero erst Bescheid geben, wenn ich meinen ersten Kaffee in Ruhe getrunken habe.«

2

Das Frühstück ließ die Stimmung wieder steigen. Sogar Gero, der inzwischen zu ihnen gestoßen war, entspannte sich etwas. Die Sicherheitsfreigabe – also die Erlaubnis, von Bord gehen zu dürfen – ließ auf sich warten und durch das große Restaurantfenster hatte er das Zugangstor bestens im Blick.

Auch Ina hatte sich auf einen zweiten Kaffee zu ihnen gesellt, nachdem ihre Reisegruppe in der *Aurora*-Bar auf ihren Ausflug warten sollte.

Noch einmal erklang eine Durchsage. »Liebe Gäste, einen wunderschönen guten Morgen. Hier spricht Ihr Kapitän von Deck zehn. Wir haben mittlerweile schon vor einer guten Stunde hier im schönen Casablanca angelegt. Da der Hafen zur Sicherheitsstufe zwei gehört, gestalten sich die Formalitäten etwas schwieriger. Das Prozedere kann sich also noch etwas länger hinziehen – genau kann man das in arabischen Ländern nie sagen. Genießen Sie noch einen Kaffee und die Aussicht auf den Hafen. Es handelt sich hierbei übrigens um einen klassischen Mehrzweckhafen und für mich um einen der interessantesten der Welt. Hier liegen Heck an Bug

Schlepper, Militärschiffe, Fischerboote und Frachter. Für den Fall, dass Sie eine unserer Touren gebucht haben und nachher an Land etwas erwerben wollen, möchte ich Sie noch darauf aufmerksam machen, dass Handeln hier Pflicht ist. Zeigen Sie den Menschen also Ihren Respekt, indem Sie diesen Brauch befolgen. Oft wird Ihnen übrigens Pfefferminztee gereicht werden – das ist reine Gastfreundschaft und verpflichtet Sie nicht zum Kauf.«

Elli seufzte theatralisch.

»Was haltet ihr von folgendem Kompromiss?«, begann Gero unvermittelt und fixierte wieder das Tor. »Ich warte am Pier im Taxi. Sobald die Ware angeliefert wird, kommt ihr nach und bringt auf dem Weg ganz unauffällig den Peilsender am Lieferwagen an.«

Rüdiger salutierte. »Aye aye, Sir!«

Ina stöhnte. »Warum habe ich mir diesen Undercover-Job ausgesucht? Ich würde viel lieber mit euch auf Verbrecherjagd gehen, als mit meinen Japanern durch Casablanca zu gondeln.«

»Ich wünschte, wir könnten tauschen«, meinte Elli mit ehrlichem Bedauern in der Stimme.

»Sei vorsichtig mit deinen Wünschen, sonst gehen sie noch in Erfüllung«, unkte Ina, als sie sich wieder erhob. »Ich gehe dann mal wieder zurück in die Höhle des Löwen.«

»Ich mache mich auch fertig. Ihr behaltet in der Zwischenzeit das Tor im Auge?«, fragte Gero, wobei es mehr nach einer Aufforderung klang. »Sobald ich im Taxi sitze, könnt ihr euch auch umziehen gehen.«

Elli blickte stirnrunzelnd an sich hinunter. Was sollte sie denn für die Verbrecherjagd tragen? Einen grün gefleckten Tarnoverall vielleicht? Sie schüttelte den Kopf und öffnete den Mund, doch Rüdiger kam ihr zuvor. »Alles klar, Chef. Dann bis später!«

Als die beiden anderen sie verlassen hatten, schnaufte Rüdiger tief durch. »Elli, bitte keine Diskussionen mit Gero, wenn er denkt, er sei in einem Einsatz. Lass ihn seinen Stiefel in Ruhe durchziehen, dann ist unser Leben deutlich entspannter.«

Als gegen 8:30 Uhr schließlich die Sicherheitsfreigabe erteilt worden war, beobachteten sie, wie die Leute von Bord strömten. Ihnen fiel ein groß gewachsener Araber auf, der das Schiff als einer der Ersten verließ. Er trug eines der hier üblichen locker fallenden, kleidähnlichen Gewänder.

»Mensch, Elli!«, rief Rüdiger perplex. »Der Typ da unten, das ist Gero! Wieso hat der sich denn so verkleidet?«

Gero hatte sich extra vor der Reise in einer Boutique die marokkanische Variante einer Dschellaba mit spitzer Kapuze besorgt. Dazu trug er Babouschen, die ein wenig an Pantoffeln erinnerten. Als Tarnung erschien ihm diese Kleidung perfekt, denn er wollte unter keinen Umständen als Tourist auffallen.

Zielstrebig steuerte er ein Taxi an und verhandelte mit dem Fahrer, der zum Glück ausreichend Englisch sprach. Wenig später zückte Gero sein Handy und vermeldete: *Alles okay. Taxi wartet mit mir hier. Haltet die Augen offen.*

Es war kurz vor zehn, als ein weißer Kleinlaster vor der *Aurora* auftauchte. Auf seiner Seite waren blaue Wellenlinien aufgedruckt, aber ansonsten trug das Fahrzeug keine weitere Aufschrift.

Rüdiger und Elli waren bereits aufgesprungen, als ihre Handys gleichzeitig zu summen begannen. Gero hatte den Lieferwagen offensichtlich auch bemerkt.

Es geht los. Kommt runter, habe Fotos und Kennzeichen, fertig für Verfolgung.

Auf der Gangway machte Rüdiger einige Alibifotos von Elli vor dem Containerhafen. Bei dieser Gelegenheit zoomte er den Kleinlaster heran, der gerade mit einem Stapler entladen wurde. Offensichtlich war nur eine Palette geliefert worden, die mit einer blauen Plastikfolie fest umwickelt war. Das Elfenbein konnte sicher problemlos darauf versteckt sein. Die Ware wurde von zwei Crewmitgliedern in Empfang genommen.

Rüdiger stupste Elli an. »Das ist der Proviantmeister, zumindest passt er auf Inas Beschreibung.«

»Klar, der Koch meinte doch, dass der von allem eine Stichprobe nimmt.«

Und tatsächlich schnitt der Mann die Plastikfolie am oberen Rand ein, öffnete einen der darunterliegenden Kartons und zog eine Flasche Wein heraus, die er von allen Seiten begutachtete. Er schien zufrieden, woraufhin die Palette auf einer ausklappbaren Laderampe weitergeschoben wurde.

»Jetzt waren wir dem Elfenbein so nah und schon ist es wieder im Bauch des Schiffes verschwunden«, flüsterte Elli traurig.

»Wir haben das doch diskutiert. Es brächte uns den Drahtziehern keinen Millimeter näher, wenn wir den Schmuggel hier in aller Öffentlichkeit auffliegen ließen«, erklärte Rüdiger. »Wenn die Ware überhaupt auf dieser Palette war«, schränkte er dann ein.

»Egal, lass uns zu Gero gehen, bevor der Lieferwagen

wieder fährt. Schließlich müssen wir noch den Peilsender anbringen.«

Als sie sich in gemächlichem Tempo dem Lieferwagen näherten, spürte Rüdiger Nervosität in sich aufsteigen. Wie sollte er den Sender an den Wagen heften, ohne dabei erwischt zu werden? Wenn Elli vielleicht …

»Schnell, Elli!«, raunte er hektisch. »Lass irgendwas fallen, wenn wir unmittelbar neben dem Transporter sind!«

Es war bewundernswert, wie rasch sie schaltete. Elli zauberte kurzerhand eine Packung Tüchlein aus ihrer Handtasche hervor und ließ sie hinunterfallen. Rüdiger – ganz Kavalier – bückte sich und sorgte währenddessen dafür, dass der magnetische Peilsender am Wagenboden des Kleinlasters haften blieb. Das Geräusch, das dabei ertönte, klang nicht so satt, wie Rüdiger es gerne gehabt hätte. Aber er hatte keine Chance, die Lage des Senders zu überprüfen. Dazu hätte er wohl ein paar Liegestütze neben dem Fahrzeug machen müssen. Eine wenig geeignete Methode, keine Aufmerksamkeit zu erregen.

Wenig später hatten sie das Taxi erreicht, in dem Gero auf sie wartete.

»Und? Hat alles funktioniert?«, fragte er neugierig.

»Ja, großartige Aktion, Elli!«, schwärmte Rüdiger. »Auf dich ist echt Verlass.«

Elli wurde rot.

»Gute Arbeit«, wurde Gero sofort wieder sachlich. »Dann steigt ein. Sobald der Lieferwagen losfährt, fahren wir hinterher.«

Rüdiger stand an der offenen Taxitür, aus der muffig riechende Luft quoll. Er bewunderte Gero dafür, das für ihre Mission in Kauf zu nehmen. Als bekennender Sauerstofffanatiker litt sein Freund in diesem Auto sehr wahrscheinlich Höllenqualen.

»Der Typ steigt ein«, raunte Elli, die den Lieferwagen nicht aus den Augen gelassen hatte. Sie zwängte sich auf die Rückbank hinter dem Taxifahrer und versuchte dabei, möglichst wenig zu berühren. Rüdiger ließ sich auf den Sitz fallen, was eine beachtliche Staubwolke produzierte, und zog hastig die Autotür zu.

Der Fahrer ließ den Motor an. Dann wandte er sich seinen drei Gästen zu. »Like James Bond«, erklärte er mit entzücktem Blick. »We will get bad people! You make Achmed drive. Best driver in world!«

Der Kleinlaster setzte sich in Bewegung und Achmed wendete das Taxi. Gero und Rüdiger kontrollierten mit einem prüfenden Blick auf ihre Handys, dass das Signal des Senders aktiv war. In diesem Moment bog ein großer blauer Lastwagen um die Ecke und hielt auf das Schiff zu.

»Stopp!«, riefen Gero und Rüdiger zeitgleich dem Taxifahrer zu, der sofort bremste.

»Doch noch eine zweite Lieferung!«, fuhr Gero fort. »Rüdiger, du bleibst hier und übernimmst den blauen Laster. Elli, wir verfolgen wie geplant den Lieferwagen.«

Mit einem »Alles klar!« war Rüdiger auch schon aus dem Taxi gesprungen und hatte die Tür hinter sich zugeschlagen.

Der weiße Kleinlaster hatte soeben den blauen Lkw passiert und war bereits auf dem Weg in die Stadt.

»Go, go!«, rief Gero und wies mit einer wedelnden Handbewegung die Richtung.

Achmed grinste und nahm die Verfolgung auf.

»Gero, wie soll Rüdiger deiner Meinung nach den anderen Laster verfolgen?«, erkundigte sich Elli. »Da waren keine weiteren Taxis mehr am Hafen.«

Gero schaute aus dem Heckfenster. Dann wandte er sich an den Taxifahrer und deutete auf den Sprechfunk. »Does this work?« So wie das Taxi aussah, konnte man sich da nicht so sicher sein.

»Yes, mister, works, what you need?«

Gero bat Achmed, noch ein Taxi zum Schiff zu bestellen.

»Yes, can do.«

Der Lastwagen vor ihnen bog gerade von der Straße ab, die am Containerlager entlang verlief, als der Taxifahrer das Mikrofon ergriff und anfing, schnell und hektisch auf Arabisch hineinzubrüllen. Gleichzeitig nahm er die Rechtskurve, ohne zu schalten und ohne dem Verkehr irgendeine Beachtung zu schenken. Elli bekam es mit der Angst zu tun und legte rasch den Sicherheitsgurt an, der unter einer dicken Staubschicht vergraben war.

Sie fuhren zwischen dem glitzernden dunkelblauen Meer und einer Mauer aus grob bearbeiteten roten Steinen entlang. Dahinter erhaschte Gero Blicke auf Hochhäuser und ein Hotel. Große Lettern verrieten, dass es sich dabei um das *Golden Tulip Farah* handelte.

Der Taxifahrer hatte sich unmittelbar hinter den Kleinlaster geheftet und Gero wies ihn an, sich zurückfallen zu lassen.

»Many taxi here. No problem«, antwortete Achmed beschwichtigend, vergrößerte aber dennoch den Abstand.

Nach kurzer Zeit kamen sie an eine Kontrollstation. Doch die blau gekleideten Polizisten kümmerten sich nicht um sie und winkten sowohl den Lieferwagen als auch das Taxi einfach durch. Als die beiden Fahrzeuge das Hafengelände verlassen hatten, wurde der Verkehr deutlich dichter. Sie befanden sich nun auf einer gut asphaltierten sechsspurigen Straße. Die Autos schienen nach einer nicht näher erkennbaren Choreografie kreuz und quer die Fahrbahnen zu wechseln.

Um sie herum fuhren unzählige weitere kleine rote Autos mit demselben schwarzen Kasten auf dem Dach, der die Aufschrift *Petit Taxi* trug. Achmed hatte recht: Unter all den anderen Taxis würden sie nicht auffallen. Also ordnete Gero an, den Abstand zu dem Lieferwagen wieder etwas zu verkürzen. Der schlängelte sich gekonnt durch den Verkehr, aber der Taxifahrer hatte keine Probleme, ihm zu folgen. Und das war auch gut so, denn Gero bemerkte besorgt, dass sich das Peilsignal noch keinen Millimeter bewegt hatte.

Elli überließ die Verfolgung den Männern und betrachtete Casablanca durch die milchige Seitenscheibe. Zunächst kamen sie an einem modernen Bahnhofsgebäude mit breiter Glasfront und weit überhängendem Dach vorbei. Zahlreiche niedrige Palmen säumten den Straßenrand. Und auch ein McDonald's fehlte nicht. Kurz darauf folgten kleinere Gassen, die von Läden und Märkten gesäumt waren.

»Was ist das dort drüben auf der rechten Seite?«, fragte Elli. Da das Taxi keine Klimaanlage besaß, hatte Achmed die vorderen Fenster geöffnet, sodass Elli fast schreien musste, um sich bemerkbar zu machen.

Die Antwort von Geropedia kam umgehend. »Das ist die *Ancienne Medina*, die Altstadt Casablancas.«

Elli dachte sehnsüchtig daran, wie viel lieber sie jetzt dort herumbummeln und kleine Mitbringsel für ihre Freundinnen einkaufen würde, als in diesem heißen und stinkenden Taxi eine halsbrecherische Verfolgungsjagd durch Casablanca zu machen. Immer wieder wurde sie von einer Seite auf die andere geworfen, wenn der Taxifahrer plötzlich die Spur wechselte.

In rascher Folge flogen vor den Fenstern moderne Hochhäuser vorbei, dann wieder heruntergekommene, teils verfallene Bauten mit außen liegenden Treppenhäusern und schmutzigen Klimaanlagen.

Ihr fiel eine Seat-Werbung auf, die eine langbeinige Blondine zeigte. Wie war so etwas in einem arabischen Land möglich? Elli beugte sich nach vorn, um Achmed nach dem Grund zu fragen, doch der fuhr gerade wieder in Schlangenlinien. Als sie merkte, dass ihr Essen merklich höher rutschte, lehnte sie sich rasch wieder in ihrem Sitz zurück.

So wichtig war es nun auch wieder nicht.

Sie sah Gruppen von bärtigen Männern, die rauchend auf dem Treppenabsatz vor Hauseingängen hockten, und Frauen, die mehr oder weniger tief verschleiert waren. Amüsant fand sie, dass sie oft bunte Baseballcaps oder Hüte über ihren traditionellen Kopftüchern trugen.

Gero verfolgte jeden Meter ihrer Route aufmerksam mit seinem Handy. Irgendwas stimmte mit dem Peilsender nicht, also musste er umso mehr aufpassen.

Sie waren gerade auf den breiten *Boulevard Moulay Youssef* abgebogen. »Man drives to Mosque Hassan-II.«, verkündete Achmed plötzlich. »Maybe praying. Is time for noon prayer. Good man!«

Tatsächlich sah Gero in der Ferne den Turm der drittgrößten Moschee der Welt vor sich aufragen. Im nächsten Moment jedoch blinkte der Kleinlaster und fuhr unvermittelt auf einen großen Parkplatz. Der Taxifahrer folgte ihm, indem er kurz vor der Einfahrt abrupt das Lenkrad herumriss, und stellte sich in die erstbeste freie Lücke, während der Verfolgte vor einem Gebäude am hinteren Ende des Areals anhielt.

»Is *Moulay Youssef* hospital«, meinte Achmed überrascht.

Der Lastwagenfahrer lud eine Palette aus, die der vom Schiff sehr ähnlich war.

Wein für ein Krankenhaus? Unwahrscheinlich.

Die Temperatur im Wagen war ohne Fahrtwind sprunghaft angestiegen und Elli begann zu schwitzen.

»Der Laster hat eine Kühlung auf dem Dach«, überlegte Gero laut. »Also liefert er sehr wahrscheinlich Lebensmittel aus.«

Elli hätte viel dafür gegeben, auch eine Klimatisierung zu haben.

In diesem Moment drehte einer der Krankenhausangestellten die Palette, sodass sie deutlich Tablettenpackungen und sonstiges Krankenhauszubehör erkennen konnten.

»Wein für das Schiff und Medikamente für ein Krankenhaus. Das gefällt mir nicht!«, knirschte Gero.

»Aber warum ist das so schlimm?«

»Weil das nach einem einfachen Lieferanten aussieht. Der hat die Ware vermutlich nur von dem Weinhändler abgeholt. Das hieße aber auch, dass er am Ende in seine Transportzentrale zurückkehren und uns damit nicht zu den Hintermännern des Elfenbeinschmuggels führen würde.«

»Dann brechen wir die Verfolgung jetzt ab?«

Elli sah ihre Chancen auf einen Nachmittagsbummel drastisch steigen, doch Gero erwiderte: »Natürlich nicht! Wir bleiben dran. Ich möchte auf jeden Fall sehen, wo er hinfährt. Wie ärgerlich, dass der Peilsender nicht funktioniert. Hast du was von Rüdiger gehört?«

Elli seufzte und kramte ihr Handy heraus. »Nein. Soll ich ihn mal anrufen?«

»Lieber nicht, vielleicht ist er gerade in Aktion. Er wird sich schon melden. Hoffentlich hat er mehr Glück als wir.«

3

Rüdiger stand unter Strom, als er aus dem Taxi sprang. So langweilig der Vormittag zunächst auch gewesen sein mochte – nun überschlugen sich die Ereignisse förmlich.

Während er in Richtung Schiff zurücklief, überlegte er, wie er den blauen Lkw unauffällig beobachten und fotografieren konnte. Von der Reling aus? Er brauchte auf jeden Fall dringend jemanden, den er als Vorwand mit aufs Bild nehmen konnte.

Ihm fiel im Vorbeilaufen ein Stück Elektronikmüll auf der Straße auf. Als er genauer hinsah, krampfte sich sein Magen zusammen. Der kümmerliche Haufen Schrott, der da vor ihm lag, war sein Peilsender. Anscheinend hatte der Magnet nicht gehalten und dann war wohl auch noch eines der beiden Fahrzeuge darübergefahren.

So ein Mist! Das würde ihm Gero wieder in epischer Breite unter die Nase reiben.

Aber darüber konnte er sich später ärgern, jetzt musste er sich erst einmal um diese Überraschungslieferung kümmern.

Sie verfolgten den weißen Kleinlaster weiter in Richtung Moschee.

»Das ist ein Gotteshaus für alle Gläubigen«, erklärte Gero. »Weil jeder Marokkaner, egal von welcher Konfession, für den Bau gespendet hat, gibt es bestimmte Zeiten, die ausschließlich für Muslime, und andere, die für Christen oder

Juden reserviert sind. Außerhalb dieser Zeiten ist die Moschee offen für jedermann … und jedefrau.«

Elli war beeindruckt, das hatte sie nicht erwartet.

Sie näherten sich dem kolossalen Bauwerk. Neben einer freien Parkbucht bremste der Kleinlaster schließlich und die weißen Rückfahrscheinwerfer gingen an. Das Taxi hielt ein paar Meter weiter.

»Achmed tells you: he goes praying, is praying time«, bemerkte ihr Fahrer mit einer betenden Geste.

Im Seitenspiegel war zu sehen, wie der Lieferant seinen Wagen abschloss und sich auf den Weg zur Moschee machte.

»Wir verfolgen ihn!«, sagte Gero kurzerhand. »Vielleicht trifft er sich dort mit jemandem.«

»Könnt ihr das ohne mich machen?«, erkundigte sich Elli vorsichtig. »Ich weiß gar nicht, wie man sich dadrin verhalten muss.«

»Vielleicht hast du recht, Frauen und Männer beten getrennt. Außerdem bist du nicht gerade landestypisch gekleidet. Kannst du hier warten?« Gero begutachtete skeptisch die Umgebung.

»Passt schon, geht ihr nur. Ich bleibe hier und beobachte den Lastwagen. Wenn ich Glück habe, kommt ein fahrender Händler vorbei. Dann kann ich wenigstens ein bisschen shoppen.« Schon hielt sie mit prüfendem Blick nach einem Ausschau.

Gero bat Achmed, ihn in die Moschee zu begleiten, um dem Lastwagenfahrer weiterhin folgen zu können.

»No problem. Achmed is many times in the mosque. Praying a lot. I will show you, Mister James Bond.«

Gut, dass Achmed sich hier auskannte. Auch wenn Gero die Vergleiche mit 007 etwas anstrengend fand.

Mit einem breiten Grinsen und ungebrochenem Enthusiasmus war ihr Fahrer schon aus dem Taxi gesprungen.

»Madam not coming?«

Als Gero verneinte, wedelte Achmed mit dem Zeigefinder vor Ellis Nase herum. »Not touch anything, Madam!«

Elli verdrehte die Augen. Als ob sie in diesem Auto irgendetwas anderes anfassen würde als das, was unbedingt nötig war! Kopfschüttelnd zog sie eine Werbebroschüre über Casablanca aus der Tasche, die sie sich gestern an der Rezeption geholt hatte, und fing an, darin zu schmökern. Aus den Augenwinkeln bemerkte sie Geros strengen Blick.

»O Mann, Gero. Ich schaffe es problemlos, eine ganze Kindergruppe auf einmal im Auge zu behalten. Also werde ich doch einen einzelnen parkenden Laster beobachten können, auch wenn ich nebenbei lese!«

Der Fahrer des Lieferwagens hatte offensichtlich keine Eile, sie hatten ihn schnell eingeholt.

Achmed erklärte Gero, was er zu tun hatte. »It's very easy, Mister Bond: We follow *al-qur'an*.«

Gero nickte. Schließlich hatte er sich bereits im Vorfeld ihrer Reise über die Regeln des Korans und des *Salat*, das rituelle Gebet des Islams, informiert. Er hatte kein Problem damit, sich daran zu halten, solange es ihm half, sich unauffällig in der Moschee bewegen zu können.

Trotzdem folgte er Achmeds Ausführungen: Im Untergeschoss würden zunächst drei Waschungen an Kopf, Händen und Füßen vorgenommen. Erst danach betete man in der großen Halle.

»Five times a day. Now *Zuhr*, noon prayer«, schloss Achmed.

Gero selbst würde zwar nicht mitbeten, aber den gläubigen Muslimen dabei zuzuschauen, konnte interessant sein.

Mittlerweile hatten sie sich dem imposanten Bauwerk genähert, über das sich Gero ebenfalls umfangreiches Wissen angelesen hatte. Ein terrassenförmig angelegter Vorplatz begrenzte die künstlich aufgeschüttete Insel, auf der die größte Moschee Marokkos mit dem höchsten Minarett der Welt stand. Auf dem mosaikartig mit Platten belegten Vorplatz konnten achtzigtausend Menschen gleichzeitig beten, das Innere fasste noch einmal fünfundzwanzigtausend Gläubige. Die Mauer des zweihundertzehn Meter hohen quadratischen Minaretts war in atemberaubender Detailtreue verziert, der obere Bereich mit bunten Ornamenten reich geschmückt. Auf der Spitze des Ganzen thronte eine goldene Kugel.

Sogar Gero war von der unglaublichen Schönheit dieses Gebäudes fasziniert und musste zugeben: Die Tatsache, dass für den Bau ein eigens entwickelter, dreimal stärkerer Beton als normal verwendet wurde, trat beim Anblick der Moschee irgendwie gänzlich in den Hintergrund.

Der Lastwagenfahrer war mittlerweile zielstrebig unter einem der Torbögen verschwunden.

Achmed hatte dennoch keine Eile. »He now goes washing«, erklärte er. »We find him, no problem.«

Die Sonne brannte von einem wolkenlosen Himmel und man konnte das nahe Meer riechen. Hin und wieder erklang ein Schrei von einer der über ihnen kreisenden Möwen. Als die beiden Männer in der brütenden Hitze an einem sternförmigen Brunnen vorbeischlenderten, der mit winzigen grün-blauen Fliesenstückchen belegt war, zählte Gero automatisch die Ecken: zwölf. Er bemerkte, dass ihn die offensichtliche Gemütsruhe des Fahrers nervös machte. Das wurde noch schlimmer, als ein Aufseher seine Eintrittskarte sehen wollte. Achmed erklärte dem Mann irgendetwas, wobei seine Stimme immer schneller und lauter wurde und er immer heftiger gestikulierte. Der Aufseher deutete auf Gero, Achmed nickte, dann brachen beide in lautes Gelächter aus. Kurz darauf durften sie passieren.

»What did you tell him?«, fragte Gero argwöhnisch.

»That you are a stupid tourist that treats poor Achmed very bad«, antwortete Achmed, als wäre es das Selbstverständlichste von der Welt. Außerdem müsse er Gero in seiner Araberverkleidung überall hinfahren und ihm jetzt auch noch die Moschee zeigen. Und das alles, obwohl er wie ein Skunk rieche. Achmed kicherte.

Gero war eingeschnappt. Verkleidet? Er hatte sich extra die landestypische Variante der Dschellaba besorgt! Und sein medizinisches Sportdeodorant war sowieso über jeden Zweifel erhaben.

Dennoch warf er einen schnellen Blick nach links und rechts und roch kurz verstohlen unter seinem Arm. Er nickte zufrieden und drängte dann unwirsch zur Eile: »Okay, now hurry, hurry. We need to follow him.«

»No problem, Mister Bond, he is washing.«

Und Achmed behielt recht. Über eine breite polierte Marmortreppe erreichten sie den Waschbereich im Untergeschoss. Zahllose überdimensionale pilzförmige Brunnen waren in mehreren Reihen aufgestellt und verloren sich in der Düsternis der unterirdischen Säulenhalle. Spitzbögen und im Fußboden eingelassene Muster prägten auch hier das Bild. Das Plätschern von Wasser erfüllte den Raum.

Gero erschrak, als er Dutzende Gläubige sah, die sich gerade an den Becken Gesicht, Hände oder Füße wuschen. Wie sollten sie hier den Fahrer erkennen?

Doch Achmed lief wie ein Wiesel um die Brunnen herum und hielt seine Augen stur auf den Boden geheftet. In der Nähe eines scheinbar x-beliebigen Arabers hielt er kurz an, ging dann ein paar Schritte weiter und signalisierte Gero, sich mit ihm hinter einer der Marmorsäulen zu verstecken. »Man is behind you«, flüsterte er verschwörerisch. »No look! He finish soon. I tell you.«

Achmed wollte gehen, doch Gero hielt ihn fest. »How did you find him?«

»His djellaba has special bottom«, war alles, was er als Antwort bekam. Achmed machte sich los, trat an einen der Brunnen und begann seinerseits das Waschritual.

Gero war beeindruckt, ihm war nicht aufgefallen, dass die Dschellaba des Fahrers am Saum anders war als die anderen. Während Achmed sich wusch, bemühte sich Gero, locker und nicht völlig fehl am Platz zu wirken. Doch er schien sich unnötigerweise Gedanken zu machen, denn niemand würdigte ihn auch nur eines Blickes. Die Gläubigen waren vollkommen mit sich selbst beschäftigt.

Achmed und der Fahrer beendeten ihre Waschung fast gleichzeitig. Als der fremde Mann sich wieder aufgerichtet hatte, erkannte Gero ihn sofort wieder: dunkler Teint, Schnurrbart, Knollennase.

Sie folgten ihm nach oben in die Gebetshalle.

»Take off shoes now«, raunte Achmed.

Kurz darauf trat Gero auf einen erstaunlich dicken, weichen Teppich mit einem bunten Muster, der fast den gesamten Boden des Erdgeschosses bedeckte. Der riesige, angenehm kühle Raum wurde durch ein großes Mittelschiff geprägt. Zu beiden Seiten stützten marmorne Säulengruppen die hohe Decke, die sich – wie Gero recherchiert hatte – sogar öffnen ließ. Auf einem Sechstel der Höhe war an den Seiten eine Art Zwischengeschoss eingezogen.

»For women«, erklärte Achmed.

Der Fahrer des Kleinlasters hatte mittlerweile neben einer Gruppe anderer Muslime die Gebetshaltung eingenommen und Achmed hatte sich in gebührendem Abstand ein eigenes

Plätzchen gesucht, nachdem er Gero erklärt hatte: »We now have some minutes time for prayer.«

Gero stellte sich also etwas abseits und beobachtete die Betenden. Für ihn war es immer wieder interessant, dass Menschen an ein übernatürliches Wesen glaubten. Er konnte das nicht nachvollziehen, war aber fasziniert von den unterschiedlichen Ritualen, die die Völker erfunden hatten, um ihrer jeweiligen Gottheit zu huldigen. Wenn er nur an die südamerikanischen Indios dachte, die …

Etwas stimmte nicht.

Der Fahrer war unvermittelt aufgesprungen. Hatte er sich verstohlen ans Bein gefasst? Ein Handy, das gerade vibrierte? Schnellen Schrittes verließ der Verfolgte auf kürzestem Weg die Moschee.

Hilflos blickte Gero abwechselnd zu Achmed und dem davonlaufenden Mann. Was nun? Achmed hatte den Kopf tief zu Boden gebeugt und war in sein Gebet vertieft. Durfte er ihn in dieser Situation einfach stören? Er musste, wenn sie den Fahrer nicht verlieren wollten. Also bahnte er sich leicht gebückt, um nicht ganz so groß zu wirken, seinen Weg um die gekrümmten Gestalten und versuchte dabei, niemandem auf Hände oder Füße zu treten.

4

Ina schaute immer wieder auf ihr Handy, während sie sich bemühte, auf Japanisch möglichst begeistert die Schönheit Casablancas hervorzuheben. Sie war gerne Reiseführerin, aber heute schweiften ihre Gedanken unablässig zu ihren Freunden.

Vor einer halben Stunde hatten die anderen die Verfolgung des Lastwagens aufgenommen. Aber seitdem war Funkstille.

Dabei wussten sie doch, wie sehr sie auf Neuigkeiten brannte. Umso mehr, als sie hier zur Untätigkeit verdammt war. Enttäuscht steckte sie ihr Smartphone wieder weg.

Sie saßen gerade in einem kleinen Strandcafé, wo die Japaner Zeit hatten, zuckersüßen Tee zu trinken und aufs tiefblaue Meer zu schauen. Ina hatte sich an einen eigenen Tisch gesetzt, um ein wenig Ruhe zu haben. Die leichte Brise kühlte ihr Gesicht.

In diesem Moment vibrierte das Handy. Endlich! Es war Elli.

Gero verfolgt Fahrer in Hassan II. Waren vorhin an Krankenhaus, da wurden Tabletten ausgeladen. Komisch. Rüdiger, was ist mit zweitem Laster?

Zweiter Laster? Ina runzelte die Stirn und überlegte. Was hatte sie verpasst?

Als sie Elli gerade zurückschreiben wollte, kam Rüdigers Antwort.

Keine Lieferung, nur Abholung. Bin wieder auf Schiff. Vielleicht geht hier noch was. Sender ist hin, sorry!

Tabletten? Sender hin? Was zum Kuckuck ging da ab? Und wieso Krankenhaus? Es kam Ina vor, als wäre sie im falschen Chat gelandet.

Die Hassan-II.-Moschee stand auch bei den Japanern als Nächstes auf dem Programm. Wenn sie ihre Leute schnell genug zusammentrommelte, konnten sie in zehn Minuten dort sein. Vielleicht würde sie dann mehr erfahren.

Sie wollte gerade Elli anrufen, als im Hintergrund einige Stimmen laut wurden. Zwischen dem Wirt und einem Mann aus ihrer Reisegruppe war eine heftige Diskussion ausgebrochen.

Fantastisch, ausgerechnet jetzt. Mit einem Seufzer begab sie sich zum Schlichten.

Elli hatte die Zeitschrift schon zum dritten Mal durchgeblättert und vergeblich auf einen Straßenhändler oder weitere Nachrichten von Rüdiger gewartet, als sie den Lastwagenfahrer zurückkommen sah. Sie schaute erschreckt in Richtung Moschee, aber von Gero und Achmed war weit und breit keine Spur.

Nervös zog sie ihr Handy hervor und wählte Geros Nummer.

Der fremde Mann war inzwischen eingestiegen und hatte den Motor gestartet.

Elli wippte angespannt mit den Füßen und wartete darauf, dass eine Verbindung aufgebaut wurde. Dann war ein Klingelton zu hören. Doch das Gespräch wurde nicht angenommen.

Der Lieferwagen fuhr an ihr vorbei Richtung Kreisverkehr und bog nach links ab.

Was sollte sie nur tun? Sie warf einen Blick zum Zündschloss des Taxis, aber der Schlüssel steckte natürlich nicht. Könnte sie in Casablanca überhaupt Auto fahren?

Sie stieg aus und schaute verzweifelt dem Kleinlaster hinterher, wie er gemütlich die Straße am Meer hochfuhr. Sie durfte ihn keinesfalls aus den Augen verlieren, bevor die beiden anderen zurück waren! Doch vergebens: Der Laster bog ab und war verschwunden.

In diesem Moment kamen Gero und Achmed im Laufschritt und schwer atmend am Taxi an.

»Er ist da hochgefahren und dann links weg«, zeigte Elli sofort an und verteidigte sich vorsorglich: »Was hätte ich denn tun sollen?«

»Mist. Er ist einfach mitten im Gebet aufgesprungen und hinausgelaufen.« Gero schlug verärgert mit der flachen Hand auf das Autodach.

»Not hurt car. Good car, mister. No angry. Achmed can help. Has friends.«

Kaum waren sie eingestiegen, griff Achmed nach dem Sprechfunk und fing sofort an, hektisch auf Arabisch zu reden. Nachdem er geendet hatte, starrten drei Augenpaare erwartungsvoll auf den Lautsprecher, so als könnte man die Töne sehen, wenn sie herauskamen. Plötzlich knackte es und eine schlecht hörbare Stimme nuschelte etwas. Doch Achmed hatte sie offenbar verstanden, denn er schrie als Antwort ein »Schukran« ins Mikrofon, warf es daraufhin in die Konsole und raste los.

Sie fuhren denselben Weg, den auch der Kleinlaster genommen hatte, und bewegten sich im Zickzack durch verwinkelte Gassen. Elli wurde auf dem Rücksitz wild hin- und hergeworfen, weswegen sie erneut versuchte, sich auf die Landschaft und nicht auf ihren Magen zu konzentrieren. Nachdem die Straße eine Weile leicht angestiegen war, gelangten sie schließlich in eine edlere Gegend Casablancas mit prachtvollen Häusern und Villen.

»Is rich Casablana area called *Anfa*«, kommentierte Achmed trotz der rasanten Fahrt. Beim nächsten Grunzen aus dem Lautsprecher nahm der Fahrer eine unvermittelte Linkskurve. Und plötzlich war der weiße Kleinlaster wieder fünfzig Meter vor ihnen zu sehen.

»Fantastic! You did it! Good man!«, rief Gero begeistert aus und klopfte dem Taxifahrer anerkennend auf die Schulter.

»Other taxi saw car. Blue sign on the side is very clear. Easy to follow«, entgegnete Achmed mit offensichtlichem Stolz.

Der Lastwagen schlängelte sich langsam weiter durch die immer enger und grüner werdenden Straßen der Villengegend. Gero ahnte schon, wo die Fahrt enden würde, nachdem er auf seiner Karte die *Clinique Ghandi* entdeckt hatte. Und er sollte recht behalten.

Sie parkten am Straßenrand. Gero und Elli gingen zurück, um durch das üppige Grün an der Toreinfahrt zu beobachten, was der Fahrer ablud.

Wieder eine Palette mit Krankenhauszubehör.

Gero schoss ein paar Fotos. Er wollte gerade wieder zurück zum Taxi gehen, als er noch etwas bemerkte. »Elli, schau mal. Dort ... an der Seite des Wagens.«

»Da sind blaue Wellenlinien. Ja und? He, Moment! Daneben ist noch so eine Art Aufkleber, der löst sich langsam ab.«

»Warum sollte man einen Teil des Logos abkleben?«

»Vielleicht ist der Typ ja doch unser Mann ...«, meinte Elli schon ein wenig optimistischer und zog Gero zurück Richtung Taxi. »Aber solange du keine Röntgenbrille hast, wirst du hier eh nichts weiter ausrichten können.«

Es dauerte nicht lange, bis der Kleinlaster wieder auf die Straße einbog und sie mit dem Taxi erneut die Verfolgung aufnahmen. Hier war deutlich weniger Verkehr, daher ließ sich Achmed wieder etwas zurückfallen. Gelegentlich erklärte er die auffälligeren Gebäude, an denen sie vorbeifuhren. Gero wäre es lieber gewesen, er hätte sich auf die Verfolgung konzentriert, anstatt eine Touristenrundfahrt daraus zu machen, aber er sagte nichts weiter. Denn Achmed verlor den Vorausfahrenden nie aus den Augen.

Sie passierten ein ausladendes, strahlend weißes Gebäude. »This is villa of king of Saudi Arabia. All new.«

Das Aussehen der Straßenzüge veränderte sich erneut. Statt dichten Bewuchses und blühender Gärten waren nun wieder etwas heruntergekommenere Hochhäuserfluchten vorherrschend.

»This is Ten-star-hotel, but food and living all free in«, ließ Achmed ernst verlauten, als sie an einem hohen weißen

Gebäude mit je fünf großen Sternen zu beiden Seiten des Eingangs vorbeikamen.

Gero sah ihn verständnislos an.

»Is police jail!«

Elli lachte lauthals.

Nachdem sie das Villenviertel hinter sich gelassen hatten, wurden die Straßen wieder breiter und belebter, sodass Achmed etwas näher an den Kleinlaster heranfahren konnte. Die Strecke zog sich, denn es herrschte reger Mittagsverkehr. Bald tauchte das *Hôpital D'Enfants Ibnou Rochd* vor ihnen auf und sie waren nicht überrascht, als der Lastwagen den dazugehörigen großen Parkplatz, der sich unmittelbar vor dem Gebäude befand, ansteuerte. Und auch dort lud der Fahrer eine kleine Palette aus.

Als sie sich nach kurzer Zeit erneut in den Verkehr einfädelten, kamen sie fast nur noch im Schritttempo voran. Sobald sich irgendwo eine Lücke ergab, wurde sie mit Vollgas von einem Wagen gefüllt. Elli bemerkte, wie sie zunehmend verkrampfte – sie fand dieses waghalsige Fahrverhalten einfach schrecklich.

Langsam näherten sie sich wieder einem der vielspurigen Kreisverkehre, in die grundsätzlich jeder hineinbrauste, wann es ihm passte, oder dann, wenn kein anderer aggressiver gehupt hatte als man selbst.

»Is very famous *Notre Dame* church there.« Achmed deutete auf einen unförmigen Bau mit seltsam geformten Fenstern. »Christ church. Windows must see next time in Casab…«

Der Ruck schleuderte Gero das Handy aus der Hand.

Er wollte es fangen, bevor es ans Handschuhfach krachte, aber er konnte sich nicht schnell genug bewegen, alles passierte irgendwie in Zeitlupe. Er fühlte, wie sich der Sicherheitsgurt in seine Brust schnürte, und kaum hatte es ihm die Luft aus der Lunge gepresst, schlug sein Schädel hart gegen die Nackenstütze.

Für eine Sekunde war Stille und Dunkelheit in seinem Kopf, dann drang langsam der Lärm von Dutzenden Hupen und arabisch schreienden Stimmen in sein Bewusstsein – erst gedämpft wie durch Watte, dann immer klarer. Er fühlte sich benommen und wusste nicht, was passiert war.

Vorsichtig öffnete Gero die Augen und erblickte ein anderes Auto, das mitten im Kreisverkehr in die Motorhaube ihres Taxis verkeilt war. Das Fahrzeug musste mit vollem Tempo in sie hineingefahren sein.

Eigentlich ein Wunder, dass es bei der Raserei nicht schon eher gekracht hatte.

Langsam drehte er seinen Kopf und nahm nur halb wahr, dass Achmed gerade laut schimpfend ausstieg. Elli!, schoss es Gero in diesem Moment durch den Kopf. Er spürte einen stechenden Schmerz im Nacken, als er sich umdrehte. Sein Herz setzte einen Schlag lang aus, als er sie bewegungslos an die Autotür gelehnt sah. Er brauchte einen Moment, um mit seinen zittrigen Händen den Sicherheitsgurt zu lösen.

»Elli?« Er berührte vorsichtig ihre Hand. »Elli, kannst du mich hören?«

Sie schlug langsam die Augen auf, sah ihn mit zittrigem Blick an, führte dann etwas fahrig eine Hand zu ihrer Stirn und versuchte, sich aufrecht hinzusetzen. »Ich bin okay, … nur … oh … mein Kopf tut etwas weh.« Sie lehnte sich sofort wieder an die Nackenstütze zurück.

Gero atmete aus. Ihm war gar nicht aufgefallen, dass er die Luft angehalten hatte.

»So ein Mist«, murmelte Elli, »was machen wir jetzt?«

Gero schaute durch die gesprungene Windschutzscheibe.

Er konnte den weißen Kleinlaster noch gut sehen, der seit ihrem Unfall kaum einen halben Straßenzug weitergekommen war – dem dichten Stau sei Dank. Um sie herum herrschte absolutes Chaos. Der Verkehr war komplett zum Erliegen gekommen. Was die Marokkaner natürlich nicht davon abhielt, unablässig ihre Hupen zu betätigen, so als könnte das die verunfallten Wagen schneller von der Straße befördern. Erst jetzt bemerkte er, dass noch drei weitere Autos in die Unglücksstelle gefahren waren. Hier würde sich so schnell nichts mehr bewegen. Und von Achmed war gerade auch keine Hilfe zu erwarten.

»Wir haben das Autokennzeichen und einen Teil des Logos. Wir finden schon raus, woher der Lieferwagen kommt.« Es klang wenig zuversichtlich.

»Oder wir steigen in ein anderes Taxi um.« Elli hatte sich wieder aufgerichtet und hielt sich immer noch den Kopf, aber ihr Blick zeigte feste Entschlossenheit.

Gero zögerte einen Moment, dann griff er nach seinem Rucksack und angelte sein Handy vom Boden. Er kramte sein Portemonnaie heraus und drückte Elli einen Hunderteuroschein in die Hand. »Hier, der ist für Achmed. Ich stoppe ein Taxi.«

Elli nickte, stieg vorsichtig aus und wollte gerade um den Wagen herumgehen, da ertönte eine Trillerpfeife und zwei Gendarmen kamen angelaufen. Offensichtlich waren sie ein paar Hundert Meter zu Fuß unterwegs gewesen, denn in einiger Entfernung konnte sie die Blinklichter eines Polizeiautos im Stau erkennen.

Der eine Polizist ging zielstrebig auf Achmed und den Unfallverursacher zu, der andere war bei Gero und fing an, ihm auf Arabisch Fragen zu stellen. Es dauerte eine Weile, bis Gero verständlich machen konnte, dass er dieser Sprache nicht mächtig war, obwohl er eine Dschellaba trug.

Von Elli nahm niemand Notiz. Sie schaute verzweifelt dem weißen Lastwagen hinterher, der langsam immer kleiner wurde. Sollte sie allein in ein Taxi einsteigen und versuchen, dem Lieferanten zu folgen? Sie blickte zu Gero, der nach wie vor heftig mit dem Polizisten diskutierte.

Ihre Kopfschmerzen wurden stärker. Nein, es machte keinen Sinn, auf eigene Faust etwas zu unternehmen. Elli holte ihr Handy heraus und wählte Rüdigers Nummer. Vielleicht konnte er die Verfolgung aufnehmen. Auch wenn ihr nicht ganz klar war, wie er schnell genug hierher kommen sollte.

»Sie haben die automatische Mailbox …«

Elli unterbrach die Verbindung und versuchte es stattdessen bei Ina.

»Was gibt's, Elli?«, nahm ihre Freundin nach dem ersten Klingeln ab.

»Schlechte Nachrichten. Wir hatten gerade einen Verkehrsunfall und …«

»Geht es dir gut? Ist Gero in Ordnung?«

»Wir sind okay, nur ein bisserl Kopfweh. Uns ist einer in die Seite gefahren. So ein Idiot!«

»Oh, Elli, wie schrecklich. Ihr braucht einen Arzt!«

»Nein, nein, in meinem Fall ist es höchstens ein leichtes Schleudertrauma, hatte ich schon mal. Gero scheint auch okay zu sein. Das Problem ist eher, dass uns gerade der weiße Lieferwagen davonfährt. Ich würde ja mit einem anderen Taxi hinter ihm her, ich kann ihn sogar noch sehen, weil er momentan im Stau steht. Aber hier sind zwei Polizisten aufgetaucht und diskutieren mit Gero. Ich glaube nicht, dass wir hier so schnell wegkommen. Es tut mir so leid, Ina, aber ich fürchte, das war's mit unserer Verfolgungsjagd.«

Schweigen am anderen Ende.

»Ina? Bist du noch da?« Elli presste ihr Handy fester ans Ohr und lauschte angestrengt.

»Wo seid ihr?«, ertönte es dann plötzlich.

»Äh, der Fahrer hat gerade was von *Notre Dame* gesagt.«

»Die Kirche?«

Elli drehte sich kurz um und sah etwas, das einer Kirche zumindest ähnelte. »Ja, denke schon.«

»Und wohin fährt der Laster?«

Elli deutete hilflos in die Richtung des Lieferwagens und wusste nicht recht, was sie antworten sollte. »Also … In der Straße hinter uns befindet sich ein großes Krankenhaus. Der Laster hat den Kreisverkehr, in dem wir stecken, geradeaus verlassen und ist jetzt … Moment.« Sie stieg auf den Rahmen der offenen Beifahrertür und reckte den Hals. »Er ist auch an der nächsten Kreuzung nicht abgebogen.«

»Hab's!«, kam es triumphierend von Ina, die vermutlich nebenbei Google Maps aktiviert hatte. »Ich versuche, ihn abzupassen, und melde mich dann wieder!«

Dann war die Leitung tot.

5

Ina sprang in den Kleinbus und startete den Motor. Endlich konnte sie auch bei der Verfolgung dabei sein! Sie schaute sich kurz nach den beiden schlafenden Damen um, die ein paar Sitzreihen hinter ihr saßen. Was soll's! Dem Laster auf der Spur zu blieben, war das Risiko wert, den Zorn der Japaner auf sich zu ziehen.

Ihre Reisegruppe hatte für diesen Tag einen eigenen Bus mit Fahrer bestellt. Nach dem Morgentee am Strand und dem Streit in dem Café, den sie mit guten Worten und etwas

Bakschisch geschlichtet hatte, waren sie zur Moscheebesichtigung weitergefahren und anschließend zum Mittagessen. Die knapp neunzigjährige Mutter des Familienoberhaupts und deren nur unwesentlich jüngere Schwester, die sich nun mit ihr in dem Fahrzeug befanden, hatten am Vortag etwas zu viel Sake erwischt und beschlossen, statt essen zu gehen, ein Schläfchen im Bus zu machen.

Ina war von dem Clanchef der Japaner kurzerhand zur Babysitterin für die beiden Frauen abkommandiert worden. Das war ihr sehr entgegengekommen, da sie dadurch immerhin ein paar Minuten dringend benötigter Ruhe gefunden hatte. Und auch der Busfahrer war zufrieden, weil er eine ausgiebige Mittagspause machen konnte.

Als Elli anrief, hatte sich Ina innerhalb von Sekunden entschieden. Ihre Reisegruppe würde eine Stunde beschäftigt sein und sie befand sich im Augenblick nicht weit entfernt von der Kirche, die Elli ihr beschrieben hatte. Zudem hatte Ina eine sehr genaue Vorstellung, wo der Kleinlaster sich befinden musste. Google Maps zeigte ihr eine fast staufreie Route, über die sie ihn in wenigen Minuten abpassen konnte.

Sie hatte gerade das Gelände des Hotels verlassen, als sich zwei Sitzreihen hinter ihr etwas regte.

»Was macht Treuenpferdsan?«, fragte eine der Frauen verschlafen auf Japanisch. »Wo ist unsere Familie, warum fahren wir schon wieder?«

Verdammt! Hätten die beiden nicht noch ein bisschen weiterpennen können?

Ina musste sich auf die Straße, den verrückten Verkehr und gleichzeitig die Ansagen des Navis konzentrieren, weswegen ihr nichts Besseres einfiel als: »Meine Damen, Sie sind nur einmal in Casablanca und anstatt zu schlafen, werden wir uns jetzt noch ein bisschen umsehen. Rechts sehen Sie …«

Sie erfand nebenbei die fantastischsten Geschichten: Eine

heruntergekommene Ladenzeile wurde im Handumdrehen zum Geburtsort eines weltberühmten marokkanischen Autors und die Palme in der Mitte eines Kreisverkehrs zu einem Symbol für den Frieden der Religionen in dem afrikanischen Land. Doch trotz ihrer Bemühungen, die beiden zu unterhalten, schienen die Damen nicht im Geringsten mit ihrem ungeplanten Ausflug einverstanden zu sein. Immer wieder verlangten sie, dass Ina sofort umdrehen solle und sie mit dem Familienoberhaupt reden wollten.

Genervt bremste sie an einer Ampel, als ihr Handy klingelte.

Elli.

Sie tippte auf das Lautsprechersymbol.

»Ina, er ist am nächsten Kreisverkehr rechts abgebogen!«

Ina prüfte ihre Route. Der Laster war also von der N1 in den *Boulevard Mohammed VI* eingebogen. Wenn sie den *Place de la Victoire* überquert hatte und in den *Boulevard de Strasbourg* eingebogen war, musste das Fahrzeug direkt vor ihr sein. Hervorragend!

»Alles klar! Danke dir«, rief sie hektisch in den Lautsprecher.

Hinter ihr hupte es. Ina sah die grüne Ampel und fuhr so abrupt los, dass beide Japanerinnen spitze Schreie ausstießen. Sie bog noch einmal rechts ab, dann sah sie durch den Dunst hindurch einen weißen Kleinlaster mit einer blauen Welle auf der Seitenwand, der gerade vor einer roten Ampel wartete.

»Ich hab ihn! Elli, ich hab ihn!«, rief Ina triumphierend in Richtung ihres Handys und bekam ein Jubeln als Antwort.

»Viel Glück, dann kann ich mich ja nun um Gero und seinen Polizisten kümmern.«

»Ich melde mich. Schaut, dass ihr ein Taxi kriegt, ich kann ihn nicht ewig verfolgen.«

»Alles klar.« Damit war Elli aus der Leitung.

Die Ampel vor der N1 sprang auf Rot, und als Ina zum Stehen gekommen war, merkte sie, wie verdächtig ruhig es hinter ihr geworden war. Sie drehte sich um und sah an den Gesichtern der beiden greisen Japanerinnen, dass nun eine Erklärung fällig war. Ina versuchte, sich mit einer gestotterten Begründung herauszureden, die sogar in ihren Ohren haarsträubend klang.

»Die Wahrheit, Treuenpferdsan, die Wahrheit!«

Sie fühlte sich irgendwie an ihre Großmutter erinnert, der sie auch nie etwas vormachen konnte.

Was soll's! Sie erzählte in groben Zügen ihre Geschichte von dem Elfenbein, über die Kreuzfahrt und warum sie unbedingt diesen weißen Laster verfolgen musste.

Inzwischen hatte die Ampel wieder auf Grün umgeschaltet und es war ihnen sogar gelungen, den Abstand auf den Lieferwagen ein wenig zu verkürzen.

Als Ina geendet hatte, wagte sie einen Blick in den Rückspiegel. Die beiden Japanerinnen hatten die Köpfe zusammengesteckt und tuschelten. Was bei dieser konspirativen Diskussion wohl herauskam?

Plötzlich setzten sich die zwei Frauen neben sie. Die eine nahm ihr das Handy aus der Hand.

Ina war entsetzt, weil ihre Navigationssoftware über ihr Smartphone lief.

Doch die alte Frau meinte beschwichtigend: »Keine Angst, lass mich nur machen! Mein Enkel hat mir das beigebracht. Sieht so aus, als ob der Lieferwagen in Richtung Autobahn fährt.«

»Ja, er ordnet sich links ein. Schneller, Mädchen, schneller!«, wurde Ina von der Tante angefeuert. »Man darf nicht jede rote Ampel beachten!« Es klang wie eine japanische Weisheit.

Ina blieb der Mund offen stehen, doch sie beherzigte den Rat der Frau und gab Gas, obwohl die Ampel gerade auf Rot gesprungen war. Dadurch gelang es ihnen, kurz nach dem Lastwagen auf die A 3 abzubiegen. Dort lief der Verkehr zwar flüssiger, doch nicht minder chaotisch, und Ina konnte nur mit Mühe langsam zu dem weißen Lieferwagen aufschließen.

»Schneller, Treuenpferdsan, schneller!«, ertönten immer wieder die Anfeuerungsrufe der beiden Japanerinnen. Die waren jetzt Feuer und Flamme und bestätigten sich gegenseitig darin, dass das bisher der mit Abstand beste Ausflug auf ihrer Reise war, da endlich einmal etwas passierte.

Ina konzentrierte sich einzig und allein darauf, mit diesem ungewohnten Bus im marokkanischen Verkehrsgewimmel keinen Unfall zu bauen. Sie befanden sich inzwischen auf dem Weg aus der Stadt. Was gerade noch Beton und eng bebaute Straßenzüge waren, wurde zu freien Flächen, die mit rotem Sand und Steinhaufen bedeckt waren. Kaum Grün, nur hier und da schien ein kleiner Wasserlauf ein paar Pflanzen zu nähren. Als sie eine der zahlreichen Baustellen passiert hatten, wurde der Verkehr flüssiger und Ina entspannte sich ein wenig.

Etwas entfernt von der Straße ragten immer wieder Hochhäuser auf, die mit Satellitenschüsseln übersät waren. Diese Gebäude wirkten nicht, als würde man besonders gern darin leben wollen. Aber einen noch elenderen Anblick boten die kleinen Lehmhaussiedlungen mit Wellblechdächern. Sie reichten fast bis an die Autobahn heran und erinnerten an brasilianische Favelas. Kinder spielten hier und da auf freien, aber von Müll umgebenen Arealen Fußball und ausgezehrte Esel, Pferde und Schafe standen lethargisch auf den verdorrten Flächen dazwischen. Hier zeigte Casablanca schlagartig ein ganz anderes Gesicht als bisher. Ina dachte an Elli und ihre Tausendundeine-Nacht-Vorstellung dieser Stadt.

Als urplötzlich ein lautes »Treuenpferdsan! Rechts!« erscholl, zuckte sie zusammen.

Der Laster hatte soeben auf die Abbiegespur gewechselt. Ina ärgerte sich über ihre Unachtsamkeit. Aber immerhin befanden sie sich inzwischen fast unmittelbar hinter dem Lieferwagen, der gleich nachdem er die Autobahn verlassen hatte, auf eine kleinere Straße abbog. Größere Hallen und Firmenschilder säumten den Weg. Ein Industrieviertel. Unvermittelt fuhr der weiße Transporter an den Straßenrand. Ina überholte und hielt in angemessener Entfernung ebenfalls an.

Dann geschah etwas Merkwürdiges: Die drei Frauen sahen durch die verstaubte Heckscheibe des Busses, wie der Lastwagenfahrer ausstieg und von der Seite des Lieferwagens einen großen Aufkleber abzog und sauber zusammenrollte. Als der Mann kurz darauf an ihnen vorbeifuhr, prangte neben den blauen Wellen ein Schriftzug: *Al Générique*.

Der Name der Firma war also mit einer Folie abgedeckt gewesen! Wer so etwas tat, der hatte mit Sicherheit etwas zu verbergen. Ina durchfuhr ein Energiestoß und sie nahm erneut die Verfolgung auf.

Nur wenige Hundert Meter weiter bog der Wagen in eine Einfahrt ab und fuhr auf eine niedrige Lagerhalle aus Wellblech zu. Das repräsentative gläserne Gebäude daneben trug in großen Lettern die Aufschrift *Al Générique* und eine geschwungene blaue Welle.

Sie fuhren in gemäßigtem Tempo an der Einfahrt vorbei und beobachteten, wie sich mächtige Gittertore automatisch wieder schlossen, nachdem der Kleinlaster sie passiert hatte. Das gesamte Gelände der Firma war von einem massiven schwarzen Metallzaun umgeben.

»Hier ist wohl das Ende unseres Ausflugs, Treuenpferdsan«, kam es da auch schon prompt von einer der Japanerinnen.

Ina drehte sich zu den beiden Damen um, legte die Hände vor ihrer Brust aneinander und verbeugte sich. »Ich bedanke mich für eure Hilfe.«

»Es war uns eine Ehre.« Mit einem Lächeln gab die ältere der beiden Frauen Ina ihr Handy zurück.

Sie wählte sofort Ellis Nummer.

»Ina, wo bist du?«, antwortete ihre Freundin prompt.

»Wir haben den Lieferwagen bis zu einer Firma namens *Al Générique* verfolgt. Aber hier ist Schluss. Hohe Zäune, keine Möglichkeit reinzukommen. Zumindest für mich nicht, ich muss dringend zurück.«

»Alles klar. Warte, Gero will mit dir reden.«

»Hey Ina«, dröhnte Geros tiefe Stimme ihr in diesem Moment auch schon entgegen, »ich hab ein bisschen mitgehört. Gut gemacht!«

»Danke, Gero«, meinte sie abwesend. Was bitte hatte eine Wein liefernde Pharmafirma mit Elfenbein zu tun? Das ergab doch alles überhaupt keinen Sinn! »Wie ist es bei euch gelaufen?«

»Wir haben es endlich geschafft, aus der ganzen Geschichte rauszukommen und die Polizisten abzuwimmeln. Sie wollten uns eigentlich aufs Revier mitnehmen, aber Achmed hat uns wortreich befreit. Na ja, ein paar Euro haben zugegebenermaßen auch geholfen. Aber das erzähle ich dir später. Wo genau bist du? Ich brauche die Koordinaten deines Standorts und am besten ein paar Fotos von der Umgebung per WhatsApp.«

»Schicke ich dir. Aber viel werdet ihr hier nicht ausrichten können.«

»Das wollen wir erst mal sehen.« Geros Zuversicht und Arroganz waren unumstößlich.

Sie verabredeten sich für später auf der *Aurora* – auch wenn Ina sich fragte, ob sie nach dieser Aktion womöglich vom Schiff fliegen würde. Vielleicht müssten sie sogar alle vier die Koffer packen?

Sie schickte Gero die Daten und wandte sich daraufhin an die beiden Alten. »Wir müssen jetzt sehr schnell wieder zurück. Bitte hinsetzen und anschnallen.«

Als sie geraume Zeit später wieder in die Hoteleinfahrt einbog, in der der Bus zuvor geparkt hatte, sah sie den Fahrer schon in ein heftiges Gespräch mit dem Familienoberhaupt der Japaner vertieft. Ina brach der Schweiß aus. Das konnte ja heiter werden. Auf diese Auseinandersetzung hatte sie jetzt gar keine Lust.

In diesem Moment erhoben sich die beiden Damen und schoben sich an ihr vorbei ins Freie. Der Clanchef kam ihnen laut schimpfend entgegen. Er war knallrot im Gesicht und offenbar außer sich vor Wut.

Doch die Mutter des Mannes erhob nur leicht ihre Hand. »Es ist Zeit für Ruhe«, erklärte sie würdevoll, woraufhin der andere sofort verstummte.

Ina stieg seufzend aus. Verstecken hatte ja auch keinen Sinn. Als sie langsam auf die Gruppe zuging, fing sie einige Wortfetzen auf, durch die sie den Inhalt des Gesprächs zumindest ansatzweise erahnen konnte. »Treuenpferdsan … gut zu Mutter … wacher Geist … erquickt Seele alter Frau … wert wie Tochter.«

Das Familienoberhaupt hörte aufmerksam zu und sein Gesicht entspannte sich merklich. Als seine Mutter schließlich geendet hatte, verbeugte er sich mit gefalteten Händen vor ihr und seiner Tante. Dann folgte zu Inas Erstaunen auch ein leichtes wohlwollendes Nicken in ihre Richtung. Anschließend drehte er sich zum Rest der japanischen Reisegruppe um und machte eine zackige Handbewegung, woraufhin die anderen eilig in den Bus einstiegen. Zuletzt betrat er selbst das Gefährt und half den beiden alten Damen an Bord, die Ina beim Vorbeigehen verschwörerisch zulächelten.

Nun standen nur noch sie und der Busfahrer vor der Tür.

»Ich glaube, ich will gar nicht wissen, wo genau du mit meinem Bus hingefahren bist«, grollte der Mann. »Und ich soll den Vorfall wohl auch nicht melden?« Er hielt ihr die offene Hand hin.

Ina griff in die Tasche ihrer Leinenhose und zog einen Fünfzigeuroschein hervor, der fast ungesehen den Besitzer wechselte. Sie war froh, so glimpflich davongekommen zu sein. Allerdings hielt ihr der Fahrer die Hand abermals ausgestreckt entgegen. Nach weiteren fünfzig Euro schien er zufrieden.

Es überraschte sie, doch die Stimmung im Bus war nun anders als zuvor. Fast alle hörten ihr aufmerksam zu, als sie am Meer entlang nach Rabat fuhren, zum marokkanischen Königspalast, zum Mausoleum *Mohammed V.* und schließlich zu den andalusischen Gärten.

Ina und ihre Freunde würden heute nicht von Bord fliegen. Im Gegenteil: Sogar die Arbeit als Hostess konnte jetzt vergnüglich werden. Ina war sehr zufrieden. Nur das Rätsel um den Pharmalieferanten bereitete ihr Kopfzerbrechen.

6

»Was für ein aufregender Tag!«, resümierte Elli fröhlich und nahm einen guten Schluck.

Sie saßen, jeder mit einem Cocktail in der Hand, auf dem Pooldeck. Eine sanfte Brise wehte den Geruch des Meeres zu ihnen herüber. Die Sonne stand tief am Himmel und die

Temperaturen waren angenehm. Leise Loungemusik verbreitete eine entspannte Stimmung.

Gero betrachtete das leuchtend blaue Getränk vor sich skeptisch und nahm dann einen vorsichtigen Schluck. Er hatte sich den alkoholfreien Cocktail des Tages bestellt: *Arielle.*

»Und?«, fragte Rüdiger mit einem Grinsen. »Wie schmeckt dein Kinderpunsch?«

»Könnt ihr mal mit den Sticheleien aufhören?«, fuhr Ina genervt dazwischen. »Wir müssen planen, wie es weitergeht. Habt ihr denn noch irgendwas herausgefunden, Elli? Gero?«

Gero schüttelte den Kopf. »Nicht wirklich. Wir sind zu der Firma gefahren, die du uns genannt hast, haben an dem Sprechfunkgerät geklingelt und uns als Pharmavertreter aus Deutschland ausgegeben. Aber ohne Termin kommt man da nicht rein. Auf dem Heimweg habe ich ein bisschen recherchiert: relativ kleines Unternehmen, zweihundertfünfzig Mitarbeiter, ist auf die Herstellung von Generika, also wirkstoffgleichen Kopien von Markenpräparaten, spezialisiert. Wenn nach fünfzehn bis zwanzig Jahren die Originalpatente auslaufen, ist das ein richtig lukratives Geschäft.«

Rüdiger wollte gerade fragen, was denn das nun alles mit dem Elfenbein zu tun haben könnte, doch Elli kam ihm zuvor.

»Und dann waren wir einkaufen!«, juchzte sie so euphorisch, als wäre das das einzig wahre Erlebnis an diesem Tag gewesen. Dann fing sie begeistert an zu erzählen.

Elli fand, dass sie das aufgrund der Schrecken und Strapazen des Tages wahrlich verdient hatte: Nachdem sie bei der Pharmafirma nichts erreicht hatten, hatte sie Gero doch noch überreden können, mit dem *Petit Taxi* zu einem Tante-

Emma-Laden für marokkanische Souvenirs zu fahren. Den Tipp hatte sie aus der Schiffsbroschüre.

Als sie das Geschäft betraten, fiel ihr Blick auf eine friedlich schlafende schwarze Katze, die neben dem Eingang auf einem Holzstuhl lag. Es roch nach Leder und Staub, nach Ölen und Gewürzen, nach Rauch und nach Bast. Hier war es endlich: das Tausendundeine-Nacht-Casablanca, das sie erwartet hatte!

In diesem Moment kam auch schon ein Verkäufer angeschwänzelt. Elli hörte Gero noch etwas murmeln wie: »Der heißt bestimmt auch Mustafa!« Dann verdrückte er sich in eine andere Ecke des Ladens und war aus ihrem Sichtfeld verschwunden.

Sie selbst hingegen ließ sich gerne führen. Der Inhaber zeigte ihr verschiedene Kistchen aus Holz und Metall mit feinen Einlegearbeiten aus Muscheln und Steinen, Schnitzereien von Tieren, Taschen in knalligen Farben, kostbar bestickte Gewänder aus Baumwolle und Seide. Er pries die Wirkung von Arganöl an, wollte sie überzeugen, dass sie für zu Hause unbedingt ein Paar Babouschen brauchte, meinte, dass ihr schönes Antlitz in einem Spiegel mit bunt verziertem Messingrahmen besonders gut zur Geltung käme, und reichte ihr den obligatorischen Pfefferminztee, der sehr stark und deutlich übersüßt war – also genau nach ihrem Geschmack.

Elli war besonders beeindruckt von einem Wandregal mit Hunderten blank polierten Messinggefäßen. Da gab es Töpfe, Kannen und Becher, Schalen, Wasserpfeifen, komplette Teeservice und sogar Öllampen, wie sie sie aus *Aladin und die Wunderlampe* kannte. Sie konnte sich gar nicht sattsehen!

Für Heidi würde sie eine kleine lederne Handtasche besorgen, Doro bekam einen geschnitzten Topfuntersetzer, das Paar Babouschen würde Rüdiger perfekt stehen. Und für

Andreas und sich nahm sie ein goldspiegelndes Teeservice, bestehend aus einer hohen schlanken Kanne sowie sechs Bechern und einem wunderbar ziselierten und blau-weiß bemalten Messingteller.

Das Preisschild auf der Rückseite gab dreihundertsechzig marokkanische Dirham an, was ungefähr dreißig Euro entsprach. Ein Schnäppchen! Elli wäre auch bereit gewesen, das Doppelte dafür auszugeben. Dennoch wollte sie den Anweisungen des Kapitäns Folge leisten und artig die Bräuche des Landes respektieren. Darum nippte sie genüsslich an ihrem Minztee und begann zu handeln, als wäre sie in einem marokkanischen Basar aufgewachsen.

Rüdiger lachte. »Großartig, Elli! Das hätte ich dir gar nicht zugetraut.«

»Du solltest mich niemals unterschätzen.« Sie freute sich schon darauf, Rüdiger seine neuen Babouschen zu schenken, die sie bei ihrer Erzählung ausgelassen hatte.

Der lüftete mit einer ergebenen Armbewegung einen imaginären Hut, bevor er sich Gero zuwandte. »Und was hast du Schönes gekauft? Eine kleine Messingmeerjungfrau vielleicht?«

»Nein, eine Flyssa«, entgegnete dieser kühl und nippte an seinem blauen Cocktail, »ein landestypisches Florett. Man weiß ja nie, mit wem man es hier noch zu tun kriegt.«

Bevor Rüdiger nachhaken konnte, wie er diese Fechtwaffe denn an Bord gebracht hatte, wurde er von Ina unterbrochen. »Wie war es denn bei dir, Kwalle? Deine Andeutungen vorhin klangen ja auch nach einem Abenteuer!«

»Na ja«, begann Rüdiger düster, »zunächst war der Tag ein einziger großer Reinfall wegen des Peilsenders. Auch anschließend wurde es nicht besser. Der zweite Laster hat nämlich gar nichts geliefert, sondern nur was abgeholt. Ich war schon richtig angefressen, doch dann …«

Nachdem der zweite Lkw wieder verschwunden war, hatte Rüdiger es sich an einem Fensterplatz in der *Aurora*-Bar mit seiner Ausrüstung gemütlich gemacht, um auf eine nahezu utopisch erscheinende dritte Lieferung zu warten. Was hätte er auch sonst tun sollen? Immerhin konnte er auf diese Weise auch Malte und Julia im Auge behalten, die im hinteren Teil des Raums wie geplant ihre Tanzkurse abhielten.

Er war frustriert. Die Kamera hatten sie zwar gut positioniert, denn er konnte auf dem Handy problemlos verfolgen, wie die Palette in Lagerraum vier gebracht wurde. Aber sonst blieb ihm nichts anderes übrig als zu warten, bis die anderen wieder an Bord waren.

Den Kopfhörer hatte er eigentlich nur aus Gewohnheit im Ohr gelassen, weswegen er noch eine ganze Weile das leise Rauschen von der Wanze aus Grieswalds Sakko hören konnte. Er wusste nicht, wie lange er schon so dagesessen hatte, als die meditative Hintergrundberieselung plötzlich durch das Schlagen der Schranktür unterbrochen wurde und kurz darauf Stimmen zu vernehmen waren. Als er vor Schreck zusammenfuhr, sah ihn ein Passagier, der am Tisch neben ihm Platz genommen hatte, verwundert an. Doch Rüdiger ignorierte ihn und hörte nur auf das, was Grieswald sagte.

»Yes, fantastic, I will meet you outside in five minutes.«

Dann hörte er die Kabinentür und schnelle Schritte.

Rüdiger überlegte nicht lange, sondern rannte los. Im Nu hatte er den Sicherheitsbereich hinter sich gelassen und lief die Gangway hinunter in die Hitze des arabischen Mittags.

Am Pier sah er einen schwarzen Mercedes, vor dem ein gut gekleideter Mann mit Sonnenbrille wartete. Rüdiger eilte möglichst unauffällig an ihm vorbei Richtung Stadt. Er brauchte dringend ein Fahrzeug. Als er um die Ecke bog, erblickte er zu seiner Überraschung ein Taxi. Glück gehabt! Er sprang mit einem Satz auf die Rückbank und wollte dem Fahrer gerade erklären, was zu tun war. Doch das war gar nicht nötig.

»Ah, Mister James Bond II coming!«, rief der Marokkaner begeistert aus. Sein Englisch war gebrochen, aber gut verständlich. »I am waiting very long. But now you are here. My name is Suhaim. That means arrow.«

Rüdiger musste breit grinsen. Ein weiteres Auto zu bestellen, war bestimmt Geros Werk gewesen. Eine Verfolgungsjagd mit einem Taxifahrer namens *Pfeil* hätte auch aus einem Roman seines Lieblingsautors Desmond Bagley stammen können und war damit ganz nach seinem Geschmack.

Durch die Heckscheibe sah er, dass Grieswald in den schwarzen Mercedes einstieg, der kurz darauf losfuhr.

»Off you go, like an arrow, please!«, forderte er seinen Fahrer lachend auf.

Suhaim gehorchte aufs Wort und Rüdiger wurde in den Sitz gepresst, als das Auto mit durchdrehenden Reifen losschoss.

»Lange Rede, kurzer Sinn: Wir sind an vier Galerien vorbeigefahren und Grieswald hat nur über Bilder verhandelt. Zum Glück hat er die ganze Zeit über sein Sakko angelassen und Englisch gesprochen. Es war dennoch sterbenslangweilig und unerträglich heiß.«

»Aber es war einen Versuch wert«, versuchte Ina, ihn aufzumuntern. »Jetzt haben wir wirklich alle Spuren verfolgt. Dass Grieswald mir gestern offensichtlich die Wahrheit über seine Termine gesagt hatte, macht ihn allerdings auch nicht weniger verdächtig. Dank Ellis herausragendem Auftritt nach der Auktion wissen wir ja, dass er in dem Schmuggel mit drinsteckt.«

»Ich habe noch das Video unserer Lagerraumkamera angesehen«, fuhr Rüdiger fort. »Nichts Auffälliges. Ein paar Köche haben Nudeln und Gemüse aus dem Raum mit der Palette geholt. Ich denke, das Elfenbein ist noch unangetastet. Aber das werden wir ja heute Abend noch ändern, nicht wahr, Ina?«

7

Rüdiger fühlte sich äußerst unwohl, auch wenn sich Elli mit der Perücke und Schminke die größte Mühe gegeben hatte. »Das glaubt doch niemand, dass das meine Haare sind«, maulte er mit einem verzweifelten Gesichtsausdruck in den Spiegel, während Elli noch etwas an seinen Locken herumzupfte.

»Haare machen Leute und das Make-up lässt dich richtig jung aussehen. Die Jacke des Kabinenstewards steht dir auch ausgezeichnet. Der hat heute keinen Dienst und wird sie nicht vermissen, hat mir Ina versichert. Also hör auf, dir Sorgen zu machen, du musst ja nur neben ihr herdackeln, die schaukelt das schon.«

Rüdiger verzog den Mund und schaute sie skeptisch an.

»Das will ich mal hoffen«, sagte Gero, der sich jetzt vor ihn stellte. Er richtete die Perücke noch ein wenig aus und drehte Rüdigers Namensschild gerade. »Jetzt brauchst du nur noch einen Satz Werkzeug.«

»Oh, daran hab ich gar nicht gedacht.«

»Natürlich nicht, aber ich.« Gero faltete sorgfältig sein Poolhandtuch auseinander. Ein schwarzer Werkzeuggürtel kam zum Vorschein.

»Das ist nicht dein Ernst!«, meinte Rüdiger entgeistert.

»Aber ja doch«, erwiderte Gero unbeeindruckt, »wie willst du denn sonst an das Elfenbein herankommen? Glaubst du, die haben das einfach nur oben auf die Lieferung draufgelegt? Wenn es nicht in einem der Kartons ist – was ich für sehr unwahrscheinlich halte –, dann steckt es in einem der Bodenbalken der Paletten. Und dafür benötigst du die hier.« Er begann von links nach rechts auf die einzelnen Werkzeuge zu zeigen. »Ein Schraubenzieher mit Schlitz-, Kreuz- und Torxaufsätzen, ein Vierkantschlüssel, ein Set …«

Rüdiger unterbrach ihn barsch. »Danke, aber es ist nicht das erste Mal, dass ich Werkzeug sehe.«

»Aber das hier ist hoch spezialisiert für …«

»Es ist Werkzeug.« Rüdiger griff eingeschnappt nach dem Gürtel und versuchte, ihn sich anzulegen.

»Andersherum«, sagte Gero spöttisch.

Rüdiger schaute ihm provozierend in die Augen und drehte den Gürtel kommentarlos um.

Elli blickte belustigt zwischen den beiden Streithähnen hin und her.

Ina war gut gelaunt. Sie mochte es, wenn es etwas zu tun gab. Außerdem war sie immer noch euphorisch, wie erfolgreich sie als Team in Casablanca zusammengearbeitet hatten. Und ihr verbessertes Verhältnis zu den japanischen Gästen, das daraus resultierte, empfand sie als ganz besonders schön.

Sie klopfte an Ellis Kabinentür.

Als sie Rüdiger sah, musste sie unwillkürlich lachen. Er war perfekt maskiert. »Elli, du schminkst ja noch besser als früher. Kwalle sieht zwanzig Jahre jünger aus! Sollte kein Problem sein, so mit ihm unter Deck spazieren zu gehen.« Sie strahlte Rüdiger an, der sich daraufhin ein wenig zu entspannen schien.

»Wenn du meinst … Dann aber los, denn mein Magen fühlt sich schon wieder ziemlich flau an.« Er ergriff eine der Aloe-vera-Flaschen, die auf dem Tisch standen, und leerte sie in einem Zug. »Wenn ich nervös bin, bekomme ich immer so einen trockenen Mund«, meinte er fast entschuldigend mit einem Blick auf die zweite leere Flasche.

»Das ist bestimmt gut für deinen Magen und deine Nerven.« Elli reichte ihm zwei kleine weiße Kügelchen. »Nimm die noch dazu und du bist gleich wieder topfit!«

Rüdiger sah Geros schiefes Lächeln und schluckte die Globuli demonstrativ hinunter.

»Meine Japaner sind ganz begeistert, dass die Offiziere heute die Cocktails machen, und wollen von jedem einen probieren«, erklärte Ina leidgeplagt. »Das wird ein heiterer Abend werden.« Sie seufzte in der Erinnerung an die gestrige nicht enden wollende Karaoke-Sake-Nacht. »Der Proviantmeister dürfte zumindest für die nächste halbe Stunde auf dem Pooldeck gut beschäftigt sein, also nichts wie los.«

»Wie willst du eigentlich an die Schlüssel für den Vorratsraum mit der Palette kommen?«, hielt Rüdiger sie zurück.

»Da bin ich mir noch nicht ganz sicher. Wir werden wohl etwas improvisieren müssen, aber das schaffen wir schon.«

»Ich gehe gleich hoch und texte euch, falls sich Baumann doch von der Stelle bewegen sollte«, meinte Elli, schnappte sich ihre Handtasche und war aus der Tür.

»Sollte irgendeine Gefahr drohen, werde ich mich sofort melden. Viel Glück!« Gero klopfte Rüdiger versöhnlich auf die Schulter, bevor er seine Knöchel knacken ließ und sich den Monitoren in seinem Kontrollzentrum widmete.

In der Küche war gerade Hochbetrieb. Ina und Rüdiger wurden sofort angeblafft, dass sie hier nichts zu suchen hätten und gefälligst aus dem Weg gehen sollten.

Kaum hatten sie den Lift zum Lagerraum betreten, fuhr eine Hand zwischen die sich schließenden Türen, die sich daraufhin sofort wieder öffneten. Ina hielt den Atem an. Ein gestresst wirkender Küchenarbeiter mit indischem Aussehen und einer großen Schüssel in der Hand zwängte sich zu ihnen in den Aufzug.

»I don't know you. You are new?«, fragte er skeptisch und musterte sie prüfend von oben bis unten.

Ina stieß die Luft aus und trug fröhlich ihre Standardausrede vor. »We need to get more sake for our Japanese guests.«

Der Inder nickte und schien zufrieden. Kaum hatte sich die Tür ein paar Stockwerke tiefer erneut geöffnet, war er auch schon wieder in den Korridor hinausgesprungen.

»Hinterher!«, raunte Ina und zog Rüdiger mit sich. »Wir hängen uns an ihn dran. Vielleicht hat er einen Schlüssel zu unserem Raum und lässt uns rein.«

Der Küchenarbeiter hetzte den Gang entlang Richtung Lagerraum. Er würdigte das Büro des Proviantmanagers keines Blickes, sondern ging zielstrebig weiter und verschwand hinter der nächsten Ecke. Unmittelbar darauf ertönte der Alarm der Lagertür.

Ina versuchte, ebenso bestimmt und mit stur nach vorn gerichtetem Blick die Fenster des Büros zu passieren. Es war nur noch ein Schritt bis zur nächsten Ecke, als eine laute weibliche Stimme ertönte. »Moment mal!«

Ina fuhr herum. »Ja?«, fragte sie so unschuldig wie möglich.

»Was macht ihr hier? Ihr habt hier nichts verloren«, herrschte sie eine blonde dünne Frau in Uniform an.

»Wir sollen Sake für unsere japanische Reisegruppe holen.«

Rüdiger war von Inas ruhigem und selbstbewusstem Auftreten beeindruckt. Er schwitzte einen Wasserfall unter seiner Perücke und versuchte, sich möglichst unauffällig im Hintergrund zu halten. Hoffentlich war das Make-up wasserfest.

»Wer hat euch geschickt? Die Versorgung der Gäste mit Getränken ist ausschließlich Aufgabe der Barmänner!«

Wow, die Dame passte zum Proviantmeister!, schoss es Ina durch den Kopf. Vielleicht war sie seine Tochter? Ihr Blick fiel auf das Namensschild: *Felizitas Federmaier*. Gero hatte ihre Biografie vermutlich auswendig gelernt. Aber Ina wusste nicht, wer diese Frau war oder ob der Name auf seiner Verdächtigenliste stand.

»Du hast vollkommen recht, Felizitas. Aber gerade ist an Deck so viel los, dass Ram«, Ina hoffte, dass sie sich richtig an den Namen des indischen Barmanns erinnerte, »uns gebeten hat, selbst zu gehen.«

»Ram, ja, das sieht ihm ähnlich«, schimpfte die Frau erbost. »In Ordnung, ich hole nur schnell mein Handy, dann zeige ich euch, wo ihr hinmüsst.«

»Danke, passt schon«, beeilte sich Ina zu sagen. »Ich musste gestern auch schon welchen holen. Thomas hat mir gezeigt, wo die Flaschen stehen.« Dann ergriff sie die Flucht nach vorn. »Ich brauche nur die Schlüssel für die Räume vier und acht.« Sie hoffte, ihr Gegenüber zu überzeugen und gleich freie Bahn zu haben, indem sie ganz selbstverständlich den Vornamen des Proviantmeisters verwendete und auf den notwendigen Schlüssel deutete.

Die Mitarbeiterin verengte die Augen.

Ina zuckte innerlich zusammen. Hatte sie es etwas zu weit getrieben? Sie hielt dem Blick der Frau jedoch stand und ergänzte seufzend: »Die Japaner wollen den Sake heute geschüttelt, nicht gerührt, deshalb brauche ich zum Wein aus der Acht noch Oliven aus der Vier.«

»Verstehe«, lenkte Federmaier ein, »wenn Thomas dich ins Lager gelassen hat, dann soll es mir auch recht sein. Ich habe sowieso gerade alle Hände voll zu tun mit der Party da oben.« Sie zeigte mit dem Daumen an die Decke und ging zurück in ihr Büro, um die Schlüssel zu holen, nach denen Ina gefragt hatte.

Rüdiger stieß leise japsend die Luft aus. Er war ziemlich blass.

Ina warf ihm einen prüfenden Blick zu. Es war offensichtlich Zeit, dass sie weiterkamen.

Als sie die Schlüssel erhalten hatten und um die Ecke bogen, ertönte der Alarm erneut und der indische Küchenarbeiter, den sie zuvor im Fahrstuhl getroffen hatten, kam ihnen mit einer Schüssel Salat entgegen. Sie lächelten ihm freundlich zu, betraten den Lagerraum und Rüdiger schloss die Tür. Nachdem der Alarm mit dem letzten Ruck des Tors jäh abgebrochen war, war es bis auf das Summen der Klimaanlage angenehm ruhig. In irgendeinem anderen Winkel des Lagers hörten sie Stimmen. Dort schienen noch ein paar Leute zu arbeiten. Aber da sie bislang keine Warnung von Gero erhalten hatten, war zumindest niemand in den Raum mit der Palette gegangen. Sehr gut, dann würden sie dort ganz ungestört sein.

Gero war umringt von technischen Geräten jeglicher Couleur. Er hatte das Signal der Wanze, die sie dem Auktionator untergejubelt hatten, an einen Lautsprecher angeschlossen, diesen jedoch sehr leise gestellt, da ihn das dauernde Rauschen nervte. Grieswald hatte seine Jacke offensichtlich wieder in den Schrank gehängt. Das war ärgerlich, aber Gero sah keine Möglichkeit, die Wanze nochmals neu zu platzieren. Das Tablet, auf das er zeitgleich konzentriert starrte, zeigte sowohl das Eingangsschott als auch den Vorraum des Lagers.

Es war die erste ruhige Minute, die Gero heute hatte, und er fühlte sich erschöpft. Die Verfolgungsjagd war aufregend und heiß gewesen und der Autounfall war nicht spurlos an ihm vorübergegangen. Gero hatte wohl keine Gehirnerschütterung, aber hin und wieder spannte sein Nacken unangenehm.

Er war erstaunt, wie stark Elli war. Nach dem Unfall hatte er sich zunächst Sorgen um sie gemacht. Aber seit die Sache mit dem geschmuggelten Elfenbein ernst geworden war, hatte sie nicht ein einziges Mal mehr gejammert oder sich beschwert. Das imponierte ihm.

Er sinnierte gerade über ihre so unterschiedliche, aber doch effektive Truppe, als auf seinem Monitor Rüdiger und Ina im Bereich der Vorratskammern auftauchten. Gero wandte seine volle Konzentration dem Bildschirm zu und beobachtete die beiden, wie sie in dem Lagerraum mit der Palette verschwanden. Sollte dort in der Nähe unvorhergesehen jemand auftauchen, hatte er auf jeden Fall sein Handy parat, um seine Freunde zu warnen.

»Hier entlang!« Ina zog Rüdiger zur Tür von Lager Nummer vier und schloss auf.

Es war der Raum, den sie schon bei der Küchenführung besichtigt hatten. Hier lagerten die trockenen Vorräte, der lebenswichtige Reis – und die gesuchte Palette. Sie war noch zu drei Vierteln mit blauer Plastikfolie umwickelt. Der oberste Teil war bereits aufgeschnitten worden, Weinkartons ragten heraus.

»Schaust du dir mal die Kisten dort oben an? Dann nehme ich den Palettenboden unter die Lupe«, flüsterte Rüdiger.

Ina blickte sich suchend um und zog dann ein überdimensioniertes Essiggurkenfass aus einem Regal. Ein guter Trittleiterersatz. Sie stellte sich darauf und warf einen prüfenden Blick in die Weinkartons. Zwei davon waren offen. In einem waren noch zwei Flaschen, der andere war leer. Vorsichtig zog sie diesen nach oben. Es ging ganz leicht, so als wäre er schon einmal entfernt worden.

Ina runzelte irritiert die Stirn. Anstelle einer weiteren Lage Wein kamen überraschenderweise kleine Kunststoffflaschen zum Vorschein. Große Lücken deuteten darauf hin, dass viele von ihnen schon herausgenommen worden waren. Sie griff sich eine und stieg wieder von dem Fass hinunter.

Rüdiger hatte sich so hingekauert, dass er mit dem Palettenboden auf Augenhöhe war. Um ihn herum lagen ein paar verstreute Werkzeuge. Gerade hantierte er mit einem Minibrecheisen herum.

»Wo hast du denn das her?«, fragte Ina erstaunt.

»Gero«, kam es widerwillig von Rüdiger.

Ina grinste in sich hinein, weil sie meinte, auch einen Hauch Anerkennung in Rüdigers Antwort mitschwingen zu hören. »Schau mal her«, forderte sie ihn auf und hielt ihm die Flasche hin.

Er richtete sich auf und schob seine Brille ein wenig zurecht. »Was ist damit? Das ist eine von den Aloe-vera-Gesundheitswasserflaschen. Kriegt ihr die nicht?«

Als Ina verständnislos den Kopf schüttelte, fuhr er fort: »Bekommen wohl nur die Passagiere. Schmeckt nicht sonderlich lecker, muss also gesund sein. Elli findet das jedenfalls total toll. Sonja hat mir so Sachen auch immer hingestellt.« Er lächelte leicht.

»Seit wann bekommt ihr die schon?«

»Seit der Abfahrt. Wir bekommen jeden Tag gratis zwei neue Flaschen.«

Der Alarm der Lagertür ertönte.

»Schnell, runter!«, zischte Ina und kauerte sich neben die Palette. Hoffentlich war das nicht die Frau aus dem Büro!

Elli lehnte an der Reling des Aussichtsdecks und betrachtete das bunte Treiben unter ihr. Neben dem Pool war eine Bar aufgebaut worden, hinter der der Kapitän und die in strahlendes Weiß gekleideten Offiziere um die Wette Cocktails mixten. Viele Passagiere standen ausgelassen in langen Reihen an und freuten sich auf ihr Überraschungsgetränk, während rundherum zu lauter Diskomusik getanzt wurde. Die Einnahmen des Abends wurden für einen wohltätigen Zweck gespendet, was Elli sehr schön fand.

Da der Proviantmeister gut beschäftigt war und in den nächsten Minuten sicherlich nicht verschwinden würde, schloss sie kurz die Augen. Sie genoss die erfrischende Brise des Fahrtwinds an diesem lauen sternenklaren Abend, die sie selbst ihre Kopfschmerzen vergessen ließ. Elli konnte gar nicht glauben, dass sie heute in Casablanca gewesen war! Alles war so surreal und wunderbar. Was wohl Andreas sagen würde, wenn sie ihm von den neuen verrückten Abenteuern von V.I.E.R. erzählte? Eigentlich unvorstellbar, dass ihre Freunde gerade ein paar Stockwerke unter ihr im Bauch des Schiffs herumschlichen. Hoffentlich wurden sie nicht entdeckt.

Erschrocken riss Elli die Augen auf. Alles gut, Baumann war noch da.

Der Alarm erstarb. Ina und Rüdiger vernahmen Schritte, die glücklicherweise an ihrem Lagerraum vorbeigingen. In diesem Moment summte Rüdigers Handy. Geros Warnung kam etwas zu spät.

Sie trauten sich beide erst wieder zu atmen, als die Schritte ein zweites Mal an ihnen vorbeigegangen und der Türalarm wieder verklungen war.

»Von wegen Gesundheitskreuzfahrt«, nörgelte Rüdiger. »Wenn das so weitergeht, kriege ich noch einen Herzinfarkt! Ich bin zu alt für solche Abenteuer.«

»Wenn wir jetzt nicht unsere Abenteuer erleben, wann dann?«, besänftigte ihn Ina. »Los jetzt, lass uns keine weitere Zeit verlieren!«

Rüdiger machte sich wieder an die Arbeit.

Ina überlegte, was die Gesundheitsflaschen in dieser Palette zu suchen hatten. Die sollten wie alle anderen Waren bereits bei der Abfahrt an Bord gewesen sein, vor allem wenn sie doch schon seit Gran Canaria an die Passagiere ausgegeben wurden. War das eine Zusatzlieferung, weil schon alle aufgebraucht worden waren? Aber warum hatte jemand die Flaschen dann schwer zugänglich unter einem leeren Weinkarton versteckt? Hier war definitiv etwas faul.

Sie steckte das Getränk in die Jackentasche ihrer Hostessenuniform und beschloss, sich später noch einmal intensiver mit der Sache zu beschäftigen. Dann begann sie, die Weinkartons abzuklopfen, um zu prüfen, ob sie tatsächlich mit Flaschen gefüllt waren oder das Schmuggelgut vielleicht hier steckte.

In diesem Moment gab Rüdiger einen triumphierenden Laut von sich.

Ina drehte sich um und sah, wie er eine gelblich-weiße, etwa handgroße Statue hochhielt. Sie war wunderschön geschnitzt und stellte eine Jägerin mit Pfeil und Bogen dar. »Elfenbein?«

Rüdiger drehte die Figur um und studierte die Maserung des Materials. »Ganz sicher«, bestätigte er dann. »Das Muster sieht genauso aus wie bei der von Schlüter. Da unten befindet sich noch mehr davon.« Er deutete auf den Boden der Palette. Die Seitenverstrebungen waren scheinbar aus massivem Holz, aber in Wahrheit waren sie innen hohl.

»Es wäre mir nie aufgefallen, dass diese Palette anders ist als die übrigen«, gestand Ina.

»Ja, ziemlich gut gemacht. Die Statuen sind sorgfältig in Papier eingewickelt. Der Stauraum ist mit Holzwolle ausgefüllt. Die Bretter sind vernagelt. Nur dieses eine hier lässt sich bewegen, wenn man es an der richtigen Stelle anstemmt.« Dann verdüsterte sich Rüdigers Gesicht. »Eine Schande, wenn jemand sein handwerkliches Geschick für so etwas benutzt.«

»Genug geredet!«, unterbrach Ina seine Grübeleien. »Lass uns schnell wieder verschwinden. Irgendjemand wird das Zeug in nicht allzu ferner Zukunft abholen und wir werden dabei zuschauen. Können wir unsere Kamera aus dem Vorraum holen und hier drinnen anbringen?«

»Ich kann es versuchen, aber danach hauen wir ab. Noch mehr Herumschleichen verträgt mein Magen heute nicht mehr.« Es waren immer noch entfernte Stimmen im Hintergrund zu hören und ein bleicher Rüdiger schaute Ina fast verzweifelt an.

»Gut, überlass mir die Kamera«, bot Ina an. »Du machst hier in der Zwischenzeit ein paar Fotos und packst dann alles wieder sorgfältig zusammen.«

Rüdiger nickte dankbar und erklärte ihr, wo sich das Gerät befand. Anschließend zog er sein Handy heraus und begann, ihren Fund aus unterschiedlichen Blickwinkeln zu fotografieren.

Ina ging zur Tür, spähte vorsichtig hinaus und lauschte. Das Gemurmel, das sie die ganze Zeit über gehört hatten, kam aus dem Lagerraum schräg gegenüber. Irgendjemand schien dort umzusortieren. Vorsichtig schlich sie hinüber und lugte hinein. Zwei Männer schichteten Obstkisten um und unterhielten sich dabei rege in einer ihr wenig vertrauten Sprache – vermutlich Filipino.

Ina warf einen Blick in Richtung Lagerhaupttor. Hoffentlich kam nicht ausgerechnet jetzt jemand herein. Sie sah sich ein weiteres Mal um, huschte dann in die Richtung, in der sie die Kamera vermutete, fand sie auch tatsächlich nach kurzem Suchen und eilte zurück.

Rüdiger hatte inzwischen alles wieder aufgeräumt und zusammengebaut. Der Palettenboden sah aus, als sei er noch nie zuvor berührt worden, nur ein paar Flocken Holzwolle lagen noch auf dem Boden. Ina schob sie sorgfältig mit dem Fuß beiseite. Dann stellte sie den leeren Weinkarton wieder an seinen Platz und das Essiggurkenfass zur Seite.

»Wohin mit der Kamera?«, fragte sie Rüdiger, der gerade seine Utensilien zusammenpackte.

»Hier.« Er deutete auf eine Regalstrebe.

Ina brachte die Kamera dort an und ließ Rüdiger die Ausrichtung kontrollieren. Schließlich wollten sie dieses Mal mehr als nur die Knie ihrer Verdächtigen sehen.

Gero hatte wie gebannt auf seinen Bildschirm gestarrt und alles mitverfolgt. Jedes Mal, wenn sich etwas vor der Kamera bewegte, wäre er am liebsten in den Monitor gekrochen. Er war mehrfach aufgesprungen und auf und ab gelaufen, ohne das Tablet auch nur eine Sekunde aus dem Blick zu lassen. Er hatte sein Telefon in der Hand, um Ina und Rüdiger bei Gefahr sofort warnen zu können, aber er bezweifelte, dass das viel nutzte.

Er hasste es, zur Untätigkeit verdammt zu sein.

Sein Handy brummte. Ein paar Bilder kamen über WhatsApp an.

Sie hatten das Elfenbein gefunden. Fantastisch! Im Boden der Palette, wie er schon vermutet hatte. Gut, dass er Rüdiger das Werkzeugset mitgegeben hatte.

Dann sah er Ina auf dem Monitor. Was machte sie da? Sie schlich zu dem Raum, in dem die beiden Männer waren. Gero nahm das Tablet in beide Hände, die vor Anspannung zitterten. Als er Inas Hand in Großaufnahme sah und das Bild gleichzeitig heftig hin- und herschaukelte, verstand er, was sie vorhatte. Sehr gute Idee! Er starb weitere tausend Tode, als Ina zurückschlich, weil er währenddessen nur abwechselnd Boden, Decke, einen Mann von hinten und Lebensmittel sah. Als das Bild schließlich wieder ruhiger wurde, erkannte er die Palette und Rüdiger, der ein Daumen-hoch-Zeichen machte. Gero atmete auf, als seine beiden Freunde wenig später endlich den Vorratsraum verließen. Sie hatten es geschafft!

In diesem Moment vibrierte sein Handy erneut.

Elli.

Gero zog die Brauen zusammen. Jetzt wurde es brenzlig für Ina und Rüdiger!

»Nichts wie weg!« Rüdiger knöpfte sein Jackett über dem Werkzeuggürtel zu und ging voraus.

Er hatte gerade den Hebel an der Lagertür betätigt und damit den Alarm ausgelöst, als Ina rief: »Der Sake!« Sie spurtete los, so schnell sie konnte, und holte zwei Flaschen aus Lagerraum acht.

»All okay?« Einer der Arbeiter aus dem anderen Lagerraum schaute Ina und Rüdiger überrascht an.

»Yes, yes, just getting wine for our guests.« Ina hielt die Flaschen hoch und bevor der Mann etwas erwidern konnte, waren die beiden zum Tor hinaus und hatten das Schott unter lautem Alarmgeheul von außen geschlossen.

Rüdigers Handy brummte eine Sekunde vor Inas.

Eine Nachricht von Elli.

Baumann hat einen Anruf bekommen. Ist gerade weg vom Pooldeck. Ich konnte ihn nicht aufhalten.

Auch das noch.

»Schnell!«, rief Ina und hoffte, dass der Proviantmeister nicht auf dem Weg ins Lager war.

Sie schlich zur Ecke und warf einen verstohlenen Blick in das Fenster des Managerbüros. Leer. Sie atmete erleichtert auf. Wie hätte sie Baumanns Vertretung ihre lange Anwesenheit im Lagerraum erklären sollen? Bevor sie mit Rüdiger weiterlief, hängte sie rasch die beiden Schlüssel zurück an ihren Platz. Zwei Besatzungsmitglieder, die den Freunden begegneten, kümmerten sich nicht weiter um sie. Dann endlich hatten sie den Lift erreicht, und als sich die Tür hinter ihnen schloss und sie wieder nach oben fuhren, atmeten beide erleichtert auf.

»Wir haben es geschafft!« Rüdiger wischte sich etwas Schweiß und Make-up von der Stirn. Er wirkte müde.

»Ja, echt gute Arbeit! Bin gespannt, was die anderen sagen.« Ina grinste triumphierend.

Der Lift öffnete sich, Licht flutete herein.

Eine vertraute Stimme ertönte. »I told you not to let anyone in!«

Es war nicht zu überhören, dass der Proviantmeister ausgesprochen verärgert war. Sprach er etwa über sie? Er musste direkt neben den offenen Lifttüren stehen.

Schnell drückte Ina den Knopf für das Unterdeck. Es gab keine Alternative, der Lift hielt nur in diesen beiden Etagen. Die Journalistin flehte innerlich, dass Baumann noch länger schimpfte und den angekommenen Lift nicht bemerkt hatte. Kurz bevor die Türen sich vollends geschlossen hatten, fuhr eine große Hand in den schmalen Spalt und zog die beiden Stahlelemente langsam wieder auf.

Ina schaute Rüdiger entsetzt an. Sie waren verloren.

»Thomas, warte!«

Das war Malte!

»Hast du gerade Zeit für einen Ausflug in den Lagerraum?«, hörte Ina ihn fragen.

War das eine Chance?

Die Lifttüren verharrten in halb geschlossenem Zustand.

Ina hörte Geräusche neben sich und wandte den Kopf. Rüdiger stand auf den Trittleiterstufen, die an die Rückwand der Kabine geschweißt waren. Er hantierte mit einem Vierkantschlüssel an der Luke herum, durch die man nach oben in den Fahrstuhlschacht steigen konnte. Ehe Ina sich versah, gab die Abdeckung nach und Rüdiger drückte sie nach oben.

»Malte, das ist gerade kein guter Zeitpunkt.« Baumanns Antwort war barsch.

»Aber ich brauche das Zeug und bin jede Minute eingespannt.«

Ina jubilierte innerlich. Danke, Malte! Er verschaffte ihnen wertvolle Sekunden. Rüdiger war bereits halb in der Luke verschwunden und forderte Ina per Handzeichen auf, ihm die Sakeflaschen zu reichen. Anschließend stieg er vollends in den Aufzugschacht. Dabei hatte er sich erstaunlich geschmeidig für einen Mann seines Alters und seiner Statur bewegt. Ina griff beeindruckt nach den Trittleiterstufen, um ihm zu folgen.

»Dann schick später Julia oder einen von deinen Kumpanen vorbei!«, ertönte erneut Baumanns Stimme.

»Die sind genauso eingespannt wie ich!«, meckerte Malte ungehalten. »Und du fährst doch eh gerade runter. Komm schon, es dauert ja nur eine Minute. Du gibst mir unsere Schätzchen und dann bin ich auch schon wieder weg!«

Ina spürte ein Kribbeln. Meinte er mit ›Schätzchen‹ womöglich das Elfenbein?

Sie konzentrierte sich wieder und zog sich so leise wie möglich durch die Luke.

»Na gut, komm mit«, gab Baumann schließlich nach.

Die Luke fiel mit einem leisen Klacken zu.

Ina verharrte stocksteif in der Hocke und auch von Rüdiger war keine Bewegung auszumachen. Ina wagte kaum zu atmen. War Baumann und Malte das dumpfe Geräusch aufgefallen?

Sie konnte hören, wie sich die Lifttüren wieder schlossen. Dann setzte sich der Aufzug mit einem Ruck in Bewegung und Ina stützte sich erschrocken mit einer Hand ab, um nicht umzufallen. Ihr schlug das Herz bis zum Hals. Um sie herum war es schrecklich dunkel. Ihr stieg ein muffiger Geruch nach feuchter Wärme und Öl in die Nase. Unwillkürlich fühlte Ina sich wieder wie das kleine Mädchen, das von seinem Vater in den alten Schrank im Keller gesperrt worden war, nur weil es ein wenig zu spät nach Haus gekommen war oder seine Hausaufgaben nicht vor dem Abendessen fertig gehabt hatte. Inas Magen verkrampfte sich. Mit weit aufgerissenen Augen starrte sie in die Dunkelheit und versuchte die bedrückenden Erinnerungen aus ihren Gedanken zu verbannen. Als sich ihre Augen allmählich an die Finsternis gewöhnten, erkannte sie schemenhaft Rüdiger, der auch in die Knie gegangen war. Er hielt die beiden Sakeflaschen so, dass sie nicht gegeneinanderschlagen konnten, und schien seine Freundin besorgt aus dem Dunkel heraus anzuschauen.

Sie wollte gerade ein »Alles okay« wispern, als der Lift mit einem Ruck zum Stehen kam. Sie erstarrte wieder vor Schreck. Wenig später entfernten sich gedämpfte Schritte.

»Das war knapp«, stöhnte Rüdiger und atmete hörbar auf.

»Können wir jetzt wieder hier raus?« Inas Stimme zitterte leicht.

»Ist alles in Ordnung mit dir?« Rüdiger legte ihr eine Hand auf den Arm.

»Ja, wird schon wieder.« Ina hoffte, dass sie sich tatsächlich schon wieder etwas selbstsicherer anhörte.

»Lass uns runterklettern.« Rüdiger machte sich daran, die Luke anzuheben. Im selben Moment jedoch betrat jemand den Fahrstuhl und ihr Freund ließ die Abdeckung mit einem leisen Fluch wieder zuklappen.

Ina biss sich auf die Lippen, als der Lift kurz darauf mit leichtem Ruckeln abermals nach oben in die Dunkelheit glitt.

Kannst du ihn nicht irgendwie aufhalten?

Geros Nachricht war für Elli wenig hilfreich. Als ob sie es nicht versucht hätte!

Baumann hatte während des Getränkemixens plötzlich einen Anruf bekommen und war daraufhin wild gestikulierend von der Bar verschwunden. Sie hatte ihm noch nachgerufen, aber im allgemeinen Trubel konnte er sie natürlich nicht hören. Gero hätte ihm in diesem Moment wahrscheinlich einfach einen Sektkühler an den Kopf geworfen. *Der Zweck heiligt die Mittel.* Schon klar. Aber so etwas machte sie einfach nicht. Wütend und enttäuscht blickte sie dem Proviantmeister hinterher, als er das Pooldeck verließ.

Inas Magen war inzwischen ein fest verkrampfter Knoten. Schweißperlen standen auf ihrer Stirn. Die Panik hatte das kleine Mädchen jetzt fest im Griff. Sie wartete gegen alle Vernunft darauf, dass die nach oben fahrende Liftkabine sie irgendwann gegen die Decke drücken und dort zerquetschen würde. Wie sie es in vielen Stunden der Meditation gelernt hatte, versuchte sie, sich Weite und Licht vorzustellen. Die Freiheit, die sie bei einem Fallschirmsprung oder beim Segeln empfand.

Es half nichts, die Realität war stärker. Ina schloss die Augen und spürte heiße Tränen auf ihrem Gesicht.

Elli kam zur Tür herein. »Sind sie schon da?«, fragte sie außer Atem.

»Nein.« Gero hörte sie kaum. Er starrte abwechselnd auf den kleinen Bildschirm und sein Handy. »Sie haben den Lagerraum gerade verlassen, als deine Nachricht kam. Seitdem habe ich nichts mehr von ihnen gesehen oder gehört.«

»Oje, oje, sie werden doch nicht aufgeflogen sein?« Panik schwang in ihrer Stimme mit.

In diesem Moment bewegte sich etwas auf dem Monitor.

»Wer ist das?«, fragte Elli aufgeregt.

»Das ist der Proviantmanager und … dieser Malte. Was machen die denn da?«

Sie sahen, wie die beiden redeten und der Proviantmeister versuchte, etwas aus einer der oberen Weinkisten zu nehmen. Bedingt durch seinen massigen Körperbau gelang es ihm aber nicht. Daraufhin beugte sich Malte nach unten, doch Elli und Gero konnten nicht erkennen, was er tat. Baumann schien jedenfalls nicht mit ihm einig zu sein, denn er schüttelte heftig den Kopf und hob dann etwas großes Rundes auf, das wie ein Bierfass aussah.

Elli und Gero starrten angestrengt auf den Bildschirm.

Das Metallungetüm kam immer näher auf sie zu, bis sie nur noch das Wort ›Essigg…‹ lesen konnten.

»Hat der etwa gerade eine überdimensionale Essiggurkendose vor die Kamera gestellt?«, fragte Elli fassungslos, als Gero frustriert ausrief: »Nein, nein, nicht dahin!«, so als könnte er auf diese Weise Baumann dazu bringen, das Fass woanders hinzustellen.

»Mist!«, riefen sie wie aus einem Mund, als das Bild endgültig zu einem Live-Standbild geworden war.

Mit einem Mal wurde es hell.

Ina fuhr zusammen und erschrak fürchterlich. Es dauerte einige Sekunden, bis sich ihre Augen wieder an die Helligkeit gewöhnt hatten. Dann erkannte sie erleichtert, dass Rüdiger die Taschenlampe seines Handys eingeschaltet hatte. Er hatte den Lichtstrahl an Ina vorbei in den Fahrstuhlschacht gerichtet, um sie nicht zu blenden. Kaum konnte sie wieder etwas sehen, fühlte sie sich schlagartig besser. Dankbar lächelte sie Rüdiger an, der ihr zunickte. Bei der nächsten Fahrt hatten sie endlich Glück. Niemand betrat mehr den Lift, sodass Rüdiger die Luke wieder vorsichtig öffnen konnte. Sobald Ina nach unten gestiegen war, presste sie ihren zitternden Finger auf den Knopf, um die Türen geschlossen zu halten. Ihre Hände waren schweißnass und schmierig, und als sie an sich hinunterblickte, bemerkte sie etliche Flecken auf ihrer Uniform.

»Alles in Ordnung?«, fragte Rüdiger, als er schließlich neben ihr im Lift stand.

»Mach dir keine Sorgen, ich bin gleich wieder okay«, erwiderte Ina, was sich aber selbst in ihren eigenen Ohren wenig glaubwürdig anhörte.

Er nahm sie in den Arm. »Wie lange uns unsere Kindheit verfolgt«, flüsterte er, während er sie kurz an sich drückte.

Nur wenige Menschen wussten von Inas Bestrafungen als Kind. Rüdiger hatte es wohl nicht vergessen. Plötzlich war ihr das alles sehr peinlich. Sie war doch kein Kind mehr!

Ina schob ihn schnell wieder weg und wischte sich mit dem Ärmel die letzten Tränen ab. »Danke fürs Lichtmachen, Kwalle.«

»Gern geschehen.« Er respektierte dankenswerterweise ihren Rückzug. »Bedank dich bei Gero. Er hat mir den Tipp gegeben, wie man das Handy so einrichtet, dass man die Taschenlampe mit einer Handbewegung direkt vom Startdisplay aus verwenden kann. Ich hätte uns da aber nicht hochbugsieren sollen«, setzte er schließlich nach kurzem Zögern hinzu.

»Nein, Rüdiger, es war brillant, dass du so schnell reagiert hast! Baumann hätte uns sonst gelyncht und ich werde schon wieder«, überzeugte sie auch sich selbst.

Kurz darauf waren sie unbehelligt aus dem Lift entkommen und hatten schließlich den rettenden Passagierflur betreten. Dank des Offiziersshakens waren die Gänge leer und ihr derangiertes Aussehen erregte glücklicherweise keine Aufmerksamkeit.

8

Rüdiger wirkte ungemein stolz. Sogar Gero zollte ihnen aufrichtige Anerkennung. Elli hingegen war zunächst über den Dreck, den sie hereinbrachten, und dann über die Aufzuggeschichte entsetzt. Sie beruhigte sich aber, als sie gemeinsam die Fotos der Elfenbeinstatuen betrachteten. Anschließend zeigte Gero auf den Monitor und erzählte Ina und Rüdiger, was geschehen war.

Ina schimpfte los wie ein Rohrspatz. »Hätte ich dieses verdammte Fass doch nur wieder in das Regal zurückgestellt!«

Gero reagierte sehr ruhig. »Es ist, wie es ist. Auf jeden Fall habt ihr das Schmuggelgut gefunden. Das war unser oberstes Ziel.«

Ina nickte, wirkte aber trotzdem nicht weniger verärgert.

»Und wir haben den Proviantmeister und Malte zusammen gesehen. Eigentlich müssen wir die beiden jetzt nur noch in flagranti mit dem Elfenbein erwischen.« Rüdigers Wohlbefinden hatte sich inzwischen offensichtlich wieder etwas gebessert.

»Und das werden wir morgen!«, erklärte Gero voller Elan. »Was haltet ihr davon, wenn wir …«

Es war bereits halb elf, als sie den Schlachtplan für den folgenden Tag fertig hatten. Insgesamt waren sie sehr zufrieden. Auch wenn die Rolle des Lieferwagens der Pharmafirma nach wie vor unklar war, so hatten sie doch den Beweis, dass an Bord der *Aurora* Elfenbein geschmuggelt wurde. Grieswald war der Mittelsmann. Und Baumann und Malte hatten wohl auch ihre Finger im Spiel.

Ina machte sich auf den Weg und brachte den Japanern mit ordentlicher Verspätung noch den gewünschten Sake.

Sie würde sich heute ausnahmsweise auch noch ein Glas davon gönnen. Rüdiger hingegen wollte nur noch ins Bett. Sein ganzer Körper schmerzte.

Auf eine Nachtwache verzichteten sie. Denn die war – sehr zu Geros Bedauern – wegen des unglücklich vor der Kamera platzierten Essiggurkenfasses hinfällig geworden. Die Aufzeichnung des Standbilds konnten sie genauso gut am nächsten Morgen im Zeitraffer ansehen.

Tag 4: Cádiz

1

»Hercules Fundator Gadium Dominatorque!«

Wenn ein Tag schon so begann! Rüdiger verdrehte die Augen, als Gero sie mit diesen Worten beim Frühstück begrüßte.

»Muss das schon am Morgen sein?«, nörgelte Rüdiger genervt. »Es ist gerade mal halb acht.«

Gero war quietschfidel. »Nach einer Legende wurde Cádiz von Herkules gegründet«, erklärte er. »Das kann man noch heute auf Lateinisch im Stadtwappen nachlesen: Herkules, Gründer und Herrscher von Cádiz. Tatsächlich konnte eine Besiedlung schon ab Mitte des achten Jahrhunderts nachgewiesen werden, aber …«

»… aber der römische Historiker Pellutercules meinte, dass Cádiz schon 1100 v. Chr. gegründet worden ist«, vollendete Elli den Satz.

Rüdiger fiel die Kinnlade herunter.

Geros Augenbrauen schossen nach oben.

Elli tätschelte Gero die Schulter. »Du siehst, ich kann auch Wikipedia lesen. Und jetzt entschuldigt mich, ich habe einen Bärenhunger!« Damit drehte sie sich auf dem Absatz um und verschwand Richtung Büfett.

Rüdiger klappte den Mund wieder zu und folgte ihr breit grinsend.

»Paterculus! Velleius Paterculus, so hieß der Historiker«, rief Gero ihnen noch lahm nach.

Es war kurz vor acht Uhr, als das Schiff die letzten Manöver absolvierte, um am langen Kai des Hafens anzulegen. Die drei Freunde frühstückten an einem Tisch direkt vor den Panoramascheiben. Elli war wie gebannt von der grandiosen Aussicht auf Cádiz: Nur ein knapp hundert Meter breiter Betonstreifen mit einem kleinen Terminalhäuschen trennte das Schiff von der Stadt. Keine Kräne versperrten die Sicht. Keine Container, Waren oder Lastwagen verschandelten die Kulisse. Hinter der vierspurigen Küstenstraße lag unmittelbar ein Park mit weit ausladenden Bäumen und etlichen Palmen vor einer mehrstöckigen Häuserfront in verschiedenen Ockertönen. Und direkt dahinter ragten die beiden achteckigen Türme der Kathedrale stolz empor. Aus dem Gewirr von weißen Dächern stachen noch einige andere Gebäude hervor, die Elli nicht zuordnen konnte. Am Horizont glitzerte auf der anderen Seite der Halbinsel schon wieder der Atlantik. Es war so schön!

»Elli!« Sie zuckte zusammen.

Gero war schon aufgestanden und blickte sie ungeduldig an. »Ich sagte, wir sollten aufbrechen. Ich möchte sofort unten im Terminal Position beziehen, falls Malte oder Baumann das Elfenbein in diesem Hafen von Bord schaffen.«

Etwas wehmütig betrachtete Elli die Reste ihres Frühstücks und nahm noch schnell einen Bissen ihres Croissants. Dann schnappte sie ihre Handtasche und folgte Rüdiger und Gero hinunter auf Deck sechs. Die Crew fuhr gerade die Gangway aus.

In einer Ecke des Terminalgebäudes befand sich ein Souvenirladen mit einem kleinen Café. Durch dessen große Glasfront hatten sie einen ausgezeichneten Blick auf das Schiff.

Jeder, der die *Aurora* verließ, musste durch dieses Terminal kommen, weil ein hoher blauer Zaun den Kai vom restlichen Hafengelände abtrennte.

Rüdiger und Gero setzten sich in bequeme Polstersessel. Elli besorgte Getränke und ein paar Postkarten. Gero war dankbar, als sie endlich zu schreiben begann, weil er nicht an ihren Erläuterungen interessiert war, wer warum welche Karte bekam. Er starrte konzentriert nach draußen und musterte jeden, der in die Stadt wollte. Seinem Adlerblick würde nichts entgehen.

Rüdiger holte den verlorenen Schlaf nach. Sein kleines Abenteuer letzte Nacht und die Seekrankheit schienen ihm tatsächlich zugesetzt zu haben. Gero war deshalb bemüht, für dessen fehlende Unterstützung sein größtmögliches Verständnis aufzubringen. Um 8:30 Uhr konnte Gero erkennen, wie Hannes und die anderen Fahrradguides die Räder entluden. Automatisch zählte er mit. Achtundzwanzig, also eine ziemlich große Tour. Dann wurde es wieder ruhiger, nur ein paar Passagiere gingen von Bord. Die meisten Ausflüge starteten heute erst um halb zehn.

Er nippte an seinem Kaffee und zuckte plötzlich zusammen. »Malte!«

Gero stieß Elli an und die kleine Sonne, die sie gerade auf ihre Postkarte malte, bekam eine Hakennase.

»Kannst du nicht aufpassen?«, fuhr sie hoch und weckte damit auch Rüdiger.

»Scht, nicht so laut! Da ist unser Elfenbeinschmuggler!«, zischte Gero unwirsch.

Malte verließ das Schiff über denselben Ausgang, über den auch die Fahrradguides die Räder von Bord geschoben hatten. Er trug eine große schwarze Tasche. Cleveres Bürschchen, dachte Gero. Denn die Security, die das Personal überprüfte, war vermutlich laxer als die beim Passagierausstieg.

»Sobald er durch das Terminal durch ist, heften wir uns sofort an seine Fersen«, erklärte V.I.E.R. 1 dann.

Rüdiger nickte verschlafen.

Elli packte schnell ihre Karten ein. »Ich kann immer noch nicht glauben, dass ausgerechnet er in den Schmuggel verwickelt sein soll, er ist mir so sympathisch.« Sie klang enttäuscht.

»Einen Verbrecher erkennt man selten an einem unsympathischen Lächeln«, klugscheißerte Gero.

»He, Moment mal, schau!« Elli stach ihm mit ihrem Finger fast ins Auge.

»Ja, ich sehe es«, rief Gero genervt. »Das kann doch nicht wahr sein!«

Malte hatte sich zu Hannes gesellt und die große Tasche abgesetzt. Als er sie öffnete, kamen mindestens zwei Dutzend Fahrradhelme zum Vorschein.

Elli zuckte die Achseln. »Eins zu null für das sympathische Lächeln.« Sie packte ihre Karten wieder aus und versuchte, die verunstaltete Sonne zu retten.

Rüdiger schloss gähnend wieder die Augen.

Gero beobachtete weiter jeden Handgriff der beiden Schiffsbediensteten – schließlich konnte das Elfenbein sich auch weiter unten in der Tasche befinden. Aber als Malte sie endlich vollends ausgeleert hatte und auf dem Rückweg zum Schiff klein zusammenrollte, musste sich Gero den Fehlalarm eingestehen.

Kurz nach halb zehn richtete sich Gero kerzengerade auf. Elli zog gerade noch rechtzeitig ihren Arm weg, um ein weiteres Malheur auf ihren Postkarten zu vermeiden. Sie stupste Rüdiger an, der daraufhin einen besonders lauten Schnarcher von sich gab und verschlafen blinzelte.

»Der da mit dem Seesack kommt mir komisch vor. Was meint ihr? Könnte er das Elfenbein bei sich tragen?«, flüsterte Gero.

»Er scheint ganz schön zu schleppen«, mutmaßte Elli. »Und er geht so vorsichtig, als hätte er in diesem Beutel Porzellan drin.«

»Schaut nach einem von der Crew aus.«

»Von der Größe her könnte der Sack durchaus auch zu unserem Elfenbein passen.«

Rüdiger wachte nur langsam auf. Er rieb sich die Augen und sah immer noch sehr bleich aus. »Dieses verdammte Essiggurkenfass!«, sagte er frustriert. »Wenn wir nur ein Bild von demjenigen hätten, der das Elfenbein aus der Palette geholt hat. Wenn es überhaupt schon jemand ausgebaut hat.«

»Das ist auf jeden Fall keiner unserer bisherigen Verdächtigen. Wir sollten …« Weiter kam Gero nicht.

»Die Schuhe!«, fuhr Rüdiger auf. »Schaut euch die Schuhe an. Kommen euch die nicht bekannt vor?« Er nahm sein Handy und drückte hektisch darauf herum.

»Was immer du suchst, beeil dich, er ist gleich durch das Terminal durch«, drängte Gero.

Rüdiger grinste breit und zeigte Gero und Elli ein Standbild der Kamera vor Grieswalds Kabine, die Ina unter dem Feuerlöscher befestigt hatte. »Eines der letzten Bilder, bevor die Kamera das Zeitliche gesegnet hat.«

Die beiden schoben die Köpfe zusammen und starrten auf das Display. Darauf waren dieselben neongrünen Sneakers mit rosaroten Streifen zu sehen, die nun gerade Richtung Terminal schlenderten. Die würde es an Bord sicherlich nicht zweimal geben. Und sie gehörten zu jemandem, der Grieswalds Kabine betreten hatte.

»Gut gemacht, Kwalle!« Elli tätschelte wie wild Rüdigers Arm.

»Das ist unser Mann!« Gero sprang auf. »Den übernehme ich! Und ihr bleibt hier, falls Julia oder ...«

»Ich habe gestern schon die ganze Action verpasst. Ich komme mit!«, unterbrach ihn Rüdiger entschieden. »Und du brauchst nicht glauben, dass ich hier allein sitzen bleibe, während ihr durch die Stadt streunt.«

Gero seufzte und rannte los.

Der Unbekannte verließ bereits das Hafengelände, wandte sich nach rechts und ging gemächlich die Küstenstraße *Avenida del Puerto* entlang. An der *Plaza Hispanidad* bog er in eine von zwei Hochhäusern flankierte Fußgängerzone ab. Ein eigenartiges spitzes Monument aus dunklen und hellen eckigen Platten erinnerte Rüdiger an die Tangrambilder, die er früher so gern gelegt hatte. Kurz darauf öffnete sich der palmenflankierte Weg und gab den Blick auf ein steinernes Denkmal frei, auf dem in dunklen Lettern die Zahl 1812 prangte. Hier tummelten sich etliche fotografierende Touristen.

Gero dozierte im Vorbeigehen. »Das *Monumento a las cortez de Cádiz*, das Denkmal für die Verfassung von 1812. Die Matrone repräsentiert Spanien. Die Skulpturen an den Seiten stehen für die Landwirtschaft und die Bürger. Und dahinter ist Herkules.«

»Du kannst es nicht lassen, oder?«, schnaubte Rüdiger.

Der Verdächtige setzte unbeirrt seinen Weg fort. Hin und wieder wechselte er den Seesack auf die andere Schulter, sah sich jedoch kein einziges Mal um. Vermutlich erwartete er nicht, verfolgt zu werden.

Rüdiger machte indessen einige Fotos von der Säule und dem Mann. Als er sah, dass Gero daraufhin anerkennend den Daumen hochstreckte, freute er sich.

Sie verließen den Platz Richtung Nordwesten und liefen in die *Calle Fermin Salvochea.*

»Ich bin gespannt, wo er das Zeug hinbringt«, murmelte Gero vor sich hin, als sie an die Hafenpromenade kamen und der Mann nach links abbog.

Unauffällig folgte das Trio ihm. Unter den vielen Touristen fielen sie nicht auf. Nach knapp hundert Metern erblickten sie Hannes. Er hatte mit seiner Fahrradtour unter einem riesigen Feigenbaum haltgemacht und erläuterte gerade die Geschichte des *Jardines de Alameda Apodaca.*

»Dass der Garten nach einem Admiral benannt ist, stimmt, aber diese tragische Liebesgeschichte ist frei erfunden«, kommentierte Gero die Ausführungen trocken.

»Und was ist das für ein Mast?«, fragte einer der Tourteilnehmer in diesem Moment interessiert.

»Der da drüben?« Hannes deutete auf einen Schiffsmast, der mitten auf dem Land stand. »Das ist der Soda-Mast.« Als fragendes Schweigen folgte, fügte er lachend hinzu: »Keine Ahnung, der steht halt einfach *so da.*«

Die Tourteilnehmer lachten herzlich und Rüdiger beschloss amüsiert, sich das zu merken.

Sie ließen die Gruppe hinter sich und gingen dann ein paar Minuten die Hafenpromenade entlang, mit wunderschönem Ausblick auf das Meer und dem angenehm salzigen und leicht fischigen Geruch des Wassers in den Nasen. Als ein Schwarm Möwen kreischend über sie hinwegflog, klatschte Elli vor Begeisterung in die Hände.

Der Mann mit dem Seesack, der etwa zwanzig Meter vor ihnen ging, drehte sich irritiert um.

Rüdiger stockte der Atem. Reflexartig zückte er die Kamera und machte ein Foto von Elli vor einer der eleganten eisernen Laternen. Aus dem Augenwinkel sah er, dass der Mann weiterging.

»Das war knapp«, tadelte Gero. »Ein Punkt Abzug für … ach, vergiss es!« Rasch setzte er die Verfolgung fort.

Kurze Zeit später hatten sie den Eingang des botanischen Gartens erreicht. Die Farbenpracht war überwältigend: Üppiges Grün wucherte in allen Formen. Hohe Zypressen, weit ausladende kanarische Dattelpalmen, dazwischen magenta blühende Bougainvilleen und roter und gelber Hibiskus. Viele Bäume waren in ordentlichen geometrischen Formen gestutzt. Der Boden war mit hellgelbem Sand bedeckt und Dutzende niedrige weiße Holzbänke standen Spalier. Vogelzwitschern mischte sich in das sanfte Gluckern von Wasser.

»Ich wette, dass hier die Übergabe der Ware erfolgt«, mutmaßte Gero, als wäre das das einzig Wichtige an diesem Ort.

Kurz darauf ging das Plätschern in ein Rauschen über und sie konnten durch die Bäume hindurch mehrere Wasserfälle erkennen, die von einer künstlichen Felswand in ein lang gezogenes Becken stürzten. Mitten in diesem Arrangement schwammen ein paar Enten und ein lebensgroßes, allerdings unechtes Krokodil. Daneben standen zwei mannshohe Dinosaurierskulpturen.

Rüdiger, der schon als Jugendlicher Experte für diese Urzeitechsen gewesen war, kam Gero begeistert zuvor: »Ein Brontosaurier und ein Dimetrodon.«

Sie hielten sich hinter einem Gebüsch verborgen und beobachteten, wie der Mann den offensichtlich schweren Seesack vorsichtig ablegte und sich eine Zigarette anzündete.

Gero blickte auf die Uhr. »Wahrscheinlich haben sie zehn Uhr für ein Treffen vereinbart. Noch sechs Minuten.«

Rüdiger deutete auf eine Brüstung, die am oberen Rand der Felswand entlanglief und auf der ein paar Touristen die Wasserfälle erkundeten. »Von da oben hätten wir bestimmt einen besseren Überblick.«

»Sicherlich, wenn du unbedingt entdeckt werden willst. Da stehst du doch auf dem Präsentierteller!«

Doch Rüdiger ließ sich nicht beirren. Er hatte keine Lust mehr, sich immer von Gero herumkommandieren zu lassen, und lief um die Felswand herum. Über eine steinerne Treppe erreichte er die Brüstung. Keuchend kam er oben an. Ihm schwindelte. Treppensteigen war ihm auch schon einmal leichter gefallen. Er nahm eine Wasserflasche aus dem Rucksack und trank einen Schluck. Allmählich gewöhnte er sich an dieses Aloe-Zeug.

Der Ausblick war perfekt. Trotz der dichten Baumkronen hatte er eine gute Sicht über die vier Zugangswege. Der Verdächtige lehnte mit dem Rücken zu ihm an dem Mäuerchen, während feine Rauchschwaden von seiner Zigarette aufstiegen. Gero und Elli standen etwas abseits und unterhielten sich unauffällig.

Rüdiger zückte seine Kamera. Aus den unterschiedlichen Beulen des Seesacks konnte man mit etwas Fantasie durchaus in dicken Stoff eingewickelte Elfenbeinskulpturen vermuten. Unvermittelt fröstelte er. Was war nur los mit ihm? Egal, vermutlich war es nur der Wind, den er hier oben stärker spürte.

Er wollte gerade einen weiteren Schluck trinken, als er jemanden zwischen den Büschen auf den Brunnen zusteuern sah. Schnell duckte Rüdiger sich hinter einen Felsen.

Gero und Elli vernahmen zunächst ein Geräusch von knirschenden Schritten auf Kies und blickten sich vielsagend an. In der Ferne konnten sie eine Turmuhr schlagen hören. Gero zollte dem Neuankömmling Respekt. Er war pünktlich.

Das Knirschen wurde lauter.

Im nächsten Augenblick tauchte eine junge braunhaarige Frau mit einem Kinderwagen auf.

Ein raffinierter Einfall! In dem Wagen versteckt, konnte sie den Seesack ganz unauffällig transportieren.

Rüdiger schoss fleißig Fotos von der Frau. Das lange dunkle Haar fiel ihr in geschmeidigen Wellen über die Schultern. Sie trug ein unauffällig gemustertes weiß-blaues Sommerkleid und Flip-Flops.

Das war mal ein gut aussehender Kurier! Rüdiger lächelte, zoomte heran und konnte ein Foto machen, bei dem zumindest ein Teil des Gesichts zu sehen war.

Der Mann mit dem Seesack machte allerdings keine Anstalten, der Frau entgegenzugehen. Gemütlich schlenderte sie, den Kinderwagen vor sich herschiebend, auf ihn zu – und an ihm vorbei.

Falscher Alarm!

Rüdiger entspannte sich und merkte, dass er vor Aufregung die Luft angehalten hatte. Er wischte sich den kalten Schweiß von der Stirn.

Gero war enttäuscht. Er zog Elli ein wenig näher an ein Gebüsch, um sie noch besser vor etwaigen Blicken des Mannes mit dem Seesack zu schützen. Denn allmählich war es auffällig, wie lange sie sich schon in seiner Nähe aufhielten.

Rüdiger wartete gespannt auf seinem Hochsitz, wer wohl als Nächstes auftauchen würde. Er ließ den Blick rhythmisch von einer Seite zur anderen gleiten wie eine menschliche Überwachungskamera.

Und auf einmal ging alles ganz schnell.

Es war wie ein anschwellendes Zischen, mit dem sich zwei Dutzend Räder näherten. Kurze Zeit darauf hatten die Teilnehmer der Cádiz-Fahrradtour die Wasserstelle erreicht. Der vorausfahrende Hannes kam in einem schneidigen Schwung zum Stehen, während die Passagiere der *Aurora* in einer Traube um ihn herum anhielten.

Der Verdächtige stand auf und blickte den Ankommenden entgegen, wobei er automatisch nach seinem Seesack griff.

Verdammt! Er würde doch nicht Reißaus nehmen? Rüdiger machte sich schon zu einem Sprint bereit, als der Mann sich wieder an die Mauer lehnte und den Beutel zwischen die Beine klemmte.

»So, wir sind jetzt im *Parque Genove*, dem botanischen Garten von Cádiz«, erklärte Hannes gut gelaunt. »Hier machen wir zwanzig Minuten Pause. Ihr könnt die Gegend erkunden und wenn ihr wollt, auf den Felsen hinter mir klettern.«

Rüdiger duckte sich, als die ersten Blicke in seine Richtung wanderten.

»Gleich hinter diesen Bäumen ist ein kleines Café zum Entspannen. Wenn ihr genau aufpasst, seht ihr vielleicht einen der Mönchssittiche. Wir fahren jetzt noch fünfzig Meter weiter, dort stellen wir die Räder ab. Und nach der Pause zeige ich euch den Strand, an dem Hale Berry in dem James-Bond-Streifen *Stirb an einem anderen Tag* elegant aus dem Wasser steigt. Im Film spielt die Szene in Kuba, nur dort durfte damals nicht gedreht werden.«

Als Rüdiger sich wieder aufrichtete, hatte die Gruppe bereits ihre Räder bestiegen und fuhr langsam davon. Im nächsten Moment fluchte er. Denn während des ganzen Durcheinanders war wie aus dem Nichts ein kleiner Mann mit Baseballcap erschienen und hatte sich zu dem Verdächtigen gesellt. Rüdiger riss die Kamera ans Auge und schoss ein Dutzend Bilder von der Übergabe des Seesacks. Jetzt rächte sich seine erhöhte Position: Er konnte von dem Felsen aus das Gesicht des Mannes nicht sehen.

Da er von hier oben nun nichts mehr ausrichten konnte, nahm er die Beine in die Hand und rannte zu den anderen zurück.

Gero hatte mit Unbehagen die Ankunft der Räder bemerkt. Zu allem Überfluss stellten sie sich genau zwischen ihn und den Boten. Schnell zog er Elli zu einer Bank. Hier waren sie zwar vor den Blicken des Mannes nicht mehr so gut geschützt, aber zumindest stand die Radfahrergruppe nicht im Weg. Konzentriert beobachtete er die Umgebung, als er hinter sich Schritte hörte. Er machte das Erstbeste, was ihm einfiel, und legte sich rasch den Stadtplan auf die Knie. Dann drückte er Elli mit der freien Hand nach vorn, als würden sie ihn gerade gemeinsam lesen. Auf diese Weise konnte der Passant zumindest ihre Gesichter nicht sehen.

Als die Schritte sich entfernten, hob Gero vorsichtig den Kopf und sah einen kleinen drahtigen Mann mit dunklem Haar und einer Baseballcap auf dem Kopf. Im rechten Ohr hatte er einen silbernen Ring. Als er zu dem Mann mit dem Seesack trat, konnte Gero für einen Moment das Gesicht des Neuankömmlings sehen: braun gebrannt, große Nase, schmale Lippen, Dreitagebart, aber sonst keine Auffälligkeiten. Es hätte ein x-beliebiger Spanier sein können. Trotzdem würde Gero ihn jederzeit wiedererkennen. Er zückte sein Handy, um ein Foto zu machen, aber in diesem Moment schauten die beiden sich um, sodass er das Smartphone schnell wieder wegsteckte.

Die Übergabe der Ware dauerte nicht länger als eine halbe Minute. Während die Radfahrer wieder ihre Drahtesel bestiegen, wechselten die beiden Männer ein paar Worte und tauschten den Seesack aus. Dann gingen sie in entgegengesetzte Richtungen davon. Als der Mann mit der Baseballcap – Gero vermutete, dass er der Kurier war, der in *Galieris* Auftrag die Ware weitertransportierte – erneut an ihnen vorüberging, studierten Gero und Elli noch immer die Karte.

»Wir müssen los!«, flüsterte Gero ihr zu. »Wo bleibt Rüdiger?«

Im selben Moment kam dieser angelaufen.

Der Mann mit der Baseballcap hatte schon fast den nächstgelegenen Parkausgang erreicht. Zu allem Überfluss steuerte er eines der dort geparkten Mopeds an.

Diesmal war es Rüdiger, der schnell schaltete. »Wir nehmen die Räder!«

Die Fahrradgruppe hatte ihre Bikes in unmittelbarer Nähe völlig durcheinander an Bäume oder Bänke gelehnt. Fünf der Räder waren so platziert, dass sie sich im Rücken der Tourguides befanden.

Der Unbekannte stopfte den Seesack in eine große schwarze Kiste, die hinter seinem Mopedsitz befestigt war, und ließ sich Zeit damit, den Helm aufzusetzen.

Elli, Gero und Rüdiger schnappten sich die ersten drei Räder, ohne dass einer der Ausflügler etwas davon bemerkte, und waren aufgesessen, noch bevor der Kurier das Moped angelassen hatte.

»Auf zur nächsten Verfolgungsjagd!« frohlockte Elli. Sie hatte Glück: Ihr Sattel war fast perfekt eingestellt.

Gero jedoch schlugen die Knie bei jeder Pedalumdrehung bis fast an die Brust. Offenbar hatte auf seinem Rad ein Zwerg gesessen. Rüdiger hingegen war noch schlechter dran: Sein Sattel war viel zu weit oben, sodass er permanent im Stehen fahren musste, weil zu einer Justierung schlichtweg keine Zeit blieb. Aber er schien sich davon nicht stören zu lassen und trat tapfer in die Pedale, was ihm Gero hoch anrechnete.

Das Moped bog links in die nächste Straße ab. Im Vorbeifahren konnte Gero zumindest die ersten Wörter des Straßennamens lesen: *Calle Benito.* Der Boden war mit Kopfsteinpflaster bedeckt, sie wurden ordentlich durchgeschüttelt. Geros Klingel begann, im holpernden Rhythmus der Räder zu scheppern, und er deckte sie mit einer Hand ab, um nicht zu viel Aufmerksamkeit auf sich zu lenken.

Zum Glück konnte der Kurier nicht sehr schnell fahren. Die Gasse war eng. Zahlreiche Touristen und Einheimische flanierten hier. Während sich der Mopedfahrer jedoch geschickt zwischen ihnen hindurchmanövrierte, taten sich seine drei Verfolger nicht ganz so leicht.

Gero prägte sich die Umgebung ein, um ihre Route später nachvollziehen zu können: ein Laden mit Ledertaschen, an der nächsten Ecke eine Bäckerei mit Kuchen in der Auslage und kurz darauf erklang aus einem offenen Fenster ein Kinderchor. Offenbar eine Schule. Als er sich kurz umschaute, sah er Rüdiger mehr und mehr zurückfallen. Das Fahren im Stehen strengte ihn inzwischen offensichtlich doch sehr an. Auch Elli schien das bemerkt zu haben, denn sie rief Rüdiger etwas zu und fuchtelte dabei unbeholfen mit einem Arm herum, was in einer gefährlichen Schlangenlinienfahrt resultierte. Ein paar Passanten schrien auf.

Ob der Mopedfahrer das gehört oder seine drei Verfolger bereits beim Abbiegen aus den Augenwinkeln gesehen hatte, war schwer zu sagen. Aber Gero beschlich unmittelbar ein ungutes Gefühl. Denn der andere schaute sich plötzlich argwöhnisch um und wurde schneller.

Mittlerweile waren sie am *Mercato Central* angelangt, dem zentralen Marktplatz von Cádiz. Und dann, nach einem kurzen Moment der Unaufmerksamkeit, war es passiert! In dem Gewirr aus Ständen und Menschen machte der Kurier ein paar schnelle Lenkbewegungen und war verschwunden.

Gero fluchte wie ein Bierkutscher. Inmitten des ganzen Gedränges hinderte ihn eine Gruppe Touristen, angeführt von einer jungen Frau mit Regenschirm, an der Weiterfahrt, während Elli wiederum überhaupt nicht mehr zu sehen war. Vermutlich hatte sie auf Rüdiger gewartet.

Doch das war jetzt egal.

In wenigen Sekunden ging Geros Gehirn die möglichen Optionen durch. Die Chance, den Kurier wiederzufinden, wenn er selbst weiter mit dem Rad unterwegs war, lag praktisch bei null.

Er rief sich den Stadtplan ins Gedächtnis zurück. Von hier aus führten mehrere Straßen in die unterschiedlichsten Richtungen, doch er hatte nicht sehen können, in welche der Mopedfahrer abgebogen war. Und ein Taxi gab es weit und breit nirgends. Wenn er doch nur einen Blick von oben erhaschen könnte! Gero grämte sich, keine Drohne eingepackt zu haben.

Da fiel ihm der *Torre Tavira* ein, den er gerade passiert hatte. Auf der Spitze des Turms gab es eine Camera obscura, mit der man in einer Projektion ein Panorama der Umgebung erkennen konnte. Das war seine einzige Chance!

Er lehnte das Rad hektisch an die nächste Häuserwand und sprintete die fünfzig Meter bis zu dem Turm zurück. Dabei begegnete er Elli, die einen sichtlich angeschlagenen Rüdiger stützte.

»Bin gleich zurück!«, schnaubte Gero und war im Turmeingang verschwunden. Auch wenn das Fahren im Stehen sicherlich anstrengend war – so wenig Kondition hatte er Rüdiger nun doch nicht zugetraut.

Elli hatte Rüdiger in den Schatten einer der Mauern gesetzt. Ihr Freund war aschfahl, sein Atem ging rasselnd.

»Ich mache mir allmählich ernsthafte Sorgen um dich, Rüdiger. Du schaust gar nicht gut aus.« Das bisschen Radfahren konnte seinen schlechten Gesundheitszustand nicht erklären, selbst wenn er im Stehen hatte radeln müssen. »Was ist nur los mit dir?«

»Keine Ahnung. Mir war vorhin auch schon ganz schwindlig.« Rüdigers Stimme klang rau und angestrengt. Er schien nach Atem zu ringen.

»Hier, trink einen Schluck!« Sie kramte aus ihrer Handtasche eine der kleinen Gesundheitswasserflaschen hervor und gab sie ihm.

»Das ist vielleicht immer noch diese verdammte Seekrankheit«, mutmaßte er. »Mir ist sogar hier an Land ganz schwummrig.«

»Oder du hast Unterzucker. Erst hast du dich übergeben und dann kaum was gegessen …«

»Weiß nicht. Hast du eine Kleinigkeit dabei?«

Elli schüttelte den Kopf und blickte sich um. Gleich hinter ihnen war ein großer Platz mit einer riesigen halb offenen Markthalle. *Mercato Central*, las Elli die verblichenen Lettern über einem Torbogen. Dort würde sie bestimmt etwas zu essen bekommen. »Kann ich dich kurz allein lassen, Rüdiger?«

»Klar, fühlt sich nur wie leichter Seegang an.« Er versuchte tapfer zu lächeln.

»Du hast auch schon mal besser gelogen«, lachte sie, war aber dennoch ein wenig erleichtert, dass er noch zu Scherzen aufgelegt war. »Ich werde dir auf dem Markt was zu essen besorgen. Vielleicht gibt es dort auch noch mehr zu trinken, das schadet sicher nicht.«

Er nickte matt, schloss die Augen und lehnte seinen Kopf an die Wand.

Sie machte sich schnell auf den Weg und war überrascht, als sie ins Innere der Halle trat. Hier waren dicht an dicht kleine Läden eingerichtet, jeder mit einer verschließbaren Luke und einer Nummer versehen. Auf großen Schildern standen die Namen der Eigentümer: *Sonia*, *Rafael* und *Jesús y Poquita* hatten Obst in der Auslage, bei *Manuel* gab es Speck und bei *Rafa y Manoli* tütenweise gelbliche Kugeln, die sich bei näherer Betrachtung als Schnecken herausstellten. Angeekelt verzog Elli das Gesicht. Was die Spanier nicht alles mochten!

Rasch deutete sie auf ein paar Bananen und eine Flasche Wasser, die auf einem Tresen stand. Als Elli sah, dass die Verkäuferin die Glastür des Kühlschranks öffnete, fuhr sie dazwischen. Eiskaltes Wasser würde Rüdiger sicherlich nicht guttun. »No freddo!«, versuchte sie ihr Glück, war sich aber nicht sicher, ob das Spanisch oder Italienisch oder keines von beidem war.

Die Spanierin wirkte im ersten Moment verwirrt, dann verstand sie. »¿Ah, no la quieres fría? ¿Agua templada?« Sie griff unter die Ladentheke und zog eine ungekühlte Flasche hervor.

Ohne zu verstehen, was die Dame gesagt hatte, nickte Elli und brachte ein perfektes »Sí!« zustande.

Kurze Zeit später war sie zurück bei Rüdiger, der immer noch in unveränderter Stellung an der Wand lehnte. Sein Gesicht hatte allerdings schon wieder etwas mehr Farbe angenommen. Dankbar nahm er ein paar Schlucke Wasser und schaffte es sogar, eine halbe Banane zu essen.

Dann kam Gero zurück. »Entwischt«, erklärte er frustriert. »Ich habe noch versucht, ihn mit der Camera obscura zu verfolgen, aber – keine Chance. Das Ding eignet sich nicht für Spionagezwecke. Ich habe vom Turm aus gleich noch Ina angerufen und sie um Hilfe gebeten. Sie ist mit ihren Japanern sogar in der Nähe, aber an ihr sind, noch während wir geredet haben, drei Mopedfahrer vorbeigekommen, auf die meine Beschreibung gepasst hat. Aussichtslos.« Er war sichtlich verärgert. »Und was ist mit dir, Sportskanone?«, wandte er sich genervt an Rüdiger.

»Sei nicht so gehässig!«, fuhr Elli dazwischen. »Nur weil du dich ärgerst, dass wir den Typen verloren haben, musst du deine Wut nicht an Rüdiger auslassen.«

Gero schnaufte, dann lenkte er ein. »Tut mir leid. Was ist passiert, Rüdiger?« Das klang zumindest halbwegs nach ehrlichem Interesse.

»Keine Ahnung. Irgendwas stimmt nicht. Ich fühle mich total erschlagen. Das Radeln hat mich einfach fertiggemacht. Und irgendetwas juckt mich am Bauch.« Er zog sein T-Shirt hoch.

Elli sog scharf die Luft ein und Geros Augenbrauen wanderten nach oben. Rüdigers Bauch war über und über mit kleinen roten Pusteln bedeckt.

»Du schaust ja schrecklich aus!«, stieß Elli hervor und beugte sich zu ihm hinunter. »Das könnten Masern sein.«

»Masern?« Rüdiger starrte entsetzt auf seinen Bauch. »Aber ich bin doch geimpft! Glaube ich … Sind wir damals nicht alle geimpft worden?«

Gero zog Rüdigers Ärmel nach oben. »Zumindest hast du eine Pockenimpfung bekommen.« Er zeigte auf die Narbe an Rüdigers Oberarm. »Also ist es sehr wahrscheinlich, dass du auch gegen Masern geimpft bist.«

»Vielleicht eine allergische Reaktion?«, mutmaßte Elli weiter.

Rüdiger schüttelte nur müde den Kopf und zog sein Shirt wieder nach unten.

»Egal, du musst sofort zum Arzt!«, erklärte Elli streng.

»Sie hat recht«, pflichtete Gero ihr bei. »Am besten auf dem Schiff. Das ist leichter, als mit einem spanischen Notarzt zu diskutieren. Warte«, er sah sich suchend um, »hier muss es doch irgendwo ein Taxi geben.« Er trabte davon. Keine zwei Minuten später war er wieder zurück und deutete die Straße hinauf. »Dort bei dem gelben Haus. Ich hab dem Fahrer schon Bescheid gesagt, dass ihr zum Hafen wollt. Ich kümmere mich derweil um die Räder.«

»Oh«, sagte Elli schuldbewusst, als würde ihr das erst jetzt auffallen, »die haben wir ja praktisch gestohlen.«

»Ist doch auch schon egal! Wir haben uns unbefugt Zugang zu einem Computer verschafft, sind in einen Schreibtisch und ins Schiffslager eingebrochen und haben überall Wanzen und Kameras verteilt. Da fällt ein kleiner Diebstahl doch gar nicht mehr auf …« Rüdiger lächelte schief.

Gero half ihm auf. »Wir haben die Räder nur geborgt«, sagte er beruhigend in Ellis Richtung. »Eine Sache noch, Rüdiger. Hast du es geschafft, ein Foto von dem Nummernschild des Mopeds zu machen? Es war so schmutzig, dass ich es nicht richtig erkennen konnte. Vielleicht kann man da mit Bildbearbeitung noch etwas herausholen.«

Rüdiger lachte heiser. »Ja, aber das ist sozusagen für den Arsch.« Er reichte ihm die Kamera.

Gero zog eine Augenbraue hoch und betrachtete das Bild auf dem Display.

Elli schaute ihm über die Schulter und fing schallend an zu lachen. Das Moped war ausschnittsweise zu sehen. Doch der größte Teil und insbesondere das Nummernschild waren von dem Gesäß eines Radfahrers verdeckt, das sie unschwer als Geros Hintern identifizierte. ›Für den Arsch‹ – besser hätte sie es auch nicht ausdrücken können.

Gero nickte und gab die Kamera ohne ein weiteres Wort zurück.

2

Die Krankenstation lag auf Deck drei gleich neben dem Einstieg. Gero hatte ihnen schon erklärt, dass sie eine ähnliche Ausstattung wie ein Kreiskrankenhaus besaß: eine Röntgenanlage, OP, ein Intensivbett und ein Zweibettzimmer. Blutuntersuchungen konnten sofort im bordeigenen Labor durchgeführt werden. Und für kritische Infektionsfälle gab es sogar eine Isolierstation.

Zwei andere Passagiere saßen bereits auf den Stühlen vor der Rezeption. Rüdiger sah blass aus, sein Gesicht war mit einem dünnen Schweißfilm bedeckt. Als er gemeinsam mit Elli an die Anmeldung trat, bemerkte die Schwester sofort, dass es sich hier nicht nur um einen harmlosen Fall von eingerissenem Zehennagel handelte. Ohne weitere Umschweife wurden sie in einen der Behandlungsräume gebracht, nur wenige Minuten später war Dr. Sawitzky bei ihnen.

»Herr Kwalkowski, da sind Sie ja wieder!«, begrüßte er Rüdiger freundlich. »Sie sehen ehrlich gesagt gar nicht gut aus. Ist die Seekrankheit zurück?«

Rüdiger schüttelte den Kopf. »Ich weiß es nicht. Wir waren nur ein wenig in der Stadt unterwegs. Jetzt bin ich total schlapp. Und ich habe einen üblen Ausschlag am Bauch. Der juckt höllisch.« Er zog sein T-Shirt hoch und blickte Dr. Sawitzky erwartungsvoll an.

Der Arzt machte ein besorgtes Gesicht. Er streifte sich Handschuhe über und betrachtete die Pusteln etwas genauer. »Das deutet meines Erachtens auf eine allergische Reaktion hin. Wenn ich mich richtig erinnere ...«, er zog die Handschuhe wieder aus und setzte sich an den Computer, »... haben Sie auf Ihrem Gesundheitsbogen jedoch keine Allergien angegeben.« Seine Freundlichkeit war mit einem Mal wie weggeblasen. »Lassen Sie uns also noch mal systematisch vorgehen«, wandte er sich wieder Rüdiger zu. »Haben Sie eine Ihnen bekannte Allergie gegen Lebensmittel?«

Rüdiger verneinte.

Der Arzt ließ nicht locker. »Vielleicht haben Sie gestern etwas vom Büfett genommen, was Sie bisher noch nie gegessen hatten. Meeresfrüchte?« Die Frage klang schon fast suggestiv.

Rüdiger schüttelte erneut den Kopf.

Sawitzky fragte noch weitere Lebensmittel ab, kam aber zu keinem nennenswerten Ergebnis.

»Haben Sie irgendwelche bekannten Unverträglichkeiten gegen Medikamente?«

Rüdiger überlegte kurz und zuckte gleichzeitig hilflos mit den Schultern.

»Es kann durchaus auch länger zurückliegen, sogar in der Kindheit.«

Rüdiger hielt inne. »Moment! Ich habe mal ein entzündungshemmendes Mittel gegen Hexenschuss bekommen. Da hatte ich tatsächlich einen ähnlichen Ausschlag wie jetzt. Können die Pusteln vielleicht von Ihrer Spritze kommen?«

Der Arzt winkte ab. »Nein, nein, das war *Vomex*, das hat nichts mit Entzündungshemmern zu tun. Wie sieht es mit Kontaktallergien aus? Haben Sie sich mit einem Sonnenmittel eingecremt?«

»Nein, auch nicht.«

»Heute nicht, Rüdiger«, warf Elli ein. »Aber gestern.«

»Gestern war ich doch auf Verfol... ähm, nein, da nicht. Aber am Seetag habe ich mich eingecremt.«

»Da haben wir es!« Der Arzt schlug mit der flachen Hand auf den Tisch. »Die Reaktion kann durchaus etwas verzögert auftreten, das ist keineswegs ungewöhnlich.« Er schien recht glücklich mit dieser Erklärung. »Sehen Sie, dann haben wir ja eine ganz einfache Ursache gefunden.« Er stand auf. »Ich werde Ihnen jetzt ein Antihistaminikum geben. Das wirkt gegen die Symptome: den Ausschlag und das Jucken. Benutzen Sie bitte ab sofort eine andere Sonnencreme. Hier im Bordshop haben wir eine gute Auswahl, auch an speziellen Produkten für empfindliche Haut.«

Dr. Sawitzky verabreichte Rüdiger Tabletten und wies ihn an, sich noch einige Minuten hinzulegen, um den Kreislauf zu stabilisieren. Dann murmelte er etwas von »weiteren Patienten« und verließ zwischenzeitlich den Raum.

Rüdiger war dankbar für diesen kurzen Moment der Ruhe und schloss die Augen. Er spürte, wie Elli sich neben ihn auf die Krankenliege setzte. Schön, eine so gute Freundin zu haben.

Als der Arzt wenig später wiederkam, durften sie gehen. Im Vorraum war gerade eine weitere Patientin angekommen, die auf die Helferin einredete. »Mein Rücken juckt wie verrückt«, hörte Rüdiger sie im Vorbeigehen lamentieren. Er verstand, wie sie sich fühlen musste, weil er auch schon die ganze Zeit das Gefühl hatte, sich überall kratzen zu müssen.

Das Timing war perfekt: Als sie in ihren Korridor einbogen, kam gerade ein Mann vom Reinigungsteam aus ihrer Kabine und verschwand in der gegenüberliegenden. Rüdiger ließ sich dankbar auf das frisch gemachte Bett fallen.

3

»Totale Pleite«, fasste Gero den Tag zusammen, als er nachmittags mit Elli und Rüdiger bei Kaffee und Kuchen in einer ruhigen Ecke des Pooldecks saß. Ina hatte versprochen, nach der Meditation mit den Japanern nachzukommen.

»Das kannst du laut sagen.« Rüdiger hatte fast drei Stunden geschlafen und fühlte sich etwas besser, wenn er auch immer noch recht erschöpft war. Zumindest hatten die Tabletten gewirkt und den Juckreiz deutlich gelindert. Appetit hatte er aber immer noch keinen und sah daher den anderen nur wenig motiviert beim Essen zu.

Sie überlegten gerade, wie sie weiter vorgehen sollten, als Ina mit einem Teller Melone und einem Latte macchiato zu ihnen stieß. »Tut mir leid für die Verzögerung, aber ich wollte die herzliche Einladung meiner Japaner nicht ausschlagen. Wie geht's dir, Rüdiger?«

»Ganz okay. Das Medikament hat immerhin gewirkt.« Er erzählte kurz, was der Arzt gesagt hatte.

»Hat er ...«, Ina blickte ihn nachdenklich an, »... ach, nicht so wichtig. Erzählt mir lieber von der Verfolgungsjagd!«

Die drei berichteten ausführlich. »Also eine totale Pleite«, resümierte Gero zum Schluss noch einmal. »Wir haben den Mopedfahrer verloren und nur herausgefunden, dass der Mitbewohner von Grieswald der Überbringer des Elfenbeins war. Wir haben keinen Namen, kein Nummernschild und nur eine vage Täterbeschreibung.«

»Auf den Fotos sieht man den Typen leider auch nur von oben oder hinten«, gab Rüdiger zu. »Tut mir leid, dass ich auf den Felsen gegangen bin. Von unten wäre der Winkel wahrscheinlich besser gewesen.«

»Natürlich.« Gero zuckte lapidar die Schultern.

»Ich habe mittlerweile herausgefunden, wie Grieswalds Zimmergenosse heißt«, verkündete Ina. »Hassan Abdelhami. Toll, wie ihr ihn an den Schuhen identifiziert habt! Er ist wohl schon seit zwei Jahren Lagerarbeiter an Bord. Ich denke, den müssen wir uns mal vorknöpfen. Abgesehen von Grieswald ist er unsere einzige Verbindung zu dem Mopedkurier und damit vielleicht zu *Galieri*. Wenn wir ihm auf den Zahn fühlen, bekommen wir eventuell doch noch etwas heraus. Ansonsten ist hier Schluss mit den Ermittlungen.«

»Du meinst, wir schnappen ihn uns und quetschen ihn ein bisschen aus?« Gero machte eine Handbewegung, als würde er eine Zitrone auspressen. »Das könnte mir schon gefallen.« Und als hätte ihm das Appetit gemacht, nahm er einen besonders großen Bissen von seiner Himbeertorte.

Sie waren sich rasch einig, dass das ihre einzige Chance war, und knobelten für diese Aktion einen Plan wie in alten Zeiten aus.

»Darauf sollten wir anstoßen«, rief Ina schließlich und prostete den anderen mit ihrer Kaffeetasse zu. »Ich bin echt froh, dass es dir wieder besser geht, Kwalle, wir brauchen dich dringend bei der technischen Umsetzung der ganzen Sache!«

Rüdiger rieb sich merklich besser gelaunt die Hände. »Das wird ein Spaß! Ich bin zwar noch nicht ganz fit, aber ich kriege das hin. Elli, kommst du mit in die Stadt, um alles Nötige zu besorgen?«

Seine Freundin nickte lächelnd.

»Und eine neue Sonnencreme kaufe ich mir dann auch gleich. Wirklich blöd, gegen so etwas allergisch zu sein!«, stöhnte Rüdiger.

Inas Gesicht nahm erneut einen nachdenklichen Ausdruck an. Dann schüttelte sie den Kopf. »Kannst du bitte noch mal wiederholen, was genau der Arzt zu dir gesagt hat? Irgendetwas gefällt mir daran nicht.«

Rüdiger zuckte mit den Schultern und bemühte sich, die Unterhaltung so wörtlich wie möglich nochmals wiederzugeben. Elli half ihm dabei.

»Ein Ausschlag zwei Tage später ist doch absurd. Hast du die Sonnencreme zuvor schon mal benutzt?«

»Glaube ich nicht. Sonja hat immer eine aus der Apotheke besorgt, die war aber leer. Also habe ich für die Reise die erstbeste im Supermarkt gekauft. Der Arzt könnte daher schon recht haben.«

Ina war damit nicht zufrieden und schüttelte langsam den Kopf. »Das passt nicht zusammen. Und der Schiffsarzt hat sich eurer Erzählung nach auch noch merkwürdig benommen. Gero, was meinst du dazu?«

»Glaubst du, er verheimlicht uns etwas?«, wollte Elli wissen und machte ein entsetztes Gesicht. »Ist Rüdiger doch schlimmer krank? Oder hat er Rüdiger womöglich etwas Falsches verabreicht und will das nun verschleiern?«

»Vielleicht«, meinte Gero, der bislang geschwiegen hatte, und sah sie alle ernst an. »Ihr mögt mich für verrückt halten, aber fällt euch was auf? Der weiße Kleinlaster in Casablanca kam von einer Pharmafirma und hat Kliniken beliefert. Und er hat eine Warenladung bei uns an Bord gelassen.«

»Meinst du, er hat falsche Medikamente geliefert?« Elli schlug unwillkürlich die Hand vor den Mund.

Rüdiger schaltete schnell. »Auf der Palette, die wir auseinandergenommen haben, haben wir nichts dergleichen gefunden, Elli. Der Wein kann es auch nicht sein. Ich habe seit Casablanca gar keinen getrunken, geschweige denn diesen teuren.«

»Das Aloe-vera-Wasser!«, platzte Ina heraus und Gero nickte. »Auf der Palette waren unter anderem diese Wasserflaschen, die ihr in euren Kabinen habt. Kann es da eventuell einen Zusammenhang geben?«

»Ich kapiere überhaupt nichts«, sagte Elli zerknirscht.

»Sehr gut!«, erwiderte Gero, bezog sich damit aber offensichtlich auf Ina. »In diesem Gesundheitswasser könnte irgendeine Substanz drin sein, die Rüdigers Ausschlag hervorgerufen hat. Wie viel habt ihr davon getrunken?«

»Ich gar nichts, weil Rüdiger gestern Abend vor lauter Aufregung beide Flaschen geleert hat.« Elli schaute Rüdiger fragend an.

»Ich hatte heute noch mal eine im Park. Aber was soll das heißen?«

»Mann, begreift ihr denn nicht?«, schrie Ina fast. »Das neue Wasser kam gestern Vormittag an Bord und konnte also schon bei zwei Zimmerreinigungen auf die Kabinen verteilt werden. Rüdiger hat drei Flaschen davon getrunken und ist krank geworden. Da gibt es vielleicht einen Zusammenhang. Habt ihr zufällig noch eine Flasche auf der Kabine? Ich würde sie zu gern mit der vergleichen, die ich gestern von der Palette genommen habe.« Sie erhob sich.

Rüdiger nickte. »Ich hole sie.«

»Dann bringe ich auch die aus meiner Kabine«, sagte Gero.

Damit waren alle drei aufgestanden und davongestürmt.

Elli blickte ihnen verwirrt nach und widmete sich dann ihrem Mangosorbet, während sie auf die Rückkehr ihrer Freunde wartete.

Als sie kurz darauf wieder beisammensaßen, begann Gero die Untersuchung damit, die drei Flaschen zu beschriften, damit sie sie auseinanderhalten konnten.

»Also, ich sehe keinen Unterschied«, meinte Elli nach einem prüfenden Blick zweifelnd. »Steht doch überall ›Aloe-vera-Wasser‹ drauf … Außerdem kann ich das einfach nicht glauben. Warum sollte *MittelmeerTours* daran herummanipulieren?«

Gero schüttelte bestimmt den Kopf. »Schaut genauer hin!«

Keiner sagte etwas.

»Fällt euch denn nichts auf?«, fragte er angespannt. »Die Farben der Etiketten! Auf Inas Flasche sind sie ein bisschen blasser.«

»Na und, das wird eine andere Charge sein«, kommentierte Rüdiger.

»Aber nein!« Gero deutete auf den Farbverlauf im Hintergrund des Logos. »Dieses Etikett ist eindeutig kopiert! Und hier, der Flaschenhals ist auch ein klein wenig anders.«

Rüdiger nahm eine Flasche in jede Hand und hielt sie schräg gegen das Licht. Dann hellte sich seine Miene auf. »Ich glaube, du hast recht. Das Label auf deinem Aloe-vera-Wasser, Ina, ist tatsächlich kein Originaldruck.«

»Bingo!«, rief Gero, offenbar erleichtert darüber, dass er nicht mehr der Einzige war, der den Unterschied erkannte.

»Aber das beweist doch noch gar nichts.« Ina war nicht überzeugt. »Rüdigers Flasche schaut genauso aus wie Geros. Nur meine ist anders.«

Elli war wie immer pragmatisch. »Es gibt für das Ganze mit Sicherheit eine einfache Erklärung. Wir sollten zum Arzt oder zu diesem Lagerchef gehen und sie fragen.«

»Bist du von allen …« Gero stieß fassungslos die Luft aus und schüttelte vehement den Kopf. »Nein, keine gute Idee. Wer weiß, wer dahintersteckt. Vielleicht haben wir hier eine heimliche Lieferung von falschem Gesundheitswasser aufgedeckt.«

»Aber wozu?«, fragte Rüdiger. Dann wurde ihm mit einem Mal die ganze Tragweite bewusst. »Die haben das Wasser doch nicht etwa vergiftet?«

»Ein Terroranschlag?« Elli hatte die Augen weit aufgerissen und atmete heftig. »Wir müssen sofort zum Kapitän!«, beharrte sie.

»Nein, das glaube ich nicht. Warum sollte man ein Gift in so geringer Dosis geben, dass es nur einen Ausschlag hervorruft?«, sinnierte Gero.

»Vielleicht soll die Reederei erpresst werden?« Elli war völlig aufgelöst. »Die Verbrecher vergiften die Passagiere und lassen sich dann das Gegenmittel teuer bezahlen.«

Rüdiger zitterte leicht. »Und wenn keiner blecht, sterbe ich?«

»Das glaube ich nicht«, meinte Ina sanft und legte Rüdiger beruhigend die Hand auf den Arm.

»Leute, das kann auch alles gar nicht sein!« Elli tippte sich wie nach einer plötzlichen Eingebung an die Stirn und wies erleichtert lachend auf die drei Flaschen. »Rüdiger und ich haben das falsche Wasser ja gar nicht bekommen. Nur Inas Flasche ist nachgemacht!«

Einen Moment schien die Zeit wie eingefroren.

Dann meldete sich Rüdiger leise zu Wort. »Vielleicht doch. Erinnerst du dich an den Reinigungsmann, der aus unserer Kabine gekommen ist, Elli? Wir hatten bisher immer eine Frau. Just nachdem wir beim Arzt waren, ist aber plötzlich ein Mann bei uns gewesen.«

»Und?«, fragte Elli verständnislos.

»Der könnte die Flaschen wieder zurückgetauscht haben.«

»Meinst du?«

»Klar. Nachdem Sawitzky mir die Tabletten gegeben hatte, sollte ich mich doch extra noch im Behandlungsraum hinlegen. Und er ist in der Zwischenzeit nach draußen gegangen.«

»Das Ausruhen wäre vermutlich nicht nötig gewesen«, flüsterte Elli mit fassungslosem Gesichtsausdruck.

»Eben! In der Zeit hat er bestimmt das Aloe-vera-Wasser austauschen lassen. Für den Fall, dass jemand anfängt, nachzuforschen …«

»Ohne eine der alten Flaschen aus eurer Kabine haben wir aber keinen Beweis«, meinte Ina zerknirscht.

Eine Weile herrschte frustriertes Schweigen.

Dann fuhr Elli plötzlich auf. »Mensch, wir haben doch eine! Das habe ich ja ganz vergessen!« Sie kramte in ihrer Handtasche, als ob sie keinen Boden hätte. Dann zog sie triumphierend eine weitere der kleinen Flaschen hervor. Unvermittelt wandte sich Elli an Rüdiger. »Es tut mir so leid, dass ich sie dir vorher noch zu trinken gegeben habe, aber ich habe ja nicht gewusst, dass …«

Rüdiger schüttelte tapfer den Kopf, brachte aber kein Wort heraus. Gero nahm Elli pragmatisch die Flasche ab und hielt sie neben jener von Ina ins Licht. Jeder von ihnen konnte zweifelsfrei erkennen, dass beide mit kopierten Etiketten versehen waren.

»Scheiße!«, entfuhr es Rüdiger. »Und ich bin bestimmt nicht der Einzige, der von dem Zeug getrunken hat. Da war zum Beispiel noch eine Frau auf der Krankenstation, die auch über einen Ausschlag geklagt hat. Und … dann ist da noch Schlüter.« Er schluckte und wurde blass. »Vielleicht ist auch er vergiftet worden. Und er hat es nicht überlebt.«

Totenstille.

»Das sind alles nur Spekulationen«, fand Ina kurz darauf als Erste die Sprache wieder. »Doch wir müssen dich und das Wasser dringend untersuchen lassen Denn wir brauchen Laborergebnisse, um zu wissen, was da läuft. Viele Möglichkeiten haben wir nicht. Wir könnten dich entweder hier in ein Krankenhaus bringen oder dich sofort nach Deutschland ausfliegen, aber das wäre sehr kompliziert. Ich hätte da allerdings noch eine andere Idee. Lasst mich ein paar Telefonate führen.«

»Gut. In der Zwischenzeit werde ich mich um Hassan kümmern. Vielleicht bekommen wir dann schon erste Antworten.« Gero nickte Rüdiger aufmunternd zu.

»Na schön, dann gehen wir jetzt wohl besser einkaufen, Elli. In der Stadt sollte es alles geben, was ich brauche. Anschließend kann ich unser kleines Spielzeug im Park zusammenbauen. Das wird mich wenigstens ablenken«, murmelte Rüdiger resigniert.

»Wir finden heraus, was hier gespielt wird«, erklärte Ina kämpferisch. »Wir lassen dich nicht hängen, Kwalle, das weißt du. ›V.I.E.R. für alle Fälle.‹ Wir halten immer zusammen!«

4

Teil eins ihres Plans begann bei einem Umtrunk zum Geburtstag des Sicherheitschefs, der um sechzehn Uhr in der Crewmesse stattfand. Er bekam einen Gutschein für einen Fallschirmsprung.

Damit fand Ina auch heraus, wofür der Umschlag war, den Malte Grieswald gegeben hatte: Die Besatzung hatte Geld für das Geschenk eingesammelt.

Manchmal waren die Dinge wirklich banal.

Auch Grieswalds Zimmernachbar war anwesend und Ina schob sich unauffällig näher an ihn heran.

Als der offizielle Teil vorbei war, tippte sie dem Lagerarbeiter auf die Schulter. »Hey, bist du Hassan?«, sprach sie ihn auf Englisch an. »Ich bin Ina. Vorhin war ich an Land, weil ich mir Postkarten gekauft habe. Da ist ein kleiner Mann mit dunklen Haaren, Ohrring und Baseballcap zu mir gekommen und hat mich gefragt, ob ich einen Hassan hier an Bord kenne. Ich solle dir ausrichten, dass etwas mit der Ware nicht in Ordnung sei. Du sollst ihn um siebzehn Uhr am *Monumento a las Cortes* in Cádiz treffen. Kennst du den Typen?«

Hassan hatte die Augen aufgerissen und war eine Spur blasser um die Nase geworden. Er nickte und machte sich schleunigst davon.

Ina grinste und schrieb: *Der Fisch hat den Köder gefressen.*

Gero hatte es sich auf einer Bank im großen Park vor dem Schiffsanlegeplatz gemütlich gemacht. Sie stand etwas im Schatten und er hatte den vereinbarten Treffpunkt mit Hassan von dort aus gut im Blick. Elli hatte seine Maskierung als spanischer Hintermann für die *Galieri*-Auktion übernommen und Gero fand das Outfit ausgesprochen gelungen: Den Hut hatte er sich tief ins Gesicht gezogen. Außerdem hatte Elli ihm einen sehr passenden Moustache von ihrem Einkaufsbummel mitgebracht. Dazu trug V.I.E.R. 1 seine beste Hose und blank geputzte Schuhe, die ihm den Anschein eines einflussreichen Mannes geben sollten.

Hassan kam sogar fünf Minuten zu früh. Gero sah ihn schon von Weitem im Laufschritt heraneilen und musste grinsen. Der Kleine hatte wohl die Hosen voll. Wenn der wüsste, was ihn hier erwartete! Gero ließ ihn ein paar Minuten zappeln und beobachtete, wie Hassan sich unsicher umsah. Kurz nach siebzehn Uhr pfiff Gero schließlich laut durch die Finger und bedeutete dem irritierten Lagerarbeiter mit einer Kopfbewegung, die keinen Widerspruch duldete, sich neben ihn auf die Bank zu setzen.

Hassan kam zögerlich angedackelt. »Wer sind Sie? Wo ist Jorge?«, fragte er argwöhnisch auf Englisch.

Damit hatte Gero schon den Namen des Mopedkuriers erhalten. »Du kannst mich Raúl nennen«, gab er seinerseits barsch in holperigem Englisch mit spanischem Akzent zurück. Dann sprach er in einem unangenehm sanften Ton weiter. »Setz dich doch zu mir, Hassan, wir zwei müssen uns einmal unterhalten.« Gero merkte an Hassans hüpfendem Adamsapfel, dass der Lagerarbeiter heftig schluckte. »Jorge hat mir heute Morgen neue Ware gebracht. Aber es waren nur fünf Skulpturen, Hassan, nur fünf!«

Der andere wollte etwas entgegnen, doch Gero ließ ihn erst gar nicht zu Wort kommen.

»Jorge hat mir erzählt, dass das alles war, was er von dir bekommen hätte. Nun habe ich aber ein Problem. Ich habe mehr bestellt und meine Kunden warten nicht gerne.«

»Es waren elf«, stieß Hassan hervor, »elf!«

»Tja, dann steht jetzt wohl dein Wort gegen seines. Wem soll ich nun glauben?« Geros Stimme war immer noch sanft und entsprach so gar nicht der Spannung, die in der Luft lag. »Weißt du, Hassan, du bist eine kleine Ratte. Du bist ein Nichts, ein Bote. Und selbst das bekommst du nicht hin! Dabei musst du nichts anderes machen, als die Ware aus der Palette zu holen und unserem gemeinsamen Kontaktmann zu übergeben. Mehr nicht. Was weißt du überhaupt von ihm? Hast du dich jemals mit ihm beschäftigt?«

»Mit Jorge?«, fragte Hassan ängstlich. »Nein, ich meine, warum … Er ist halt Jorge, mehr weiß ich nicht von ihm!«

»Er hat dir nicht mal seinen vollen Namen verraten?«, entgegnete Gero von oben herab.

»Nein, nur Jorge«, beteuerte Hassan.

Gero wurde ungeduldig. »Und weißt du, wo er wohnt? Was er sonst für Geschäfte macht?«

»Nein, ich glaube, er lebt hier in Cádiz, aber sicher bin ich mir nicht. Ich wurde immer nur dafür bezahlt, ihm die Ware zu übergeben. Ehrlich!«

»Siehst du, Hassan, das ist genau das Problem. Du arbeitest mit Leuten zusammen, von denen du nichts weißt. Und jetzt steckst du in der Patsche, weil Jorge sagt, dass er von dir nur fünf statt elf Statuen bekommen hat. Wem soll ich nun glauben?«

»Mir natürlich«, antwortete der Mann, aber es klang wenig selbstbewusst.

»So? Hast du denn vielleicht einen Zeugen an Bord, der deine Version unterstützt? Hat irgendjemand außer dir die Ware gesehen?«

»Nein«, antwortete Hassan kleinlaut und senkte den Kopf.

Jetzt wurde Gero wütend. »Raus damit, Bürschchen. Wer an Bord ist mit von der Partie?«

Hassan zuckte zusammen und stotterte: »Nur ich ... und ... Gunter, mein Kabinengenosse. Ehrenwort! Eigentlich läuft das Ganze immer gleich ab: Ich bekomme irgendwann eine SMS, wie viel Teile angeliefert werden, und baue sie etwas später aus der Palette aus. Dann übergebe ich sie hier in Cádiz an Jorge.«

»Soso, und Gunter hat die Ware auch nicht gesehen?«

»Nein, nein.« Hassan schüttelte heftig den Kopf. »Der soll nur Leute anlocken, die dann bei *Galieri* kaufen.«

Im selben Moment riss er entsetzt die Augen auf und schlug sich auf den Mund. Offenbar hätte er den Namen nicht sagen sollen.

»Ja, ja, die *Galieri.* Hast du schon mal direkt mit ihr Kontakt gehabt?« Gero ging dieses Risiko bewusst ein, weil er nach Hassans letzter Aussage den Verdacht hatte, dass *Galieri* nicht nur der Name einer Online-Auktion war, sondern eine Person.

Hassan wurde aschfahl. »Nein, natürlich nicht, ich bin doch nur ihr Bote!«

Hassans Reaktion bestätigte Geros Vermutung. Wieder eine Information mehr.

»Mit wem arbeitest du in Casablanca zusammen?«, bohrte

er weiter und funkelte den zusammengesunkenen Mann böse an.

Hassan blickte sich unruhig um. Gero hatte das Gefühl, dass er jeden Moment aufspringen und davonlaufen würde.

Es war Zeit, den Joker zu ziehen.

Er seufzte tief, nahm die zusammengefaltete Zeitung, die neben ihm lag, und hielt sie nach vorn ausgestreckt in die Luft. »Weißt du, Hassan, du solltest wirklich mit mir zusammenarbeiten. Die *Galieri* mag es gar nicht, wenn sie nicht bekommt, was sie kriegen sollte. Das ist ein Problem – und sie wird Probleme gerne schnell los.«

In diesem Moment ertönte ein dumpfer Knall und in dem Zeitungsbündel war plötzlich ein kleines Loch von der Größe einer Erbse. Hassan unterdrückte einen Schrei.

Gero hielt ihm die Zeitung deutlich unter die Nase. »Ein Freund von mir hat dich im Visier. Wenn du nicht tust, was ich sage, wird der nächste Schuss dich treffen. Haben wir uns verstanden?«

Hassan schluckte erneut und blickte sich gehetzt um. Dann sprudelte es aus ihm heraus: »Achmed besorgt die Statuen. Er hat auch den Deal mit *Galieri* eingefädelt. Irgendwann hat er mich mal am Pier abgepasst und mir gutes Geld angeboten, wenn ich die Ware hier bei Jorge abliefere. Mehr weiß ich wirklich nicht, das müssen Sie mir glauben! Ich gebe Ihnen Achmeds Nummer, aber bitte, bitte sagen Sie ihm nicht, dass Sie sie von mir haben.« Er kramte mit zitternden Fingern sein Handy heraus, tippte nervös darauf herum und hielt es Gero hin.

Der fotografierte mit sichtlicher Gemütsruhe das Display des Telefons ab und war mit einem Mal die Freundlichkeit in Person. »Weißt du was, Hassan? Vielleicht glaube ich dir. Vielleicht hat mich das Schlitzohr Jorge über den Tisch gezogen. Ich habe ihm ehrlich gesagt noch nie getraut.«

Sein Gegenüber war offensichtlich einem Nervenzusammenbruch nahe. Geros plötzlicher Gefühlswechsel schien ihn völlig aus der Fassung zu bringen. Er reagierte überhaupt nicht, sondern saß nur starr da. »Kann … ich dann … jetzt gehen?«, brachte er wenig später mühsam heraus.

Gero nahm sich eine Zigarre aus der Innenseite seines Sakkos, knipste fein säuberlich das Ende ab und steckte sie sich in den Mundwinkel. »Nein! Da wäre noch eine Kleinigkeit.«

»Und was?«, fiepte Hassan panisch. Schweiß tropfte ihm von der Stirn in die Augen und er blinzelte.

»Bei der letzten Fahrt war ein Freund von mir an Bord, der kurz nach seiner Rückkehr auf eigenartige Weise verstorben ist. Jetzt wüsste ich natürlich gern, ob du da auch deine Finger im Spiel hast.« Bevor Hassan einen Herzinfarkt bekommen konnte, fuhr er fort: »Ich weiß, dass auf der Palette, in der das Elfenbein steckt, auch Wasser transportiert wird. In diesem Wasser ist etwas drin, was Menschen krank machen und sogar töten kann.« Die ganze Zeit über hatte Gero teilnahmslos in den Himmel gestarrt. Jetzt blickte er Hassan direkt an. »Was hast du damit zu tun?«

»Nichts! Gar nichts! Ich weiß überhaupt nicht, wovon Sie sprechen!«, schrie Hassan angsterfüllt.

Gero glaubte ihm. Er hatte den armen Mann inzwischen so weit eingeschüchtert, dass der ihm vermutlich auch ohne jede Gegenwehr die PIN seiner Kreditkarte gesagt hätte. Also blickte er den Lagerarbeiter milde an und nickte. »Gut«, sagte er gönnerhaft, »in dem Punkt will ich dir glauben. Trotzdem kannst du etwas für mich tun. Das würde mir endgültig beweisen, dass du es ehrlich meinst!«

Hassan horchte auf.

»Kannst du einen Generalschlüssel für die Kabinen der *Aurora* besorgen?«

Hassan zögerte kurz, nickt dann aber.

»Hervorragend, morgen früh wird dich jemand danach fragen. Dann wäre es besser für dich, wenn du einen hast.«

Hassan schluckte schwer.

»Und jetzt verschwinde, ich möchte dich nicht mehr sehen!«

Der andere verbeugte sich ungelenk, nahm dann seine Beine in die Hand und rannte davon.

5

»Sa-gen-haft!«, rief Ina. »Du warst einfach spitze! Wir konnten über die Wanze in deiner Brusttasche alles mithören.«

Sie saßen beim Abendessen zusammen.

Gero winkte ab, schmunzelte aber dabei. »Rüdigers Kunststück mit dem kleinen Sprengsatz in der Zeitung war aber auch nicht schlecht. Ich musste tatsächlich nur die beiden Kontakte zusammendrücken, dann ist das Ding auch schon losgegangen.«

»War gar nicht so leicht, die Einzelteile dafür in Cádiz aufzutreiben.« Rüdiger strahlte.

»Die Aktion hat Hassan einen Heidenschreck eingejagt.« Gero gluckste.

»Und wir haben eine ganze Menge herausgefunden. Mir ist nur noch nicht so ganz klar, was das Elfenbein mit dem Gesundheitswasser zu tun hat.« Ina seufzte.

»Da sowohl das Elfenbein als auch das Aloe-vera-Wasser auf einer gemeinsamen Palette geliefert werden, ist meiner Ansicht nach *Al Générique* der Dreh- und Angelpunkt«, meinte Gero. »Außer der Lieferwagen hat die Ware von irgendjemand anderem abgeholt, den wir bislang noch gar nicht auf dem Schirm haben. Aber das glaube ich nicht. Ich bleibe bei der Hypothese: Elfenbein und Gesundheitswasser werden bei der Pharmafirma auf die Palette geladen, auch wenn mir nicht klar ist, was das eine mit dem anderen zu tun hat. Vermutlich finden wir bei *Al Générique* aber diesen Achmed. Der könnte uns wahrscheinlich weiterhelfen.«

»Ruf ihn an, seine Nummer hast du ja jetzt.« Elli gestikulierte mit einem Stück Brokkoli auf ihrer Gabel.

»Noch nicht. Wir wollen keine schlafenden Hunde wecken. Erst müssen wir wissen, was in dem Wasser – und in Rüdiger – ist.« Ina nippte an ihrem Wein. »Ich habe ein wenig herumtelefoniert. Ein Freund hat mir einen Arzt vermittelt, der im Krankenhaus von Granada arbeitet. Das ist knapp zwei Autostunden von unserem nächsten Hafen Málaga entfernt. Der Doktor ist meinem Bekannten wohl noch einen Gefallen schuldig und würde sich Rüdiger anschauen, ohne uns durch unangenehme Fragen in Erklärungsnot zu bringen. Zudem gibt es dort vor Ort auch ein Labor, das das Wasser untersuchen könnte.«

»Die Alhambra ist in Granada! Die wollte ich schon immer mal sehen.« Elli schnappte aufgeregt nach Luft. »Sie steht schon so lange auf meiner Sternenliste! Schade, dass wir immer nur Verbrecher jagen und für die Sehenswürdigkeiten kaum Zeit haben«, fügte sie dann bedrückt hinzu.

»Sie steht wo?«, platzte Gero heraus.

»Ich habe vor vielen Jahren eine Liste begonnen«, antwortete Elli etwas verschämt. »Eine Liste mit all den Dingen, die ich noch erleben möchte. Manche Leute nennen das auch ›Löffelliste‹, weil es dabei um lauter Sachen geht, die man macht, bevor man irgendwann den Löffel abgibt.« Sie schüttelte missmutig den Kopf. »Mir gefällt ›Sternenliste‹ viel besser. Als würde ich nachts draußen in den Himmel schauen und mir ausmalen, was das Universum noch Schönes für mich bereithält.« Sie blickte verklärt durch die Panoramafenster in den noch jungen Nachthimmel.

»Warum sollte das eigentlich nicht klappen?«, entgegnete Ina zunächst langsam, dann aber immer euphorischer. »Mach doch einfach mit Rüdiger zusammen den von *MittelmeerTours* angebotenen Ausflug zur Alhambra. Was die Fahrzeit anbelangt, geht das fast genauso schnell wie mit dem Taxi und ist zudem weniger auffällig. In Granada setzt sich Rüdiger dann ab und besucht Dr. Victor Lopez Ramoz.« Sie sprach den Namen aus, als würde sie einen berühmten Torero ankündigen. »Während der ihn untersucht, kannst du die maurische Burg und die wunderbaren Gärten besichtigen. Anschließend fahrt ihr mit dem Bus wieder zusammen hierher. Damit hätten wir zwei Fliegen mit einer Klappe geschlagen. Rüdiger muss nicht alleine unterwegs sein und du kannst Sightseeing machen, während er im Krankenhaus in guten Händen ist.«

Elli strahlte wie ein Honigkuchenpferd angesichts der unverhofften Chance. Rüdiger hatte angesichts dieser Freude keine andere Wahl, als dieser Idee zuzustimmen.

»Und für uns hast du schon einen anderen Plan?«, fragte Gero neugierig.

»Worauf du wetten kannst. Wir beide müssen weitere Beweise für die Gesundheitswasseraffäre sammeln!« Ina fuhr mit der Hand durch die Luft, als würde sie die nächste Schlagzeile an die Wand malen. »Es gibt doch sicher Aufzeichnungen, wer an Bord das falsche Wasser bekommen hat.«

»Und deine Japaner?«, hakte Elli nach.

»Alles schon arrangiert. Seit Casablanca stimmt der Familienvater meinen Vorschlägen grundsätzlich ohne jede Widerrede zu. Für die weite Strecke nach Granada würden sie sowieso in einem der großen Busse mitfahren. Und in der Alhambra bekommen sie diesmal eine japanische Führerin.«

Gero schürzte die Lippen. »Alles schön und gut, aber wie

willst du mehr über die Konsumenten des Aloe-vera-Wassers herausfinden? In die Krankenstation einbrechen?«

»Nicht nur da«, rief Ina fröhlich und schlug ihre Gabel in das Tofusteak vor sich.

Tag 5: Málaga/Granada

1

Rüdiger schreckte hoch und starrte für einen Moment mit weit aufgerissenen Augen in die Dunkelheit. Schon wieder ein Albtraum! Er atmete tief ein und wischte sich den Schweiß von der Stirn. Langsam und mit pochendem Herzen legte er sich wieder in seine Kissen zurück. Silbernes Mondlicht fiel durch das Fenster und tauchte die Kabine in schemenhaftes Halbdunkel. Die bösen Gedanken, die ihn schon am Einschlafen gehindert hatten, holten ihn jetzt gnadenlos wieder ein.

Er hatte keine Zweifel, dass sie mit ihrer Theorie hinsichtlich des manipulierten Wassers richtiglagen. Aber was bedeutete das nun? War Schlüter wirklich daran gestorben? War auch er selbst in Gefahr?

Rüdiger hatte Angst. Sonja hätte ihn jetzt mit den richtigen Worten zu beruhigen gewusst. Er vermisste sie schmerzhaft. Sollte er seinen Töchtern Bescheid geben? Er hatte ihnen jeden Tag Fotos geschickt und sie waren sehr begeistert, dass er all die schönen Orte besuchte. Von seinem eigentlichen Abenteuer an Bord der *Aurora* ahnten sie jedoch nichts, darüber hatte er kein einziges Wort verlauten lassen.

Wie gern hätte er jetzt mit Elli geredet! Doch die schnarchte leise vor sich hin und er wollte sie nicht wecken. Sie war vollkommen erschöpft ins Bett gefallen, die Aufregung der letzten Tage hatten ihr mehr zugesetzt, als sie zugeben wollte.

Sie waren schon eine verrückte Truppe. Und was für außergewöhnliche Freunde! Gemeinsam würden V.I.E.R. die Machenschaften hier an Bord aufklären und wenn er erst einmal wusste, was ihm verabreicht worden war, würde sich auch dafür eine Lösung finden.

Dieser Gedanke tröstete ihn. Kurze Zeit später war er wieder eingeschlafen.

Am nächsten Morgen ging es ihm bedeutend besser. Der Ausschlag war zurückgegangen und juckte kaum noch. Rüdiger hatte beim Frühstück sogar etwas Appetit und aß ein Brot mit Honig. Elli entschied, dass das bis zum Mittagessen keinesfalls genug sein würde, und steckte heimlich ein Salamibrot und eine Banane für ihn in ihre Tasche. Außerdem hatte sie jeweils eine der unverdächtigen und der verdächtigen Gesundheitswasserflaschen dabei.

Pünktlich um 9:30 Uhr startete der Bus zu der gut zweistündigen Fahrt nach Granada. Diesmal umgab die *Aurora* kein Industriehafen, wie Elli erfreut feststellte, sondern eine Anlegestelle für Kreuzfahrtschiffe. Sie hatten einen wunderbaren Blick über Málaga, das mit einem Fußmarsch erreichbar gewesen wäre. Die Reiseleiterin Maria erklärte ihnen zunächst begeistert die Highlights der Stadt, in der es nur zwei Jahreszeiten gab – Frühjahr und Sommer – und deren ursprünglicher Name *Malaka* phönizischen Ursprungs war und ›Schönheit‹ oder ›Göttin‹ hieß. Sie passierten das ehemalige Hauptpostamt, das jetzt das Rektorat der Uni beheimatete, die Kathedrale, die trotz einer Bauzeit von zweihundertfünfundzwanzig Jahren nur einen Turm besaß und deshalb bis heute ›die Einarmige‹ genannt wurde, und eine Markthalle mit wunderschönen bunten Bleiglasfenstern, die den Passagieren ein entzücktes Raunen entlockte.

Eine halbe Stunde später fuhren sie durch eine grüne Hügellandschaft und machten dort eine kurze Pause. Es roch herrlich nach Oliven, die hier trotz der kargen Böden prächtig neben den Mandelhainen gediehen.

In Granada angekommen, fuhren sie zufällig an der Klinik vorbei. Elli stupste Rüdiger an. Der schnitt eine Grimasse. Er hasste Krankenhäuser, spätestens seitdem Sonja dort so lange Zeit hatte verbringen müssen. Nach ihrem Tod hatte er sich geschworen, nie wieder eines zu betreten.

Wenig später hielten sie planmäßig an einem Aussichtspunkt, von dem aus sie den ersten Blick auf die Alhambra genießen konnten. Ein Gitarrenspieler bot spanische Folklore dar und wartete auf den einen oder anderen Euro.

»Du weißt, was zu tun ist?«, raunte Elli.

Rüdiger nickte schicksalsergeben und zog etwas widerwillig die Tüte mit der halben Zwiebel aus dem Rucksack, die ihm Ina morgens gegeben hatte. Dann drehte er sich so, dass ihn keiner sehen konnte, und hielt den offenen Beutel vors Gesicht.

»Entschuldigung, Maria!«, wandte sich Elli wenig später aufgeregt an die Reiseleiterin. »Meinem Mann geht es nicht gut.« Sie trat einen Schritt beiseite und gab den Blick auf Rüdiger frei.

Maria erschrak, als sie Rüdigers tränende rote Augen und die triefende Nase sah.

»Er hat heute Morgen am Büfett versehentlich Meeresfrüchte gegessen, dabei ist er gegen die doch allergisch! Ich habe ihm gesagt, dass wir noch zum Schiffsarzt gehen sollten, aber mein Gatte wollte natürlich nicht. Jetzt haben wir den Schlamassel.« Sie warf Rüdiger einen finsteren Blick zu. »Maria, ich muss ihn ins Krankenhaus bringen. Sind wir nicht gerade an einer Klinik vorbeigefahren?«

»Ich darf Sie nicht alleine lassen«, überlegte Maria sichtlich verunsichert. »Die Gruppe muss zusammenbleiben.«

»Aber mein Mann benötigt dringend einen Arzt, Maria«,

beharrte Elli besorgt. »Wir brauchen nur mit einem der Taxis dort drüben einen Abstecher ins Krankenhaus machen. Wenn er behandelt worden ist, kommen wir einfach nach. Die Alhambra wird ja wohl zu finden sein. Wir brauchen bestimmt nicht länger als eine halbe Stunde.«

Die Reiseleiterin haderte sichtlich. Doch als Rüdiger herzzerreißende Rotz- und Würgegeräusche von sich gab, willigte sie schließlich ein.

Wenig später saßen Elli und Rüdiger in einem Taxi auf dem Weg zu ihrem vereinbarten Termin mit Dr. Ramoz.

Sind unterwegs in die Klinik. Druckt mir die Daumen!

Ina und Gero wollten warten, bis die Touren nach Málaga, Granada und Gibraltar unterwegs waren und es somit an Bord wieder etwas ruhiger wurde.

Gero hatte den Vormittag damit verbracht, Schackeline ausfindig zu machen. Er hätte sich im Leben nicht träumen lassen, dass er sie einmal freiwillig suchen würde. Sie bekam große Augen, als er ihr in groben Zügen den Verdacht von V.I.E.R. hinsichtlich des Aloe-vera-Wassers erläuterte und ihren Plan, mit dem sie der Sache auf den Grund gehen wollten. Es dauerte eine ganze Weile, aber als er ihr einen Gutschein für den Spa-Bereich versprach, willigte Schackeline schließlich ein. Sie würde auch ihren Freund zum Mitmachen überreden. Nun konnte Gero ihr endlich ausführlich erklären, was sie zu tun hatten. Er ließ nicht locker, bis sie den gesamten Ablauf fehlerfrei wiederholen konnte.

Wenig später bekam er einen Anruf von seinem Neffen Bernd, den er noch am Vorabend um einen Gefallen gebeten hatte. »Onkel Gero, was du von mir verlangst, wird nicht einfach sein.«

»Ist mir schon klar, aber ich muss wissen, ob Schlüter obduziert worden ist. Wenn ja, brauche ich den Bericht.«

»Sag mal, was genau geht da an Bord vor? Mischt ihr euch in Polizeiangelegenheiten ein?«

Gero grinste. Wie in alten Zeiten. Schon früher waren V.I.E.R. für ihre Aktionen regelmäßig von der Polizei getadelt worden. Dabei hatten sie grundsätzlich nur solche Fälle übernommen, bei denen die Beamten nicht einschritten.

»Ich verspreche dir, dass du übernehmen darfst, sobald wir wissen, ob hier wirklich etwas faul ist. Vielleicht ist die ganze Sache ja auch nur ein Hirngespinst von einer gealterten Jugendbande. Im Moment ist alles noch recht vage.«

Er verschwieg, dass sie hinsichtlich des gefälschten Aloe-vera-Wassers schon recht konkrete Indizien hatten und es dabei auch internationale Verwicklungen geben würde. Er hatte sich bislang noch gar nicht überlegt, wie viele Länder eigentlich involviert waren: Marokko, Spanien, Deutschland ... und die *Galieri* saß vielleicht noch einmal ganz woanders.

Bernd war noch nicht überzeugt.

»Sieh mal«, versuchte Gero es erneut, »Schlüters Obduktionsbericht wäre ein kleines, aber wichtiges Puzzlestückchen. Du bist doch ein schlauer Kerl und weißt, wie man da herankommt.«

»O nein«, schmetterte Bernd ihn lachend ab. »Mit so einer Schleimerei hast du mich vielleicht früher ködern können. Aber die Zeiten sind vorbei!« Als Gero nichts weiter sagte, seufzte er und gab schließlich nach. »Okay, ich weiß, was ich dir zu verdanken habe, Onkel Gero. Ich kann dir den Obduktionsbericht nicht geben, aber ich werde Akteneinsicht beantragen. Und falls mir was Außergewöhnliches auffällt, können wir weiterreden. Aber dennoch erwarte ich eine vollständige Erklärung, wenn du wieder da bist! Und du wirst das Ganze der spanischen Polizei übergeben und nichts selbst unternehmen, sobald ihr Beweise habt, dass da wirklich was Krummes abläuft. Haben wir uns verstanden?«

»Aber natürlich!« Gero legte lächelnd auf. Er behielt sich vor, seine Zustimmung gegebenenfalls auf die Tonqualität des Gesprächs zu beziehen.

Ina hatte Hassan aufgelauert, um von ihm die Generalschlüsselkarte zu bekommen, mit der sie in Sawitzkys Kabine eindringen wollte. Hassan war von Geros Darbietung noch immer so eingeschüchtert, dass er bereitwillig half. Er hatte die Karte schon bei sich und murmelte etwas von guten Kontakten zu den Reinigungsmädchen an Bord.

Als Hassan wieder außer Sichtweite war, chattete sie mit Gero. *Herz Ass erhalten.*

Dessen Antwort kam prompt. *Ablenkung steht. Um 14 Uhr gehe ich los. Warte auf mein Signal.*

Als Nächstes galt es, noch mehr Beweise dafür zu finden, dass ein Teil der Aloe-vera-Getränke mit illegalen Substanzen versetzt war. Im Moment besaßen sie lediglich die eine gefälschte Wasserflasche aus Ellis Kabine. Und natürlich die, die Ina im Vorratsraum von der Palette genommen hatte.

Rüdiger hatte eine Frau erwähnt, die mit Ausschlag auf dem Rücken bei Dr. Sawitzky vorstellig geworden war. Und diese Dame wollte Ina jetzt aufspüren.

Sie sah auf die Uhr. Bis Gero seinen Plan umsetzte, blieb ihr noch genügend Zeit. Da sie auf der medizinischen Station bislang noch nicht bekannt war, standen die Chancen gut, dort etwas Relevantes herauszufinden.

Gero lächelte zufrieden, als er Rüdigers Nachricht las. Elli und er waren auf dem Weg ins Krankenhaus. Alles nach Plan!

Um herauszufinden, ob noch andere Gäste an Bord waren, die auf das Gesundheitswasser reagiert hatten, suchte er, einem spontanen Einfall folgend, kurzerhand den Tourguide Hannes auf.

Der saß gut gelaunt vor seinem Computer am Fahrradcounter. »Ah, der Gero, ehrlicher Finder unserer Räder! Ohne dich hätten wir gestern echt ein Problem gehabt.«

Wohl eher wegen mir und nicht ohne mich, schoss es Gero durch den Kopf. Er hatte natürlich nicht erwähnt, dass Elli, Rüdiger und er die Räder zunächst ›ausgeliehen‹ hatten, bevor er sie Hannes mit einer fadenscheinigen Ausrede wieder zurückgebracht hatte. Ohne noch einmal näher auf das Thema einzugehen, lächelte er dünn. »Gern geschehen, Hannes. Gut, dass ich dich treffe.«

»Willst du doch noch einen Ausflug mit uns machen? Heute Nachmittag machen wir eine kurze Tour durch Málaga.« Er beugte sich fast verschwörerisch zu Gero. »Für mich ist das Highlight aber morgen die Fahrt durch Valencia. Eine wunderschöne Stadt mit tollen Radwegen.«

Gero winkte ab. »Nein, ich habe ein anderes Anliegen.« Er zögerte noch einen Moment und wog ab, ob er Hannes wirklich von der Liste der Verdächtigen streichen sollte. Dann entschied er sich dafür. »Ein Freund von mir hat nach dem Ausflug gestern einen üblen Ausschlag bekommen und wir fragen uns jetzt natürlich, wo die Ursache dafür liegen könnte«, erklärte er leichthin und hoffte, möglichst arglos zu wirken. »Hast du vielleicht einen Gast mit ähnlichen Symptomen gehabt, vielleicht auf einer der Radtouren?«

Hannes überlegte. Dann hellte sich seine Miene auf. »Ja, da war tatsächlich einer. Der Markus. Der hatte ganz rote

Arme nach unserer Tour in Cádiz. Hat mir gestern erzählt, dass er deswegen extra beim Arzt war. Scheint wohl eine allergische Reaktion gewesen zu sein.«

Gero richtete sich auf. »Wäre es vielleicht möglich zu erfahren, auf welcher Kabine er ist? Ich wüsste gern, ob er etwas Ähnliches gegessen hat wie mein Kumpel.«

Hannes schüttelte den Kopf. »Nee, Gero. Wir dürfen unsere Kundendaten nicht rausgeben. Aber ich kann dir zumindest verraten, dass er hier fleißig am Fitnessprogramm teilnimmt. Warte …« Er klickte ein paarmal mit der Computermaus. »Ah, da haben wir es ja. Heute um zwölf ist *Flexibar.* Da hat er schon mehrmals mitgemacht. Vielleicht hast du Glück und triffst ihn.«

Gero sah auf die Uhr. Es war halb zwölf. Das würde zeitlich genau passen.

Er bedankte sich und stand auf. »Könntest du mir bitte ein Zeichen geben, wenn er kommt? Ich erkenne ihn ja sonst nicht.«

»Klar, mach ich, Gero. Setz dich doch einfach in unsere Leseecke und lass dich von unserer Fitnesslektüre inspirieren.« Hannes deutete auf einen Tisch mit Freizeitmagazinen.

Genau das tat Gero dann auch. Aber erst, nachdem er die verstreut liegenden Zeitschriften in zwei ordentliche Stapel sortiert hatte.

2

Um Viertel vor zwölf betrat Ina die Krankenstation. In der Hand hielt sie ihr Brillenetui. Selbstbewusst ging sie auf die Frau an der Rezeption zu.

»Hallo, ich bin Ina und Scout hier an Bord. Ich hoffe, du kannst mir helfen.« Dabei stützte sie sich leger mit den Ellenbogen auf den Tresen und blickte die Schwester mit einem entwaffnenden Lächeln an.

Die war sofort hilfsbereit. »Gerne, was brauchst du denn?«

Ina schüttelte das Etui in ihrer Hand und seufzte verzweifelt. »Damit renne ich nun schon seit gestern herum! Ich war an Deck und habe zufällig eine junge Frau gesehen, die sich gerade gesonnt hat.« Sie zog eine Grimasse. »Sie hatte einen merkwürdigen Ausschlag am Rücken. Ich habe sie darauf aufmerksam gemacht und sie ist sofort Richtung Krankenstation abgerauscht. Vor lauter Eile hat sie ihre Brille liegen lassen.« Sie hielt der Schwester das Etui unter die Nase. »Ich wollte ihr noch hinterhergehen, war aber sowieso schon spät dran für meinen Ausflug und habe es deswegen verschoben.«

Sie log, was das Zeug hielt, und hoffte, dass die andere die zeitlichen Abläufe nicht so genau hinterfragen würde. Doch die lauschte nur interessiert.

»Ich habe jetzt also das Etui, konnte die Dame aber bisher nicht aufspüren. Vielleicht kannst du mir sagen, wie sie heißt, sie muss irgendwann gestern Mittag bei euch gewesen sein.«

Die Schwester nickte aufmerksam. »Ich erinnere mich an sie.« Sie kniff die Lippen zusammen. »Aber den Namen darf ich dir leider trotzdem nicht sagen.«

»Na ja«, beschwichtigte Ina und versuchte, noch gewinnender zu klingen. »Das ist mir vollkommen klar. Aber ich muss der Frau irgendwie die Brille zurückbringen. Ist eine ziemlich teure von *Gucci.*« Sie hielt das Etui mit ihrer günstigen Optikerbrille ehrfurchtsvoll von sich weg.

Die Schwester schüttelte bedauernd den Kopf. »Tut mir leid, ich darf wirklich nicht.«

Ina sah ihre Felle davonschwimmen. Wenn der nächste Versuch nicht saß, hatte sie wohl verloren. »Wenigstens die

Kabinennummer? Ich verrate auch keiner Seele, dass ich sie von dir weiß«, sagte sie verschwörerisch.

Die Schwester gab sich schließlich einen Ruck und wandte sich ihrem Computer zu. »3206«, erklärte sie nach einem prüfenden Blick auf den Bildschirm. »Aber das bleibt bitte unter uns!«

Ina versicherte, dass sie die Nummer gleich wieder vergessen würde, bedankte sich und ging triumphierend davon.

Hannes gab Gero wie vereinbart ein Zeichen, als um kurz vor zwölf ein kräftig gebauter Mann den Fitnessbereich betrat. Gero nickte dankend und sprach den Neuankömmling an.

Wie sich herausstellte, war dessen Ausschlag nach einer Behandlung des Arztes mittlerweile deutlich zurückgegangen. Gero bohrte weiter nach, woraufhin sich der Mann zu einem gemeinsamen Gang auf seine Kabine überreden ließ.

»Diese Aloe-vera-Dinger standen ursprünglich auf dem Schreibtisch. Musste aber meinen Laptop da hinstellen. Eine Flasche hab ich ausgetrunken und die andere in den Schrank gepackt.« Er öffnete die Türen, dann zuckte er mit den Achseln. Von dem Getränk war keine Spur mehr vorhanden.

Gero kontrollierte vorsichtshalber den Mülleimer und bat den Mann, für alle Fälle auch noch in sämtlichen Schubladen nachzusehen. Als sie jedoch auch dort nirgends fündig wurden, verabschiedete er sich enttäuscht. Offensichtlich war das Dekontaminationskommando schneller gewesen. Hoffentlich hatte Ina mehr Glück.

Ina klopfte an Kabine 3206. Als keine Antwort kam, horchte sie angestrengt an der Tür und glaubte, einen schwachen Laut zu vernehmen. Sie drückte gegen die Klinke, aber natürlich ließ sich die Tür von außen nicht öffnen. Also klopfte sie erneut. »Zimmerservice!«

Nach einer Weile öffnete ihr eine kränklich aussehende Frau. »Was gibt es denn?« Ihre Stimme klang dünn, aber dennoch verärgert. »Ich habe doch gesagt, dass ich keinen Service wünsche. Hat Ihnen das keiner ausgerichtet?«

»Ich wollte nur nachsehen, ob Sie noch Aloe-vera-Wasser haben«, erwiderte Ina ungeniert.

»Was macht ihr nur für ein Theater deswegen?«, echauffierte sich die Frau. »Gestern wollte auch schon jemand meine Flaschen austauschen. Der Typ war unangenehm hartnäckig, aber ich habe ihn weggeschickt. Ich muss mich ausruhen.«

»Dann haben Sie die Getränke also noch?«, fragte Ina hoffnungsvoll.

»Ja, das scheußliche Zeug rühre ich bestimmt nicht noch einmal an.«

»Wenn Sie mir die Flasche geben, werde ich dafür sorgen, dass Sie künftig niemand mehr behelligt«, behauptete Ina dreist.

»Na, meinetwegen, wenn ich dann endlich meine Ruhe habe.« Die kranke Frau schlurfte in Mitleid erregendem Tempo zurück in die Kabine und angelte eine Flasche hinter dem Papierkorb hervor. »Bitte sehr. Und jetzt will ich nicht mehr gestört werden!« Die Tür schlug ins Schloss.

Aufgeregt drehte Ina die Flasche im Licht, bis sie sich sicher war, dass sie ein nachgemachtes Etikett trug. Ein Beweisstück mehr!

3

Elli und Rüdiger hatten das Krankenhaus gegen 11:30 Uhr erreicht. Der freundliche Spanier, der sie vom Eingang abgeholt hatte, führte sie durch verwinkelte Gänge in ein Sprechzimmer im Erdgeschoss. Er erklärte ihnen, dass Dr. Ramoz zu einem Notfall gerufen worden sei, es aber nicht lange dauern würde und sie hier warten sollten.

Zu Rüdigers Leidwesen verging fast eine halbe Stunde, bevor der Arzt das Zimmer betrat und sich für die Verspätung entschuldigte.

Die Untersuchung war schnell erledigt. Die Bläschen auf Rüdigers Haut waren deutlich zurückgegangen. Der Arzt gab ihm trotzdem noch eine Salbe mit, die er auf die betroffenen Stellen streichen konnte. Dann nahm er sowohl Elli als auch Rüdiger Blut ab und versprach, zusätzlich noch eine Probe des Wassers zu untersuchen.

»Sie haben hier ein Exanthem, also einen großflächigen Hautausschlag. Da Sie jedoch keine Symptome von anderen Erkrankungen wie Masern, Röteln oder Scharlach zeigen, haben wir es bei Ihnen vermutlich mit einer Arzneimittelunverträglichkeit zu tun. Haben Sie irgendeine Ahnung, um was es sich dabei handeln könnte?«, fragte Dr. Ramoz in tadellosem Englisch.

»Ich hatte schon einmal eine ähnliche Reaktion auf Entzündungshemmer, die ich gegen einen Hexenschuss verschrieben bekommen hatte. Hilft Ihnen das weiter?« Da Rüdiger keinen blassen Schimmer hatte, was ›Hexenschuss‹ auf Englisch hieß, versuchte er, es wörtlich zu übersetzen. Der Arzt allerdings schien mit ›witches shot‹ nichts anfangen zu können. Erst als Rüdiger dazu überging, das Ganze pantomimisch zu untermalen, erhellte sich Dr. Ramoz' Gesicht und er begann, zustimmend zu nicken.

»Ja, das könnte tatsächlich helfen. Ich denke, bis in fünf Stunden habe ich die Ergebnisse der Laboruntersuchungen. Ich würde Sie, Herr Kwalkowski, gern vorsorglich zur Kontrolle hier behalten, bis wir Ihre Leberwerte analysiert haben. Denn mit der Flüssigkeit, die Sie zu sich genommen haben, scheint nicht zu spaßen zu sein – Ihre Freundin hat mir von dem verstorbenen Deutschen erzählt.«

Rüdiger war nicht gerade wohl bei dem Gedanken, aber vermutlich hatte Dr. Ramoz recht und es ergab Sinn, noch eine Weile zur Überwachung in der Klinik zu bleiben. »Mach dir keine Sorgen um mich, Elli, ich bin hier in guten Händen. Schau du dir in der Zwischenzeit die Alhambra an, ich komme nach, sobald ich kann«, versuchte er, seine Freundin aufzumuntern, die ihn unbehaglich anschaute.

Sie schien noch eine Weile zu hadern, aber schließlich stimmte sie zu.

Der Arzt stellte ihr ein Schreiben für die Reiseleiterin aus, das belegte, dass sein Patient aus medizinischen Gründen noch nicht wieder zu der Gruppe zurückkehren durfte.

»Und nun mach, dass du wegkommst«, lachte Rüdiger. »Und zeig mir nachher ein paar Fotos. Ich werde in der Zwischenzeit gesund.«

Der nächste Teil ihres Plans sah vor, dass Gero den Arzt – genauer gesagt, dessen Computer – auf der Krankenstation aufsuchte, um eventuell mehr über das gesundheitsschädliche Aloe-vera-Wasser zu erfahren.

»Du wirst Sawitzky nicht dazu bringen, dir das Passwort freiwillig zu geben. Und selbst wenn du an seinen Computer kommst, wirst du es kaum erraten können. Ich bin davon überzeugt, dass du nur dann an die entsprechenden Daten gelangst, wenn Sawitzky selbst schon den Rechner entsperrt hat«, hatte Rüdiger am Abend zuvor erklärt und Gero hatte ihm zustimmen müssen.

Also hatten sie sich den Plan zurechtgelegt, in dem auch Schackeline ihren großen Auftritt haben sollte. Gero hoffte inständig, dass alles gut ging und sie tatsächlich verstanden hatte, was sie tun sollte. Er verließ sich nur ungern auf Leute, denen er nicht hundertprozentig vertraute.

Nach einem schnellen Mittagessen saß Gero auf einem der Stühle im Vorraum der Krankenstation. Ina und Schackeline waren instruiert und warteten auf sein Zeichen. Auch hier waren die Zeitschriften auf dem kleinen Tisch vor ihm weder in eine alphabetische noch thematische, ja nicht einmal eine farbliche Reihenfolge gebracht worden. Unverständlich, wieso es den Menschen so schwerfiel, ein bisschen Ordnung in die Welt zu bringen! Da er nicht unnötig Aufmerksamkeit erregen wollte, unterdrückte er den Impuls, die Journale zu sortieren. Stattdessen griff er nach der Tageszeitung und las verwundert einen Artikel über das Verschwinden eines seltenen Spinnenexemplars aus der hiesigen Ausstellung.

Schon nach ein paar Minuten war er an der Reihe. Bevor er das Behandlungszimmer betrat, schickte er noch rasch die Nachricht ab, die er bereits vorformuliert hatte: *Jacqueline, in 2 min könnt ihr loslegen!*

Der Arzt empfing ihn freundlich und erkundigte sich, was ihm denn fehlen würde. Gero blickte ihn mit leidendem Blick an und zählte sauber die Symptome auf, die er sich für seine imaginäre Krankheit zurechtgelegt hatte: Appetitlosigkeit, Schmerzen im Unterleib und Herzrasen.

Sawitzky war gerade dabei, ihn zu untersuchen, als von draußen plötzlich lautes Rufen zu vernehmen war.

Sekunden später riss Schackeline die Tür zum Besprechungsraum auf. »Kommen Sie, kommen Sie schnell! O Gott, ich glaube, er stirbt!« Sie zerrte Sawitzky am Arm. »So kommen Sie doch schon!«

Die Arzthelferin stand fassungslos daneben und wusste überhaupt nicht, wie sie die hysterische Frau wieder beruhigen sollte.

Sawitzky sprang auf und schnappte sich seine Notfalltasche. »Ich bin sofort zurück!«, rief er Gero im Hinauslaufen zu.

Gero ließ sich zufrieden auf die Liege zurücksinken und wartete, bis auch die Schwester den Raum wieder verlassen hatte. Dann stand er geräuschlos auf und schlich zum Schreibtischstuhl vor Sawitzkys Computer.

Schackeline hatte ihre Rolle wirklich hervorragend gespielt und den Arzt so überrumpelt, dass er vor lauter Hektik nicht mehr daran gedacht hatte, den Rechner ordnungsgemäß wieder zu sperren.

Auf dem Bildschirm war Geros Akte zu sehen. Oben standen sein Name und seine Kabinennummer, darunter die Daten seines Gesundheitsfragebogens – dem Gero stolz entnehmen konnte, dass sein Körper in hervorragender Verfassung war –, und am Ende befand sich ein großes leeres Feld für persönliche Eintragungen. So weit nichts Besonderes.

Er klickte auf einen Button mit einer Lupe und erkannte, dass er nach verschiedenen Feldern suchen konnte. Daraufhin tippte er *Kwalkowski* in das Namensfeld ein und bekam sofort Rüdigers Akte zu Gesicht. Im Kommentarfeld stand:

02.05. Seekrank, Vomex, i.m., Gesundheitsbogen: keine Vorerkrankungen, S4!
04.05. Allergische Reaktion (Antiphlogistikum), Ceterifug oral, S4 STOP

Diese Informationen stimmten mit Rüdigers Schilderungen überein, doch das Antiphlogistikum sowie die ominöse Bezeichnung S4 erregten seine Aufmerksamkeit. Hatte der Arzt Entzündungshemmer nicht als Allergene ausgeschlossen? Schnell fotografierte Gero mit seinem Handy den Bildschirm ab und verteilte das Bild im Gruppenchat.

Er dachte fieberhaft nach. Was auch immer S4 heißen mochte, es könnte mit dem Gesundheitswasser zu tun haben. Aus einer Eingebung heraus rief er erneut die Suchmaske auf und tippte *S4* in das Suchfeld ein. Vielleicht hatte Sawitzky bei jedem Passagier, der das falsche Wasser bekam, eine entsprechende Notiz gemacht?

Volltreffer. Als Ergebnis erhielt Gero eine Liste mit stattlichen achtundsechzig Einträgen! Er sog vor Überraschung die Luft ein und machte ein weiteres Foto mit dem Handy. Interessanterweise schienen die Kabinennummern alle von einem Korridor zu stammen.

Als Nächstes würde er nach Besuchen auf der Krankenstation suchen. Wenn diese mit den S4-Einträgen zusammenhingen, hatten sie endgültig ihren Beweis, dass irgendetwas auf der *Aurora* ganz und gar nicht mit rechten Dingen zuging und Sawitzky offensichtlich mittendrin hing.

In diesem Moment hörte er Geräusche vor der Tür. Mist! Der Arzt kam zu früh wieder! Schnell drückte Gero auf den *Zurück*-Button und schaffte es gerade noch, von dem Schreibtischstuhl aufzustehen, bevor die Tür aufgerissen wurde.

Sawitzky kam wutschnaubend herein. »Dachte ich's mir doch, dass ihr unter einer Decke steckt! Von wegen Notfall, pah! Der Typ hat sich Zahnpasta in den Mund geschmiert. Sie dachten wohl, ich würde den Schaum für Tollwut halten.« Er fixierte Gero mit einem bösen Blick. »Was haben Sie hier gemacht?« Dann lief er um den Schreibtisch herum und stieß Gero unsanft beiseite.

Der erschrak, als er auf den Bildschirm schaute. Denn er hatte im Eifer des Gefechts lediglich auf Rüdigers Akte zurückgeklickt anstatt auf seine eigene. Er war aufgeflogen! Dann konnte er genauso gut die Flucht nach vorn ergreifen. »Wir haben Sie enttarnt und Ihre Machenschaften herausgefunden!«, dröhnte er Sawitzky heroisch entgegen. »Geben Sie auf!«

Der Arzt hingegen ließ sich nicht im Mindesten aus der Fassung bringen. »Wieso sollte ich?«, erwiderte er unbeeindruckt. »Ist etwa die Station umstellt?« Dann schüttelte er den Kopf. »Sie haben ja keine Ahnung, um was es hier geht.«

Gero hatte das Gefühl, dass er das sehr wohl wusste. »Sie haben manipuliertes Aloe-vera-Wasser an Bord geschmuggelt und wollen damit die Passagiere vergiften.«

Sawitzky schaute verblüfft. »Warum sollte ich jemanden vergiften wollen?«

Jetzt war Gero verwirrt. Die Reaktion des Arztes schien ihm echt.

Sawitzky blickte auf sein Handy und fuhr dann im Plauderton fort. »Herr Fichtinger, hier hat niemand ein Interesse daran, Menschen zu vergiften.« Er setzte sich und deutete auf den Stuhl gegenüber.

Gero nahm zögernd Platz, während die Gedanken durch sein Hirn rasten. Sollte er nicht besser versuchen, zu entkommen? Oder war das seine Chance, mehr Informationen zu bekommen? War Sawitzky womöglich einer dieser Klischeebösewichte, die dem Helden so lange haarklein ihre Motive und Lebensgeschichte beichteten, bis sie doch noch überrumpelt werden konnten? Er würde es riskieren. Vielleicht erfuhr er so, was auf diesem Schiff gespielt wurde.

»Haben Sie eigentlich auch nur eine vage Vorstellung davon, wie schwierig es ist, neue Medikamente auf den Markt zu bringen?«, begann der Arzt tatsächlich zu erzählen. »Erst die ganzen Labortests, anschließend der Papierkrieg für die Zulassung zu den klinischen Studien. Es gibt mehrere Stufen mit einer stetig steigenden Zahl an Patienten. Diese Kohorten muss man jedoch erst einmal bilden und genügend Freiwillige finden, die mitmachen. Das ist aufwendig und teuer und dauert alles unendlich lange. Es passiert, dass Firmen zunächst zig Jahre und Millionen von Euro in ein neues Medikament investieren – und dann fällt es beim ersten Test durch. In der Zeit könnte man schon lange an etwas Besserem arbeiten. Der Trick ist also, es möglichst frühzeitig auf Wirkung und Nebenwirkungen zu prüfen.«

Gero begann zu verstehen.

»Das Aloe-vera-Getränk ist nicht vergiftet, im Gegenteil: Es ist mit einem Medikament versetzt. Die Firma, für die ich arbeite, hat nämlich einen neuen Wirkstoff gegen Seekrankheit entwickelt. Das mag Ihnen seltsam erscheinen, aber tatsächlich gibt es bis heute kein nebenwirkungsfreies Präparat. Dimenhydrat, also der Wirkstoff in *Vomex*, war ursprünglich ein Medikament gegen Herzkrankheiten, bis man herausgefunden hat, dass es auch hervorragend gegen Übelkeit wirkt. Allerdings macht es sehr müde, weshalb es zum Beispiel von Leuten, die aktiv segeln, nicht eingenommen werden darf. Deshalb ist ein anderes Präparat zwingend vonnöten. Da wir auch hier an Bord auf jeder Fahrt Dutzende Fälle von Seekrankheit haben, liegt der Vorschlag doch nahe, das neue Medikament, das zurzeit entwickelt wird, hier zu erproben.« Er seufzte. »Leider haben wir immer wieder unangenehme Nebenwirkungen. Ihr Freund Kwalkowski beispielsweise hat einen Ausschlag bekommen. Und dabei haben wir extra die Gesundheitsfragebögen benutzt, um Medikamentenallergien auszuschließen!« Sawitzky schlug auf den Schreibtisch, sammelte sich dann aber rasch wieder. »Wir werden das Präparat also noch einmal chemisch verändern. Immerhin haben wir die Entwicklungszyklen durch unsere Vorgehensweise deutlich kürzer gehalten und werden dadurch das Mittel bald auf den Markt bringen können – zum Wohle aller!« Er wirkte sehr zufrieden.

»Aber auf Kosten der Passagiere. Verdammt, es sind schon Leute deswegen gestorben!«, rief Gero aufgebracht.

Sawitzky sah ihn mit schmerzerfülltem Blick an. »Das ist leider ein im Bereich des Möglichen liegendes Übel an dieser Sache. Aber für das große Ganze müssen wir nun mal auch Risiken in Kauf nehmen. Wir haben extra eine nicht mehr ganz junge Gruppe an Probanden ausgewählt.«

Gero schnaubte. »Nun, wenn Sie finden, dass es das Risiko wert ist, könnten Sie das Mittel ja auch an sich selbst ausprobieren«, erwiderte Gero sarkastisch.

»Bedaure«, meinte der Arzt und spreizte die Hände. »Ich war leider noch nie seekrank. Deshalb kann ich die Wirkung auch schlecht an mir prüfen.«

Gero konnte Sawitzkys Arroganz zwar kaum ertragen, doch einen Zusammenhang verstand er noch nicht. »Aber *Al Générique* stellt doch nur Generika her.«

»So weit sind Sie mit Ihren Nachforschungen also schon gekommen? Nun ja, sagen wir mal so: Offiziell werden nur Generika vermarktet, aber die marokkanische Entwicklungsabteilung operiert eigenständig. So schöpft niemand Verdacht. Zumindest bisher.« Sawitzky blickte Gero ernst an. »Unser Ziel ist es außerdem nicht, das Medikament selbst auf den Markt zu bringen. Wir werden unser Geld damit machen, die chemische Zusammensetzung an den Meistbietenden zu verkaufen.«

»Und was hat das Ganze mit dem Elfenbein zu tun?«

Das Handy des Arztes vibrierte. Er warf einen Blick auf das Display und nahm das Gespräch an. »Ja? – Ah, das ist gut. – Wunderbar, wir kommen. – Wenn ich in fünf Minuten nicht da bin, wisst ihr, was zu tun ist.« Er legte auf und lächelte triumphierend. »Wie es aussieht, hat man soeben Ihre Freundin dabei erwischt, wie sie in meiner Kabine gestöbert hat.«

Gero rutschte das Herz in die Hose. Verdammt! Jetzt lief wirklich alles schief.

Sawitzky lachte böse. »Dachten Sie, ich erzähle Ihnen das alles zum Spaß? Ich war mir sicher, Sie damit noch ein paar Minuten hinhalten zu können, bis wir Ihre Kumpanin ebenfalls gestellt haben. Es war nicht schwer, herauszubekommen, dass Sie nicht allein hier sind.« Er stand auf. »Kommen Sie! Wir werden uns jetzt auf den Weg machen und sie besuchen. Und wie Sie sicherlich mitbekommen haben, bleiben uns dafür exakt fünf Minuten Zeit. Sollten Sie unterdessen versuchen, irgendetwas anzustellen, wird Ihre Freundin leiblichen Schaden nehmen. Das garantiere ich Ihnen.«

Gero erhob sich missmutig. Seine Kiefer malmten.

»Oh, darf ich noch um Ihr Handy bitten?« Der Arzt streckte ihm die Hand hin. »Wir wollen doch nicht, dass Sie einen Notruf absetzen.«

Nach kurzem Zögern gab Gero es ihm mit einer umständlichen Handbewegung.

Sawitzky nahm es entgegen und warf es achtlos in seine Schreibtischschublade. Dann sperrte er seinen Rechner und verließ gemeinsam mit Gero das Behandlungszimmer.

Ina linste vorsichtig um die Ecke. Der Gang war leer. Rasch steckte sie die Generalkarte in den Schlüsselschlitz und schlüpfte dann in Sawitzkys Kabine.

Sie war erstaunlich geräumig. Eine Einzelkabine mit gehobener Ausstattung. Es sah insgesamt sogar recht wohnlich aus, wenn auch noch lange nicht so wie auf den Passagierdecks. Ein Bücherregal erstreckte sich an einer Wand und Ina erkannte neben verschiedenen Werken über Medizin auch einige Klassiker der Weltliteratur. So interessant es gewesen wäre, daraus Rückschlüsse auf Sawitzkys Persönlichkeit zu ziehen – sie musste sich fokussieren und Hinweise auf die Flaschen mit dem Gesundheitswasser finden.

Ina startete aufs Geratewohl mit den Schubladen neben dem Kleiderschrank. In der zweiten fand sie zwar einige Dokumente, aber die hatten nichts mit dem Aloe-vera-Getränk zu tun. Sorgfältig ordnete sie alles wieder genau so ein, wie sie es vorgefunden hatte, und stöberte weiter.

Dann ging plötzlich alles ganz schnell. Ein Piepsen ertönte hinter ihr und noch bevor sie reagieren konnte, wurde die Tür aufgerissen! Ina stockte der Atem, als sie Hassan mit dem Proviantmeister hereinkommen sah.

»Suchen Sie etwas Bestimmtes, Frau Journalistin?«

»Baumann! Sie stecken also doch mit drin!« Ina überlegte fieberhaft. Was sollte sie nun tun? Schreien, kämpfen? Hatte sie überhaupt eine Chance gegen die beiden? Sie sah, dass Hassan eine Holzstange hielt und sie genüsslich rhythmisch in seine andere Hand schlug.

»Machen Sie nichts Unbedachtes, meine Liebe!«, unterbrach Baumann ihre Überlegungen. »Wir haben Ihren Freund auf der Krankenstation festgesetzt. Eine falsche Bewegung Ihrerseits und ihm geht es nicht mehr ganz so gut.«

Ina merkte, wie ihre Beine zu zittern begannen. Gero auch? Verdammt, wie waren ihnen die Männer nur auf die Schliche gekommen? Was hatte sie verraten? Und warum war Hassan hier?

Egal. Fakt war: Sie hatten es gründlich vermasselt.

4

Elli verlebte einen entspannten Tag auf der Alhambra. Maria war zwar nicht begeistert gewesen, als sie erfuhr, dass Rüdiger noch in der Klinik bleiben musste. Aber nachdem ihr Elli das Schreiben des Arztes ausgehändigt hatte, entspannten sich die Gesichtszüge der Reiseleiterin sichtlich. Mit einem offiziellen Brief war es für sie wohl einfacher, falls sie sich wegen Rüdigers Abtrünnigkeit zu rechtfertigen hatte.

Elli war nicht davon ausgegangen, dass sie nach der langen Wartezeit wieder zu ihrer Gruppe aufschließen könnte. Aber sie hatte Glück: Deren Mittagessen hatte sich länger als geplant hingezogen, sodass sie letztendlich fast zur gleichen Zeit auf dem Parkplatz vor dem Eingang zur Alhambra eingetroffen waren. Elli kaufte sich noch rasch ein Sandwich und flanierte dann mit den anderen voller Staunen durch die weitläufige Anlage. In dem großartigen Thronsaal fiel nur wenig Licht durch die kleinen Fenster knapp unter der Decke und beleuchtete schemenhaft die mit arabischer Schrift übersäten Wände. Auch der nächste Raum mit aufwendig gestalteter Holzdecke raubte ihr den Atem. Dann waren sie auch schon im Herzen der Festung angekommen: Der *Löwenhof* hatte seinen Namen von den zwölf steinernen Löwen, die auf ihren Rücken ein kreisförmiges Brunnenbecken trugen. »Selig ist das Auge, das diesen Garten der Schönheit sieht«, übersetzte die Reiseleiterin ihnen den Spruch, der dort eingraviert war. Elli konnte dem nur entzückt zustimmen.

Anschließend schlenderten sie zu den Gärten, den *Generalifen*. Elli war begeistert von der Pflanzenpracht: Die Rosen standen gerade in voller Blüte und ein Meer aus Farben und Gerüchen überflutete den Park. Der Duft von Jasmin und

Zitrusfrüchten lag in der Luft. Vögel zwitscherten aus allen Richtungen.

Laut ihrem Gruppenchat lief bisher alles nach Plan. Dann konnte sie auch guten Gewissens ihren wohlverdienten Ausflug genießen. Maria erzählte gerade eine Geschichte, wonach die Stadt *Granada* ihren Namen dem Granatapfel verdankte, weil ihre Häuser so eng beieinanderstanden wie die Kerne im Innern der Frucht. Sie erfuhr außerdem, wie sie bittere von süßen Orangen unterscheiden konnte und wie man es anstellte, aus einzelnen Zypressen eine ganze Hecke wachsen zu lassen. Schließlich wurde ihnen noch erklärt, dass das Beste an der Sonne der Schatten sei – und damit machten sie eine Pause an einem kleinen Brunnen.

Sie hatte es sich gerade auf einer Steinmauer mit Blick über die Alhambra gemütlich gemacht und Fotos nach Hause geschickt, als Rüdiger anrief.

Gero überlegte fieberhaft, was er unternehmen konnte, während er mit Sawitzky zu dessen Kabine ging. Wenn er einfach davonrannte, brachte er Ina in Gefahr. Sollte er den Arzt vielleicht hier überwältigen und dann eine Art Gefangenenaustausch vorschlagen? Auch das schien ihm riskant. Womöglich würde es funktionieren, mithilfe von Gebärdensprache über die Überwachungskameras die Bordsecurity zu benachrichtigen? Das schien ihm noch die beste Option. Doch bevor er überhaupt eine Kamera zu Gesicht bekam, hatten sie die kurze Strecke schon zurückgelegt.

Sawitzky öffnete die Tür und schob Gero in die Kabine. Dessen Miene verfinsterte sich, als er den Proviantmeister und Hassan erkannte. Ina saß auf dem Bett und rieb sich mit schmerzverzerrtem Gesicht ihren Arm.

»Das werdet ihr bereuen«, sagte Gero gefährlich leise.

In diesem Moment kam Hassan mit einem Holzknüppel auf ihn zu. »You mean bastard!«, brüllte er wutentbrannt.

Instinktiv duckte sich Gero und nahm eine Verteidigungsstellung ein.

»Stop it, Hassan«, fuhr Baumann scharf dazwischen.

Hassan warf ihm einen bösen Blick zu und knurrte, zog sich aber etwas zurück.

»Tja, sieht so aus, als würde aus Ihrem Guerillakrieg nichts werden.« Der Arzt grinste gönnerhaft. »Wobei wir Ihnen, genau genommen, ja sogar dankbar sein müssten. Denn ohne Sie hätten wir vermutlich nie herausbekommen, was hier auf dem Schiff noch so läuft. Wer konnte auch ahnen, dass der kleine Hassan und sein Kumpane in Casablanca einfach als Trittbrettfahrer unsere Warenlieferung ausnutzen und Elfenbein in den Paletten schmuggeln! Durch so viel Dummheit haben sie unsere Bemühungen um ein neues Medikament nun auffliegen lassen. Und das wird auch noch Folgen haben«, sagte er und warf Hassan ein Lächeln zu, das gar nicht zu seinen Worten passte.

Der verstand offensichtlich kein Deutsch, da er prompt die falschen Schlussfolgerungen aus dieser Mimik zog und freundlich zurücklächelte.

»Aber dank ihm sind wir Ihnen jetzt wenigstens auf die Schliche gekommen«, schob Sawitzky grimmig hinterher.

Gero hörte aufmerksam zu und versuchte, gleichzeitig einen Fluchtplan zu erarbeiten.

»Frau von Treuenfeld kam mir schon von Anfang an seltsam vor, aber das beruhte offenbar auf Gegenseitigkeit.« Baumann, der sich nun auch in das Gespräch einklinkte, warf einen kurzen Seitenblick auf Ina. »Sie hätten nicht zweimal Sake holen sollen«, belehrte er sie gönnerhaft.

Sawitzky übernahm wieder. »Dummerweise hat sie sich

auch unter ihrem richtigen Namen eingeschifft. Es hat uns keine fünf Minuten gekostet, herauszufinden, wer sie wirklich war. Und doch konnten wir uns keinen Reim darauf machen, was sie eigentlich vorhatte. Medizinische Themen waren so gar nicht ihr Metier. Erst als Hassan gestern wissen wollte, ob an Ihren Anschuldigungen mit dem Aloe-vera-Wasser etwas dran sei, und er mir schließlich die haarsträubende Geschichte mit dem Elfenbein erzählt hatte, konnte ich mir ein ungefähres Bild machen. Offenbar haben Sie Ihre Show ganz gut abgezogen.« Er lachte Gero anerkennend an. »Hassan war ziemlich verschreckt. Ein kleiner Tipp fürs nächste Mal: Vergessen Sie beim Umziehen nicht, auch Ihre Schuhe zu wechseln. Als Hassan wieder an Bord war und sich vom ersten Schock erholt hatte, hat er schnell zwei und zwei zusammengezählt und sich auf die Lauer gelegt. Als Sie dann wenig später zurückkamen, hat er sofort Ihre Latschen wiedererkannt. Er hat nämlich ein absolutes Faible für Schuhe, müssen Sie wissen.«

Gero dachte an Hassans grün-rosa gestreifte Sneakers.

»Tja, aber wie es aussieht, haben wir bislang erst die Hälfte der ganzen Bande!«, fuhr Baumann unbewegt fort.

Gero riss die Augen auf und blickte verstört zu Ina. Hatte sie ihnen etwa von den anderen erzählt? Er bemerkte einen großen blauen Fleck an der Stelle, wo sie noch zuvor ihren Arm gerieben hatte, und verengte die Augen zu Schlitzen.

»Ach, Herr Fichtinger, Sie werden doch nicht so zimperlich sein«, höhnte Baumann, dem Geros Blick nicht entgangen war. »Schließlich waren Sie mal beim Bund.«

Gero zollte dem Proviantmeister durchaus einen gewissen Respekt dafür, dass er offenbar innerhalb kürzester Zeit akkurate Erkundigungen über sie eingeholt hatte. Aber Ina wehgetan zu haben, würde er noch bereuen.

»Keine Angst«, fuhr Baumann jovial fort, »wir haben nur

Frau von Treuenfelds Fingerabdruck zum Entsperren ihres Smartphones gebraucht.« Er wedelte grinsend mit Inas Handy herum. »Deswegen wissen wir jetzt, dass uns noch zwei Leute fehlen: Rüdiger Kwalkowski und Eleonora Baumgärtner-Däubler. Ich werde ihnen eine Nachricht in Ihrem Chat schicken, damit die beiden ebenfalls hier vorbeikommen und unsere gesellige Runde komplettieren. Gunter Grieswald, unser Galerist, wird die beiden direkt an der Gangway in Empfang nehmen. Er hat noch eine kleine Rechnung mit Ihrer Freundin offen, die ihn so hinters Licht geführt hat.« Er tippte etwas auf Inas Handy. »Und wenn wir dann alle versammelt sind, werde ich Ihnen auf hoher See zeigen, wie leicht man versehentlich unbemerkt über Bord gehen kann.«

Rüdiger musste fast eine Stunde warten, bis der Arzt wieder zu ihm zurückkam. Er gab Entwarnung: Die Leberwerte waren in Ordnung und die Blutuntersuchungen hatten auch nichts Besorgniserregendes ergeben. Keine Anzeichen von Gift oder Opiaten, nur Rückstände von einem Entzündungshemmer, der allem Anschein nach den Ausschlag verursacht hatte. Solange er nichts mehr von dem Wasser trank, sollte er vollkommen genesen. Dennoch empfahl ihm Dr. Ramoz, in Deutschland auf jeden Fall noch einmal einen Arzt aufzusuchen. Die Flascheninhalte würden noch im Laufe des Tages analysiert werden.

Rüdiger fiel ein Stein vom Herzen. Er verabschiedete sich, und als er kurze Zeit später endlich die beklemmende Krankenhausatmosphäre verlassen hatte und draußen im warmen Sonnenschein stand, atmete er tief durch. Kein Gift! Er war gesund! Er würde leben!

Er rief sofort Elli an und konnte ihre freudige Erleichterung förmlich durchs Telefon spüren. Dennoch war er unschlüssig, ob er überhaupt noch zur Alhambra fahren sollte. Die unruhige Nacht, die Ungewissheit der letzten Tage – und Ina und Gero hatten beide Riskantes vor. Kurzerhand entschied er, lieber wieder zum Schiff zurückzukehren. Er versicherte Elli, dass sie guten Gewissens weiter ihren Ausflug genießen und danach mit den anderen zurückfahren konnte.

Wenig später saß er in einem Taxi und wünschte sich angesichts des schleichenden Fahrers, dass er für den Rückweg nach Málaga wieder den marokkanischen ›Pfeil‹ am Steuer gehabt hätte.

Als er gerade sein Handy aus der Tasche gezogen hatte, um Ina und Gero die guten Neuigkeiten über seinen Gesundheitszustand mitzuteilen, erhielt er eine Nachricht: *Haben Unterlagen gefunden! Treffen uns in Geros Kabine, sobald ihr da seid.*

Er wollte gerade erfreut zurückschreiben, als er sah, dass Gero ihm schon vor einer Weile eine Sprachnachricht geschickt hatte. Er musste sie wohl verpasst haben, als er mit Dr. Ramoz gesprochen hatte.

Als er sie abhörte, lauschte er mit zunehmendem Entsetzen der Unterhaltung zwischen Gero und Sawitzky. Gero hatte es tatsächlich geschafft, das Gespräch nicht nur aufzuzeichnen, sondern es ihm auch noch zu schicken, bevor ihm das Handy abgenommen worden war! Das Geständnis des Arztes war alles, was sie brauchten, um zur Polizei zu gehen – aber Gero war aufgeflogen!

Was nun? Rüdiger begann zu schwitzen. Sollte er Ina schreiben? Wusste sie schon, dass Gero in Sawitzkys Gewalt war? Plötzlich lief ihm ein Schauer über den Rücken und er erstarrte. Was, wenn sie auch Ina geschnappt hatten?

Rüdiger schaute angestrengt aus dem Fenster und grübelte,

wie er das am unauffälligsten herausfinden konnte. Schließlich hatte er eine Idee, deren Umsetzung ihn allerdings fast eine Viertelstunde kostete. Vielleicht sollte er die V.I.E.R.-Geheimsprache doch wieder etwas üben.

Er las noch einmal über seinen Text und war sehr zufrieden. Dann schickte er die Nachricht an Ina in einem persönlichen Chat: *Gerade einen romantischen Ort gesehen. Echt fantastischer Ausflug. Nun geht's essen nach dem Umhergelaufe. Oja, keine Anstrengung! Yeah!?*

Ina würde ihren Code sofort erkennen und ihm, so sie denn konnte, eine Antwort schicken.

Doch was sollte er jetzt tun? Zur Polizei gehen? Oder würde er die Gefahr für Gero dadurch nur noch vergrößern?

Das Taxi fuhr durch die schöne Hügellandschaft voller Mandel- und Olivenbäume, doch Rüdiger starrte gebannt auf sein Handy und wartete auf eine Nachricht.

Ina fröstelte. Sie lag gefesselt, geknebelt und mit verbundenen Augen auf dem kalten Boden. Wie hatten sie nur in diese missliche Lage kommen können?

Während Hassan zwei Servierwagen besorgt hatte, hatte Sawitzky fröhlich gerufen: »Oh, wie nett, eine Nachricht von Ihrem Kumpel Rüdiger. Ihm scheint die Alhambra zu gefallen.« Nachdem der Arzt von Inas Handy aus geantwortet hatte, hatte er den beiden Freunden eine Spritze unter die Nase gehalten und ihnen mit Nachdruck erklärt, dass sie entweder freiwillig in die Wagen klettern könnten oder er sie dafür betäuben würde.

Von Freiwilligkeit konnte zwar keine Rede sein, doch die Androhung der Spritze hatte die beiden ohne Widerworte gehorchen lassen.

Sie waren zunächst einige Zeit auf den unterschiedlichsten Korridoren herumgefahren worden, bis irgendwann der Alarmton des Lagertors erklungen war. In einem der Vorratsräume waren sie schließlich unsanft aus den Wagen gezogen und verschnürt worden.

»Setzt euch einfach hin und gebt Ruhe, sonst wird Sawitzky seine Spritze doch noch ausprobieren«, hatte er Baumann noch sagen hören. Doch Gero wäre nicht Gero, wenn er sich seinem Schicksal tatenlos ergeben hätte. Mit einer schnellen Bewegung hatte er sich aus Baumanns Griff losgerissen und war auf Hassan zugerannt, der in der geöffneten Lagertür gestanden hatte. Gero hatte versucht, ihn mit der Schulter zu attackieren und zu fliehen, bevor sich das Tor wieder schloss. Doch Hassan war flinker als gedacht ausgewichen und Gero war stattdessen nur schmerzhaft gegen den Türrahmen gekracht. Irgendjemand hatte ihm daraufhin ins Genick geschlagen und der Exsoldat war an der kalten Wand entlang widerstandslos auf den Boden gerutscht. Ina begann zu zittern. Panik begann sie zu übermannen.

Das ist ja super, bis gleich in Geros Kabine.

Das hatte definitiv nicht Ina geschrieben, konstatierte Rüdiger. Also ging er vom Schlimmsten aus: Ina und Gero waren beide aufgeflogen. Hatte Sawitzky noch Helfer?

Er überlegte, ob er eventuell Hassan kontaktieren sollte. Gero hatte ihn immerhin stark eingeschüchtert, vielleicht würde er sie unterstützen? Doch Rüdiger verwarf den Gedanken sofort wieder. Schließlich konnte er nicht ausschließen, dass Hassan mit Sawitzky unter einer Decke steckte.

Die Security? Die Polizei? Wie sollte er das angehen? Wie

lange würde er brauchen, um irgendjemanden von dieser absurden Geschichte zu überzeugen?

Nein, er musste selbst etwas unternehmen.

Auf einmal fiel ihm die Wanze in Grieswalds Sakko ein. Falls sie nicht inzwischen gefunden worden war, könnte ihm die vielleicht weiterhelfen.

Aber würde er überhaupt unbemerkt an Bord kommen? Und konnte er es riskieren, in seine Kabine zu gehen, um das Empfangsgerät für die Wanze zu holen? Andererseits ging Sawitzky bislang offensichtlich davon aus, dass Elli und er erst in eineinhalb Stunden zurückkämen. Rüdiger zweifelte nicht eine Sekunde daran, dass die Aufforderung, sich in Geros Kabine zu treffen, eine Falle war. Man würde sie dort erwarten. Diese Tatsache wiederum machte ihre eigene Kabine aber zurzeit relativ sicher. Wenn Sawitzky sie durchsuchen wollte, hätte er das garantiert schon längst getan.

Als er nach einer gefühlten Ewigkeit endlich wieder an der *Aurora* angekommen war, hatte Rüdiger sich längst entschlossen, das Risiko einzugehen. Am Kai war niemand zu sehen, also ging er raschen Schrittes die Gangway entlang. Wie es der Zufall wollte, begegnete er hinter der Sicherheitskontrolle Julia und Malte, die er kurzerhand überredete, ihn zu begleiten. Sie schauten zwar etwas skeptisch, als er ihnen von den faustgroßen Riesenweberknechten auf seiner Kabine erzählte. Aber ihm war gerade nichts Besseres eingefallen. Außerdem hatte er inzwischen gelernt, dass die Crew fast alles für die Passagiere tun würde, mochten ihre Wünsche auch noch so absurd anmuten. Sollten die beiden ihn ruhig für verrückt halten. Alles, was er wollte, war eine Absicherung, falls ihm in der Kabine jemand auflauern sollte.

Das Schild mit dem *Bitte nicht stören*-Schriftzug hing noch genauso an ihrer Tür, wie sie es am Morgen dort angebracht hatten.

Rüdiger lauschte. Nichts war zu hören. Er klopfte. Wieder nichts.

Dann steckte er die Karte ins Schloss, und während er die Tür öffnete, rief er mit hoher Stimme: »Zimmerservice!« Als niemand antwortete, machte er die Tür ganz auf und lugte in die Kabine.

Sie war leer.

Rasch warf er noch einen Blick ins Bad.

»Geht es Ihnen gut?«, fragte Julia sichtlich besorgt.

»Ja, fantastisch«, antwortete Rüdiger mit einem strahlenden Lächeln. »Offensichtlich sind die Weberknechte bereits abgereist. Also alles bestens.« Er bedankte sich bei den sichtlich verblüfften Crewmitgliedern und schob sie mit Nachdruck zur Tür hinaus.

Für einen Moment überlegte er, dass es nicht günstig wäre, wenn die beiden Sawitzky wegen seines mentalen Zustands informierten. Andererseits hatte Rüdiger nicht vor, sich länger als nötig in der Kabine aufzuhalten, und dachte nicht weiter darüber nach.

Er schaute sich konzentriert um. Auf den ersten Blick sah alles unberührt aus, aber Rüdiger wusste trotzdem, dass jemand hier gewesen war. Die Tricks, die Gero ihnen bereits als Jugendliche beigebracht hatte, funktionierten immer noch. Die beiden Zeitschriften auf dem Schreibtisch hatte er nämlich so drapiert, dass die obere genau den ersten Buchstaben des Titels der unteren frei gelassen hatte. Jetzt hingegen lag sie ein paar Millimeter versetzt. Außerdem hatte er die Schubladen jeweils eine Spur weiter als die andere herausgezogen, nun waren sie alle bündig.

Hoffentlich hatten die Eindringlinge den Empfänger der Wanze nicht gefunden, der alles Belauschte weiter aufgezeichnet hatte! Rüdiger kroch unter die an der Wand befestigte Tischplatte. Grinsend tauchte er mit einem kleinen

Kästchen wieder auf, das er vor ihrem Ausflug neben dem dort angebrachten Lautsprecher der Bordkommunikationsanlage befestigt hatte.

Wenig später saß er, durch einige künstliche Pflanzen verdeckt, in einer Ecke der Bar und hörte sich die Aufzeichnungen an. Zunächst war nur Rauschen zu vernehmen, doch dann konnte er klar und deutlich ein Gespräch wahrnehmen. Die Tonqualität war sehr gut. Offensichtlich hatte Grieswald das Sakko wieder getragen.

Rüdigers Atem stockte, als er erkannte, mit wem sich der Galerist unterhielt: mit Baumann, dem Proviantmeister!

Innerhalb weniger Minuten erfuhr er, was sich im Laufe des Morgens auf dem Schiff zugetragen hatte. Die vier Männer, die unabhängig voneinander sowohl hinter dem Elfenbeinschmuggel als auch der Gesundheitswasseraffäre steckten, hatten sich verbündet und Rüdiger hörte zu, wie sie nun gemeinsam ausklügelten, wie sie V.I.E.R. am besten unschädlich machen konnten. Es fielen Schlagworte wie ›Isolierzimmer‹ und ›ruhigstellen‹ und Rüdiger fröstelte bei dem Gedanken, dass die Männer vielleicht auch vor einem Mord nicht zurückschrecken würden.

Die Diskussion wurde jäh unterbrochen, als Baumann bemerkte: »Sag mal, Gunter, ich starre schon die ganze Zeit auf die Tasche deines Sakkos. Was hast du denn dadrin? Die Beule sieht nicht sehr elegant aus.«

»Was meinst du?«, erwiderte Grieswald irritiert.

Rüdiger schloss entsetzt die Augen. Er hörte ein Rascheln und konnte sich bildlich vorstellen, wie der Galerist energisch seine Kleidung abtastete.

»Was ist denn das?«, war Grieswalds verwunderte Stimme wieder zu vernehmen. »Eine Wanze?«

»Verdammt!«, fluchte Baumann. »Die haben uns abgehört! Weg damit!«

Es folgte ein Knirschen, das Rüdiger in den Ohren wehtat. Dann herrschte Stille.

Rüdiger schluckte. Seine Gedanken rasten.

Wenn sich die vier Männer zusammengetan hatten, wo waren dann Ina und Gero? Baumann hatte von einem Isolierzimmer gesprochen. Dorthin wurden normalerweise nur hoch ansteckende Patienten gebracht. Niemandem war der Zutritt erlaubt ohne ausdrückliche Genehmigung des Arztes. An einem solchen Ort konnte man bestimmt zwei Leute ruhigstellen – Baumann hatte sogar Medikamente erwähnt.

Auch wenn Rüdiger sich dazu in die Höhle des Löwen begeben musste: Er musste die beiden befreien!

Dann dachte er an Elli, die von den aktuellen Geschehnissen noch nicht einmal im Entferntesten etwas ahnte. Nicht auszudenken, wenn sie der Aufforderung in ihrem Gruppenchat folgte und zu Geros Kabine ging. Er wählte ungeduldig und Elli nahm seinen Anruf zum Glück sofort entgegen.

»Hallo Rüdiger«, rief sie fröhlich. »Wir sind gerade auf dem Rückweg. Die Alhambra war …«

»Elli, du musst mir jetzt genau zuhören«, unterbrach er sie schroff. »Hier ist etwas passiert.« Er fasste kurz zusammen, was vorgefallen war, und erzählte ihr von seinem Verdacht.

»Aber das ist ja furchtbar!«, entfuhr es Elli. »Die arme Ina in den Händen von diesem Ekel! Und Gero … Meinst du nicht, dass er sich befreien kann?«

»Ich habe keine Ahnung«, gab Rüdiger zu. »Aber wir müssen vorerst vom Schlimmsten ausgehen. Ich wollte dir jedenfalls nur sagen, dass du auf keinen Fall zu Geros Kabine gehen darfst, sondern schnurstracks zu mir kommst, sobald ihr zurück seid. Ich werde dir zu gegebener Zeit schreiben, wo genau ich dann bin.«

»Ist okay«, sagte Elli. Sie machte eine Pause. »Aber was ist, wenn mich vorher jemand abfängt?«

Rüdiger überlegte einen Moment und musste zugeben, dass das durchaus wahrscheinlich war. »Ich lass mir was einfallen«, antwortete er dann. »Verlass dich auf mich!«

Elli hielt das Handy mit zitternden Fingern fest. Was sollten sie nur machen? Bisher war ihre Reise nicht mehr als eine harmlose Kombination aus Beschattung, Verfolgungsjagd und Knobelei älterer Herrschaften gewesen. Aber nun nahm ihr Kreuzfahrtkrimi ungeahnt erschreckende Formen an. Jetzt war aus der Sache schlagartig tödlicher Ernst geworden.

Und sie saß hier bestimmt noch eine Stunde lang im Bus und konnte nichts tun.

Rüdigers Plan war einfach, aber genial. Er benötigte dazu nur eine etwas korpulentere Mitspielerin. Die Erste, die ihm einfiel, war Geros Schackeline. Er zögerte erst gar nicht lange, sondern machte sich sofort auf die Suche nach ihr.

Er entdeckte sie auf dem Sonnendeck. Die ganze Situation war vollkommen surreal: Hier oben in der Wärme konnte Rüdiger sich gar nicht vorstellen, dass irgendwo unter Deck gerade ein Verbrechen geschah und zwei seiner Freunde gefangen gehalten wurden. Er schüttelte den Gedanken ab, ging zu Schackeline und stellte sich vor.

»Oh, du bist ein Freund von Gero! Dann kannst du ihm ausrichten, dass sein Plan eigentlich ganz gut war. Allerdings nur bis zu dem Zeitpunkt, als der Typ die Pfefferminze in der Zahnpasta gerochen hat.«

Rüdiger verstand nur Bahnhof und fragte sich, ob die arme Frau vielleicht schon einen Sonnenstich hatte. »Jacqueline«, begann er deswegen möglichst behutsam, »ich brauche deine Hilfe. Gero ist entführt worden.«

»Was? O nein, das geht mir jetzt aber doch zu weit! Ich bin mir nicht sicher, was ihr da treibt, aber es hört sich höchst seltsam an. Gero hat mir eine haarsträubende Geschichte von geschmuggelten Flaschen aus Elfenbein erzählt.«

Rüdiger verdrehte imaginär die Augen. Offenbar hatte V.I.E.R.s Schlaumeier wieder einmal zu schnell gesprochen.

»Das wird mir allmählich zu viel«, fuhr Schackeline jammernd fort und hielt theatralisch die Hand an ihre Stirn, als würde sie jeden Moment von einer Migräneattacke heimgesucht werden. »Tut mir leid, aber nach der Geschichte vorhin bin ich raus aus der Sache.«

Rüdiger wusste zwar noch immer nicht, was vorgefallen war, ließ aber nicht locker. »Das verstehe ich ja, aber ich brauche dringend jemanden mit deinen …«, er suchte nach den richtigen Worten, »… Maßen.«

»Was meinst du denn damit?«, herrschte sie ihn an.

»Ich muss Elli aus der Schusslinie bringen und brauche dafür jemanden, der ein bisschen was auf den Rippen hat.« Dabei strich er sich über seinen eigenen Bauch.

Schackeline hörte ihm bloß noch mit einem halben Ohr zu. »Wer ist denn Elli nun schon wieder? Na … egal. Ich habe auf jeden Fall keine Lust mehr, mit euch Räuber und Gendarm zu spielen. Kannst ja mal Nicole fragen, die liegt gleich dahinten.«

Sie drehte sich demonstrativ um und Rüdiger musste wohl oder übel sein Glück bei besagter Nicole versuchen – wer auch immer das war.

Eine Viertelstunde später begab er sich zufrieden in einen der Bordläden. Sein Plan nahm Gestalt an.

5

Elli hatte sich von Rüdiger haarklein erklären lassen, was sie bei der Ankunft in Málaga zu tun hatte. Sie hofften zwar immer noch, dass auf der *Aurora* kein Empfangskomitee wartete, aber darauf verlassen wollten sich die Freunde nicht. Noch einen V.I.E.R.-Kollegen in den Fängen der Kriminellen konnten sie nicht riskieren.

Wenig später erreichte der Bus den Hafen. Ellis Puls wurde schneller, als sie Grieswald erkannte, der wie zufällig in der Nähe der Haltestelle entlangschlenderte. Kaum war sie ausgestiegen, stand er auch schon neben ihr.

»Hallo, das ist ja ein Zufall«, ließ der Galerist seinen ganzen Charme spielen. »Schön, Sie wiederzusehen! Wo ist denn Ihr Begleiter?« Er blickte mit zusammengekniffenen Augen an Elli vorbei.

»Er hat einen schweren allergischen Schock erlitten und ist im Krankenhaus von Granada«, sprudelte es aus ihr heraus, während sie ihr perfekt gespieltes Entsetzen mit raumgreifenden Armbewegungen glaubhaft untermalte. »Laut des Arztes wird er gleich morgen früh nach Deutschland ausgeflogen. Ich bin noch ganz durcheinander.«

»Oh! In Granada? Das ist ungünstig … ich meine, das tut mir aufrichtig leid!«, erwiderte Grieswald offenkundig irritiert. Doch er schien Elli die Geschichte abzukaufen, da er überfröhlich fortfuhr: »Erzählen Sie mir das doch in aller Ruhe bei einem Kaffee an Bord.«

Auch ohne zu wissen, was zwischenzeitlich geschehen war, hätte Elli dieses Verhalten irritierend gefunden. Sie folgte ihm dennoch und tat dabei so, als wäre sie dankbar, von ihm begleitet zu werden.

Sie hatten gerade den Sicherheitscheck passiert, als sie plötzlich rief: »Einen Moment bitte, ich muss ganz dringend auf die Toilette!«

Und noch bevor der Galerist reagieren konnte, war sie auch schon Richtung WC gelaufen.

Die Gangway war in Málaga auf Deck sechs angebracht. So konnte Rüdiger sich unauffällig hinter ein paar Grünpflanzen in der Nähe des Sicherheitsbereichs aufhalten. Als er Elli mit Grieswald die Kartenkontrolle passieren sah, gab er Nicole ein Zeichen, sich bei ihm unterzuhaken. Ein paar Atemzüge später umrundeten sie das Gebüsch vor der Rezeption und kamen wie geplant in Grieswalds Rücken wieder zum Vorschein. Jetzt sah es so aus, als hätten auch sie gerade erst den Sicherheitscheck passiert.

»Warte, Liebling. Ich muss noch kurz wohin«, rief Nicole und drückte ihm ein Küsschen auf die Wange. Dann lief sie in ihrem auffallenden grün-blauen Kleid und dem hellen Strohhut in Richtung Sanitärbereich.

Rüdiger verschränkte indessen die Arme und stellte sich so hin, dass er Grieswald bequem aus den Augenwinkeln heraus beobachten konnte. Der schien nervös zu sein, denn er ließ die Toilettentür keine Sekunde aus den Augen, während er immer wieder seine Lippen befeuchtete. Dieser Halunke würde noch sein blaues Wunder erleben!

Kurze Zeit später kam eine korpulente Frau in einem grün-blauen Kleid aus dem WC. Der Strohhut, den sie tief ins Gesicht gezogen hatte, wippte synchron zu ihren Schritten. Sie ging zügig auf Rüdiger zu, hakte sich bei ihm unter und die beiden nahmen die Treppe nach oben.

Zwei Stockwerke höher und außer Sichtweite von Grieswald atmete Elli erleichtert auf. »Puh, danke, Rüdiger! Der Trick war nicht von schlechten Eltern.«

»Bedank dich bei deinem Double Nicole«, lachte Rüdiger und merkte, wie die Anspannung auch von ihm abfiel. »Ich bin so froh, dass es geklappt hat. Lass uns jetzt aber lieber weitergehen, falls Grieswald doch misstrauisch wird, wenn du nicht mehr aus der Toilette herauskommst.«

Sie gingen noch eine Treppe nach oben. Dort schlüpfte Elli schnell wieder aus dem ausladenden Kleid, das sie nur über ihre eigene Bluse gezogen hatte. Sie knüllte es zusammen und stopfte es zusammen mit dem Strohhut in den nächstbesten Mülleimer.

»Schade darum!«, bemerkte Rüdiger mit einem wehmütigen Blick, während er sein buntes Hawaiihemd auszog und es dem Kleid folgen ließ. »Ist nicht gerade günstig gewesen.« Dann war er wieder bei der Sache. »Ich glaube, dass Ina und Gero in dem Isolierzimmer gefangen gehalten werden.«

»Könnte sein. Hast du schon einen Plan?«

»Allerdings, und zwar einen ganz simplen: Wir gehen einfach hin!«

»Einfach so? Ohne Tricks oder Verkleidung?«

»Ja!«, bestätigte Rüdiger. »Aber wir gehen nicht allein. Ich denke, es wird höchste Zeit, dass wir die Bordsecurity einschalten. Schließlich geht es um Ina und Gero.«

»Aber was ist, wenn die Sicherheitsleute mit drinstecken?«, fragte Elli beunruhigt.

»Wusste Grieswald, dass ich schon an Bord bin?«

Elli verneinte.

»Siehst du. Dann ist es auch unwahrscheinlich, dass jemand von der Security involviert ist. Denn der hätte ja als Erstes im Computer nachschauen können, ob ich den Sicherheitscheck bereits passiert habe oder nicht.«

Sie liefen auf einem Umweg über die Bugtreppe wieder

zurück auf Deck sechs zur Rezeption. Grieswald war nirgends mehr zu sehen, also klopfte Rüdiger entschlossen an der Tür zum Büro des Sicherheitschefs.

Dunkelheit und Kälte.

Gero zitterte. Gefesselt lag er auf dem harten Boden, umgeben von Schreien und Gewehrfeuer. Neben ihm wand sich Franz vor Schmerzen und wimmerte und stöhnte. Er spürte, wie sich sein Kamerad in seiner Verzweiflung gegen ihn warf. Er musste ihn retten!

Gero riss die Augen auf.

Schweiß brach ihm aus und sein Atem ging unwillkürlich schneller. Er ballte seine Hände zu Fäusten und versuchte, sich zu konzentrieren.

Nein! Das war vorbei! Nicht real. Ein Flashback.

Noch immer fiepte jemand neben ihm.

Er musste sich fokussieren! So wie er es in der Therapie gelernt hatte.

Wo war er?

Auf einem Schiff.

Das war ein Anfang. Er keuchte. Fokus!

Er war auf einem Schiff. Zwar gefangen, aber um ihn herum tobten keine Kämpfe.

Aber warum wand sich dann Franz die ganze Zeit neben ihm?

Geros Hände begannen zu zittern. Das war nicht Franz, das war …

Das war Ina! Mit einem Mal hatte er die Gespenster der Vergangenheit abgestreift und war wieder in der Realität angelangt.

Ina zitterte und rollte sich wimmernd hin und her.

Hatten sie ihr etwas angetan?

Nein, er erinnerte sich. Ina hatte vor nichts Angst gehabt – nur vor Dunkelheit. Achluophobie. War das womöglich immer noch so?

Dann hatte sie vermutlich eine Panikattacke wie damals, als V.I.E.R. auf der Suche nach dem vermeintlichen Schlossgespenst im Verlies gelandet waren. Er musste ihr irgendwie helfen!

Und dann tat er etwas, was ihn selbst überraschte: Er summte leise die Melodie eines Kinderliedes.

Nach ein paar Augenblicken wurde Ina spürbar ruhiger.

»Wir glauben, dass sie im Isolierzimmer der Krankenstation festgehalten werden«, schloss Rüdiger seinen Bericht.

Elli und er hatten zunächst überlegt, ob sie auch direkt auf die mögliche Falle in Geros Kabine hinweisen sollten, sich dann aber dagegen entschieden. Wichtigstes Ziel war, Ina und Gero zu befreien. Um die vier Kriminellen konnten sie sich später noch kümmern.

Der Sicherheitschef, Levin Ruhge, drehte einen Kugelschreiber zwischen den Fingern. »Das sind schwere Anschuldigungen, die Sie da gegen die Crew vorbringen«, meinte er mit britischem Akzent und sah sie ernst an. »Außerdem habe ich Zweifel an Ihrer Glaubwürdigkeit. Ihr Freund Fichtinger hat sich schon am ersten Tag verdächtig benommen, als er Überwachungskameras an Bord bringen wollte. Mir gefällt die Geschichte nicht!«

»Herr Ruhge«, mischte Elli sich ein, »zwei unserer Freunde sind entführt worden. Das beweist doch, dass an unserer Theorie etwas dran ist. Möglicherweise befinden sich die beiden in großer Gefahr!«

Ruhge wandte sich seinem Computer zu und klickte ein paarmal mit der Maus. »Hm, Fichtinger und Treuenfeld sind laut Datenbank beide noch an Bord. Sie haben das Schiff heute überhaupt nicht verlassen.«

»Das sagen wir Ihnen doch die ganze Zeit«, sagte Elli verzweifelt. »Sie sind an Bord und werden hier auf der Isolierstation gefangen gehalten. Was müssen wir denn noch tun, damit Sie uns glauben? Gehen Sie mit uns hin, dann werden Sie es selbst sehen.«

Ruhge stand auf. »Okay, ich werde mir das Isolierzimmer anschauen, damit Sie beruhigt sind. Ich bin in ein paar Minuten wieder da.«

»Wir kommen natürlich mit! Woher sollen wir denn wissen, ob Sie den Arzt nicht decken!«

Rüdiger zuckte zusammen, als er Ellis beharrliche Stimme hörte. Das würde dem Sicherheitschef nicht gefallen!

Ruhge mahlte mit den Kiefern und sah Elli mit zusammengekniffenen Augen an. »Dann kommen Sie eben mit, Madam. So habe ich Sie auch im Auge, falls Sie mich hinters Licht führen wollen«, knurrte er schließlich.

Wenig später waren sie zu dritt auf der Krankenstation angekommen. Die Schwester führte sie gleich zu Sawitzky, der scheinbar gelassen am Computer arbeitete.

»Herr Kwalkowski, Sie sind wieder gesund, wie ich sehe.« Dann wandte er sich sogleich an den Offizier: »Levin, was kann ich für dich tun?«

»Claus, tut mir leid, dass ich dich störe. Ich habe hier zwei Gäste, die mir eine merkwürdige Geschichte erzählt haben. Sie suchen zwei ihrer Freunde und vermuten, dass sie bei euch auf der Isolierstation sind.« Er sah den skeptischen Blick des Arztes und fügte noch schnell hinzu: »Ich halte das für Unsinn, aber würde es dir etwas ausmachen, uns den Raum kurz zu zeigen?«

Sawitzky erhob sich und wirkte vollkommen entspannt. Rüdiger hatte ein ungutes Gefühl.

»Absolut nicht. Bitte, komm mit und schau dir das Zimmer an.« Er sprach nur mit dem Sicherheitschef und beachtete Elli und Rüdiger überhaupt nicht.

Das Isolierzimmer lag um die Ecke einen kurzen Gang entlang. Sawitzky schloss auf und öffnete die Tür. Noch bevor Rüdiger hineinblicken konnte, wusste er, dass sie einen Fehler gemacht hatten. Das Zimmer war bis auf ein frisch bezogenes Bett und ein paar Apparate und Regale völlig leer.

Ina hatte sich wieder beruhigt. Verdammte Dunkelheit! Erst im Aufzug und jetzt hier …

Dankbar machte sie ein brummendes Geräusch und Gero hörte auf zu summen. Ein erstaunlicher Mann. Die Idee, ihr mit einem Kinderlied die Angst zu nehmen, hätte sie nicht von ihm erwartet.

Plötzlich berührte sie etwas am Arm. Erschrocken zuckte sie zusammen.

Doch dann vernahm sie Gero, der versuchte, ihr durch den Knebel etwas zu sagen. Zeitgleich tasteten seine eiskalten Finger an ihrem Arm hinunter. Wollte er ihre Fesseln erreichen? Sie drehte sich so, dass sie Rücken an Rücken lagen. Gero fingerte weiter an ihrem Handgelenk herum. Als sie ein stechender Schmerz durchfuhr, stieß sie einen erstickten Schrei aus.

Sawitzky wollte Elli und Rüdiger bei sich auf der Krankenstation behalten und versuchte, den Offizier wortreich mit haarsträubenden Argumenten davon zu überzeugen. Doch der wollte nichts davon wissen. Er nahm die beiden mit zurück in sein Büro, wo sie eine längere Belehrung über sich ergehen lassen mussten. Erst danach ließ er sie gehen.

»So ein verlogener Kerl, dieser Sawitzky«, schimpfte Elli, als sie außer Ruhges Hörweite waren. »Ergreift sogar noch Partei für uns. Das ist ja wohl das Letzte!«

»Ja, aber clever. Damit hat er uns vollkommen den Wind aus den Segeln genommen bei den Sicherheitsleuten. Und ich vermute, dass er Ruhge schnell abwimmeln wollte, um uns dann selbst *in Gewahrsam* zu nehmen. Lass uns schnell abhauen.« Er zog sie weiter in einen belebten Bereich des Schiffs. »Verdammt, ich war mir mit dem Isolierzimmer so sicher. Wo sind Ina und Gero bloß?«

»Wie wäre es, wenn wir zum Kapitän gehen und ihm erzählen, dass die beiden verschwunden sind? Der kann doch bestimmt eine schiffsweite Suche auslösen.«

»... die er seinem Sicherheitschef anvertrauen würde.« Rüdiger schüttelte entmutigt den Kopf. »Nein, wir hatten unsere Chance. Ich fürchte, wir sind jetzt mehr denn je auf uns allein gestellt.«

»Hm, vielleicht nicht ganz«, lächelte Elli plötzlich keck. »Ich hätte da eine Idee.«

6

Sie waren frei! Zumindest waren sie nicht mehr gefesselt. Sehen konnten sie allerdings noch immer nichts. Es war stockdunkel.

»So ein Mist, dass sie uns die Handys abgenommen haben. Was gäbe ich jetzt für eine Taschenlampe«, schimpfte Gero. »Sorry noch mal für die Verletzung!«, fügte er dann noch kleinlaut hinzu.

»Nicht so wild. Wir können ja von Glück reden, dass sie uns nur so oberflächlich durchsucht haben. Wo hattest du das Ding denn versteckt?«

»*Das Ding* ist ein Mini-Flyssa«, belehrte er sie. Er war wieder ganz der Alte. Keine Spur mehr von dem fürsorglichen Mann, der ihr noch vor ein paar Minuten ein Lied gesummt hatte.

»Ich habe es in Casablanca gekauft. Es ist eine Miniaturausgabe des traditionellen marokkanischen Schwerts. Da ich mir schon gedacht habe, dass ich mit einer Waffe in Originalgröße nicht an Bord komme, habe ich mich eben für das kleine Format entschieden. Es ist ein raffiniertes handwerkliches Meisterstück! Und getragen habe ich es unter meinem Gürtel hinten am …«

»Danke, so genau wollte ich es gar nicht wissen«, beeilte sich Ina zu sagen. »Erklär mir lieber, wie wir jetzt hier herauskommen.«

Gero war schon dabei, die Wände abzutasten. Er fluchte, als er sich das Schienbein an einer Kiste stieß. Dann ging er weiter und gab kurze Zeit später einen triumphierenden Laut von sich. »Ich habe gerade die Tür gefunden.« Er rüttelte daran. »Die ist von innen allerdings nicht zu öffnen.« Er schlug dagegen. »Wir machen einfach Lärm. Irgendjemand wird uns schon bemerken!«

Da Ina auch keine bessere Idee hatte, beteiligte sie sich an Geros wütender Trommel- und Brüllaktion. Immer wieder hielten sie inne und lauschten. Nach einiger Zeit hörten sie tatsächlich den Alarm des Lagertors, dann Schritte vor ihrer Tür und schließlich ein schleifendes Geräusch, als die Klinke bewegt wurde. Gero ging in Angriffshaltung. Man konnte schließlich nie wissen, wer da gleich vor ihnen stehen würde.

Hayato lächelte. »Wir wissen zumindest, wo das Handy von Treuenpferdsan ist.«

»Woher?«, platzte Rüdiger heraus.

»Michiko, zeig es ihnen«, sagte das Familienoberhaupt ruhig. Aber selbst das hörte sich noch wie ein Befehl an und Rüdiger erahnte, was Ina in den letzten Tagen mitgemacht hatte.

Das Schiffshorn erklang dreimal und unterbrach jegliche Unterhaltung. Es begann leicht zu rumpeln und schwarzer Rauch quoll aus den Schornsteinen. Im Hintergrund erklang ein beschwingtes ›Sail Away‹, als Enyas ›Orinoco Flow‹ wie bei jedem Ablegen ertönte.

Eine der Japanerinnen löste sich aus der Gruppe. Sie zeigte schüchtern auf ihr Handy. »Treuenpferdsan hat ein Programm auf ihrem Handy wie wir alle«, erklärte sie mit leiser Stimme. »Die App darf wissen, wo sie ist, damit sie uns beim Kampf helfen kann.«

Rüdiger starrte die Frau an, als hätte sie Chinesisch gesprochen. Und auch Elli zog nur verständnislos die Augenbrauen hoch

»Ein beliebtes Spiel in Japan«, fügte Michiko erklärend hinzu. »Wir sind Ninjas, die Urzeitmonster bekämpfen. Und wir brauchen viele Freunde. Und Treuenpferdsans Handy ist hier.« Sie zeigte lächelnd auf einen roten Punkt auf dem Display, der mit japanischen Schriftzeichen versehen war.

Rüdiger begann zu begreifen. Sie gingen zusammen mit der Japanerin so lange auf dem Deck herum, bis sie direkt über dem roten Punkt standen.

Elli blickte auf die Liegen um sich herum: »Und jetzt?«

»Jetzt bin ich dran!« Rüdiger ging auf seinem Smartphone durch die Deckpläne des Schiffs, die Gero ihnen freundlicherweise auch in digitaler Form gegeben hatte. Unter ihnen war das Theater, darunter Kabinen und darunter …

»Elli, ich glaube, ich weiß, wo sie sind.« Er lächelte grimmig.

7

Als plötzlich Licht in den bislang stockdunklen Lagerraum fiel, wurde Gero geblendet. Deshalb konnte er auch nicht sehen, wer gerade die Tür geöffnet hatte: Freund oder Feind? Egal, Angriff war die beste Verteidigung.

Er stürmte los und überrumpelte die Person im Eingang mit einem tiefen Bodycheck. Sie stürzten beide zu Boden und der Neuankömmling blieb im Vorraum regungslos liegen.

»Das ist der Koch«, hört er Ina hinter sich.

»Dann steckt der also mit den Typen unter einer Decke!«

»Oder er hat uns gehört und wollte uns hier rausholen.«

»Wir sollten ihn aber trotzdem einsperren«, meinte Gero. »Und dann nichts wie raus hier.«

Ina nickte und ergriff die Beine des Bewusstlosen, Gero schlang seine Arme unter die Achseln des Kochs und hob den Körper beherzt an.

In diesem Moment ertönte der Toralarm ein weiteres Mal, doch Gero konnte nicht mehr schnell genug reagieren.

Baumann war blitzschnell im Raum und hielt Ina ein großes Fleischermesser an die Kehle. »Ihr geht mir wirklich auf die Nerven«, schnaubte er wütend. »Wie seid ihr da bloß rausgekommen? Und zu allem Überfluss muss ich mich um den jetzt auch noch kümmern.« Er zeigte entnervt auf den bewusstlosen Koch. Dann griff er hinter sich und das Tor schloss sich wieder mit lautem Geheul. »Los jetzt!« herrschte er sie an. »Ihr kommt alle drei erst mal wieder in den Lagerraum.«

Gero fügte sich notgedrungen. Ihm war klar, dass er am kürzeren Hebel saß, solange Baumann das Messer an Inas Hals drückte. Er fing den Blick des Proviantmeisters auf, der kurz zur Überwachungskamera hochwanderte. Wie gut war wohl die Sicherheit auf dem Schiff?

Sie schleppten den Koch zurück in den Lagerraum. Baumann schaltete das Licht von außen an, blieb aber in der Tür stehen.

»Und nun, Frau Treuenfeld, werden Sie Ihren Rambo fesseln. Danach kommen Sie selbst an die Reihe. Und dann möchte ich wissen, wie ihr euch befreien konntet!« Er nahm eine Rolle mit starker Schnur von einem Regal und warf sie Ina hin.

Sie begann langsam, Geros Hände zusammenzubinden.

Der versuchte, seine Unterarme so aneinanderzulegen, dass es ihm später leichter gelingen würde, den Strick wieder zu lockern. Schon als Kinder hatten sie geübt, wie man fesselt und sich befreit. Hoffentlich erinnerte sich Ina noch daran, Knoten sieben zu verwenden, der zwar gut aussah, aber nicht hielt.

Gero starrte Baumann an, der immer wieder auf sein Handy blickte. Er schien sehr nervös zu sein, was ihn sicherlich noch gefährlicher machte. Sollte er versuchen, ihn anzugreifen?

»Gut so«, konzentrierte sich der Proviantmeister in diesem Moment wieder auf sie. »Herr Fichtinger, bitte hinsetzen. Nun ist Ihre Freundin dran.« Baumann legte das Messer zur Seite und ergriff die Schnur.

Das war seine Chance. Gero warf die locker sitzenden Fesseln ab – Ina beherrschte den Trickknoten tatsächlich noch – und hechtete nach vorn, um sich die Waffe zu holen. Doch er hatte Baumann unterschätzt. Denn der reagierte blitzschnell, trat ihm auf die Hand und griff selbst nach dem Messer. Gero sah die Klinge bedrohlich über sich blitzen.

Ein Geräusch ließ den Proviantmeister herumfahren. Im nächsten Moment hatte ihn ein harter Handkantenschlag am

Arm getroffen. Mit einem Schrei ließ Baumann das Messer fallen.

Gero blieb vor Staunen der Mund offen stehen, als plötzlich fünf Japaner in der Tür standen. Sie hatten ihre Schuhe ausgezogen und die Karategrundstellung eingenommen. Einer von ihnen war bereits dabei, Baumann mit einem raschen Wurf und einem gezielten Haltegriff am Boden zu fixieren.

Der schrie und wand sich vor Wut, doch gegen den konzentriert dreinschauenden Kämpfer hatte er nicht den Hauch einer Chance. Zwei weitere Japaner sprangen herbei und setzten sich auf Baumanns Beine. Als er endgültig bewegungsunfähig war, rief die Gruppe aus vollem Hals im Chor: »Ascha, ascha, olé!«

Rüdiger trat grinsend zu Gero. »Na, da sind wir wohl gerade rechtzeitig gekommen.«

»Wir wollten ihn soeben selbst überwältigen«, behauptete Gero, schob dann aber doch ein ehrlich gemeintes »Danke!« hinterher.

Ina lief zu Gero. »Bist du okay?«, fragte sie besorgt.

Nachdem er sein Wohlbefinden bestätigt hatte, fiel sie Rüdiger und Elli um den Hals. »Ihr beiden seid einfach großartig!« Dann deutete sie auf das offene Schott des Lagers. »Wie habt ihr das Ding aufbekommen, ohne den Alarm auszulösen?«

»Wir haben den Nothebel benutzt«, verkündete Rüdiger stolz.

»Dann haben wir keine Zeit zum Feiern«, bremste Gero die allgemeine Freude. »Deine Aktion hat ein Notsignal auf der Brücke ausgelöst und somit wird hier vermutlich gleich der Kapitän mit der halben Security anrücken.«

»Das ist doch fantastisch! Dann können sie diesen Dreckskerl gleich verhaften«, tönte Elli.

»Ich fürchte, dass eher wir verhaftet werden. Und bis wir das alles erklärt haben, ist es morgen früh, Sawitzky und die beiden anderen sind in Valencia von Bord gegangen und auf Nimmerwiedersehen verschwunden. Oder habt ihr die schon erwischt?«, wandte er sich an Rüdiger.

Der schüttelte den Kopf. »Nein, keine Ahnung, wo sie sich herumtreiben. Wahrscheinlich suchen sie immer noch nach Elli und mir.«

Gero ging neben Baumann in die Hocke. »Wir würden gerne noch mit Ihren Verbündeten sprechen«, sagte er freundlich. »Wissen Sie zufällig, wo wir sie finden?«

Baumann schüttelte widerspenstig den Kopf.

Gero ergriff einen seiner Arme und machte eine leichte Drehbewegung.

Der Proviantmeister heulte auf vor Schmerz. »Okay, okay, ich sag euch alles!«, keuchte er.

Gero schaute triumphierend zu Rüdiger hoch, da nahm er aus den Augenwinkeln eine Bewegung wahr. In der noch immer offenen Lagerraumtür stand Hassan. Als dieser sah, dass Gero ihn bemerkt hatte, machte er auf dem Absatz kehrt und rannte davon.

Gero sprang auf. »Schnell, Rüdiger, dahinten war Hassan! Den müssen wir erwischen, sonst warnt er die anderen.«

Die beiden Männer sprinteten los. Als sie den Lagerbereich verließen, war von Hassan schon nichts mehr zu sehen. Der lange Gang vor ihnen war leer.

Eine nahe gelegene Tür klickte.

Gero riss sie sofort wieder auf und hätte dabei fast einen der Hilfsköche umgerannt, der soeben diesen Durchgang verwenden wollte.

»Hassan?«, brüllte er den Bediensteten an.

Der Mann deutete verdattert auf die Treppe, die nach oben führte.

Gero sparte sich ein ›Danke!‹ und spurtete die Stufen hoch. Seine Schuhe schlugen laut auf die metallenen Tritte. Bei dem Lärm konnte er Rüdiger hinter sich nicht mehr hören und hoffte nur, er würde das Tempo mithalten können.

Während er nach oben rannte, rief er sich die Deckpläne ins Gedächtnis. Auf Ebene vier angekommen hielt Gero kurz inne und lauschte. Er hörte sich schnell bewegende Schritte, doch es war unmöglich zu erkennen, ob sie von Rüdiger unter oder Hassan über ihm kamen.

Er hastete noch ein Stockwerk weiter. Dann musste er sich entscheiden.

Wahrscheinlich würde Hassan in den Mannschaftsbereich zu Sawitzky oder Grieswald laufen.

»Rüdiger«, rief er nach unten, »ich nehme Deck fünf, geh du weiter zur sechs!« Ohne eine Antwort abzuwarten, stürzte er durch die Tür.

Rüdiger konnte ganz gut mithalten. Er war froh über seine wiedererstarkte Gesundheit.

Gero rief irgendetwas von Deck fünf und sechs. Kurz darauf knallte eine Tür direkt über ihm. Sein Freund war wohl gerade aus dem Treppenhaus hinausgelaufen, mutmaßte Rüdiger.

Also rannte er keuchend noch eine Etage höher, bevor er ebenfalls nach draußen stürmte. Er fand sich auf dem Passagierdeck wieder, wo eine lange Reihe Kabinen zu beiden Seiten an den Gang grenzten. In diesem Moment erblickte er Hassan, der schon einen guten Vorsprung hatte und sich gerade an einem Reinigungswagen vorbeikämpfte. Dann verschwand der Lagerarbeiter um eine Ecke.

Rüdiger atmete heftig, doch er würde jetzt sicher nicht

aufgeben! Unter Aufbietung aller verbliebenen Energiereserven sprintete er wieder los.

Ein weiterer Reinigungswagen erschien aus dem Nichts.

Seine spontane Ausweichbewegung verhinderte nur das Schlimmste und Rüdiger krachte unter Schmerzen gegen den Türstock auf der anderen Seite des Gangs. Das Reinigungsmädchen stieß einen spitzen Schrei aus. Rüdiger taumelte und stürzte. Er hielt für einen Moment benommen den Atem an und presste die Hand auf seine pochende Augenbraue. Etwas Warmes verteilte sich feucht zwischen seinen Fingern.

Das hatte ihm gerade noch gefehlt. Er schloss für eine Sekunde die Augen. Nein, Hassan würde ihm nicht entkommen! Rüdiger rappelte sich keuchend auf.

»Es … tut mir leid«, stammelte das Mädchen entsetzt. »Ich habe Sie nicht kommen sehen. Ich rufe einen Arzt.«

»Nein!«, schrie Rüdiger lauter als beabsichtigt und die Frau zuckte vor Schreck zusammen. Doch Sawitzky war wirklich der Letzte, den er jetzt gebrauchen konnte.

Er spürte, wie ihm Blut aufs T-Shirt tropfte. Trotzdem humpelte er, so schnell er konnte, laut schnaufend weiter, bis er zu einer Tür kam, die ins Freie führte.

In der Dämmerung erkannte er, dass Hassan gerade dabei war, eines der Rettungsboote zu besteigen, das schon zum Ablassen bereit neben der Reling hing.

Gero hatte schnell erkannt, dass Hassan nicht auf Deck fünf war, und rannte weiter zu Deck sechs. Ein Zimmermädchen versuchte schluchzend, Blutflecken aus dem Teppich zu wischen.

»Was ist passiert?«, rief er und beugte sich über sie.

»Ich … habe ihn nicht gesehen. Und jetzt ist alles voll Blut!«, schluchzte die junge Frau und sah ihn tränenüberströmt an.

Verdammt! Hatte Hassan Rüdiger erwischt?

»Wo sind sie?«, fragte er grob.

»Ich … bin hier … aber wieso?«

»Nicht Sie! Wo sind sie, Herrgott, wo ist er hin?«, donnerte Geros Bass.

Sie deutete mit einem zittrigen Finger nach vorn und Gero nahm die Verfolgung auf.

Als er die Außentür erreichte, erschallte ein Geräusch wie das einer Schiffssirene. In diesem Augenblick wusste er, was Hassan vorhatte.

Rüdiger stand unschlüssig neben einem der Rettungsboote, das gerade nach unten abgelassen wurde und dabei das ohrenbetäubende Heulen verursachte.

»Hinterher, verdammt noch mal!«, schrie Gero in Feldwebelmanier und wedelte auffordernd mit den Armen.

Doch Rüdiger schaute ihn unsicher an und hielt sich den Kopf. Sein Hemd war rot von Blut.

Gero zögerte nicht lange, sondern sprang in vollem Spurt über die Reling und landete mit einem dumpfen Laut auf dem Dach des Bootes, einem der kleinen orangefarbenen Ferries.

Rüdiger war entsetzt! Er kannte zwar Geros Impulsivität, aber einfach über die Reling zu springen …

Er blickte kurz zum Horizont. Die Lichter von Málaga waren noch gut erkennbar, es war sicherlich ein Leichtes für Hassan, zum Hafen zurückzukehren und sich dort zu verdünnisieren.

Das Abseilen des Bootes ging rasch. Gero hatte sich vom Dach hinuntergehangelt und hielt sich nun an einem Haltegriff neben der Tür fest. Gleichzeitig versuchte er mit der anderen Hand, sie aufzuschieben. Doch offensichtlich hielt von innen jemand dagegen, denn immer, wenn er sie einen Spalt weit geöffnet hatte, wurde sie kurz darauf wieder zugezogen.

Was konnte er von hier oben aus nur tun?, überlegte Rüdiger fieberhaft. Konnte er das Ablassen stoppen? Er schaute sich um. Wenn nur der Schmerz an der Stirn aufhören würde …

Sein Blick fiel auf einen kleinen Kasten mit mehreren Knöpfen, der an einem der Träger befestigt war.

Gero schnaufte heftig. Irgendwie musste er diese Tür öffnen. Er zog erneut mit einem Ruck und es gelang ihm immerhin, sie so weit aufzubekommen, dass er sein Knie dazwischen zwängen konnte. Jemand stemmte sich von innen dagegen und Gero verzog schmerzverzerrt das Gesicht, als sein Bein in dem Spalt eingeklemmt wurde. Nichtsdestotrotz zerrte er weiter und beim nächsten Versuch gelang es ihm, auch seine Hüfte durch den Spalt zu schieben.

Dann hatte er es geschafft.

Sawitzky stand hinter Hassan. Der war zwar stämmig, aber nicht der Schnellste. Ehe er auch nur ansatzweise reagieren konnte, versetzte Gero ihm einen trockenen Leberhaken. Hassan krümmte sich vor Schmerz, ging aber nicht zu Boden. Stattdessen rammte er dem Hobbydetektiv seinerseits den Kopf in den Magen und Gero keuchte. Im nächsten Moment hatte er Hassan in den Schwitzkasten genommen und die beiden rangen laut fluchend miteinander.

Gero versuchte, sich zu drehen und Hassans Kopf gegen eine der Bootsverstrebungen zu rammen, doch der Marokkaner wehrte sich mit Händen und Füßen.

Plötzlich spürte Gero einen heftigen Schlag zwischen den Schulterblättern und stürzte mit dem Gesicht voran zu Boden. Sawitzky hatte ihn schwer getroffen. Einen kurzen Moment war Gero benommen, dann bekam er Hassans Bein zu fassen, als der mit dem anderen gerade zum Tritt ausholte. Mit einem heftigen Ruck warf Gero sich zur Seite. Hassan schrie auf und fiel mit einem dumpfen Schlag hin.

Dann herrschte Stille.

Gero hob den Oberkörper ein wenig an und sah, dass Hassan mit dem Hinterkopf gegen ein Geländer gefallen war und nun bewusstlos am Boden lag.

Damit stand es nur noch 1:1!

Gero rappelte sich etwas benommen auf, als ein plötzlicher Ruck durch das Boot ging und es aufhörte, sich weiter zu senken. Stattdessen schaukelte es jetzt kräftig hin und her. In der plötzlichen Stille blickte Sawitzky irritiert nach oben. Gero nutzte die Gelegenheit zu einem wohlplatzierten Kinnhaken. Der Arzt schrie auf und hielt sich das Gesicht, während Gero zusammenzuckte und seine Hand schüttelte. Auch ihm hatte der Schlag wehgetan.

Sawitzky taumelte, drehte sich dann um und hämmerte mit der freien Hand immer wieder auf einen Knopf am Schaltpult. Doch das Boot senkte sich nicht weiter.

War es Rüdiger womöglich gelungen, den Mechanismus außer Kraft zu setzen?, schoss es Gero durch den Kopf. »Geben Sie auf, Sawitzky! Das Spiel ist aus. Sie kommen hier nicht mehr weg.«

»Das werden wir ja sehen«, knurrte der Arzt. Dann griff er geschickt nach einer in der Ecke liegenden Schwimmweste und hatte, noch ehe Gero reagieren konnte, auch schon die

Tür auf der schiffabgewandten Seite geöffnet. Kühle Meeresluft strömte herein, als Sawitzky schwankend in die Tiefe blickte.

Es waren sicherlich noch ein paar Meter bis zur Wasseroberfläche. Gero machte einen Schritt auf den Arzt zu und hielt ihn am Arm fest. »Nicht so schnell, Freundchen! Hier ist Schluss.«

Sawitzky wollte sich losreißen. Dabei verlor er in dem schaukelnden Boot das Gleichgewicht und klammerte sich reflexartig an Gero.

Für den Bruchteil einer Sekunde schienen sie wie eingefroren, dann stürzten sie zusammen in die Tiefe.

Rüdiger hatte den Notstoppschalter auf der Konsole betätigt. Zufrieden stellte er fest, dass das Rettungsboot leicht schaukelnd nicht weit über dem Meer stehen geblieben war. Ihm war auch aufgefallen, dass ein paar der Kabel, die in die Konsole führten, abgezwickt worden waren. Vielleicht die Verbindung zur Brücke, damit das Absenken der Ferry nicht von dort oben unterbrochen werden konnte?

In der Stille, die schlagartig herrschte, hörte Rüdiger ein Platschen tief unter sich. Erschrocken schaute er nach achtern aufs Meer hinaus und bemerkte eine Person, die zunächst unterzugehen schien, einen Moment später jedoch strampelnd wieder auftauchte. Das war Gero! Für einen Moment erkannte er im Licht der *Aurora* noch ein zweites Paar rudernder Arme. War das Hassan gewesen? Egal, die Ertrinkenden galt es zu retten. Er blickte sich suchend um und erspähte an der Reling nur ein paar Schritte entfernt einen Rettungsring. Aber würde man den nachts auf dem offenen Meer ausmachen können? Man müsste irgendwie dessen Position markieren ... Im nächsten Moment hatte Rüdiger die Lösung. Er schnappte sich den Rettungsring, riss sich seinen Stoffgürtel aus der Hose, umwickelte zunächst ein paarmal sein Handy damit und knotete es schließlich an dem rot-weiß gestreiften Schwimmkörper fest. Eine bessere improvisierte GPS-Bake hätte nicht einmal MacGyver hinbekommen. Wobei der vermutlich nur einen Kugelschreiber und ein Stück Draht dafür verwendet hätte. Rasch warf er den Rettungsring mit einer ausholenden Bewegung hinunter ins Wasser.

Dass Rüdiger dabei das Gleichgewicht verlor und stolperte, war sein Glück. Denn noch im Fallen hörte er etwas durch die Luft sausen und Sekunden später ein Geräusch, als würde Metall auf Metall schlagen.

Rasch drehte er sich auf den Rücken und sah Grieswald mit wutverzerrtem Gesicht, der mit einem Shuffleboard-Cue nach ihm geschlagen hatte.

»Verdammt!«, fluchte der Galerist mit hochrotem Kopf.

Während er zum zweiten Schlag ausholte, trat ihm Rüdiger gegen die Beine. Grieswald taumelte und kam auf den Blutstropfen, die Rüdiger großflächig an Deck verteilt hatte, kräftig ins Schlingern. Der nutzte die Zeit, um sich wieder aufzurappeln. In geduckter Stellung blieb er lauernd stehen. Wo war der Galerist denn plötzlich hergekommen?

»Ihr blöden Typen!«, ereiferte sich Grieswald. »Wegen euch sind wir aufgeflogen. Dafür wirst du jetzt bezahlen!«

Rüdiger spürte, wie eine ohnmächtige Wut in ihm hochkochte. Er war als Versuchskaninchen missbraucht worden! Er hätte genauso sterben können wie Schlüter! Dieser Irre wollte Elli in Sawitzkys Falle locken! Ein unbändiger Zorn gepaart mit der bisher unterdrückten Verzweiflung über Sonjas Tod brach jetzt mit voller Macht aus ihm hervor.

Mit einem lauten Kampfschrei stürmte Rüdiger nach vorn,

ignorierte die Eisenstange in Grieswalds Hand und ließ sein ganzes Gewicht gegen den Körper des schmächtigen Kerls krachen. Gemeinsam schlugen sie hart gegen die Schiffswand. Der Galerist sank zu Boden und blieb regungslos liegen.

Rüdiger schnaubte und versuchte, seinen hektischen Atem unter Kontrolle zu bringen.

Da legte ihm jemand die Hand auf die Schulter. »Stopp! Hören Sie auf, Mann!«

Rüdiger drehte sich um und konnte sich gerade noch bremsen, nicht reflexartig zuzuschlagen. Vor ihm stand der Sicherheitschef.

»Haben Sie mich nicht rufen hören?«, fragte er mit kräftiger Stimme und hob beschwichtigend die Arme.

Rüdiger schüttelte japsend den Kopf. Sein Puls hatte sich immer noch nicht beruhigt.

»Wir übernehmen jetzt. Ihre kleine Privatarmee hat ja schon ganze Arbeit geleistet.«

Rüdiger wusste nicht, ob das anerkennend oder ironisch gemeint war, und nickte nur. Er warf einen befriedigten Blick auf Grieswald, der wimmernd auf der Seite lag. Sein blütenweißes Hemd zierten einige hässliche Blutflecken.

Dann fiel ihm siedend heiß Gero wieder ein.

Rüdiger packte Ruhge am Arm, der ihn missbilligend anschaute. »Zwei Passagiere sind über Bord gegangen. Ich habe sie im Wasser gesehen. Wir müssen schnell hinterher.«

Der Sicherheitsmann stellte keine weiteren Fragen, sondern reagierte prompt. Er nahm sein Funkgerät, löste Alarm aus, lief zu einem Rettungsboot und setzte es mit routinierten Handgriffen in Bewegung. Langsam schaukelnd schob es sich über die Reling. Kurz darauf merkte Rüdiger, wie die Maschinen der *Aurora* gestoppt und sie langsamer wurden.

Dann kam Ruhge zurück.

»Wann ungefähr sind die Personen ins Wasser gefallen?«, fragte er. »Diese Information ist wichtig, um ihre jetzige Position abschätzen zu können! Und Sie«, fügte er nach einem kritischen Blick auf Rüdigers Verletzung an, »brauchen dringend einen Arzt.«

Rüdiger verdrehte entnervt die Augen. Wieso wollte ihm hier jeder einen Arzt aufdrängen? Als alter Fußballer machte ihm doch eine kleine Platzwunde nichts aus.

»Papperlapapp! Ein Taschentuch reicht allemal«, erwiderte er ungehalten. »Die Position der beiden über Bord Gegangenen können Sie ganz leicht herausfinden. Ich habe mein wasserdichtes Handy an einen Rettungsring gebunden und ihnen hinterhergeworfen. Wenn Sie das Gerät orten, sollten die Männer also nicht weit davon zu finden sein … Hoffe ich zumindest.«

Das Wasser war kalt! Auch wenn Gero das erwartet hatte, war es zunächst ein kurzer Schock gewesen, als er nach seinem gut fünf Meter tiefen Sturz in den Ozean eingetaucht war. Mit ein paar kräftigen Beinbewegungen hatte er sich wieder an die Oberfläche gebracht. Rasch streifte er sich die Schuhe ab, dann trat er Wasser. Nebenbei zog er sich die Hose aus – was ohne Boden unter den Füßen kein leichtes Unterfangen war. Er hatte bei der Bundeswehr einmal ein Spezialtraining für den Notfall auf See erhalten. Zwar hatte er den Trick mit der improvisierten Schwimmweste seitdem nicht mehr verwendet, doch konnte er sich trotzdem noch an jede Handbewegung erinnern. Für den Moment verknotete er die Hosenbeine nur und legte sie sich um den Hals. Der Rest würde später kommen. Dann hielt er aufmerksam Ausschau nach Sawitzky.

Die Dünung war zum Glück nur mäßig, aber es war schon recht dunkel. Gero blickte Richtung Land und erkannte die Küstenlinie von Málaga, den Leuchtturm und die vielen Lichter am Ufer. Eines davon ging periodisch an und aus. Das musste die Rettungslampe der Schwimmweste sein, die im rhythmischen Wellengang auf und ab wogte. Hoffentlich war Sawitzky wenigstens schlau genug gewesen, sich an ihr festzuhalten.

Gero kraulte geschmeidig los, wodurch ihm gleich etwas wärmer wurde. Es dauerte nicht lange, bis er die blinkende Rettungsweste erreicht hatte. Sawitzky klammerte sich tatsächlich strampelnd daran und schien ziemlich kraftlos. Er hatte es noch nicht geschafft, sie sich anzulegen. Gero hielt gebührenden Abstand, damit Sawitzkys nicht auf die Idee kam, nach ihm zu greifen. Auf diese Weise waren schon Leute in Gefahr geraten, die einen Ertrinkenden retten wollten.

Er trat erneut Wasser und schlug ein paarmal mit der offenen Hose Richtung Wasseroberfläche, um die Hosenbeine mit Luft zu füllen. Teil zwei des Bundeswehrtricks. Als er anschließend mit der einen Hand den Hosenbund unter Wasser hielt, spürte Gero sogleich den Auftrieb des prallen Stoffschlauchs um seinen Hals.

Dann paddelte er vorsichtig auf Sawitzky zu, der aufgehört hatte zu strampeln und wie tot im Wasser trieb. In dem Moment jedoch, als Gero die Hand nach ihm ausstreckte, erwachte der Arzt schlagartig wieder zum Leben. Blitzschnell drückte er Geros Arm nach unten und holte gleichzeitig mit der anderen Hand aus.

Gero war so überrascht, dass er erst reagierte, als das Skalpell schon auf ihn niedersauste. Er versuchte zwar noch, den Angriff abzuwehren, indem er seinen freien Arm nach oben riss, aber es war zu spät.

Ein stechender Schmerz durchfuhr ihn, als die Klinge in

seine Schulter drang. Da dabei auch seine provisorische Schwimmweste zerschlitzt wurde, verlor er sofort an Auftrieb, als sich Sawitzky mit seinem ganzen Gewicht auf ihn legte. Unter großen Schmerzen hielt Gero dessen Unterarm fest, sodass der Arzt zumindest nicht mehr zustechen konnte.

Plötzlich wurden beide von einer Welle unter Wasser gedrückt. Sawitzkys Körperspannung ließ dadurch für einen Moment nach und Gero versetzte ihm einen gezielten Nierenschwinger. Das Wasser dämpfte den Schlag zwar deutlich, aber der Arzt ließ dennoch kurzzeitig von ihm ab, um zum Luftholen an die Wasseroberfläche zurückzuschwimmen. Gero machte ein paar kräftige Schwimmstöße, um ein paar Meter zwischen sich und den Arzt zu bringen, und tauchte daraufhin ebenfalls auf. Seine Schulter schmerzte stark und er blutete heftig. Schnell schätzte er seine Überlebenschancen ab: Im Mittelmeer gab es etwa fünfzig Haiarten, aber weniger als einen Angriff pro Jahr. Seine blutende Wunde erhöhte jedoch die Möglichkeit, als Haiimbiss zu enden.

Mittlerweile herrschte fast pechschwarze Nacht um sie herum. Hätte Gero sich nicht so bewegt, dass Sawitzkys Schatten zwischen ihm und den fernen Lichtern des Ufers gewesen wäre, hätte er Schwierigkeiten gehabt, den Arzt wieder auszumachen. Denn die Rettungsweste war längst abgetrieben und nicht mehr zu sehen.

Gero überlegte mit rasselndem Atem, wie er Sawitzky überwältigen konnte, ohne sie beide zu ertränken. Er war sich sicher, dass man Rettungsboote nach ihnen suchen lassen würde. Doch ohne Positionslicht konnte es noch einige Zeit dauern, bis sie gefunden wurden. Und er wusste nicht, wie lange er sich mit der Wunde noch über Wasser halten konnte.

»Sie sind etwa fünfhundert Meter Richtung Nord-Nord-Ost«, erklärte Rüdiger dem Steuermann.

Der nickte und nahm langsam Fahrt für die Verfolgung auf.

Rüdiger saß gemeinsam mit Ruhge und zwei weiteren Sicherheitsmännern in dem Rettungsboot, das mittlerweile aufs Wasser abgeseilt worden war. Einer von der Security stand am Bug und bediente einen hellen Suchscheinwerfer. Rüdiger drückte sich eine sterile Binde, die ihm irgendwer gereicht hatte, gegen die Wunde an seinem Kopf.

»Hoffentlich ist der Rettungsring nicht allzu weit abgetrieben«, bemerkte Ruhge. »Sonst finden wir sie wahrscheinlich nicht so schnell.«

Gero wurde von etwas am Kopf getroffen, woraufhin ihm ein überraschter Laut entfuhr. Verdammt, jetzt wusste Sawitzky, wo er war!

Aber was hatte ihn da erwischt?

Er tastete in der Dunkelheit herum, bis er etwas zu fassen bekam.

Ein Rettungsring!

Gero klammerte sich daran fest und überlegte sogleich fieberhaft, ob er das Teil eventuell auch dazu nutzen konnte, dem Arzt einen Schlag zu versetzen. Während er den Rettungsring auf seine Härte hin prüfte, ertastete er plötzlich etwas Merkwürdiges, was da nicht hingehörte.

Sekunden später setzte Sawitzky zur nächsten Attacke an. Zu Geros Vorteil fiel er laut schnaubend über ihn her, sodass er leicht ausweichen konnte.

Dann konterte er mit einer Waffe, die der Arzt nicht erwartet hatte.

Sawitzky heulte auf und versuchte, eine Hand vor die Augen zu halten, als ihn das grelle Licht aus Rüdigers wasserdichtem Smartphone aus nächster Nähe blendete. Als Gero sehen konnte, wo genau sich sein Gegner befand, nahm er den Rettungsring in beide Hände und stieß ihn kräftig gegen die Stirn des Arztes. Der kippte daraufhin zur Seite und Gero packte ihn am Kragen, bevor der Mann untergehen konnte. Dann hakte er seinen verletzten Arm unter Schmerzen am Rettungsring ein und zog Sawitzkys bewusstlosen Körper vor seinen eigenen.

Erschöpft schloss Gero die Augen. Wie lange würde er sich und den Arzt noch so halten können? Der Atem des Exsoldaten ging pfeifend und das salzige Wasser brannte in seinen Augen. Er hasste es, auf andere angewiesen zu sein, doch in diesem Moment hoffte er, dass Rüdiger es irgendwie schaffte, ihm Hilfe zu schicken.

Da hörte er ein brummendes Geräusch, das sich schnell näherte.

8

»Was zum Teufel haben Sie sich eigentlich dabei gedacht?«, herrschte Levin Ruhge sie an, als V.I.E.R. eine halbe Stunde später versammelt im Büro des Kapitäns saßen. »Sie können doch nicht auf eigene Faust solche Guerillaaktionen auf unserem Schiff durchziehen!«

Geros und Rüdigers Wunden waren inzwischen von den Schwestern genäht und verbunden worden. Bevor V.I.E.R. 1 zu einem Plädoyer ansetzen konnte, ging der Kapitän mit ruhiger Stimme dazwischen. »Nun mal langsam, Levin. Ich würde die Geschichte gerne von Anfang an hören. Danach können wir uns immer noch eine Meinung bilden.«

Gero nickte Ina müde zu, die gerne übernahm. In der nächsten halben Stunde erzählte sie von ihren Recherchen über illegale Elfenbeinkunst, von Schlüters Tod, der Idee, eventuell auf ihrer aktuellen Kreuzfahrtroute an die Drahtzieher der Schmuggelware heranzukommen, und schlussendlich von ihrer Entdeckung, dass das Aloe-vera-Wasser, das den Passagieren der *Aurora* auf den Kabinen angeboten wurde, gesundheitsschädigende Stoffe beinhaltete. Der Kapitän hörte die ganze Zeit über aufmerksam zu. Hin und wieder stellten er oder der Sicherheitschef eine Frage oder einer der V.I.E.R. ergänzte etwas.

Zum Schluss konnte sich Gero doch nicht zurückhalten, selbst noch weitere Details vom Stapel zu lassen. »Um es noch einmal kurz zu machen: Die Pharmafirma *Al Générique* hat für Sawitzky mit Arzneimitteln manipuliertes Gesundheitswasser über Proviantmeister Baumann an Bord der *Aurora* gebracht. Sawitzky führte mithilfe dieser Getränke illegale Medikamententests durch. Nach der Auswertung der Gesundheitsfragebögen, die die Passagiere zu Beginn der Fahrt ausgefüllt hatten, hat er zu diesem Zweck auf jeder Fahrt einen Korridor mit möglichst gesunden Probanden ausgesucht. Damit konnte er sofort erkennen, ob das Medikament Nebenwirkungen hatte. Die Wahrscheinlichkeit, dass darunter auch Passagiere mit Seekrankheit sein würden, ist rein statistisch hoch genug. Nun wurde Baumann aktiv, indem er die Getränkeflaschen, welche von den Zimmermädchen ursprünglich für diesen Korridor vorgesehen waren, austauschen ließ. Das Personal hat also unwissentlich die manipulierten Getränke an die Passagiere verteilt. Und da das Wasser gesundheitsförderlich sein sollte, haben es die Leute – unter anderem auch Rüdiger – bedenkenlos getrunken. Sawitzky hat notiert, wenn jemand aufgrund von Nebenwirkungen bei ihm vorbeikam. Zusätzlich hat er die Seekranken nach zwei Tagen nochmals untersucht, um die Wirksamkeit des Arzneistoffs zu überprüfen. Auf diese Weise konnte *Al Générique* Tests, die sehr teuer gewesen wären oder vielleicht noch Jahre bis zur Genehmigung gebraucht hätten, unter halb klinischen Bedingungen durchführen.«

Gero unterbrach seinen Monolog und nahm einen Schluck Wasser.

»Dieser Achmed«, fuhr er dann fort, »der bei *Al Générique* beschäftigt ist und dafür sorgte, dass das manipulierte Wasser auf den Paletten angeliefert wurde, kam dann auf die glorreiche Idee, denselben Weg auch für den lukrativen Elfenbeinschmuggel zu verwenden. Hassan war dafür verantwortlich, das Elfenbein hier an Bord aus der Palette zu holen und in Cádiz einem Kurier von *Galieri* zu übergeben, der Betreiberin einer gut versteckten Auktionsplattform im Internet für illegale Kunstwerke. Gunter Grieswald hat zusätzliche Kunden für diese Internetauktion angeworben. Interessanterweise«, dozierte Gero und warf einen Beifall heischenden Blick in die Runde, »wussten die beiden Gruppen hier an Bord bis zu unserem Eingreifen nichts voneinander. Es handelte sich ursprünglich um zwei voneinander völlig unabhängige Aktionen.«

Der Kapitän schüttelte langsam den Kopf. »Unglaublich!«, meinte er schockiert. »Und wenn ich mir Ihre Beweise anschauen, dann haben wir die vier zu Recht in Gewahrsam genommen.«

»Wie geht es ihnen denn?«, mischte Elli sich ein. »Sind sie schwer verletzt?«

»Hassan Abdelhami hat eine leichte Gehirnerschütterung erlitten. Gunter Grieswald ist etwas platt, könnte man sagen«, fügte der Kapitän mit einem Blick auf Rüdiger hinzu. »Claus Sawitzky ist wieder bei Bewusstsein und erholt sich nach Ihrem kleinen Ausflug ins Mittelmeer, Herr Fichtinger. Und unser Chefkoch Markus Langgasser weiß immer noch nicht genau, was eigentlich vorgefallen ist.« Dann wandte er sich mit ernstem Blick an Ina. »Für das, was Sie hier an Bord getrieben haben, sollte ich Sie alle der Polizei übergeben. Sie hätten mich auf jeden Fall informieren müssen. Und sich zu diesem Zweck einfach als Crewmitglied einzuschleichen, ist wirklich eine Unverschämtheit«, echauffierte er sich. »Ich habe meine Lektion daraus gelernt und werde zukünftig Quereinsteiger besser prüfen. Andererseits«, er spreizte die Hände, »wären wir ohne Ihr beherztes Eingreifen sicher nicht so schnell auf die Sache mit dem medikamentenhaltigen Aloe-vera-Wasser gekommen. Vielleicht haben Sie also durch Ihren hochgradigen Leichtsinn sogar Menschenleben gerettet.« Er schwieg für einige Sekunden und rang sich dann zu einem kleinen Lächeln durch. »Ich lasse das als mildernde Umstände gelten und werde keine weiteren Schritte gegen Sie einleiten. Natürlich werden Sie morgen in Valencia der dortigen Polizei Rede und Antwort stehen. Die Beweise, vor allem der Tonmitschnitt des Gesprächs zwischen Ihnen, Herr Fichtinger, und Sawitzky, sollten ausreichen, um zumindest den Bordarzt für längere Zeit hinter schwedische Gardinen zu bringen. Wir werden selbstverständlich auch die Passagiere über die Vorfälle hier an Bord informieren. Hilfreich für uns wäre natürlich, wenn wir wüssten, wer alles das manipulierte Getränk verabreicht bekommen hat.«

»Sawitzky schweigt«, erwiderte Ruhge bedauernd. »Und aus den Patientenakten wurden alle relevanten Daten gelöscht.«

»Ich habe ein Foto mit den Namen und Kabinennummern«, verkündete Gero und genoss die überraschten Blicke der anderen in vollen Zügen. »Es befindet sich auf meinem Handy. Das allerdings wurde mir von Sawitzky abgenommen.«

Ruhge nickte anerkennend. »Ausgezeichnet. Wir werden es umgehend sicherstellen. Sie können mir nachher das Bild zeigen.«

»Und was ist jetzt mit dem Elfenbeinschmuggel?«, fragte Elli unvermittelt in die allgemeine Euphorie. Schließlich war das ursprünglich einmal der Hauptgrund für ihre Reise gewesen.

Ruhge schaute ein wenig pikiert. »Was in dieser Richtung weiter passiert, müssen wir der jeweiligen lokalen Polizei überlassen. Ihre Fotos und Aussagen werden aber sicherlich nützlich sein.« Dann drückte der Sicherheitschef Gero noch eine Plastiktüte in die Hand. »Die Überwachungskamera, die Ihnen am Beginn der Reise abgenommen wurde. Wir haben außerdem auch die im Lagerraum gefunden. Müssen wir uns sonst noch auf Überraschungen einstellen? Sprengfallen, Blendgranaten, Selbstschussanlagen?«

Gero lächelte. »Viel Spaß beim Suchen!«

Ruhge grinste zurück und klopfte ihm herzlich auf die verletzte Schulter.

9

Es war spät abends, als sich V.I.E.R. an die *Aurora*-Bar setzte. Rüdiger bestellte sich nach dem harten Tag einen Whiskey, Elli und Ina gut alkoholisierte Cocktails. Nur Gero blieb bei seiner Linie und wählte an diesem Abend einen Vanille-Milchshake in der Hoffnung, endlich mal ein Getränk zu bekommen, das nicht nach Kindergeburtstag aussah.

Als der Barmann das Glas mit der feinweißen Flüssigkeit auf die Theke stellte, war Gero sehr zufrieden. Dann steckte er ihm freundlich lächelnd eine Ananasspalte mit pinkfarbenem Sonnenschirm daran. Ebenso freundlich lächelnd reichte Gero dem Barmann beides wieder zurück.

Sie saßen eine Weile schweigend da und hörten der Band zu, die im Hintergrund Oldies zum Besten gab. Irgendwann fragte Ina: »Wie um alles in der Welt habt ihr es eigentlich geschafft, die Japaner zum Kampfeinsatz zu rekrutieren?«

Als ob ein Damm gebrochen wäre, überschlugen sich Elli und Rüdiger dabei, ihre Geschichte in allen Einzelheiten zu erzählen. Wie früher gab jeder seine Perspektive zum Besten und bei jeder Runde wurde die Erzählung noch fantastischer, heroischer und dadurch V.I.E.R.-mal so gut.

Tag 6: Valencia

1

Ina schrieb den Rest der Nacht ihren Artikel über die Vorkommnisse an Bord. Mit einem Hochgefühl schickte sie die E-Mail im Morgengrauen an die Redaktion. Sie hatte Ruhge versprochen, so lange damit zu warten. Als Gegenleistung bekam sie noch ein paar Informationen aus erster Hand, zum Beispiel über eine umgehend durchgeführte Razzia bei *Al Générique*.

Kaum fünfzehn Minuten später war bereits die Antwort des Chefredakteurs in ihrem Posteingangsfach: Er war begeistert. Ihr Artikel war als Hauptschlagzeile praktisch schon im Druck.

Bester Laune schaltete sie ihren Laptop aus. Das schlechte Gewissen wegen des stark überzogenen Spesenkontos ignorierte sie stoisch. Das würde sie dem Verlag erst beichten, wenn sie wieder zu Hause war.

Ina hätte die Welt umarmen können, als sie in die kühle Morgenluft trat. Wie viel besser war es, selbst über Abenteuerliches zu schreiben, als nur die Artikel anderer zu redigieren. Die Sonne war gerade erst aufgegangen, doch Gero stand schon mit einem leichten Sweater bekleidet an der Reling.

Er fuhr mit seinem unverletzten Arm die Silhouette der sich nähernden Stadt nach. »Valencia!«, rief er pathetisch aus.

»Unglaublich! Woher weißt du das nur?«, neckte ihn Ina. Wenn Blicke töten könnten, wäre Ina im selben Moment zumindest schwer getroffen worden. Sie griff sich theatralisch ans Herz. »O weh, da gehe ich dahin.«

»Du scheinst ja bester Laune zu sein«, erwiderte Gero spaßbefreit.

»Klar. Ich habe schließlich gerade den Artikel meines Lebens geschrieben. Und du?«

»Von der Konversation mit einem übermütigen Teammitglied abgesehen, ausgezeichnet. Schließlich haben wir unseren ersten Fall bravourös gelöst.«

Dass er von ihrem ›ersten‹ Fall gesprochen hatte, machte Ina nur noch euphorischer.

»Schade, dass wir – jetzt wo der Fall gelöst ist – keine Zeit haben werden, uns in Valencia umzuschauen. Die Altstadt, der *Jardin del Turia* und das *L'Oceanogràfic* sollen absolut sehenswert sein!«, lamentierte ihr Freund.

»In der Tat. Soll ich Hannes fragen, ob er noch einen Platz auf dem Gepäckträger für dich frei hat?«

Gero quittierte Inas Kommentar lediglich mit einer hochgezogenen Braue. »Du bekommst jetzt erst einmal einen Beruhigungstee. Und um zehn Uhr treffen wir uns, wie du hoffentlich nicht vergessen hast, mit Ruhge.«

»Ach, komm schon, hab dich nicht so«, tätschelte Ina ihm kumpelhaft auf den Arm. »Zumindest ein bisschen Spaß wirst du doch verstehen.«

»Wenn es zu meiner Rolle gehört, natürlich«, gab Gero zu.

Diese konsequente Verkopftheit machte ihn auf seine Art schon wieder lustig, resümierte Ina amüsiert.

Sie erreichten den Hafen. Auf dem Parkplatz vor der Anlegestelle war eine kleine Zeltstadt zu sehen.

»Das sieht aus wie ein Feldlazarett«, meinte Gero nach einem fachkundigen Blick. »Damit können alle Passagiere, die das wünschen, schnell auf mögliche Nebenwirkungen untersucht werden. Gut, dass dein Artikel schon draußen ist. Die ganze Geschichte wird noch größere Kreise ziehen. Bald berichtet jedes Blatt zwischen Spanien und Deutschland darüber.«

Noch während des Frühstücks kam eine Durchsage des Kapitäns, der alle Gäste zu einer außerplanmäßigen Vollversammlung ins Theater bat.

Gero schaute auf die Uhr. »Das könnten wir gerade noch schaffen, bevor wir bei Ruhge antanzen müssen. Bin gespannt, was er von den Vorkommnissen der letzten Nacht offiziell verkündet.«

Wenig später erläuterte der Kapitän den schockierten Reisenden sachlich und ruhig, was es mit den Medikamententests auf sich hatte, warum das Schiff am Vorabend plötzlich mitten auf dem Meer gestoppt worden und weswegen es zur Benutzung zweier Rettungsboote gekommen war. Das Elfenbein hingegen erwähnte er nicht.

Die achtundsechzig Passagiere, die das medikamentös behandelte Wasser getrunken hatten, waren noch in der Nacht von den Krankenschwestern vorläufig untersucht worden. Nur bei fünf weiteren, darunter die zwei, die Gero und Ina bereits ausfindig gemacht hatten, waren ähnliche Nebenwirkungen wie bei Rüdiger aufgetreten, aber wohl nichts Lebensbedrohliches. Dennoch wurde allen Gästen angeboten, sich kostenlos im Feldlazarett untersuchen zu lassen. Abschließend stellte der Kapitän kurz das Ärzteteam vor und bot allen, die die Fahrt aufgrund der unerfreulichen Vorkommnisse nicht fortsetzen wollten, eine kostenfreie Heimreise von Valencia aus an.

Als die Passagiere begannen, Fragen in den Raum zu rufen, deutete Gero auf sein Handgelenk und signalisierte den anderen dreien, dass es Zeit war, sich auf den Weg zu machen. Sie nickten und schlichen so unauffällig wie möglich nach draußen.

Ruhge erwartete sie bereits an der Rezeption und begab sich gemeinsam mit ihnen zur Polizeiwache. Dort mussten sie ihre Geschichte nochmals ausführlich erzählen, wurden unabhängig von verschiedenen Beamten befragt und sollten ständig aufs Neue die Details der ganzen Aktion wiederholen.

Am späten Vormittag stieß Geros Neffe Bernd zu ihnen. Er hatte den kompletten Obduktionsbericht von Schlüter im Gepäck. Der Gerichtsmediziner hatte einen schweren Leberschaden festgestellt. Im Lichte der neuen Fakten lag es durchaus im Bereich des Möglichen, dass er sich den durch eine Medikamentenvergiftung auf seiner Kreuzfahrt zugezogen hatte. Bernd kündigte an, die letzten fünf Touren der *Aurora* auf weitere verdächtige Todesfälle untersuchen und die Leichen gegebenenfalls exhumieren zu lassen.

Die inzwischen eingetroffene Analyse des manipulierten Aloe-vera-Wassers sowie die restlichen Ergebnisse von Rüdigers Blutuntersuchung belegten beide Rückstände eines Wirkstoffes, der in ähnlicher Form auch als Entzündungshemmer eingesetzt wurde. Diese Tatsache und die Tonbandaufnahme, die Gero von Sawitzkys Geständnis gemacht hatte, würden zu umfangreichen weiteren Ermittlungen rund um *Al Générique* führen.

Erst gegen Abend durften sie die Wache mit der Auflage verlassen, jederzeit für weitere Befragungen in Deutschland zur Verfügung zu stehen.

»Was für ein Tag!«, resümierte Rüdiger. »Nach so einer Kreuzfahrt könnte ich eine Woche Urlaub vertragen.«

»Großartig, nicht wahr?«, schwärmte Gero mit Begeisterung in der Stimme. »Andere Leute zahlen für ein Krimidinner viel Geld. Und wir haben das alles live erlebt!«

Rüdiger starrte ihn an und musterte ihn zweifelnd von Kopf bis Fuß. »Mal ganz ehrlich, Gero. Dich hat als Kind doch jemand fallen lassen, oder?«

Elli lachte. »Wenn ich euch zwei um mich habe, brauche ich kein Kabarett mehr. Was ich aber dringend brauche, sind ein gutes Abendessen und ein bisschen Ruhe.«

2

An Bord war die Geburtstagsfeier von *MittelmeerTours* in vollem Gange. Vermutlich war auch das ein Grund, warum nur sehr wenige Gäste frühzeitig abgereist waren.

Der Entertainmentoffizier Nico feuerte mit einem Megafon in der Hand die Menge an. Als er Gero, Ina, Rüdiger und Elli kommen sah, bahnte er sich einen Weg zu ihnen.

»Ihr wolltet ja bedauerlicherweise keine weitere Aufmerksamkeit«, grinste er schelmisch, »darum werde ich jetzt auch nicht hinausmegafonen, dass unsere Helden zurückgekehrt sind. Nur die Kerncrew weiß Bescheid.« Dann führte er sie zu einem Sektempfang am Pooldeck, wo auch schon die große Geburtstagstorte aufgebaut war. »Standesgemäß wäre es jetzt natürlich, wenn die Aufschrift *V.I.E.R. für alle Fälle!* hieße. Da wir das so kurzfristig aber nicht mehr hinbekommen haben«, meinte er mit einem Augenzwinkern, »hoffe ich, es ist auch okay, wenn ihr einfach die ersten Stücke davon bekommt.« Fröhlich drückte er jedem ein Glas Sekt in die Hand und prostete ihnen zu.

Elli klatschte begeistert in die Hände. »Eine Megatorte zum Abendessen – das ist mein ganz persönliches Traumschiff!« Kritisch beäugte sie den Kellner, der gerade an diesem Prachtwerk der Backkunst herumschnitt. »Na, ein bisschen mehr darf es schon sein, junger Mann!« Sie ließ sich ein besonders großes Stück reichen und biss genüsslich hinein.

Nicht weit hinter Elli stand Schackeline mit ihrem Kleinen in der Kuchenschlange. Gero fühlte sich zu einem Dankeschön verpflichtet.

»Ach, keine Ursache, haben wir doch gern getan, Gero«, wiegelte sie ab. »War sogar richtig aufregend. Aber von wegen Elefanten – da habt ihr ja ganz schön falsch gelegen. Es ging um Heilwasser! Trotzdem … gut gemacht!«, nickte sie ihm aufmunternd zu, bevor sie ihn mütterlich umarmte.

Gero zuckte vor Schmerz zusammen, als sie dabei seine Schulter drückte. Er wusste nicht, was schlimmer war – das Stechen in seinem Körper oder die grinsenden Gesichter seiner Freunde.

Die Japaner, die bislang in gebührendem Abstand höflich gewartet hatten, näherten sich ihnen geschlossen. Das Familienoberhaupt Hayato trat einen Schritt nach vorn. Er überreichte Ina ein aufwendig in buntes Papier eingeschlagenes, mit einer großen Schleife verziertes Geschenk. Ina verneigte sich tief vor dem Mann und den beiden alten Damen und gab Hayato ihrerseits eine kleine Schachtel. Nach diesem offiziellen zeremoniellen Teil kamen die jüngeren Mädchen heran und umarmten ihre Hostess ungestüm. Rüdiger schüttelte zeitgleich zwei Männern, die ihm bei seinem Sturm auf den Lagerraum geholfen hatten, die Hände. Dann wurden noch eine Reihe Selfies gemacht, bevor man sich schließlich mit kleinen Verbeugungen in alle Richtungen verabschiedete.

In der Zwischenzeit waren auch Malte und Julia zu den Gästen gestoßen und Rüdiger entschuldigte sich bei ihnen für die falsche Verdächtigung.

»Eine Frage hätte ich aber doch noch«, wandte er sich bei der Gelegenheit an Malte. »Du wolltest von Baumann ›die

Schätzchen‹ aus dem Warenlager haben. Was hast du denn damit gemeint?«

Malte runzelte die Stirn und es war offensichtlich, dass er keine Ahnung hatte, wovon Rüdiger sprach. Doch dann hellte sich seine Miene auf. »Ach, du meinst beim Offiziersshaken? Ruhge hatte kurz darauf Geburtstag und ich wollte dafür zwei von Thomas' besonderen marokkanischen Weinen. Die behandelte er nämlich immer wie seinen persönlichen Schatz. Tja, jetzt wissen wir ja auch, warum.«

Auch Hannes stand in der Menge. Als er Gero erspähte, lief er freudestrahlend auf ihn zu. »Na, Gero, du alter Haudegen«, meinte er anerkennend, »ihr habt den Laden hier ja mal ordentlich aufgemischt! War ich eigentlich auch auf der Liste der Verdächtigen?«

»Aber natürlich«, gab Gero unumwunden zu. »Als Nummer neununddreißig warst du jedoch nicht gerade unser Favorit.«

Hannes, der das wohl als Spaß verstanden hatte, lachte, schnappte sich ein Glas Bier von einem Tablett der vorbeigehenden Kellner und drückte es Gero in die Hand. »Schade, dass du bei keiner meiner Radtouren dabei warst. Vielleicht beim nächsten Mal!« Und mit einem freundschaftlichen Schlag auf dessen verletzte Schulter machte er sich Richtung Büfett davon.

Warum hatten es nur alle auf seine Schulter abgesehen? Gero fluchte innerlich mit zusammengebissenen Zähnen. Als er wieder in der Lage war zu atmen, stellte er das Glas dem nächstbesten Kellner aufs Tablett und gesellte sich zurück zu den anderen.

»Wir sind schon wahrlich ein großartiges Team«, erklärte Rüdiger feierlich. »Außerdem war diese Reise ein tolles Abenteuer.«

Ina grinste. »Und dabei haben wir das alles nur gemacht, um dich aufzumuntern.«

»Ich frage mich, ob wir stattdessen nicht einfach einen Ausflug nach Garmisch in die Berge hätten machen können«, unkte Rüdiger. »Das hätte mir so manche Herzrhythmusstörung erspart. Aber ich muss gestehen: Mir ist es schon lange nicht mehr so gut gegangen.« Er nahm Ina fest in den Arm: »Vielen Dank für alles, du wunderbare Freundin!«

»Und besser als früher sind wir auch noch«, polierte Gero mit belehrendem Blick die Statistik auf. »Zwei Fälle innerhalb von sechs Tagen gelöst ... Respekt. Damit rangieren wir nur knapp hinter unserer bisherigen Bestleistung beim Verschwinden der Madonnenfigur! Aber in Anbetracht unseres Alters bin ich fast geneigt, uns ein paar Bonuspunkte zu geben.«

»Nenn du dich alt, ich fühle mich wie ein Teenager«, gluckste Elli in gespielt empörtem Ton.

»Das kommt vom Sekt«, meinte Gero ungerührt. »Ich würde zu gerne selbst bei *Al Génerique* ermitteln. Leider hat mir Bernd jegliche weitere Einmischung unter Androhung des Jüngsten Gerichts verboten. Aber er wird uns zumindest auf dem Laufenden halten.«

»Zu dumm, dass uns der Kurier in Cádiz entkommen ist«, bedauerte Rüdiger.

»Ja, da wir nur seinen Vornamen haben, kann die Polizei wahrscheinlich nicht viel machen«, stimmte Ina ihm zu. »Aber vielleicht kriegen wir über diesen Achmed doch noch irgendwann eine Verbindung zu dieser ominösen *Galieri*.«

»Wisst ihr was?«, brachte Rüdiger das Gespräch wieder auf die wichtigen Themen im Leben zurück. »Die ganzen Typen können mir für den Rest des Abends gestohlen bleiben! Ich bin wieder gesund und wenn mir das nächste Mal schlecht sein sollte, möchte ich wenigstens wissen, warum. Also lasst uns jetzt mal ordentlich feiern!«

Teil 3

Die Heimkehr

1

Elli atmete tief ein, als sie wieder in ihrer Küche stand. Wie schön, daheim zu sein! Sie betrachtete mit einem Lächeln all die wunderbaren Dinge in ihrem Zuhause: der bunte Flickenteppich, der den weißen Holztisch mit Glasplatte umso schöner erstrahlen ließ; die Küche mit der dunklen Granitarbeitsplatte; die schwungvoll beschrifteten Blumentöpfe mit den nun leicht verwelkten Kräutern auf dem Fensterbrett; der Kühlschrank, an dem Unmengen von Postkarten, Fotos, bunten Magneten und Zettelchen angebracht waren.

Sie hatte als Erstes das marokkanische Teeservice aus ihrem Koffer gefischt und drapierte es jetzt auf dem Esstisch. Andreas würde staunen, wenn sie ihm von ihrer Reise erzählte! Kopfschüttelnd dachte sie an alles, was sie in den letzten Tagen erlebt hatte. Würde das nordafrikanische Geschirr nicht als real existierendes Beweisstück vor ihr in ihrer Küche thronen, könnte sie selbst kaum glauben, dass sie in der staubigen Hitze von Casablanca Kriminelle verfolgt hatte! So lebendig hatte sie sich schon lange nicht mehr gefühlt.

Und plötzlich fiel ihr die Liste wieder ein …

Rüdiger seufzte, als er das quietschende Gartentor öffnete. Schweren Herzens trottete er den Weg entlang, der zu seiner Haustür führte.

Vor einer guten halben Stunde hatte er Elli daheim abgesetzt und sich bis dahin noch großartig gefühlt. Doch mit jedem Meter, den er näher an sein eigenes Zuhause gekommen war, hatte dieses Empfinden schleichend abgenommen.

Es half nichts. Die schöne Zeit war nun zu Ende.

Er spürte, wie die Trostlosigkeit zurückkam. Ein paar Augenblicke lang stand er zögerlich vor der Tür und drehte den Schlüssel zwischen den Fingern. Dann gab er sich einen Ruck und schloss auf.

Ina blickte mit einem glücklichen Lächeln aus dem Flugzeugfenster. Der Kapitän hatte gerade mit dem Landeanflug auf Berlin begonnen und sie hatte ihren Laptop eingepackt, um sich noch ein paar ruhige Minuten zu gönnen. Sie freute sich, dass Gero den Botenjungen gespielt und das Paket abgeliefert hatte. Hoffentlich hatte er den Zwerg mit der abgebrochenen Nase in Rüdigers Garten gefunden.

Was für eine verrückte Idee, die Bande von früher wieder zusammenzubringen! Und es hatte geklappt. Sensationell sogar! Wer hätte gedacht, dass sie nach all den Jahren wieder so gut zusammenarbeiten und so brillant einen Doppelfall lösen würden?

Sie seufzte zufrieden. Im Kreise ihrer alten Freunde hatte sie sich endlich wieder einmal geborgen gefühlt.

Geros erste Amtshandlung war, seine Bonsai zu wässern. Einer hatte zwar ein paar Blätter verloren, aber er würde ihn wieder gesundpflegen können. Danach setzte er sich an den Küchentisch und sortierte die Post. Ab morgen würde er endlich wieder einem geregelten Tagesplan nachgehen können.

Doch wollte er das überhaupt?

Elli lachte glücklich. Auf dem Speicher hatte sie den schon etwas vergilbten Zettel gefunden und warf einen nachdenklichen Blick darauf. Wie lange war es her, dass sie ihn geschrieben hatte? Sie musste damals Mitte zwanzig gewesen sein. Ein versonnenes Lächeln schlich sich auf ihr Gesicht.

Sie setzte Wasser auf, holte frische Minze aus dem Garten und kramte die Kandisdose aus dem Schrank. Das Teeservice sollte nur mit dem Allerfeinsten eingeweiht werden.

Genüsslich trank sie den ersten Schluck des über die Maßen süßen Tees aus der kleinen Messingtasse – und fand, dass er fast so gut schmeckte wie der in Casablanca.

Dann las sie die einzelnen Zeilen ihrer Sternenliste. Ach, was hatte sie damals alles vorgehabt! Einen Fallschirmsprung. Ein Känguru streicheln. In Venedig Gondel fahren. Michael Jackson live sehen.

Nun gut, dachte sie wehmütig, diesen Punkt konnte sie inzwischen leider vergessen.

An Stelle fünfunddreißig fand sie schließlich, was sie suchte: *die Alhambra besichtigen.* Elli nahm einen Stift zur Hand und strich diesen Punkt schwungvoll durch.

Da fiel ihr auf, dass das Stichwort ›Kreuzfahrt‹ gar nicht auf dem Zettel stand. Kurz entschlossen drehte sie das Blatt um und notierte eine neue Überschrift: *Meine Sternschnuppenliste.* Hier würde sie ab jetzt all die wunderbaren Dinge festhalten, die sie ohne Vorhaben erlebte.

Punkt eins: die Kreuzfahrt. Punkt zwei: die Wiedervereinigung von V.I.E.R. Rasch drehte sie das Blatt wieder um und fügte als neuen Punkt ihrer Wunschliste *Noch einen Fall mit V.I.E.R. lösen* hinzu.

Sie dachte glücklich an Rüdiger. Ob er das Paket wohl schon gefunden hatte?

Rüdiger liefen Freudentränen über die Wangen. Er saß noch immer auf dem Boden im Flur und betrachtete all die schönen Dinge, die ihm seine Freunde dort in einer Kiste hingestellt hatten. Natürlich steckte Ina dahinter – nur sie wusste, dass sich der Ersatzschlüssel für das Haus im kaputten Gartenzwerg befand.

Da war ein kleiner exotischer Blumenstrauß, der ihn an den botanischen Garten in Cádiz erinnerte; eine Tausendundeine-Nacht-Duftlampe samt Jasmin- und Orangenduftöl; ein Paar marokkanische Babouschen; die DVD ihrer Reise; das schöne Gruppenfoto und eine Postkarte von *Mittelmeer-Tours*, auf der sie alle unterschrieben hatten. Sie hatten ihm sogar eine der köstlichen Salamis eingepackt, die es an Bord immer gegeben hatte.

Rüdiger schloss die Augen und lächelte. Seine Freunde hatten ihm das Lebensgefühl der Kreuzfahrt nach Hause gebracht. Das tat so gut!

Unvermittelt stand er auf und fühlte sich zu seiner Überraschung frisch und energiegeladen. Die Sonne schien durch das Küchenfenster, und als er den blühenden Garten sah, durchströmte ihn plötzlich ein unbeschreibliches Glücksgefühl. Der Sommer war im Anmarsch!

Sein Blick fiel auf das Gartentor. Ohne zu zögern, griff Rüdiger nach dem Schlüssel und ging beschwingt in die Garage, um das Ölkännchen zu holen.

Die Arbeit war schnell erledigt. So hätte es Sonja gefallen.

Er atmete tief den Duft des Frühsommers ein. Was sollte er als Nächstes angehen?

Richtig! Er war schon ewig nicht mehr in seiner Werkstatt gewesen. Er dachte an seinen Radiotoaster. Der hatte irgendwann einem farblich passenderen Stück und einer Stereoanlage weichen müssen. Ob man wohl ein Internetradio daraus bauen konnte?

Während er zum Haus zurückschlenderte, formten sich in seinen Gedanken wie von selbst Pläne zu allerlei neuen Basteleien und er merkte gar nicht, wie er plötzlich fröhlich zu pfeifen begann.

2

Ina legte zufrieden ihr Handy beiseite. Die anderen würden sich über die guten Nachrichten sicher freuen.

Sawitzky war voll geständig gewesen, sodass inzwischen alle Hintermänner, die an den Medikamentenversuchen beteiligt gewesen waren, hatten verhaftet werden können.

Die Elfenbeinlieferanten ausfindig zu machen, war etwas komplizierter gewesen. Ihr Informant bei der Polizei hatte sie aber gerade wissen lassen, dass vor ein paar Stunden zwei Wildparkhüter in Kenia festgenommen worden waren. Immerhin. Ein kleiner, aber wichtiger Schlag gegen die Elfenbeinwilderei.

Etwas anders sah es bei *Galieri* aus: Der Kurier in Cádiz blieb trotz Geros guter Beschreibung und sämtlicher Anstrengungen der dortigen Polizei unauffindbar. Auch Achmeds Aussage hatte sie der mysteriösen *Galieri* keinen Schritt näher gebracht. Stattdessen war die Internetseite, über die die Elfenbeinauktionen abgewickelt worden waren, von einem Tag auf den anderen plötzlich nicht mehr auffindbar gewesen.

Doch genau solche Dinge waren Inas Lebenselixier. Sie konnte förmlich spüren, dass diese Jagd noch lange nicht vorbei war!

Ina nahm das Rotweinglas von ihrem Schreibtisch und ging hinaus auf ihre Dachterrasse. An die Brüstung gelehnt, ließ sie den Blick über das nächtliche Berlin wandern.

Ihre Mutter hatte ihr mit dem letzten Brief eine Annonce für ein kleines Loft in München-Schwabing geschickt. Offenbar hatte sie sich überlegt, ihre Taktik zu ändern. Denn seit Jahren schon redete sie auf Ina ein, wieder zu ihr in das Haus nach München zu ziehen. Aber Ina hatte sich bisher kategorisch geweigert. Sie konnte ja verstehen, dass ihre Mutter im Alter nicht allein sein wollte – doch es kam für sie überhaupt nicht infrage, deswegen künftig mit ihr unter einem Dach zu wohnen. Ein eigenes Loft hingegen war natürlich etwas anderes …

Sie liebte Berlin und ein Ressort zu leiten war einmal ihr Traum gewesen, aber irgendwie fühlte es sich so an, als wäre es wieder einmal an der Zeit, ein neues Kapitel in ihrem Leben aufzuschlagen.

Und wie immer vertraute sie ihrem Instinkt.

3

Es hatte Gero einige Mühe gekostet, die Akten, die nun vor ihm auf dem Schreibtisch lagen, zu besorgen.

Bei Bernd hatte er auf Granit gebissen. Der hatte sich standhaft geweigert, als Gero ihn darum gebeten hatte, ihm Unterlagen über ein paar ungelöste Fälle zuzuschustern.

Bei einem alten Bekannten hingegen, der mittlerweile bei Interpol arbeitete, hatte er mehr Glück gehabt. Ein Abendessen in einem guten Restaurant, die Einforderung eines Gefallens und ein absolutes Schweigegelübde hatten ihm jenen kleinen, aber feinen Stapel an nicht aufgeklärten Anzeigen aus den letzten fünf Jahren beschert. Vorfälle, die ausgesprochen abstrus waren, aber für die die Polizei keine Ressourcen hatte und die damit für V.I.E.R. gerade recht waren.

Ein paar Wochen später

Gero keuchte und spuckte Wasser, als er sich wieder auf die Straße hochzog. Er war tropfnass und stank unangenehm nach Algen und Fisch.

»Du Irrer bist gerade in den *Canal Grande* gesprungen!« Rüdiger schüttelte den Kopf und die bunten Haare seiner Perücke wirbelten herum.

»Vermutlich nur, weil du ihn Feigling genannt hast«, warf Elli tadelnd ein und reichte Gero ein Taschentuch. »Aber genau so habe ich mir eine Verbrecherjagd in Venedig vorgestellt!«

Gero hatte gerade mit Widerwillen an seinem Arm gerochen und beeilte sich, die Maske trockenzutupfen. »Ich glaube, die verbirgt einen Hinweis, der uns Viktor näherbringt!« Er betrachtete das kostbare Stück aufmerksam und drehte es um.

»Ihr könnt das gerne unter euch auskaspern«, erklärte Elli forsch. »Ich werde jetzt zurückgehen und die Sanitäter fragen, wie es Ina geht.«

Sie raffte gerade ihr wallendes Kleid zusammen, als die Trillerpfeifen der heraneilenden Polizisten erklangen.

Danksagung

Um das Leben an Bord und die Orte in diesem Buch möglichst authentisch beschreiben zu können, sind wir im Frühsommer 2016 mit der AIDACara die Route von Mallorca nach Gran Canaria gefahren (also genau umgekehrt wie unsere vier Helden) und durften an Bord die Zwanzigjahrfeier von AIDA erleben. Wir bedanken uns bei allen Mitgliedern der fantastischen Crew für dieses einmalige Erlebnis! Ganz besonderer Dank gebührt: den Gastgebern Matze und Klara, unserem stets lustigen Fahrradguide Henning, dem Entertainmentmanager Nico, den Bordärzten Dr. Claudia Blomberg und Dr. Donar Griese für die Führung durch das Bordkrankenhaus und die fruchtbaren Diskussionen über Medikamententests sowie Mario Remus, dem Küchenchef des Gourmetrestaurants *Rossini*. Ohne euch alle wäre das Buch nicht so lebendig geworden!

Außerdem danken wir Frau Daniela Fahr von der *Connect Worldwide Recruiting Agency* für wertvolle Tipps, was die Anwerbung von Kreuzfahrtpersonal betrifft, und unserer Schreibtrainerin Frau Dr. Huessmann. Christian dankt außerdem Paola Molinari für die intensive Coachingausbildung, die nicht nur die Weichen für dieses Buch gestellt hat.

Sehr gefreut haben wir uns über das Feedback unserer kritischen Testleser Aurelia, Britta, Dieter, Doris, Eva, Inga, Lennart, Matthias, Max, Mike, Sandra, Susi, Theresia und Ute. Eure Tipps haben das Buch noch einmal deutlich verbessert!

Gerne danken wir unseren Agenten Julie Hübner und Tim Rohrer von der *Leselupe,* die sich unermüdlich für uns und unser Manuskript einsetzen.

Die tolle Zusammenarbeit mit dem Grafit Verlag und insbesondere mit unserer Lektorin Gudrun Stegemann können wir gar nicht hoch genug schätzen! Ihr gebührt das Lob für den letzten Schliff am sprachlichen Fluss unseres Buchs.

Schließlich danken wir noch unseren Eltern und Familien, die uns auf unserem Weg stets rückhaltlos unterstützt haben, und natürlich allen Freunden, die bei der Entstehung unseres Buchs mitgefiebert und mitgeholfen haben.

Mörderische Bretagne

Eva Bernier

Im Zeichen der Triskele

ISBN 978-3-89425-483-4
Auch als E-Book erhältlich

Düstere Geheimnisse und bretonische Legenden

Lézardrieux, eine kleine Gemeinde in der Bretagne. An einem stürmischen Morgen wird die Leiche eines deutschen Geschäftsmanns am Strand angespült – mit einer verstörenden Wunde auf der Stirn: Dem Toten wurde ein Hakenkreuz eingeritzt.

Gendarm Robert Le Clech, nach einigen Jahren im Ausland auf eigenen Wunsch in seine bretonische Heimat zurückversetzt, kommt bei den Ermittlungen nur mühsam voran. Weder seine Kollegen noch die Dorfbewohner sind ihm eine Hilfe. Zudem sagen mehrere Zeugen aus, ›Ankou‹, den Todesboten der bretonischen Mythologie, gesehen zu haben. Aberglaube oder Sinnestäuschung? Dann wird an einem zweiten Tatort die Triskele, ein altes keltisches Zeichen entdeckt – was geht hier vor?

»Wer ... auf übertriebene Action verzichten kann ... wird hier nicht enttäuscht.« Silke Schröder, hallo-buch.de

»In ihrem Debüt erzählt die gebürtige Französin von Mystik und Sagen, die an der bretonischen Küste lebendig sind, und davon, wie ein charmanter Gendarm diesen Fall mit viel Fingerspitzengefühl löst.«
Brigitte Lindner, Expuls

»Ein wunderbarer, echter und solider Krimi.«
Martina Wirthwein, amazon.de

*»*Im Zeichen der Triskele *ist ein wunderbares Stück Bretagne – auch für die Reise im Kopf.«* Ulli Wagner, SR3 Saarlandwelle

»Über den Gendarmen würde man gerne mehr erfahren, man spürt, die Figur birgt noch einige Geheimnisse.«
Hélène Maillasson, Saarbrücker Zeitung

Ein düsteres Familiengeheimnis

Silke Ziegler

Im Angesicht der Wahrheit
Rückkehr ins Roussillon

ISBN 978-3-89425-491-9
Auch als E-Book erhältlich

Ein Neuanfang mit einer kleinen Auberge –
doch die Vergangenheit holt sie wieder ein ...

Nach einem traumatischen Erlebnis vor achtzehn Jahren hat die Französin Estelle Miroux ihre Heimat verlassen und ein neues Leben in Deutschland begonnen. Aber als ihre Großmutter stirbt und Estelle ein kleines Hotel hinterlässt, kehrt sie kurz entschlossen nach Südfrankreich zurück, um die Auberge zu neuem Leben zu erwecken.

Schnell treffen die ersten Gäste ein und ihr attraktiver Nachbar Tom Bauvall geht Estelle zur Hand, wo er kann. Eigentlich könnte alles perfekt sein. Doch dann wird Argelès-sur-Mer von einer Mordserie heimgesucht und die junge Frau gerät unter Tatverdacht. Denn den Opfern wurde ein Datum in die Stirn geritzt – das Datum der schlimmsten Nacht in Estelles Leben.

»Ein toller Roman! Er reißt einen mit, sodass man ihn einfach sofort ganz durchlesen möchte.« Sandra Kade, Buch-Magazin

»Selbst an einem regnerischen Herbsttag wärmt dieser Krimi das Herz.« Miriam Semrau, www.krimimimi.com

»Tolle Mischung aus Liebesgeschichte und Krimi.«
Kerstin Zimmermann, kastanies-leseecke.de

»Überrascht mit einem Finale, das nicht zwingend auf der Hand liegt.« Michael Schulte, Westfälische Nachrichten

»Schuld und Sühne, tiefe Demütigung und gnadenlose Vergeltung – wenn Silke Ziegler sich zum Schreiben an den Laptop setzt, kochen Emotionen hoch und treiben die Spannung in den Hochfrequenzbereich.« Sigrid Jahn, Starkenburger Echo

Georg Wilsberg – das Original

Jürgen Kehrer

Wilsberg –
Ein bisschen Mord muss sein

ISBN 978-3-89425-463-6
Auch als E-Book erhältlich

Der Kultdetektiv aus Münster und
die gar nicht heile Welt des deutschen Schlagers

Mit Erstaunen hat Georg Wilsberg den Werdegang seines Studienkumpels Wolfram Schniederbecke verfolgt: Wolf Schatz, wie sich der frühere Punkmusiker nun nennt, hat mit der Liebeshymne ›Goldstück‹ den Olymp der Schlagerwelt erklommen. Und mit noch mehr Erstaunen nimmt der Privatdetektiv zur Kenntnis, um was ihn Schatz bittet – der Sänger hat Spielschulden und möchte, dass Wilsberg einen Geldkoffer überbringt.

Nicht zuletzt, weil ein bezahlter Auftrag mal wieder zur rechten Zeit kommt, willigt Wilsberg ein. Doch bei der Übergabe des Koffers stellt sich alles anders dar, als es Schatz beschrieben hat – und plötzlich hat Wilsberg jede Menge Ärger am Hals …

»Das ist angenehme Kost, also ohne Serienmörder, Aufschlitzer, Blutspritzer und Psychopathen, die das Krimigenre beherrschen und die ich meide wegen kannichnich und brauchichnich.«
Wiglaf Droste, Junge Welt

»Jürgen Kehrer schreibt wunderbare Dialoge, der Ich-Erzähler Wilsberg bekommt viel Raum für seine launigen Welt-Reflexionen und einen knackigen, verzwickten und zugleich absurden Fall gibt es auch.« Stefan Maelck, NDR Kultur

»Eine schön verzwickte Handlung mit mehreren Verdächtigen in den Niederungen der Schlagerwelt.« Rainer Rönsch, Sächsische Zeitung

»Wesentlich cooler als in der mittlerweile zur Comedy neigenden TV-Serie ermittelt der antiquariatsbesitzende Privatdetektiv Georg Wilsberg in Münsterschen Untiefen des Verbrechens.« Expuls

Drei Frauen, drei Generationen, ein Mord

Christiane Antons

Yasemins Kiosk –
Zwei Kaffee und eine Leiche

ISBN 978-3-89425-582-4
Auch als E-Book erhältlich

Ein Toter im Altpapiercontainer – und das ist nicht Yasemins einziges Problem …

Das Leben muss man nehmen, wie es kommt – das haben alle drei gelernt: Dorothee Klasbrummel, Besitzerin eines Bielefelder Mehrfamilienhauses, hat seit fünfzehn Jahren ihre Wohnung nicht verlassen. Polizistin Nina Gruber wurde suspendiert und die junge lebensfrohe Kioskbesitzerin Yasemin Nowak sieht sich den zunehmend unheimlich werdenden Liebesbeweisen eines Stalkers ausgesetzt.

Als im Altpapiercontainer des Kiosks eine Leiche gefunden wird, tun sich die ungleichen Frauen zusammen und ermitteln auf eigene Faust. Primär, um sich von den eigenen Problemen abzulenken. Doch diese Rechnung geht nicht auf …

»Ja! Das hat Klasse! Das hat Charme! Und spannend ist es auch noch.« Ute Spangenmacher, www.bookola.de

»Flott geschriebener Krimi mit einem sympathischen Frauentrio, das man sofort ins Herz schließt.« Günter Keil, Freundin

»Eine sympathische Geschichte mit viel Lokalkolorit und Humor.« Stefan Keim, WDR 4

»Ein Debüt ganz nach meinem Geschmack, spannend und mit großartigen Figuren, auch eine gute Prise Humor fehlt nicht.« Eva Hüppen, www.leser-welt.de

»Eine raffiniert zusammengesetzte Geschichte … – mit viel Alltagscharme und Witz.« Julia Gass, Ruhr Nachrichten